스
완

SWAN

© Katsuhiro Go 2019
First published in Japan in 2019 by KADOKAWA CORPORATION, Tokyo.
Korean translation rights arranged with KADOKAWA CORPORATION, Tokyo
through JM Contents Agency Co.

스완

오승호(고 가쓰히로) 장편소설 ― 이연승 옮김

블루홈 6

일러두기

———

본문의 각주는 전부 독자의 이해를 돕기 위한 옮긴이 주입니다.

[고나가와 시티가든 스완]

본관 구조도

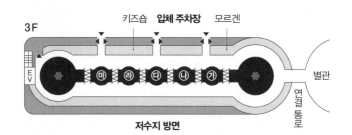

3F

키즈숍　입체 주차장　모르겐

（마）（라）（다）（나）（가）

EV

저수지 방면

별관

연결 통로

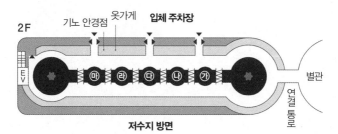

2F

기노 안경점　옷가게　입체 주차장

（마）（라）（다）（나）（가）

EV

저수지 방면

별관

연결 통로

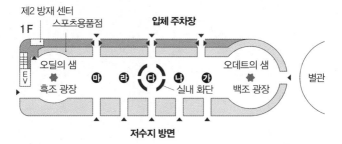

1F

제2 방재 센터
스포츠용품점　입체 주차장

EV

오딜의 샘

（마）（라）（다）（나）（가）

흑조 광장

실내 화단

오데트의 샘

백조 광장

별관

저수지 방면

▦ 비상계단　ＥＶ 스카이라운지 엘리베이터　▧ 복도　▲ 출입구

▢ 점포　▢ 백야드　■ 오픈 천장　（가）（나）（다）（라）（마） 에스컬레이터

4월 8일 일요일

AM 10:00

얇은 구름이 태양에 걸쳐 있다. 반면 하늘은 놀라울 만큼 파랗다. 세상의 모든 행복을 가져다가 덮어씌운 것처럼 보인다.

4월은 잔인한 달이라고 어느 영국 시인이 말했다. 이해는 하지만 불만도 있다. 꼭 4월만 잔인한 것은 아니다.

"저기요, 반 씨."

어깨를 쿡 찔러서 정신을 차렸다. 묘한 장난기를 머금은 앳된 목소리로 끊임없이 말을 걸어 온다.

"저기 좀 봐요. 응, 저기요, 저기."

그가 말한 대로 니와 유즈키는 고개를 돌렸다. 최근 반년 동안 '반'이라는 별명에도 이제는 익숙해졌다.

7

목을 뻗어 뒷좌석 측면 유리로 눈길을 향하자 아스팔트 도로에 빛이 내리쬐고 있었다. 유즈키 일행이 탄 하이에이스 차량 옆을 다른 차들이 연이어 빠르게 지나쳐 간다.

편도 2차선 국도다. 앞으로도 뒤로도 말끔하게 뻗어 있다. 너저분한 도심지와 달리 고개를 들어 올려다볼 건물이 별로 없어 직선으로 뻗은 도로가 더욱 도드라진다. 앞으로 나아간다기보다 안으로 빨려들어 간다는 착각이 들 정도라 유즈키는 이곳에 오는 동안 조수석에 앉아 몇 번이나 '소실점'이라는 단어를 떠올렸다. 중학생 시절 미술 수업에서 그 단어를 처음 배웠을 때 묘하게 가슴이 두근거렸던 기억이 있다. 모든 것이 사라지는 지점. 그곳에 도달하면 어떻게 될까. 상상만으로도 왠지 두려웠다.

성인이 되고서야 깨달았다. 정말로 무서운 것은 오히려 그다음이 있다는 것이다. 끝이 없는 것이다. 미술 기법이 아닌 현실의 소실점은 가까워질수록 멀어진다.

"반 씨. 저것 보라니까요, 저거."

뒷좌석에 앉은 남자, 산트의 재촉에 끊임없이 오가는 차량 앞쪽을 멍하니 바라본다. 반대 차선 갓길에 승용차 한 대가 세워져 있다. 연청색의 패밀리 왜건이다.

그 앞에 풀숲이 우거진 공터가 있었다. 차에서 내리는

아버지로 보이는 남자와 어머니로 보이는 여자, 그리고 아직 어린 남자아이. 남자아이가 주뼛주뼛 반바지를 내린다. 옆에서 어머니가 허리를 숙인 채 아들을 돕고 있고, 아버지는 어이없다는 듯이 머리를 긁적이고 있다. 화장실이 급했던 것으로 보인다.

산트가 연신 지껄였다.

"전 저런 걸 진짜 용서할 수 없어요. 저 꼬맹이가 싼 오줌을 누가 밟을지도 모르잖아요. 길에 지린내가 밸 수도 있고요. 애들 오줌 같은 건 지들 차 안에서 처리하라는 말이에요."

풀숲에서 어머니가 일회용 티슈로 아들의 손을 닦고 있다.

"저놈들도 어차피 목적지는 저기겠죠? 하여튼 내 눈에 띄기만 해 봐. 제일 먼저 처리할 거예요."

"마음대로 해. 운 좋게 맞닥뜨릴 수도 있겠군."

응. 하고야 말 거예요. 하늘에 맹세해요. 난 한다면 하는 사람이에요.

그때 차가 움직였다. 하이에이스가 차 한 대 거리만큼 앞으로 나아간다. 자세를 고쳐 앉기 직전 유즈키의 눈에 짧은 스포츠머리가 비쳤다. 운전석에 앉은 험상궂은 남자, 구스는 입을 꾹 다문 채 눈앞에 늘어선 차들을 노려

보고 있다. 세 멤버 중 가장 체격이 좋은 그는 여태껏 불만 한마디 없이 도심지에서 이곳까지 줄곧 운전대를 잡고 있다.

"아, 이놈의 차들 어떻게 좀 안 돼요?"

운전면허도 없는 산트가 불만스럽게 내뱉었다.

하이에이스가 도착했을 때부터 이미 차량 행렬이 있었다. 2차선 도로 옆길의 입체 주차장으로 이어지는 특설 레인 가장 끝에 늘어선 지 10분. 느릿느릿 앞으로 나아가다가 간신히 주차장 입구가 시야에 들어온 지점이다.

"그냥 포기하고 저기 어디다가 대충 대고 걸어가죠. 이제 와서 주차 딱지 하나 끊어 봐야 뭐가 어떻게 되는 것도 아니고."

"어떻게 될 수도 있어. 준비하는 도중에 누가 오기라도 하면."

그러니 일부러 이 입체 주차장을 골랐다. 각자의 '출발점'에 적합한 장소를.

"아, 진짜 짜증 나네!" 산트가 볼썽사납게 소리쳤다. "주차 공간이 이렇게 부족하다니. 여기 경영진 놈들은 대체 얼마나 무능한 거예요? 아마추어도 아니고 처음 건물을 지을 때부터 확실히 계획했어야죠. 이런 건 반드시 책임을 물어야 해요."

정말 판에 박은 듯한 불량 청소년이군. 유즈키는 내심 산트가 우스웠다. 미성년자에 할 줄 아는 것이라고는 인터넷밖에 없는 은둔형 외톨이다. 바가지 머리에 뾰족한 턱. 납작한 가슴팍과 허세. 목소리는 아침부터 줄곧 들떠 있다.

괜찮아. 조금만 참지 뭐. 그의 말대로 어차피 이제 와서 뭐가 어떻게 되는 것도 아니다.

"제기랄. 이 녀석들은 어디 다른 갈 곳도 없나?"

없어. 유즈키는 그렇게 빈정거리고 싶었지만 대답을 집어삼켰다.

멤버 중 고나가와 출신은 유즈키뿐이다. 그는 사이타마 현 동부의 사이타마시와 인접한 이 지역에서 자랐다. 태어난 곳은 서쪽이지만 기억은 없다. 초중고등학교를 고나가와에서 다녔고 대학생 때 도쿄로 나갔다. 본가에는 발길을 끊은 지 벌써 7년. 가족들과도 연락하지 않는다.

도심지인 신주쿠까지 차로 약 한 시간. 이케부쿠로라면 10분 단축. 전형적인 베드타운인 이 지역에서 휴일을 즐길 만한 곳은 그리 없다.

아니, 여기뿐이다.

단조로운 풍경을 박살 내는 거대한 흰색 덩어리. 고나가와 시티가든 스완.

높이는 3층에 불과하지만 이 본관 건물은 옆, 그리고 안쪽으로 놀라울 만큼 길게 뻗어 있다. 국내 최대급 부지 면적을 자랑하는 쇼핑몰. 예나 지금이나 고나가와 시민 생활의 중심에 있는 시설.

  유즈키도 이곳에 얽힌 추억이 많다. 극장에서 처음 본 영화, 처음 간 오락실, 첫 데이트…….

  딱히 미련이 있는 것은 아니다.

  별생각 없이 백미러를 보자 반대쪽 차선에 있던 패밀리 왜건은 이미 사라지고 없었다. 풀숲이 햇빛을 받아 반짝이고 있다.

  그 가족의 목적지가 스완이라면 아마도 별관 옥상 주차장, 아니면 비교적 차를 대기 수월한 유료 야외 주차장 중 한 곳으로 향했을 것이다. 야외 주차장 안쪽에는 연못이 있다. 거대한 저수지다.

  하이에이스가 또 차량 한 대 폭만큼 앞으로 움직였다. 산트는 여전히 볼멘소리를 내뱉고 있다. 신경 쓰는지 안 쓰는지 구스는 무뚝뚝한 표정으로 말이 없다.

  차들이 빨려 들어가는 입체 주차장 입구를 보며 유즈키는 또다시 소실점을 떠올렸다.

강을 건너면 풍경이 바뀐다. 가타오카 이즈미는 그 변화를 눈으로 좇는 걸 좋아했다.

들쭉날쭉한 건물과 작은 공원이 여기저기 흩어져 있는 지역에서 강을 사이에 두고 맞은편으로. 고작 몇 초 다리를 건너는 동안 차창은 수면으로 채워진다. 그러다가 강을 건너자마자 완전히 딴 세계로 바뀐다. 마치 자로 잰 듯한 일대가 시야를 뒤덮는다. 높이와 크기, 색과 형태가 대부분 비슷한 주택이 가득 들어차서 마치 장난감 벽돌로 만든 미니어처 가든 같다.

다리가 아닌 터널 하나를 빠져나간 착각이 들 정도로 변화가 극적이라 기분도 덩달아 들뜬다. 무대막이 오른 것처럼 무심코 발끝으로 땅 위에 서고 싶어진다.

이런 부유감을 즐기고 싶어서 이즈미는 전철이 한산해도 자리에 앉지 않고 꼭 문 앞에 붙어 섰다. 특히 쾌청한 날에는 강물이 반짝반짝 빛나서 빛의 터널을 빠져나간 기분을 맛볼 수 있다.

그런데 오늘은 전혀 즐겁지 않았다.

미니어처 가든을 지나 높다란 아파트가 차창을 채웠을 때 띠링 하고 스마트폰이 울렸다.

―안녕. 지금 뭐 해?

메시지를 보낸 사람은 세리나였다.

―응, 이동 중.

이즈미의 답신에 세리나가 또다시 묻는다.

―스완?

―응.

―혹시 그거?

―응.

우는 이모티콘을 붙여서 보내자 '결전의 날이네, 수고해'라는 답신이 왔다.

―정 안 되겠다 싶으면 확 받아 버려.

세리나가 보낸, 하나도 무섭지 않은 화내는 고양이 이모티콘을 보고 이즈미는 쓴웃음을 지으며 답신했다.

―법률은 무서워.

―변호사도 비싸지.

―정 힘들면 기부금을 받든가 해야겠다.

다음으로 날아온 무표정한 고양이 이모티콘을 보고 이즈미는 미소 지었다.

―아무튼 나중에 결과 말해 줄게.

―응. 기다릴게. 수고해.

대화를 마치고 한숨을 한 번 내쉰다. 수고하라고 해도,

글쎄…….

세리나와 같은 학교였다면 좋았을 텐데. 꼭 같은 반이 아니어도 점심시간이나 방과 후에 함께했다면 분명 든든했을 것이다.

내가 생각해도 제멋대로이기는 하다. 같은 동네에 사는 친구들과 거리를 둔다. 이즈미는 일방적으로 그렇게 결심했고, 이런 매정한 친구에게 연락해 주는 것만으로 세리나에게 감사해야 할 것이다.

남에게 지나치게 의지해서는 안 된다. 조금 유난을 떨자면 나에게는 내 삶이 있고 세리나에게는 세리나의 세계가 있다. 지금 이렇게 서로 부담 없이 투덜거릴 정도의 거리가 아마 가장 적당할 것이다.

그건 그렇고. 이즈미는 일요일인 오늘 이 우울한 외출에 대해 새삼 다시 떠올렸다.

정말 아무리 생각하고 또 생각해도 이해하기 어렵다.

용건이 있다면 그쪽에서 날 찾아오는 게 맞는 거 아닐까? 내가 왜 전철을 타고 세 정거장이나 떨어진 곳에 가야 하는 걸까.

다음 날 개학식을 앞둔 이런 타이밍에 굳이 날 괴롭히려고.

한숨이 푹 나왔다. 고등학교 데뷔는 완전히 실패했다.

입학한 지 얼마 지나지 않아 같은 반 아이들에게 찍히고 미움받고 시시한 장난질이 시작됐다. 장난은 얼마 안 돼 공격 수준으로 변했고, 정신을 차려 보니 어느덧 반 아이들은 손에 손을 잡고 집단 괴롭힘의 대열을 갖추고 있었다. 조만간 잦아들 거라며 대수롭지 않게 생각한 게 문제였을까. 아니면 단순히 운이 나빴을 뿐일까.

학교 안에서만이라면 그나마 참을 수 있다. 최악인 것은 집단 괴롭힘을 처음 시작한 당사자가 같은 클래식 발레 교실에 다니는 아이라는 점이다. 대체 전생에 무슨 죄를 지어서 그런 아이와 방과 후에도 얼굴을 마주해야 하는 걸까. 게다가 오늘은 뻔뻔하게 자기가 있는 곳까지 이렇게 부르다니. 말도 안 되는 일이다.

전철이 고나가와역 플랫폼에 들어섰다. 티셔츠를 입은 마른 몸집의 소녀가 창문에 비친다. 검은 머리카락을 포니테일로 묶었고 맨얼굴에 귀걸이나 목걸이도 하지 않았다. 이 소박해 보이는 여고생에게 직접 점수를 매긴다면 65점이나 될까.

신경 쓰지 않는다. 내게는 비장의 무기가 있다. 무대 위에서의 그랑 주테*. 그 누구에게도 지지 않을 자신 있

---

*   grand jeté, 외발 서기 자세에서 힘차게 앞으로 나아가며 오른발 위에 온몸을 굽혀 전방 90도로 왼쪽 다리를 뻗치며 뛰는 동작.

는 점프.

머릿속에 후루타치 고즈에의 새침한 미소가 떠올랐다. 오늘 이즈미를 부른, 얼굴 점수 A 학점 소녀의 못돼 보이는 미소가.

확 받아 버려. 이즈미는 세리나의 충고를 떠올리며 전철에서 내렸다. 발걸음이 서쪽 개찰구로 향한다. 고나가와 시티가든 스완과 가장 가까운 개찰구였다.

AM 10:20

요시무라 기쿠노는 스카이라운지의 평소 앉는 자리에 앉아 그 여자가 다가오는 것을 초조하게 기다리고 있었다.

이번 주도 역시 집을 나선 시각은 오전 9시 정각. 고나가와 시티가든 스완의 오픈 시각에 현관을 지나며 꼭 출근하는 것 같다고 느꼈다. 정말 그렇다면 지각이라며 쓴웃음도 지었다.

근처 정류장에 갔을 때 때마침 버스가 왔다. 기다리지 않고 버스에 탄 것과 차 안이 한산한 것도 매주 같다. 눈부시게 들어오는 햇빛 때문에 블라인드를 내릴까 고민하고 있을 때 버스는 목적지를 향해 달렸다.

고나가와역까지는 30분도 채 걸리지 않는다. 버스 정류장에 내려 서쪽 개찰구로 걸어가서 옆에 있는 스완의 에스컬레이터를 타고 2층에 올라가면 바로 눈앞에 큼지막한 자동문이 나타나는데 그곳이 바로 스완의 현관이다. 기쿠노에게는 그 문을 씩씩하게 지나는 것이 비가 퍼붓든 창살이 내리꽂히든 양보할 수 없는, 일요일을 시작하는 의식이었다.

자동문 앞에는 유리 통로가 펼쳐진다. 차도 위를 지나는 공중 연결 통로다. 깨끗하고 고급스러운 데다가 통로의 너비도 놀라울 만큼 넓다. 이런 곳이 성수기에는 사람들로 가득 들어차 혼잡할 정도이니 대단하다고 할 수밖에 없다. 기쿠노는 한가로운 이런 시간대에 통로 한가운데를 유유히 걷는 것을 좋아했다. 인파에 섞여서 걸으면 피곤하고 위험하다. 인정하고 싶지 않지만 이미 여든에 가까운 나이에는 자기도 모르게 걸음걸이가 휘청거릴 때도 있었다.

앞으로 나아갈 때마다 등줄기가 꼿꼿해지는 느낌이 들었다. 약간의 흥분과 왠지 모를 자랑스러움. 이 통로에서 연상되는 곳은 바로 공항이다.

남편이 건강할 때는 둘이서 자주 해외여행을 다녔다.

두 눈이 휘둥그레질 정도로 화려한 풍경과 혀를 내두를 만큼 맛있는 요리. 흔하디흔한 골목길에도 새로운 발견이 있었다. 같은 구역을 뱅글뱅글 도는 택시 운전사, 꾀죄죄한 미산가*를 팔려고 다가오는 잡상인. 웃지 못할 위기를 겪은 적도 있다. 말이 통하지 않는 생면부지 타인의 도움을 받을 때는 이 세상을 잇는 것은 역시 친절이라고 절실히 깨닫기도 했다.

3성 호텔 가격으로 토끼굴 같은 숙소에 묵었던 것 역시 멋진 경험이라고 단언할 수 있지만, 그래도 역시 가장 즐거웠던 순간을 꼽자면 여행을 떠나기 바로 직전 비행기 탑승구로 향할 때다. "자꾸 어린애들처럼 호들갑부리지 마. 보기 안 좋아" 하고 나무라는 남편이야말로 속으로는 들떴다는 것을 기쿠노는 잘 안다.

남편이 아들 히데키에게 사업을 물려주고 세상을 떠날 때까지 불과 10년도 안 되는 기간에 쌓은 추억은 지금도 여전히 빛나고 있다.

꼭 그래서는 아니지만 기쿠노는 일요일 외출만큼은 최대한 화려하게 멋 내고 나가기로 마음먹었다.

며느리는 "그렇게 꾸미고 걷기 운동을 하시려고요?"

---

* 자수실이나 리본으로 만든 팔찌. 닳아서 저절로 끊어지면 소원이 이루어진다는 일종의 부적.

하고 얼굴을 찌푸렸고, 손녀딸은 "걷기 운동이 아니라 런웨이야" 하고 할머니를 추켜세워 줬다. 어느 시절 어느 나라에서든 며느리는 잔소리가 심하고 손녀딸은 사랑스럽다.

연결 통로 끝으로 조각상이 보였다. 본관과 별관을 나누며 역과도 이어지는 스완의 별관 입구다. 입장객을 환영하는 둥근 분수대는 크기가 별로 크지 않고 물기둥도 간신히 구색을 갖춘 정도다. 돌로 만든 가장자리 부분도 그다지 고급스럽지 않지만 정해진 시각에 작동하는 장치 인형들 덕분에 아슬아슬하게 체면을 지킨다. 정식 명칭은 '지크프리트의 샘'. 스완의 단골손님들은 대부분 '왕자의 샘'이라고 부른다.

기쿠노는 분수대를 곁눈질하며 앞으로 나아갔다.

입구를 빠져나가면 단숨에 시야가 넓어진다. 눈앞에 에스컬레이터를 갖춘 오픈 천장 공간이 나온다. 좌우로 나뭇결 모양의 타일 바닥이 뻗어 있고 여기저기 점포가 늘어서 있다. 상하좌우 어디를 봐도 탁 트여 있다. 디지털 안내판에 표시된 원형 지도 속 빽빽한 가게 이름은 볼 때마다 글자가 너무 작아서 눈을 깜빡이게 했다. 별관이라고 해도 1층부터 3층까지 구석구석 돌아다니려면 넉넉잡아 몇 시간은 걸릴 것이다. 통로와 벽 옆에 있는 의자와 벤치는 장식품이 아니라 그야말로 제 역할에 충실한 안전망인 것이다.

기쿠노는 오픈 천장 공간의 난간 옆을 따라 걸었다. 널찍한 공간이 쾌적하다. 아직 오전이라 별로 붐비지도 않아 쇼핑몰의 여왕님이 된 기분이다. 사람 없이 움직이는 에스컬레이터도 이 시간대에만 볼 수 있는 특전이다.

잠시 걸으니 또다시 연결 통로가 나타났다. 교차로 위를 대각선으로 지나 별관에서 본관으로.

조금 전보다 더 큰 공간에 도착한다. 넓이만으로는 별관도 본관에 뒤지지 않지만 이곳에서 느껴지는 박력은 차원이 다르다. 가슴 정도 오는 난간에서 아래를 내려다보면 흰색을 기조로 한 따스한 색조의 1층 광장이 거대한 원을 그리고 있다. 위는 3층보다 더 높은 곳에 있는 유리 천장까지 공간이 탁 트여 있다. 벽에 걸린 장식물도 세세한 부분까지 공들인 티가 난다. 바로크인지 로코코인지는 몰라도 어느 유서 깊은 탑 혹은 신전 같은 분위기다. 에스컬레이터조차 이곳에서는 고대가 만들어낸 기적처럼 보여 흥미로울 따름이다.

그리고 여기에도 장치 인형이 달린 분수대가 있다. 광장 한가운데에 있는 분수대는 왕자의 샘보다 크고 소재와 디자인에도 두세 배 공들인 것처럼 보이니 아마 예산이 훨씬 많이 들어갔을 것이다.

스완의 명물인 '오데트의 샘'. 모두가 부르는 별칭은 '백조의 샘'이다. 그리고 이곳은 백조 광장. 전부 백조다.

백조 광장은 여기저기 의자와 벤치가 많아서 주로 약속 장소로 쓰인다. 특설 무대에서는 캐릭터 쇼나 콘서트가 열릴 때도 있다. 기쿠노도 이따금 구경하지만 몇 분보다가 떠날 때가 대부분이다. 역시 사람이 많은 곳에는 익숙하지 않았다.

온기에 이끌려 유리 천장을 올려다본다. 다른 구역보다 갑절은 높은 그곳에서 내리쬐는 부드러운 햇빛을 받고 있자 왠지 장엄한 기분이 든다.

잠시 쉴 겸 화장실에 들르고 벽 옆 의자에 걸터앉아 한숨 돌린 후 후반전에 돌입했다.

백조 광장 앞은 긴 직선 구조로 돼 있다. 2층과 3층 통로는 정중앙이 오픈 천장으로 돼 있고 좌우로 나뉜 구역을 오갈 때는 복도를 지나야 한다. 적당한 간격으로 에스컬레이터가 설치돼 있고 그곳의 천장은 약간 크게 트여 있다.

슬슬 입장객이 늘기 시작했다. 가족과 커플이 옆을 지날 때마다 나이가 실감돼 조금 위축된다.

백조 광장에서 네 번째에 있는 에스컬레이터를 지난

다. 이 앞이 기쿠노의 목적지다.

본관의 끝. 다섯 번째 에스컬레이터 너머로 투명한 원통이 하늘을 향해 뻗어 있다. 5층 높이는 될까. 이 엘리베이터 꼭대기에 바로 기쿠노가 지금 가려는 스카이라운지가 있다.

어휴, 이제야 도착했네.

역시 조금 피곤했다. 인정하고 싶지 않지만 걷기 운동이라고 해도 완전히 틀린 말은 아니다.

버튼을 누르고 엘리베이터를 기다리는 동안 기쿠노는 1층을 내려다봤다.

마지막 분수도 백조의 샘에 비길 만큼 크고 만듦새가 훌륭하다. 약속 장소로 딱 좋은 광장 형태라는 점도 똑같다. 다만 분수대를 둘러싼 가장자리가 검은색이고 바닥 타일도 그에 맞춘 모노톤이다. 다른 곳과 마찬가지로 이곳을 '오딜의 샘'이라고 부르는 사람은 거의 없고 보통은 '흑조의 샘'이라 부른다.

도착한 엘리베이터에 올라탄다. 엘리베이터가 지붕을 넘어 더 높은 곳으로 오른다. 본관 최북단에 있는 엘리베이터 안에서 밖을 보면 반대편 지붕이 볼록 솟은 것을 알 수 있다. 백조 광장의 유리 천장이다.

위에서 보면 가늘고 길기만 한 직사각형 모양 건물처

럼 보이겠지만 실은 이 스완 본관에는 흥미로운 요소가 숨겨져 있다. 엘리베이터가 뻗은 이쪽 지상에서 맞은편 볼록 솟은 최상단까지 측면의 흰 벽에 은색 선이 비스듬하게 그려져 있는데, 멀리서 보면 마치 날개를 접은 새의 몸통처럼 보인다. 즉 건물 자체를 백조처럼 보이게 만든 것이다. 그러면 이 엘리베이터는 쭉 뻗은 백조의 긴 목. 통로를 사이에 두고 맞붙어 있는 거대한 저수지를 호수로 보면 정확히 '백조의 호수'가 완성된다. 거기에 녹색과 갈색 외벽을 지닌 별관은 백조가 사는 숲을 이미지화했다고 할 수 있을까. 상상이 여기까지 미치면 놀라움보다는 우스꽝스러운 느낌이 더 강하지만 기쿠노는 이런 기발함이 의외로 마음에 들었다.

엘리베이터가 스카이라운지에 도착했다. 올라탔을 때와 반대편 문이 열린다. 백조 머리는 전면 유리창 벽을 통해 4월의 햇살을 받고 있었다. 스무 개 남짓 되는 테이블에는 아직 손님이 거의 없다.

주방과 다른 곳을 구분 짓는 카운터를 보고 기쿠노는 무심코 이맛살을 찌푸렸다. 유니폼을 입은 젊은 웨이트리스가 같은 표정을 지었다. 또 왔냐는 표정이다.

흥, 그래 또 왔다. 뭐 불만이라도 있어?

시선을 다른 곳으로 홱 돌리고 혼자서 라운지 안쪽,

즉 백조의 부리를 향해 성큼성큼 걸어간다. 연초부터 일하기 시작한 저 올림머리 여자와는 아무래도 영 궁합이 맞지 않는다. 하루빨리 그만두면 좋을 텐데.

이렇게 오전 10시 20분 현재 기쿠노는 저수지가 내려다보이는 평소의 창가 자리에 앉아 올림머리 웨이트리스가 주문을 받으러 오는 것을 초조하게 기다리고 있었다.

AM 10:30

간신히 하이에이스를 입체 주차장에 댔다. 일요일에는 한 시간을 기다려야 할 때도 있지만 회전율은 그럭저럭 괜찮은 편이다. 덩치는 디즈니랜드 급이어도 대다수 지역민들에게 스완은 집 근처에 있는 편의 시설에 지나지 않아 생필품을 사서 돌아가는 사람이나 식사만 하고 가는 사람도 있다. 쇼핑몰 안에는 피트니스 클럽과 영어 회화 학원 같은 생활 밀착 시설도 있다. 예전에 니와 유즈키가 이곳을 찾은 주된 목적은 DVD 대여와 서점 방문이었다.

"쇼핑은 아마존으로 충분하지 않아요?"

산트가 짜증 섞인 웃음소리를 냈다.

"영화는 넷플릭스로 충분하고. 뭐 하러 이런 곳까지 오는지 모르겠네요."

유즈키는 적당히 흘려들었다. 책은 직접 사서 보는 편이고 당시에는 넷플릭스 같은 실시간 영상 스트리밍 서비스도 없었다. 그러나 반박해 봐야 아직 머리에 피도 안 마른 이 소년은 납득하지 못할 것이다. 굳이 납득시키고 싶지도 않다. 시간 낭비다.

어차피 산트에게는 그 자신이 믿는 세계만이 올바르고 진실된 세계다.

그리고 인간은 원래 대부분 그렇다.

이런 뜻의 센스 있는 속담이나 격언을 떠올리려 했지만 바로 떠오르지는 않았다. 분명 보드리야르인가 누군가가 비슷한 말을 했던 것 같은데.

"그런데 요즘 같은 때 콘텐츠에 돈을 쓰는 사람이 원시인이기는 하죠."

영화와 음악, 만화, 소설까지 모두 인터넷에서 공짜로 구할 수 있거든요. 어차피 창작자들은 광고비로 돈을 버니 우리는 한 푼도 낼 필요가 없어요. 이건 대기업에 늘 착취만 당하는 서민의 정당한 권리예요.

"꼴좋다니까요, 아주."

히히히, 하고 경련하듯 웃는 산트를 보며 유즈키는 그가 대체 무엇을 향해 '꼴좋다'라고 하는지 이해할 수 없었다. 이해할 수는 없지만 끈적한 그의 말은 가슴에 남았다. 유즈키는 만약 산트의 일대기를 쓴다면 띠지 문구를 '꼴좋다!'라로 해야겠다고 생각했다.

"근데 겉보기에는 진짜 장난감 같네요."

산트가 손에 든 물건을 지그시 바라보며 말했다. 손바닥 안에 쏙 들어오는 손잡이. L자로 뻗은 몸체. 어린아이도 알 만한 그 형상. 단단하고 투박해 보이는 권총이다.

"질감이 다르고 무게감도 거의 없고."

"두 발 쏘면 끝인 사양이니."

구스가 툭 내뱉었다. 오늘 아침 합류한 이후 그가 산트에게 대답한 건 이번이 처음이었다.

"강도 대신 소형화에 집중했어. 폭발 가능성을 막으려고 위력도 낮췄지. 표적을 향해 쏠 때는 연사가 나을 거야."

"흐음." 산트가 볼을 실룩이며 미소 지었다. "고양이는 한 발로 끝나긴 하던데."

옷을 갈아입은 세 사람은 시트를 눕힌 하이에이스 뒷좌석에서 서로 마주 보고 있다. 창문은 이미 커튼으로 가렸다. 후끈한 차내등 때문에 비지땀을 흘리며 세 사람의 눈은 지금 산더미처럼 쌓인 권총에 쏠려 있다. 구스가 직접 만든 모조 권총이다.

모양은 그럴싸해도 금속이 고스란히 드러난 외양을 보면 일반적인 권총이 아닌 것만은 명백하다. 외국의 어느 마니아가 공개한 설계도를 기반으로 시행착오를 거듭했고, 3D 프린터와 판금 기술을 구사해 간신히 완성에 이르렀다고 하지만 솔직히 별 관심은 없다. 다만 사전에 확인한 성능만을 놓고 보면 합격점을 줘도 될 것이다.

한 사람당 20정씩 총 60정. 총알도 구스가 직접 만들었다. 계획을 세운 이후 고작 반년 만에 이런 완성도라니. 유즈키는 순수히 감탄했다.

"고양이와 인간은 골격 강도가 다르지. 인간은 생각보다 튼튼해."

그러자 산트는 또다시 "흐응" 하고 신음했다. 그 소리에 왠지 깔보는 듯한 울림이 있었다.

구스가 담담히 설명을 이어 갔다.

"머리를 노리는 게 좋을 거야. 눈썹과 눈썹 사이를 직격하면 한 발로도 충분하겠지."

"전에도 그렇게 말했죠?" 산트가 어깨를 으쓱했다. "뭐 어디든 상관없어요. 즐길 수만 있다면."

평소보다 더 도발적인 말투다. 유즈키는 아마 긴장해

서일 거라고 추측했다. 위축돼 있는 것이다.

한편 구스는 평소와 다르지 않은 무뚝뚝한 얼굴이다. 근육질의 우람한 몸에 스포츠머리. 뱁새눈은 뭔가 언짢아 보이기도, 초연해 보이기도 한다.

"괜찮겠어?"

"뭐예요, 그게." 유즈키의 질문에 산트는 얼굴을 붉혔다. "제가 실수라도 저지를까 봐요?"

"그게 아니라 그냥 확인 차 묻는 거야."

"그러지 말라고 했죠? 짜증 난다니까요. 반 씨 혼자 되게 여유로운 척하는 거."

"미안. 근데 여기서 말싸움해 봐야 뭐 하겠어."

쳇. 산트는 혀를 차고 가져온 배낭을 뒤지더니 고글을 꺼내 휙 던졌다.

튼튼한 플라스틱 프레임이다. 도수 없는 렌즈에는 작은 흠집이 있다. 아마 중고품일 것이다.

유즈키는 오른쪽 관자놀이 부분에 달린 소형 카메라를 손으로 확인했다.

"발신은 11시부터예요."

모든 프로그램 준비 완료. 산트는 그렇게 주장하듯 큼지막한 노트북을 열고 키보드를 툭툭 두드렸다.

"전자동이겠지?"

"당연하죠. 설마 끝난 다음에 다시 여기 오게요?"

유즈키는 어깨를 으쓱하는 것으로 대답했다.

"다 기록돼요. 영원히 남을 거예요. 겁쟁이들은 앞으로 평생 놀림거리가 될 거라는 말이에요."

히히히.

"반 씨 물건도 줘요."

유즈키는 낚싯대 가방 세 개를 두 사람 앞에 내려놓았다. 지퍼를 열어 안에서 검게 빛나는 막대기 모양의 물건을 꺼낸다.

칼집을 쓱 뽑자 아름다운 칼날이 차내등 불빛을 받아 반짝였다. 산트가 숨을 집어삼킨다. 구스의 뜨거운 눈빛이 느껴졌다.

할아버지 집 창고에서 슬쩍해 온 일본도다.

"총을 다 썼을 때를 보험 삼아 가져왔지."

"멋지네요. 이걸로 당장 가서 그 가족들을 베어 버리고 싶어요. 그 꼬맹이 놈 머리를 베어서 엄마 엉덩이에 꽂아 넣으면 재밌지 않겠어요?"

"안 돼."

거센 목소리가 들렸다. 구스가 산트를 노려보고 있다.

"변태 같은 짓 하지 마. 더러워져."

"네?" 산트가 눈을 부릅떴다. "더러워진다? 그게 무슨 소리예요. 더러워진다아? 더러워진다아아?"

그러더니 킥킥킥 하고 웃음을 터뜨린다.

"구스 씨! 지금 장난치신 거죠? 와, 진짜 재밌다! 더러 워진다고요? 곧 닥치는 대로 사람을 죽이고 다닐 거면 서 무슨 깨끗하니 더러우니를 따져요?"

구스는 반응하지 않았다.

"됐고, 여기까지 와서 우리 서로 설교 같은 건 하지 않기로 해요. 어차피 앞으로 두 번 다시 만날 일도 없을 테니."

"그래." 구스가 대답했다. "만날 일은 없지."

"네. 그러니 산뜻하게 가요, 우리."

"그런데 이 카메라는 어떻게 켜는 거야?"

산트가 몸을 뒤로 젖혔다.

"뭘 어떻게 켜요. 당연히 스위치만 누르면 되죠. 원숭 이도 할 수 있으니 안심하세요."

킥킥킥킥.

"아, 아니면 구스 씨, 설마 평소에 쓰는 그 우유병 밑 바닥 같은 안경과 함께 집에다가 고글 쓰는 법과 바나나 껍질 벗기는 법도 두고 오신 건 아니죠?"

"산트." 구스가 산트의 뒤를 가리켰다. "누가 엿보는 것 같은데."

"네?"

산트가 커튼이 닫힌 측면 유리를 돌아봤다. 구스가 모조 권총을 집어 든다. 그는 물 흐르는 듯한 동작으로 산트의 뒤통수에 총구를 갖다 대고 방아쇠를 당겼다.

탕, 탕.

주르륵.

산트는 만세 자세로 차 문에 들러붙어 쓰러졌다. 몸이 부들부들 경련하고 뒤통수에 뚫린 구멍에서 피가 줄줄 쏟아진다.

"이런." 유즈키는 무심코 웃고 말았다. "더럽혀졌네요, 시트."

"무슨 상관이야. 어차피 반납할 것도 아닌데."

이 차를 구해 온 남자가 그렇게 말한다면 유즈키도 불만은 없다.

세 사람이 처음 만난 곳은 인터넷 게시판과 SNS였다. 반년 전부터는 직접 만나서 함께 준비해 왔지만 서로의 본명도 모른다. 자기소개를 믿자면 구스의 나이는 30대 중반. 오래전 파일럿을 지망해 방위대학교를 다녔지만 시력 저하를 이유로 퇴학당했다고 한다.

"네. 상관없죠." 유즈키는 미소 지었다. "쓸 수 있는 총도 많아졌고 〈엘리펀트〉 주인공들도 2인조였으니까요."

구스는 입을 다문 채 산트의 피와 시신에서 나오는 오물로부터 보호하듯 권총을 자기 쪽으로 가져왔다. 유즈키도 똑같이 했다.

"경로는 어떡하죠?" 일본도를 앞으로 내밀며 묻는다. "산트 대신 저랑 백조에서 시작해도 괜찮을 것 같은데."

유즈키와 함께 별관에 들어가 지크프리트 샘으로 향한다. 이것이 처음 계획한 산트의 동선이었다.

"바꾸지 않아도 돼." 칼집을 쥔 구스가 나직이 말했다. "난 흑조부터 갈게."

유즈키는 "알겠어요" 하고 대답했다. 은행을 털거나 요인을 암살하러 가는 것도 아니다. 서로 내키는 대로 하면 그만이다.

"전 2층에서 그쪽으로 향할게요. 동선이 겹치지 않게 주의하죠."

구스는 고개를 한 번 끄덕이고 손목시계를 봤다.

"슬슬 나가지."

엉거주춤 일어선 그에게 유즈키는 말했다.

"그럼 한 시간 후에 야스쿠니에서 봅시다."

질 낮은 농담에 구스는 입술을 살짝 일그러뜨렸다.

야마지 도모타케가 하품을 쩍 했을 때 후배 오다지마 지카라가 대기실에 들어왔다. 정식 명칭은 '제2 방재 센터'지만 야마지는 대기실이라고 부르는 게 더 와닿았다.

"오늘도 아주 성황이네요."

오다지마가 어깨를 으쓱하며 넌더리가 난다는 듯이 얼굴을 찌푸렸다.

"이런 상태라면 오늘은 출동 축제가 벌어질지도 모르겠어요."

야마지 옆에 있는 책상에 가서 삐걱 소리를 울리며 의자에 앉는다. 이 후배는 럭비로 단련된 듬직한 체격의 소유자로 겉모습부터 그야말로 믿음직한 경비원답다. 다른 일을 하다가 여기 들어온 야마지는 패기 없어 보이는 처진 눈과 좁은 어깨, 거기에 늘어지기 시작한 뱃살에 관록이 있냐 없냐 소리를 들을 몸매를 지녔다.

"그러고 보니 아까도 어린아이 한 명이 넘어지던데."

"선배 앞에서요?"

"그래. 하마터면 부딪칠 뻔했어. 위험했지."

"깜짝 놀라셨겠어요."

아이가 다치는 것보다 부모가 더 무섭다. '당신이 피

했어야지!' 하고 소리치거나 '당신 때문에 넘어졌잖아' 하고 트집을 잡으며 나중에 클레임 전화를 걸어 올 수도 있다.

"그런데 카메라에 기록이 남는 만큼 여기는 괜찮은 편이에요. 연말에 나갔던 현장이 진짜 가관이었죠. 야외 이벤트에다가 방범 카메라도 없음. 한번 시비가 붙으면 잘잘못을 따지다가 한세월이 지날 곳이었어요."

"시비가 붙었나?"

그러자 오다지마는 "조금" 하고 쑥스러운 듯 머리를 긁적였다.

"흡연 구역도 아닌데 담배를 피우는 아저씨가 있어서 주의를 좀 줬거든요."

상대는 가족과 함께 온 아버지였고 나이는 40대 정도였다. 어린 경비원에게 주의를 들은 게 거슬렸는지 피우던 담배를 오다지마의 신발 쪽으로 던졌다고 한다.

"열이 확 뻗치더라고요. 그래서 쫓아가서……."

"그럼 안 되지. 안 돼. 심정은 이해하지만."

"네. 일단은 반성하고 있어요."

오다지마가 웃음을 터뜨리자 야마지는 한숨을 내쉬었다.

경비원에게 딱히 특별한 권한이 있는 것은 아니다. 평

범한 아르바이트생보다 조금 나은 수준이고 오히려 다른 일보다 신경을 더 기울여야 하는 부분도 있다. 조금만 언성이 높아져도 위협적, 고압적이라며 불만을 듣기 쉽다. 손님끼리 서로 주먹을 뻗기 일보 직전 상황이 벌어져도 실력 행사는 절대 금물이다. 뒤에서 제압해서는 안 되고 두 사람을 떨어뜨려 몸싸움을 막는 정도가 고작이다. 야마지를 비롯해 경비 회사에서 파견돼 일하는 이들은 클라이언트 쪽에서 지켜 주지도 않는다. 손님의 불합리한 이의 제기 한 번으로 출근 정지 처분을 받는 사례도 적지 않다.

따라서 이곳에서의 기본 근무 태도는 '최대한 모나지 않게, 적당히' 노선뿐이다. '주의'보다는 '부탁'. 지시 조의 말은 절대 삼간다. 욕지거리를 일삼는 불량 청소년들을 말릴 때는 이유를 막론하고 이쪽이 먼저 사과해야 한다. 그리고 그럴 때는 주변 손님들에게서 싸늘한 시선을 받는다. 왜 저렇게 비굴해? 저 유니폼은 장식이야? 한심하네.

야마지는 자신이 하는 일은 원래 그렇다고 결론 내렸다. 그렇게 결론짓지 않으면 마음이 버티지 못한다. 마음이 한번 꺾이면 모든 일이 싫어진다. 그리고 이런저런 것들이 함께 무너진다. 무너뜨릴 수는 없으니 그냥 그렇게 지낸다. 세상은 원래 이런 거라며 스스로 되뇌며.

"정말 조심해야 해. 손님과 싸움이 붙어서 홧김에 그만둔 사람도 많으니까."

작년 여름에도 손님과 다툰 후배가 있었다. 손님이 먼저 시비를 걸어서 충동적으로 손을 뻗고 말았다. 일어날 수 있는 최악의 사례. 당사자의 외고집스러운 성격 때문에 회사와도 충돌했고 결국 뒷맛이 좋지 않은 자진 퇴사에 이르렀다. 그에게 일을 가르쳤던 야마지도 평소 마음에 들지 않는 상사에게 호된 지적을 들었다.

"그런 멍청이들과 똑같이 취급하지 마세요." 오다지마가 쓴웃음을 지으며 말했다. "제가 얼마나 잘 참는데요. 게다가 여긴 천국이잖아요. 이런 곳에 배치된 것 자체가 엄청난 행운 아닌가요?"

그 점만큼은 야마지도 전적으로 동의했다. 고나가와 시티가든 스완은 틀림없이 좋은 근무지다.

지금 이 대기실에는 야마지를 비롯한 열 명의 경비원이 일하고 있고 그중 다섯 명이 순찰을 나갔다. 제2 방재 센터는 주로 본관을 맡지만 이 넓은 구역, 그것도 3층 건물을 고작 다섯 명이 커버하는 건 물리적으로 불가능하다. 열 명이 동시에 나가도 마찬가지일 것이다. 그러나 클라이언트 쪽에서는 인건비를 최대한 아끼려 한다. 그래서 도입한 것이 바로 최신식 방범 카메라 시스템이었다.

현재 야마지가 앉은 책상에는 총 아홉 대의 모니터가 빙고 카드처럼 늘어서 있다. 각각의 화면에 스완 내부를 오가는 사람들의 모습이 비친다. 움직임은 다소 어색한 감이 있지만 전과 비교하면 차원이 다를 만큼 깨끗한 컬러 영상이다. 각 구역의 천장에 설치된 방범 카메라는 점포를 제외한 공유지의 대략 95퍼센트를 커버하고 그만큼 숫자도 많다. 모니터는 무작위로 번갈아 그중 한 대의 영상을 비춘다. 아홉 대를 전부 응시하면서 이 안에서 일어나는 일을 스물네 시간 감시하다 보면 버티지 못할 것이다. 애초에 그것은 인간의 능력을 초월한다.

따라서 인간 대신 일해 주는 것이 바로 AI다. 수상쩍은 거동이나 트러블 상황을 자동으로 탐지해 경고음을 울린다. 그것을 보고 주임 직급이 확인해 출동 여부를 결정한다. 단순한 과민 반응일 뿐 실제로는 별문제가 없는 경우도 잦지만 효율이 뛰어난 것만은 명백하다. 이 시스템 덕에 스완에서 일하는 경비원들은 대기실에서 제법 한가롭게 지낼 수 있다. 오픈과 폐점 시간에 입구나 주차장에 서 있는 것은 거의 일하는 척을 하는 것에 불과하다.

복 받은 환경이다. 야마지는 다른 현장에서 일하는 동료들이 부러워할 때마다 그렇게 느꼈다.

원해서 한 이직은 아니었다. 월급도 줄었다. 그러나 이곳에서 꼬박 5년을 일하며 완전히 정착했다. 현재 야마지의 고민은 집 대출금과 아이들의 진학 문제, 그리고 운동 부족이다.

"그 할머니는 오늘도 왔나요?"

아침 일찍 주차장을 순찰하고 온 오다지마가 커피를 홀짝이며 물었다.

"그래."

아침에는 별관과 이어지는 연결 통로 입구에 서 있었던 야마지는 허공을 올려다보며 기억을 더듬었다. 힘찬 발걸음으로 걸어오는 파란 옷의 주인공이 떠올랐다.

"봤어. 꽤 비싸 보이는 카디건을 걸치고 있던데."

"신발은요?"

"그건 평소랑 똑같았고."

오다지마가 히죽 웃었다. 이제는 거의 명물이나 마찬가지인 '일요일 할머니'다. 매주 아침에 나타나 곧장 스카이라운지로 향하는 그녀는 늘 잔뜩 멋을 부리고 오지만 신발만은 걷기 편해 보이는 운동화를 신는다. 그 모습이 왠지 언밸런스해서 오다지마를 비롯한 몇몇은 그녀를 입에 올릴 때마다 조롱하듯 말한다.

"부자도 나이는 못 이기나 봐요."

"부자인지는 모르지."

"스카이라운지에서 일하는 여자아이가 그러던데요.
짜증 난다고."

"왜?"

"늘 제멋대로 굴면서 잘난 척을 한대요."

도모타케는 흐음, 하고 반응했다. 그렇다고 꼭 부자일
리는 없다. 게다가 너희도 언제까지나 젊지는 않을 테
고. 그런 설교를 하려다가 관뒀다. 여기는 직장이다. 최
대한 쾌적하고 안락하게 일하다가 돈만 받으면 되는 곳.
그 이상 그 이하도 아니다. 설교의 무력함도 이미 오래
전에 깨달았다.

그때 삐, 하는 알람 소리가 울렸다.

중앙에 있는 모니터 왼편 위쪽에서 주의를 알리는 붉
은 동그라미 마크가 깜빡였다. 야마지는 몸을 앞으로 뻗
었다. 기껏해야 어린아이가 넘어진 것 정도라 예상했지
만 아무래도 아닌 듯했다.

입장객으로 가득 찬 통로 한가운데에서 여자 한 명이
당황한 것처럼 주위를 두리번거리고 있었다.

가메나시 요스케는 긴장감과 약간의 초조함을 느끼며 각진 벤치에 앉아 있었다. 스완 본관 1층. 광장을 둘러싸 듯 설치된 이 벤치는 지금 요스케처럼 쉬는 손님들로 들어차 있다. 노인, 가족, 커플. 시야 끝에는 커다란 분수대, 백조의 샘이 물기둥을 뿜고 있다. 요스케 뒤에 있는 유명 프랜차이즈 카페에서 커피와 파이를 사서 한가로이 분수를 구경하는 사람도 있다. 근처 아파트에 사는 요스케에게 스완은 학교와 비슷할 정도로 익숙한 곳이다.

손목시계를 본다. 평소에는 스마트폰으로 시간을 확인하지만 오늘은 입학 축하 선물로 받은 시계를 차고 왔다.

10시 50분.

면바지 주머니에서 스마트폰을 꺼낸다. 부재중 전화와 메시지는 없다.

조금 전보다 더 초조해졌다. 벌써 20분이나 기다리고 있다.

뭐야. 어제는 그렇게 신나 보이더니.

스가노 유이는 아르바이트를 하는 곳의 선배였다. 작년 가을 초입 무렵 학교 옆 술집에서 일했을 때 그녀에게서 일을 배웠다. 평소에 일을 척척 해내고 기운이 넘치며 싹싹한 성격 덕에 가끔 입에 담는 볼멘소리도 묻히는 타입의 여자였다.

처음에는 짜증스러웠다. 가메나시를 줄여서 가메, 가메 하고 부르며 친한 척을 할 때는 '못생긴 주제에 말 걸지 마' 하고 속으로 악담을 퍼부은 적도 있다. 그러다가 사이가 좋아졌고 어느덧 그녀에게 마음이 끌렸다.

요스케는 지금껏 여자 문제로 고민한 적이 없었다. 훤칠한 키에 잘생긴 얼굴. 스스로 생각해도 센스 있는 언변. 덕분에 초등학교 시절부터 여자 친구가 끊이지 않았고 반과 학년, 학교를 뛰어넘어 동네에서도 인기 만점이었다. 괜찮은 수준의 남자를 원하는 여자아이가 접근해 오면 이쪽도 상대 수준을 확인하고 사귀거나 헤어지기를 반복했다. 역대 여자 친구 중에는 패션 잡지의 독자 모델이 된 아이도 있다.

그런 만큼 대학에서도 여자를 번갈아 가며 만날 생각이었다. 실제로 신입생 환영회에서 여자 친구를 사귀었고 동아리에서 세컨드를 찾았으며 술집에서는 하룻밤 상대를 찾았다. 세컨드와 하룻밤 상대의 차이는 잘 모르겠지만 아무튼 그런 식으로 인생을 즐기며 살았다.

그러다가 작년 3학년이 되자 불현듯 모든 것에 흥미

를 잃었다. 이유는 알 수 없다. 취업 활동과 졸업이 다가
온 것도 관련 없지는 않겠지만 이유가 꼭 그것만은 아니
다. 부모님이 보내 주는 생활비로 여자를 만나고, 돈이
다 떨어지면 여자들에게 다시 얻어먹는 생활에 진력이
났을지도 모른다.

그래서 별생각 없이 시작한 아르바이트였다. 쓸데없
이 활기 넘치는 그 술집의 점장이 동아리 선배라 쉽게
채용됐다. 그전까지는 오직 잠자리에서만 땀을 흘렸던
요스케는 일한 지 딱 하루 만에 몸이 힘들어졌고, 이틀
째 되는 날 관두고 싶어졌다. 사흘째 되는 날 관두기를
결심했고, 나흘째 되는 날 가게에 나가지 않을 이유를
찾고 있을 때 눈앞에 유이가 나타났다.

떠올려 보면 당시 요스케는 "어서 오세요" 하는 인사
도 대충 했고 주문을 잘못 받아도 사과하지 않는 전형적
인 불량 아르바이트생이었다. 그런 요스케에게 유이는
가차 없었다. 다음 날에도 요스케가 출근한 것은 이 짜
증 나는 여자를 자신에게 반하게 해서 나중에 쓰레기처
럼 버려 주겠다는 어두운 욕망 때문이었다.

그런데 어쩌다 이렇게 돼 버렸을까.

유이는 열아홉 살에 집에서 독립해 혼자 생계를 이어
갔다. 학교에 다니지도 않고 아르바이트를 두 개씩 해 가

며 돈을 모았다. 언젠가는 자기 명의의 가게를 갖고 싶다고 그녀는 말했다. 작은 정식집, 혹은 도시락집. 5년을 열심히 일했으니 앞으로 3년만 더 하면 될 것 같다고 했다.

사귀어 달라는 말을 먼저 꺼낸 사람은 요스케였다. 유이는 멍한 얼굴로 반응했다. 그러다가 별안간 뭔가 우스워져서 둘이서 깔깔 웃음을 터뜨렸다. 요스케는 정식집이든 도시락집이든 촌스럽지만 웬일인지 유이와 함께라면 나쁘지 않을 것 같다는 기분이 들었다.

유이에게 한 번은 취직 경험을 쌓아 보라는 말을 듣고 지금은 외식 체인을 노리고 있다. 그곳에서 노하우를 쌓으면 언젠가 갖게 될 둘만의 가게에 도움이 될 수도 있을 것이다.

그때 메시지가 도착했다.

―미안. 늦잠 잤어. 뛰어갈게.

뛰어오다니. 이케부쿠로에서 여기까지 몇 킬로미터인데.

저도 모르게 미소가 지어졌다. 그 미소 때문에 또 새삼 놀랐다. 예전의 나라면 바로 일정을 취소하고 다른 여자를 만나러 갔을 것이다.

요스케가 고나가와에 산다는 말을 듣고 스완에 가 보고 싶다는 말을 꺼낸 사람은 유이였다. 요스케는 탐탁지 않았다. 여기서는 아는 사람을 만날 확률이 높기 때문이다. 그동안 요스케가 울린 여자, 요스케와 원수를 진 남자가 발에 차일 만큼 많다.

그래도 유이의 소원이라면 들어주고 싶었다. 설렘이나 강렬한 성욕과는 다른, 왠지 그냥 조용히 옆에 있어 주고 싶은 기분. 옆에 있어 줬으면 하는 기분.

지금의 긴장감은 언젠가 가족들에게도 유이를 소개해야겠다고 생각하고 있기 때문일 것이다.

인생은 정말 모르는 거야.

쓴웃음을 지었을 때 문득 시선을 빼앗겼다. 주차장 쪽에서 걸어오는 묘한 분위기의 긴 머리 남자. 튼튼해 보이는 고글을 썼고 상반신에는 투박한 조끼를 걸쳤으며 어깨에 무거워 보이는 가죽 숄더백을 메고 있다. 그리고 허리춤에는 사극에나 나올 법한 칼을 찼다.

이벤트에 출연하는 배우인가? 그런가 싶어 광장을 둘러봤지만 무대 같은 것은 보이지 않는다.

시간은 이제 곧 11시. 분수 앞에서 스트레칭을 시작한 긴 머리 남자를 요스케는 멍하니 바라봤다.

긴 머리 남자가 튼튼해 보이는 고글에 손을 갖다 댔다. 그리고 주변을 둘러보더니 요스케를 빤히 쳐다본다. 입가를 펼치며 히죽 웃는다.

아는 사람인가? 하지만 고글 때문에 누군지 알아보기

어렵다.

긴 머리 남자가 숄더백에 손을 집어넣고 요스케를 향해 천천히 다가왔다. 뭐지. 누굴까. 그런 요스케의 의문을 아랑곳하지 않고 뚜벅뚜벅 걸어오고 있다.

그때 유이에게서 메시지가 도착했다.

—전철 탔어. 재밌겠다!

칫. 역시 마이 페이스라니까. 그런데 뭐, 괜찮아.

오늘 하루는 재밌게 즐기자.

그렇게 답신을 보내려는 순간.

탕.

AM 11:00

"저기, 잠깐만!"

그렇게 외치자 올림머리 웨이트리스가 돌아봤다. 요시무라 기쿠노는 그녀의 찌푸린 얼굴을 보고 순간 발끈해 테이블을 주먹으로 내려쳤다. 그리고 접시에 담긴 나폴리탄 스파게티에 포크를 푹 찔렀다.

"당신 이게 뭔지 알아?"

비아냥을 잔뜩 담아 물으며 포크를 다시 들어 올린다.

상대는 불만 섞인 표정을 숨기지 않고 낮은 목소리로 대답했다.

"……소시지 아닌가요?"

"그래, 맞아. 어떻게 이럴 수가 있어." 기쿠노는 호들갑스럽게 어깨를 으쓱했다. "난 여기 나폴리탄을 좋아해서 매주 와서 먹고 있어. 몇 번을 먹었는지 이제는 셀 수 없을 정도야."

매주 일요일 스카이라운지에서 느긋하게 홍차를 마시며 한 주의 피로를 푼다. 배가 고플 무렵에는 나폴리탄 스파게티를 주문한다. 그날그날 식욕에 따라 샌드위치를 먹을 때도 있지만 지금 그런 건 아무래도 상관없다.

올림머리 웨이트리스의 얼굴이 시간이 갈수록 어두워졌다. 그 모습이 기쿠노의 화를 더욱 부채질했다.

"분명 소시지를 햄으로 바꿔 달라고 했을 텐데?"

"……'평소처럼'이라고만 하셨는데요."

"평소처럼이 그 말이잖아!"

웨이트리스는 부루퉁한 얼굴 그대로 "그럼 바꿔 드릴게요." 하고 접시를 가져가려고 했다.

"잠깐만." 기쿠노의 인내심이 마침내 바닥났다. "그 태도는 뭐야? 손님이 왕이라고 못 배웠어?"

"그건 좀 아닌 것 같아요." 올림머리 웨이트리스가 당당히 기쿠노를 내려다봤다. "원하시는 대로 다 맞춰 드리는 건 불가능하고 마음에 들지 않으니 공짜로 해 달라는 요구에도 응할 수 없습니다. 서비스는 언제나 제가 할 수 있는 범위 안에서만 해 드릴 수 있어요."

"뭐?"

기쿠노는 눈을 부릅떴다.

"내가 언제 불가능한 요구 같은 걸 했다고?"

"평소처럼이라는 한마디만으로 다 알 수 없다는 말이에요. 저희 가게에 평소처럼이라는 메뉴가 있는 것도 아니고요."

말문이 턱 막혔다. 말도 안 되는 생트집이다.

기쿠노는 남편이 일군 물류 회사에서 오랜 세월 열심히 일했다. 거래처의 무리한 요구에 응하고 그들의 눈치를 살피는 건 당연했다. 거래처와 고객을 상대할 때는 마땅히 그래야 한다고 배웠다.

아무리 젊은 아르바이트생이라고 해도 이건 너무 비상식적이잖아. 하물며 나는 매주 이곳을 찾는 단골손님인데.

"가서 점장 불러와."

그러자 웨이트리스는 흥 하고 코웃음을 쳤다.

"얼른 불러와!"

그렇게 소리치자 다른 테이블에 앉은 손님들이 눈살을 찌푸리는 것이 보였다. 꼭 뉴스 등에 나오는 진상 손님이 된 기분이다. 분노 때문에 포크를 쥔 손이 덜덜 떨렸다. 모처럼 신경 써서 외출했는데 다 잡치고 말았다.

카운터로 향하는 올림머리 웨이트리스의 뒷모습이 얄미워서 견딜 수 없다. 언젠가는 이 손으로 저 목을 졸라서……

탕.

쨍그랑!

난데없이 뭔가가 깨지는 소리에 소스라치게 놀라 손에 쥐고 있던 포크를 바닥에 떨어뜨렸다. 엉겁결에 천장을 올려다본다. 유리 천장 너머에는 쾌청한 파란 하늘이 펼쳐져 있다.

그리고 다음 순간, 아래층에서 비명이 들렸다.

AM 11:10

─방재 센터에서 알립니다. 현재 관내에서 화재가 발생했습니다. 입장객분들은 지금 즉시 직원의 안내를 받아 안전한 곳으로 대피해 주시기 바랍니다.

화재라.

탕, 탕. 2층으로 올라가는 에스컬레이터에 선 니와 유즈키는 손잡이에 등을 기대고 서서 2층 통로를 달리는 중년 남녀에게 모조 권총을 연달아 발사했다. 첫 번째 총알과 두 번째 총알 중 어느 쪽이 맞았는지는 모르지만 남편으로 보이는 남자가 어깨를 감싸며 쓰러졌다. 여자가 비명을 지르며 달려간다. 청아한 소프라노 보이스.

사정거리는 그럭저럭 괜찮지만 역시 먼 곳에서는 위력이 떨어진다. 저 남자는 큰 부상을 입지는 않았을 것이다. 운이 좋다.

다 쓴 권총을 바닥에 휙 던진다. 아래쪽에서 요란한 소리가 울려 퍼진다. 1층을 내려다보니 백조 광장은 이미 아수라장이 돼 있었다. 벤치 옆에 사람이 쓰러져 있고 바닥에도 사람이 쓰러져 있으며 흰 타일은 피로 붉게 물들어 있다. 다 쓴 권총이 온갖 곳에 검은 점 모양으로 떨어져 있다. 닥치는 대로 쏜 결과물치고는 아름다운 광경이라고 유즈키는 생각했다.

에스컬레이터에 올라타 있는 동안 주위를 빙 둘러봤다. 백조 광장 가운데에서 하늘을 향해 승천하는 기분이다. 비명과 울음소리에 ARS 음성인 관내 방송까지 더해져 시끄럽기는 하지만 의외로 거슬리지는 않는다. 천장에서 내리쬐는 4월의 햇살. 이 거대한 원기둥 모양의 따스한 방공호, 21세기의 바벨탑이 마치 니와 유즈키를 위해 존재하는 것 같았다.

시야 끝에 도망치는 사람이 몇 명 보였다. 황홀감을 즐기며 그냥 내버려 두기로 한다.

어깨를 파고드는 무거운 가죽 숄더백에서 새 권총을 꺼내 든다. 2층에 도착했다. 바로 옆에 있는 핸드폰 매장 앞으로 직원처럼 보이는 여자가 서 있다. 두 손을 가슴에 맞붙인 채 두려운 듯 머뭇거리고 있다. 혼란 때문에 정상적인 사고가 멈춘 느낌이다.

유즈키와 눈이 마주치자 그녀는 입을 뻐끔거렸다.

"화재라고 하던데요, 아가씨."

손에 든 권총을 단발머리 여자의 목 언저리에 겨누고 방아쇠를 당겼다. 꺄악 하는 비명을 지르며 여자가 앞으로 쓰러졌다. 총알이 스친 목에서 피가 뚝뚝 떨어진다. 이 거리에서 빗나가다니. 자신의 실력 부족에 어이없어하며 유즈키는 두 발째 방아쇠를 당겼다.

철컥.

끝까지 당겨지지 않고 멈췄다. 안에서 탄이 걸린 것이다. 구스는 이럴 때 바로 총을 버리라고 했다. 제작자의 충고에 따라 총을 내던지고 새 권총을 손에 든다. 그러는 동안 단발머리 여자는 바닥에 쓰러진 채 벌벌 떨고 있다. 이보다 더 손쉬운 일이 있을까.

탕.

총구를 이마에 정확히 겨누고 발사했다. 뇌수가 사방에 튈 일은 없다. 어차피 아마추어가 만든 물건이라 그 정도 위력은 없다. 그러나 여자는 실이 끊어진 꼭두각시 인형처럼 앞으로 푹 고꾸라졌다. 그것을 보고 유즈키는 만족했고 기분이라며 남은 한 발을 그녀의 배에다 쏘고 빈 권총을 휙 던졌다.

두 발만 쏠 수 있는 모조 권총은 소모품이라 불러야 할 것이다. 유즈키는 벌써 열 정 정도를 소비했다. 처리한 사냥감은 여섯 명쯤 될까. 일일이 확인하지 않았으니 살았는지 죽었는지는 알지 못한다.

탕, 탕. 꺄악! 툭.

맞닥뜨리는 사냥감들에게 총알을 퍼부으며 골동품 가게와 카페를 지나친다. 비스듬하게 휜 직선형 통로는 중앙 천장부가 뻥 뚫려 있고 구역이 좌우로 나뉜다. 전망이 좋지만 사람은 없다. 아직 남아 있는 건 어지간히 굼뜬 녀석들일 것이다.

유즈키는 사냥감이 도망쳐도 끝까지 쫓지 않고 여유롭게 통로를 걸었다. 목적지 도착 예정 시각은 정오다.

너무 일찍 도착하면 모양이 나지 않는다. 무엇보다 일요일 한낮에 텅 빈 스완을 활보하는 귀중한 시간을 즐기지 않는 것은 죄다.

걷다가 우뚝 멈춰 서고 돌아보기도 한다. 스완이라는 이름의 거대하고 공허한 장식물을 찬찬히 감상하고 만끽한다. 오직 유즈키를 위해서만 존재하는 예술 작품.

잠시 후 1층 안쪽에서 탕, 탕, 하는 소리가 들렸다. 꺄아아! 하는 비명이 세트로 들린다. 흑조의 샘에서 일을 시작한 구스가 분명하다. 예상보다 거리가 있다. 장소는 아마 백조 광장과 흑조 광장의 중간 지점이다. 시간상 이미 엇갈렸어도 이상하지 않은데.

1층 화단이 있는 광장을 우왕좌왕하던 입장객이 맹렬한 기세로 달려왔다. 영화의 한 장면을 보는 듯한 기분으로 그들을 내려다보다가 모처럼의 기회이니 위에서 한 발 갈겨 봤지만 역시 거리와 속도 때문에 총알은 맞지 않았다. 남녀노소 가리지 않고 단거리 육상 선수처럼 달리고 있다. 저것이 바로 절박한 상황에서만 발휘된다는 초인적인 힘일까.

유리 깨지는 소리가 잇달아 울렸다. 구스는 상당히 느긋하게 움직이는 듯하다. 경찰이 도착하기까지는 앞으로 약 10분. 방재 센터도 패닉 상태일 테니 조금 더 여유가 있을지도 모른다. 경비원들은 무시해도 된다. 녀석들은 어차피 장식품에 지나지 않는다고 구스는 단언했다. 그때는 반신반의했지만 실제로 우리를 멈춰 세우려는 용기 있는 자는 아직 단 한 명도 나타나지 않았다. 단지 행운일 수도 있고 아니면 현실이란 원래 이런 것일지도 모른다.

체격이 좋은 스포츠머리 남자가 1층에 나타났다. 구스다. 유즈키는 그에게 말을 걸려다가 말았다. 뭔가에 썰린 듯한 빠른 걸음걸이가 심상치 않고 자칫 잘못 자극하면 이쪽에도 불똥이 튈 만한 위험한 분위기를 발산하고 있다. 탕, 탕, 쨍그랑! 깨진 쇼윈도를 향해 다시 한 발. 마네킹이 폭발한다. 하하. 저 녀석, 제정신이 아니군. 무턱대고 총알을 난사하며 앞으로 쭉쭉 나아가는 스포츠머리의 남자를 권총으로 조준해 본다. 방아쇠를 당길 마음은 들지 않아서 유즈키는 등을 돌렸다.

복도를 통해 좌우 구역을 왔다 갔다 하며 통로 옆에 있는 매장들을 확인한다. 아직 도망치지 못한 사람들이 드문드문 보인다. 벌벌 떨고 있는 그 또는 그녀들에게 웃는 얼굴로 다가가 "괜찮습니다" 하고 말을 건다. 그리고 총알을 퍼붓는다.

탕, 꺄악! 탕, 툭.

인적이 사라진 통로에서 군화가 뚜벅뚜벅 기분 좋은 소리를 울린다.

뚜벅뚜벅, 탕, 꺄악! 탕, 툭.

정신을 차렸을 때 유즈키는 콧노래를 흥얼거리고 있었다. 〈발키리의 기행〉에서 〈트위스티드 너브〉로. 타란티노는 천재지만 자신의 재능에 살짝 도취된 감이 있다.

뚜벅뚜벅, 괜찮습니다, 탕, 꺄악! 탕, 툭.

에스컬레이터가 있는 공간에는 위에 있는 유리 천장에서 부드러운 햇빛이 쏟아져 들어왔다. 이곳을 지날 때마다 정체를 알 수 없는 숭고한 기분에 휩싸인다.

뚜벅뚜벅, 괜찮습니다. 탕, 탕, 안 돼! 그만해! 잘못했어요! 탕, 탕, 툭. 탕, 철컥, 칫. 툭.

통로 맞은편에서 달려온 커플이 유즈키를 보고 발길을 멈췄다. 뭐야, 저 멍청이들은. 왜 멈추지? 그 속도 그대로 도망치면 내가 맞히기도 어려울 텐데.

백조 광장에서도 그랬다. 눈앞에서 사람이 총에 맞아 죽어 가는데도 대부분의 입장객들은 움직이지 않고 멍하니 있었다. 그야말로 목각 인형이었고 맞히기 쉬운 사격장 경품이었다. 원래 '그 밖의 대다수'란 것들은 대부분 이 모양이다. 자신의 능력을 보일 새도 없이 죽는 녀석들은 어차피 엑스트라, 단역에 불과한 것이다.

탕, 탕, 툭. 그토록 무거웠던 숄더백이 어느새 깃털처럼 가벼워져 간다.

슬슬 목적지가 눈에 들어왔다. 처음 이 계획을 떠올렸을 때 가장 먼저 정한 여정의 목표점. 니와 유즈키라는 등장인물의 엔딩, 소실점이다.

AM 11:30

제기랄! 그 새끼 때문에!

대피를 재촉하는 관내 방송이 귀에 거슬렸다. 오타케 야스카즈는 초조함을 떨치기 위해 본관 1층에서 백조의 샘을 향해 거침없이 걸어갔다. 땀이 멈추지 않는다. 피가 부글부글 끓는 듯하다. 등 쪽이 계속 욱신거린다. 제기랄, 그 새끼. 걸어가면서 눈에 보이는 대로 모조 권총을 갈겼다. 좌우에 있는 점포의 쇼윈도가 깨지고 마네킹이 부서졌다.

끊임없이 다리를 움직이며 총알을 갈긴다. 권총은 다 쏠 것이다. 죽은 산트의 몫까지 전부. 남겨 봐야 의미도 없다.

오타케는 대략 한 시간은 걸릴 거라고 예상했다. 경찰

신고가 5분, 도착까지 5분. 상황 확인과 입장객 안전 확보, 범인에게 맞설 대책, 무기 사용 허가 등으로 30분은 대응이 늦어질 것이다. 막상 제압하려고 해도 동네 순경들이 과감하게 움직일 리 없고 현경 본부의 지시를 기다릴 것이 분명하다. 그러나 윗선도 이런 사태에 익숙하지 않은 건 매한가지다. 무의미한 시간 낭비가 이어질수록 피해자는 계속해서 는다. 무사안일주의의 귀결. 평화에 찌든 녀석들의 말로. 이 기회에 똑똑히 알아 두는 것이 좋다. 이것이 바로 이 나라가 처한 현실이다.

하늘에 매달린 풍선을 노린다. 총알은 맞지 않고 공허한 총성만 울렸다. 빈 권총을 벽에 집어 던진다. 등에서 느껴지는 통증이 더 심해졌다.

시야 너머에 움직이는 표적이 있었다. 갈색 머리의 불량해 보이는 소년이 청바지 가게에서 구르듯 기어나왔다. 울먹이며 도망치는 그의 뒷모습을 향해 총을 갈긴다, 또 갈긴다. 총성을 듣고 겁먹었는지 소년은 머리를 감싸며 몸을 웅크렸다. 총알은 이번에도 빗나갔다. 조금 전부터 전혀 맞지 않는다. 시력 때문일까. 콘택트렌즈도 확실히 꼈는데.

소년은 또다시 발버둥 치며 필사적으로 움직이려 했다. 숄더백에 손을 찔러 넣는다. 권총을 하나 집어 들자

가방 안이 텅 비어 버렸다. 이제는 조끼에 넣어 둔 한 정 뿐이다.

총구를 향하고, 쏜다. 소년은 힉 소리를 내며 바닥을 비척비척 기어간다. 맞지 않았다. 연사 모드로 바꾸려 하자 철컥하는 소리가 들렸다. 방아쇠가 끝까지 당겨지지 않는다. 안에서 탄이 걸린 것을 깨닫고 발작적으로 총을 집어 던진다. 제기랄, 제기랄, 제기랄! 총은 소년의 머리 위를 넘어 먼 곳에 툭 떨어진다. 오타케는 뛰어가면서 허리에 찬 일본도를 뽑았다. 그대로 기세를 실어 소년의 등을 벤다. 베고, 베고, 또 벤다. 눈에 보이는 모든 것을 베어 발긴다.

그러나 소년은 죽지 않았다. 거북이처럼 몸을 웅크린 채 공격을 견디며 꿈틀꿈틀 도망치려 했다. 볼썽사납다. 남자라면 자고로 맞서 싸우거나 깨끗하게 체념하거나 둘 중 하나다.

칼을 다시 겨누고, 찌른다. 목 뒷부분에 칼이 푹 꽂혔다. 손에 전해지는 미끄덩한 느낌. 소년은 기도하듯 허공을 향해 손을 뻗더니 축 늘어졌다. 그 모습을 내려다보며 네 머리가 갈색인 게 잘못이라고 오타케는 생각했다.

목에서 칼을 뽑는다. 피가 콸콸 흘렀다. 사람을 베면 지방분 때문에 칼날이 무뎌진다. 오타케는 소년이 입은 셔츠에 끈적한 피를 닦았다. 나에게는 일본도 쪽이 더 맞는 것 같다. 미끈한 손맛이 영혼을 씻어 주는 느낌이 들었다.

아이러니한 일이다. 시간과 비용, 노력은 권총을 만들 때 가장 많이 들었다. 시제품을 만드는 데 석 달, 사정거리와 살상 능력을 향상하는 데 두 달, 양산에 한 달. 3D 프린터 구입비와 재료비, 작업장으로 빌린 차고 월세까지 합치면 총 5백만 엔 남짓. 비용은 전부 반이 댔지만 설계부터 양산까지는 오타케가 맡았다.

먹고 자는 것을 잊고 제작에 몰두했다. 방위대학교 입시 때보다 더 큰 노력을 들였다. 실현 가능성을 우선하면 총의 구조를 최대한 단순하게 해야 했다. 그러나 연사 방식만은 포기할 수 없었다. 혹시라도 반격당할 경우 대응 속도가 차원이 다르기 때문이다. 조건을 충족하는 아이디어를 찾아 자료를 샅샅이 뒤졌다. 언어의 장벽은 자동 번역 애플리케이션과 인터넷 사전으로 해결했다. 구체적인 방법이 떠오른 것은 어느 영국인 대학생이 공개한 3D 프린터 제작 총기 자료를 읽었을 때였다. '두 발짜리 리볼버'. 발포와 동시에 탄을 실은 약실이 회전, 교체해 다음 탄을 장착한다. 약실을 두 개로 줄여 구조가 그리 복잡하지도 않다. 일회용으로 만들어야겠다고 결심하자 강도 문제도 해결됐다. 몸체는 ABS 수지와 나일론을 가공했고 실린더와 탄이 지나는 배럴 부분은 알루미늄 합금 커버를 씌웠다. 폭발 방지책이다. 합금은 가족이 경영하는 공장을 통해서 얻었다. 가공도 직접 했다. 그리하여 외양은 가운데가 볼록한 베레타 형태지만 속에 실린더를 갖춘 오리지널 권총이 만들어졌다.

노력은 그걸로 끝나지 않았다. 총알 제작에는 몸체 이상의 수고가 들었다. 외국과 달리 일본에서는 평범한 사람이 실탄을 접할 기회가 없다. 잘못 다루면 손가락이 날아가 버리는 사고도 빈번히 발생한다. 이때도 역시 비빌 언덕은 전 세계에 살아 숨 쉬는 마니아 선생님들이었다. 인터넷을 뒤지며 시행착오를 거듭한 끝에 22LR탄을 본뜬 철제 탄환을 완성했다. 화약은 반과 산트의 협력으로 입수했다.

명중도, 내구성, 사정거리, 살상 능력. 완성품의 성능만 보면 아마추어가 직접 만든 총으로는 최고가 분명했다. 자부심과 애착도 있었다. 그러나 나는 결국 일본도에 마음을 빼앗기고 말았다.

신기하게도 억울하지는 않았다. 이것이 바로 일본 문화의 정수라며 오히려 자랑스러웠다.

오타케는 갈색 머리 소년의 몸을 밟고 앞으로 나아갔

다. 발걸음은 가벼웠다. 비틀거리지 않고 똑바로 걸었다. 호흡도 고르다.

시작부터 줄곧 초조감에 사로잡혀 있었다. 반과 헤어져 흑조 광장으로 뛰어가서 11시 작전 개시 신호탄을 허공을 향해 날리고 깜짝 놀란 입장객들을 마구 쏘며 목적지로 향했다. 순조로웠다. 거기까지는 순조로웠다.

그러나 사소한 실수 때문에 마음이 흔들렸다. 긴 시간이 물거품으로 돌아갔다. 한 발만 더 맞히면 숨통을 끊을 수 있었는데. 후회하고 또 후회해도 부족한 실수다. 거기서 온 동요가 사격의 정확도에도 영향을 미쳤다. 총알이 잘 맞지 않았고 표적들은 계속 도망쳤으며 체온이 오르는 반면 하반신은 싸늘히 식어 갔다.

내 안에 망설임이 있었을까. 아니면 공포? 설마. 나는 반이 보는 앞에서 산트를 쐈다. 그 천박한 꼬맹이 자식을 숙청했다. 싸구려 도덕심 따위 이미 초월했다. 초월했을 터다.

그냥 방심했을 뿐이다. 그러나 그 뒤에도 초조감은 끊임없이 부풀어 올라 총알을 빗나가게 했고 표적들도 계속 도망쳤다. 피가 거꾸로 솟는 듯한 구토감을 없애기 위해 권총을 갈겼고 그때마다 또다시 새로운 초조감이 충전됐다. 관내 방송을 듣고 더 열이 오른 머리는 그럼

에도 일단 계속 총을 쏘라고 지시했고, 등의 욱신거림이 거세지자 마치 누군가에게 쫓기는 듯한 조바심 때문에 숨이 막힐 것 같았다.

그것이 지금 단번에 사라졌다. 피로와 통증, 조바심까지도. 분명 이 일본도가 불순물들을 정화해 준 것이다.

오타케는 테이블이 여러 개 놓인 푸드 코트를 곁눈질하며 걸었다. 이제 곧 목적지다. 고글을 벗어 던진다. 이런 건 이제 필요 없다.

백조 광장에 도착한 순간 현기증을 느꼈다. 평소라면 웃는 사람들로 가득한 곳에 지금은 상처를 입고 바닥을 뒹구는 중년 남성과 숨이 끊어진 젊은이가 누워 있다. 둘러보니 시신이 총 열 구는 될까. 참혹한 죽음의 무대에 이끌리듯 발을 들였다.

영화처럼, 미술처럼. 반은 그런 허튼소리를 지껄였다. 뭐야 그게. 말도 안 된다. 대의 없는 살인을 저지르는 건 괴물 또는 변태다. 산트처럼 그 역시 숙청해야 할 부류의 인간이었다. 내가 자비를 베풀어 살려 줬을 뿐이다.

거들먹거리지 마. 오타케는 쓰러진 사람을 일본도로 푹 찔렀다. 연이어 찌른다. 하늘을 향해 드러누운 배가 불룩한 남자, 점포 유니폼을 입은 여자, 안경을 낀 와이셔츠 차림의 남자.

몸을 웅크리고 있는 여자를 찌른다. 깊숙이 파고드는 손맛이 있었다.

문득 분수 쪽에서 시선을 느꼈다. 경찰이라는 단어가 머리를 스친다. 힘을 실어 칼을 뽑고 방어 자세를 취한다.

그러나 그곳에는 제복을 입은 경찰도, 완전 무장을 한 SAT도 없었다. 어떤 남자다. 분수 가장자리에 노인이 홀로 앉아 있었다. 꾀죄죄한 폴로셔츠를 입었고 빈손으로 고개를 숙인 채 입술을 연신 오물거리고 있다. 바닥을 구르는 시신과 일본도를 손에 든 오타케를 보고도 당황하지 않고 그저 망연자실해 있다.

오타케는 자세를 풀고 일본도를 왼손에 바꿔 들었다. 조끼에 남은 마지막 권총을 뽑아 노인을 향해 겨눈다. 노인은 반응하지 않았다. 입에서 침을 질질 흘리고 있다.

그를 잠시 마주 봤다.

탕, 탕.

총알은 머리와 턱에 명중했다. 노인은 등부터 분수 안으로 쓰러졌다. 물보라가 일었다. 그것을 바라보는 오타케의 손에서 권총이 툭 떨어졌다.

흥분은 없었다. 역시 나는 손맛이 없는 무기는 성에 차지 않는 듯하다.

그때 분수에서 음악이 흐르기 시작했다. 클래식 따위

에 관심은 없지만 곡명은 알고 있다. 전에 배웠다. 차이콥스키가 썼다는 〈네 마리 백조의 춤〉.

곡에 맞춰 분수에서 인형이 올라온다. 흰옷을 입은 소녀상은 가슴을 앞으로 내밀고 두 팔을 펼치고 있다. 쭉 뻗은 오른 다리의 발끝으로 섰고 왼 다리는 직각으로 내밀었다. 클래식 발레의 명작으로 유명한 〈백조의 호수〉, 그 히로인 오데트다. 온몸이 밖에 다 나오자 그녀는 회전을 시작한다. 별관에서는 지크프리트 왕자, 흑조 광장에서는 검은 옷을 입은 오딜이 똑같이 돌고 있을 터다. 하루에 세 번 정해진 시각에 작동하는 인형. 32회전의 그랑 푸에테*.

오타케는 잠시 멍하니 서 있었다. 빙글빙글 도는 인형에서 눈을 떼지 못한다. 이미 질릴 정도로 자주 봐 온 광경이다. 곡도 귀에 못이 박힐 만큼 들었다. 오랜만이기는 해도 왜 이토록 이 광경이 신선해 보이는 걸까. 스스로도 희한하기 짝이 없었다.

연출 같은 절묘한 타이밍에 날갯짓 소리가 들렸다. 하늘을 올려다보니 저 멀리 있는 유리 천장, 그보다 더 높은 곳에 있는 푸르디푸른 하늘을 새 몇 마리가 가로질러

---

*   grand fouetté, 한쪽 무릎을 굽혔다가 180도로 크게 회전하는 동작.

간다.

의식 속에서 음악이 멀어지고 어느덧 정적에 휩싸였다.

왜 이렇게 됐을까.

알 수 없다. 알 필요도 없다. 이제 와서 새삼스럽게 되짚어 봐야 소용없다. 그런데도 떠올리고 만다.

난 이 나라의 체제와 치안에 파문을 일으키고 싶었다. 한 개인이 간단히 총기를 만들 수 있는 시대에는 평화를 무너뜨리는 것도 손쉽다고 알려 주고 싶었다. 사회를 지킨다는 것은 무엇인가. 국가를 지킨다는 것은 무엇인가. 이것은 오로지 나만 할 수 있는 일이다. 이 용맹하고 계몽적인 혁명 행동은 역사에 새겨져야 마땅하다. 멍청한 인간들을 이 일을 단순한 폭력 행위로 규정하겠지만 상관없다. 오명을 뒤집어쓸지언정 반드시 해야 하는 일이 있다. 10년 후, 20년 후 미래를 위해 희생은 필요하다.

그렇다. 이것은 사리사욕 따위를 뛰어넘은 애국심에 기반한 행위다. 의식이다. 일종의 의식인 것이다.

후회? 말도 안 된다. 38년 인생의 어디까지를 거슬러 가서 후회해야 한다는 말인가.

두통이 느껴졌다. 또다시 등이 욱신거린다. 시끄럽다. 관내 방송이 시끄럽다. 〈네 마리의 백조〉가 시끄럽다.

어느 여름날이 머릿속에 되살아난다. 추한 얼굴을 한

남자들의 도발, 위협. 포복절도하는 여자들.

정당방위. 교육적 지도. 무엇이 잘못됐나.

질책. 그리고 비웃음.

죽어. 모두 죽어 버려. 날 우습게 본 바보 자식들은 한 명도 남김없이 지옥에 떨어뜨린다. 후회는 너희가 하게 될 것이다.

두통, 초조감. 그리고 눈물.

다음 순간, 뒤에서 누군가에게 몸을 붙들렸다. 팔이 목을 타고 들어온다. 반사적으로 턱을 치켜든다. 그럼에도 조여드는 압력 때문에 현기증이 일었다.

"움직이지 마!"

흥분한 남자의 목소리. 경찰? 아니다.

상대의 숨결이 볼에 닿는다. 이쪽을 바라보는 시선이 느껴진다.

목에 힘이 살짝 풀렸다.

"넌……" 상대의 목소리가 들린다. "……오타케?"

망설임이라고는 없었다. 어차피 처음부터 이럴 작정이었다. 등에서 느껴지는 통증이 결의를 더욱 북돋아 주었다.

두 손으로 일본도를 반대로 쥐고 하늘 높이 치켜든다. 그리고 온 힘을 다해 자신의 복부에 칼을 푹 찔렀다. 그 순간 오타케는 떠올렸다.

뒈져라. 모두 뒈져 버려라. 그리고 후회해라.

꼴좋다, 이 새끼들아.

배꼽 부근부터 칼날이 드드득 몸을 파고들었다. 희미
해지는 시야 속에서 흰 드레스를 입은 인형이 뱅글뱅글
돌고 있었다.

AM 11:40

이게 과연 현실일까?

가슴을 총으로 툭툭 두드린다. 몇 번을 그렇게 하자
마음이 가라앉았다.

캐주얼한 셔츠와 청바지가 쌓인 선반과 진열대 사이
에 사람의 몸이 굴러다니고 있다. 붉은 피, 코를 찌르는
냄새. 신음.

이제 어쩌지?

자문해 봤다. 이제 어떡하면 좋을까.

입에 손을 얹고 천천히 다가간다. 얼굴이 박살 난 안
경 낀 남자는 누가 봐도 이미 죽었다. 곧 다른 곳으로 시
선을 돌리고 치밀어 오르는 위액을 집어삼킨다.

카운터 쪽을 향해 쓰러진 젊은 남자는 가슴에 구멍이 뚫린 채로 고개를 숙이고 있다. 이쪽도 이미 손쓰기에는 늦었다.

그 옆에는 긴 머리의 여자가 달라붙어 있었다. 흰색 여름용 스웨터의 배 쪽에 피가 번져 있다. 직원증을 목에 걸었다. 이곳의 직원일 것이다. 고통스러운 표정으로 흐느끼고 있다.

괜찮으세요? 그렇게 말을 걸려다가 말았다. 괜찮을 리 없지 않은가.

"구급차가 곧 도착할 겁니다. 경찰도."

여자를 향해 말했다. 그런 말밖에 할 수 없었다. 여자는 반응하지 않았다. 울음소리가 시간이 갈수록 점점 끊기고 있다.

좋지 않은 징조였다. 선반에서 쓸 만해 보이는 옷을 꺼내 최대한 지혈을 시도한다. 아무래도 별 소용없어 보이지만 지금은 이 방법뿐이다.

비틀비틀 가게 입구로 향한다. 목을 밖으로 뻗어 좌우를 살핀다. 인적은 없다. 범인은 앞으로 걸어가고 있다.

그때 발밑에 뭔가가 밟혔다. 고개를 돌려 보니 은색 권총이 떨어져 있다. 형태가 어떻든 금속이 고스란히 드러나 있어 허술해 보인다. 꼭 장난감 같다. 그러나 이것

68

이 두 남자의 목숨을 앗아 갔다.

통로로 시선을 향하자 안쪽에도 권총이 몇 정 떨어져 있다. 과자를 주우며 숲속에 들어가 마녀의 집에 도착하는 내용의 동화가 있었던 것 같은데.

그때 통로 끝에서 탕 하는 총성이 울려서 화들짝 놀라 허리를 들썩였다. 또 한 발, 탕.

가게 벽에 찰싹 달라붙어 심호흡을 한다. 가슴을 두드린다. 땀이 줄줄 흐르고 어금니가 딱딱 부딪쳤다.

여기까지만 하자. 더 이상은 무리다. 애초에 내게 권총을 소지한 테러리스트를 제압할 의무 따위 없다. 폼을 재려다가 목숨만 위험해진다.

휴우, 휴우.

통로에 사람이 쓰러져 있다. 적어도 저기까지만 갈까. 저기 가서 "괜찮으세요?"라고 묻고 또 지혈 시늉이나 할 테지만 그래도 가야 한다. ……정말로?

PM 12:00

음악 소리가 들린다. 오르골 같은 음색이다. 멜로디는 활기차다. 소리가 들리는 곳은 통로 끝 모퉁이에 있는 흑조 광장이다.

벌써 시간이 이렇게 됐나. 니와 유즈키는 고글을 벗어 던졌다. 서두르지 않으면 슬슬 방해꾼들이 몰려올 것이다.

걷고 있다가 유즈키는 왠지 우스워졌다. 스완은 〈백조의 호수〉를 의식해서 만든 건물이다. 그러니 분수를 만들고, 장치 인형들도 설치했다. 백조 오데트, 흑조 오딜, 그리고 지크프리트 왕자. 이 녀석들을 빙글빙글 회전시키면 그럴싸해 보일 거라는, 그야말로 싸구려 같은 발상과 싸구려 같은 미의식. 세상의 이런 추한 일면이 소년 유즈키의 반짝이던 감성을 녹슬게 했는지도 모른다.

그렇게 생각하자 웃음이 터졌다. 웃으면서 총을 쐈다. 이제는 어디를 노리지도 않고 그저 마음 내키는 대로 쏜다. 입장객 대부분이 이미 대피를 마쳤다. 유의미한 사냥감을 만날 확률은 낮다. 구스를 흉내 내는 것 같아 왠지 거슬리지만 총알을 남기는 것보다는 나을 것이다.

구스. 덩치만 큰 멍청이 자식. 호기를 부리며 산트를 쏴 죽였지만 어깨가 떨리고 있었다. 시선은 허공을 맴돌았고 땀을 뻘뻘 흘렸다. 거사를 치르는 도중에 그를 발견했을 때도 겁쟁이 같은 모습이 눈에 띄었다. 그야말로 피에로 같은 녀석이다.

탕, 탕, 툭. 드디어 숄더백이 가벼워졌다. 안에는 이제 네다섯 정밖에 남지 않았을 것이다.

탕, 탕. 빈 총을 던졌을 때 넓은 구역에 도착했다. 아래로 흑조의 샘이 보인다. 검은 옷을 입은 오딜이 빙글빙글 돌고 있다. 쓰러져 있는 사람이 있는지 찾아봤지만 보이지 않는다. 핏자국조차 없다. 흥, 역시나. 구스는 이 정도밖에 안 되는 녀석이다.

두 손에 권총을 한 자루씩 든다. 마침내 숄더백이 바닥을 드러냈다. 남은 권총은 조끼에 넣은 네 정과 허리에 찬 한 정뿐이다.

유즈키는 에스컬레이터를 타고 3층으로 향했다. 볼일을 마친 가방은 허공에 던진다. 묘하게 몸이 가벼워졌다. 그와 동시에 허공에 둥실 떠오르는 기분이 들었다.

처음에는 그 이유를 고글 카메라 촬영을 마쳐서라고 해석했다. 긴장이 사라진 것이다. 이번 일을 영상으로 남기자고 제안한 건 이 다큐멘터리를 단순한 기록물이 아닌 '니와 유즈키의 작품'으로 만들고자 했기 때문이다. 그러나 가장 마지막 순간은 찍지 않기로 했다. 명작과 걸작에는 관객의 상상력을 자극하는 여백이 반드시 존재한다. 양보할 수 없는 지론이었다.

즉 이 허탈감의 원인은 다른 곳에 있다.

뭔가가 부족하다. 짜릿한 쾌감, 고양감. 일상을 초월한 풍경, 잔뜩 곤두선 오감. 그런 것들이 분명 느껴지고 바라던 바이기도 했지만 그 이상은 없었다. 고야의 〈마드리드 1808년 5월 3일〉과 들라크루아가 그린 살육화를 처음 봤을 때와 같은 강렬함을 기대했는데. 〈다이 하드〉처럼 처음부터 끝까지 시종일관 두근두근할 줄 알았는데.

고작 이 정도였나, 하는 실망감을 지울 수 없다. 허공에 총성을 울렸을 때도 〈퐁네프의 연인들〉이 선사한 해방감과는 거리가 멀었다.

에스컬레이터를 타고 올라가며 무엇이 부족한지를 떠올렸다. 역시 적일까. 이것이 액션 영화라면 주인공에게 지지 않을 정도로 매력적인 악역이 빠져 있다. 아니, 이번 일에서는 우리가 악역일까. 그렇다면 부족한 것은 고된 역경을 뛰어넘어 승리하는 개성 만점의 주인공이라고 해야 할까. 그런 건 어떻게 마련해야 하는 걸까.

자조하는 동안 3층에 도착했다.

투명한 통이 천장을 향해 뻗어 있다. 그 끝에 있는 소실점.

허전함은 여전하지만 모든 일에는 때가 있다. 그리고 아름다운 것들은 대부분 자신이 물러날 때를 안다.

유즈키는 권총을 손에 들고 투명한 통으로 향했다. 이 위에 있는 스카이라운지. 그곳이 바로 유즈키의 마지막 무대다.

버튼을 누른다. 그러나 엘리베이터는 오지 않았다.

아아. 순간적으로 깨달았다. 아래에서 벌어진 이변을 눈치챈 스카이라운지 손님들이 위에 엘리베이터를 세워 둔 것이다. 그 가능성을 간과하고 있었다.

문득 감정이 복받쳐 올라 유즈키는 엘리베이터의 유리문을 걷어찼다. 이날 처음으로 또렷한 조바심을 느꼈다. 물거품이다. 이걸로 다 물거품이 된 것이다.

분노에 몸을 실어 문을 마구 두드렸다. 하늘을 노려본다.

그러나 위쪽에 엘리베이터는 없었다. 혹시나 해서 아래를 보자 엘리베이터의 천장 부분이 보였다. 1층에 세워져 있는 것이다.

가슴을 쓸어내리며 다시 한번 버튼을 눌렀지만 역시 엘리베이터는 움직이지 않았다. 전력 공급이 끊겼나? 그러나 에스컬레이터는 움직이고 있다.

의문스러운 게 한두 가지가 아니지만 궁리해 봐야 소용없다. 유즈키는 아래로 향하는 에스컬레이터를 뛰어내려갔다.

흑조 광장에 도착하고서야 상황을 파악했다. 엘리베이터와 바깥 구역 사이에 몸을 걸친 채로 웬 여자가 쓰러져 있었다. 몸 부분이 걸려서 엘리베이터 문이 닫히지 않고 있었다.

제기랄. 구스, 그 멍청한 자식. 정말 도움이라고는 안 된다니까!

유즈키는 엎드린 채 누워 있는 장애물에게 다가가 화풀이로 총을 갈겼다. 총알은 뒤통수와 등뼈 부근에 한 발씩 명중했다. 운동화를 신은 두 발을 붙잡고 질질 끌어낸다.

엘리베이터에 올라타서 스카이라운지로 향하는 버튼을 누른다. 〈네 마리의 백조〉가 끝났다. 검은 오딜이 분수 물속에 조금씩 잠긴다.

엘리베이터가 무사히 움직이기 시작했다. 한숨을 내쉰다. 이대로라면 슬랩스틱 코미디나 마찬가지다. 시나리오 작가는 사형감이로군.

유즈키는 또다시 왠지 모를 공허감을 느꼈다. 뭐야, 이 칠칠치 못한 감정은. 왜일까. 정말로 왜일까.

위로 올라가며 바깥 풍경을 바라본다. 저수지가 눈에 들어왔다. 수면은 정지 화면처럼 평화롭다. 저 연못을 시체로 가득 채워 새빨갛게 물들이는 편이 더 아름다울

지도 모른다.

저수지 너머로는 고나가와시가 보인다. 나란히 늘어선 건물은 기묘할 만큼 높이가 비슷해 마치 인공으로 만들어진 지평선 같다. 니와 유즈키가 자란 도시. 그리고 새파란 하늘.

엘리베이터가 멈췄다. 잠시 추억에 잠겼다.

문이 열리자 유즈키는 무심코 몸을 뒤로 젖혔다.

아아. 그래, 그렇군.

한동안 엘리베이터는 움직이지 않았다. 그렇다면 이곳에 아직 손님이 남아 있어야 자연스럽다.

엘리베이터 문 너머로 불안한 듯이 이쪽을 바라보는 얼굴, 얼굴, 얼굴.

"앗!"

유즈키가 손에 든 권총을 보고 함께 있는 여자 세 명 중 가운데에 있는 여자가 반응했다. 유즈키는 "괜찮아" 하고 대답했다.

"괜찮으니 움직이지 마."

구조대가 오기만을 기다렸을 것이다. 가운데에 있는 여자가 절망과 함께 숨을 들이마신다. 그 모습을 보고 유즈키는 속으로 박수갈채를 보냈다.

이럴 수가 있나. 생각지도 못한 엄청난 선물이다. 슬랩스틱을 펼친 보람이 있었다!

길고 가는 팔다리, 몸. 수수한 얼굴, 고집 세 보이는 눈가. 그리고 사랑스러운 포니테일. 모든 것이 유즈키의 취향에 꼭 들어맞는 여자다.

바로 이곳에 있었다. '이야기'의 주인공이.

스완이 내려다보이는 정상에서 홀로 고독한 죽음을 맞는다. 그런 엔딩은 이제 꿈꿀 수 없게 됐지만, 대신 이 B급 영화의 피날레를 장식할 그야말로 훌륭한 아이디어가 떠올랐다.

유즈키는 싱긋 미소 짓고 엘리베이터 밖으로 한 걸음 내디뎠다.

PM 12:10

"이름은?"

남자의 목소리는 자상했다.

"……가타오카, 이즈미."

내 목소리는 왠지 어색하고 딱딱했다.

"오, 이즈미! 이야, 딱 좋군. 그래. 이름은 중요하지. 아주 중요해."

뒤통수에 총구가 맞닿아 있다. 남자의 다른 손에도 권총에 들려 있다. 남자는 그것을 이즈미 앞에 있는 사람들을 향해 겨누고 있었다. 총 아홉 명이 두 손과 무릎을 바닥에 붙이고 고개를 푹 숙인 채 그룹 체조를 하듯 어깨를 맞대고 있다.

엘리베이터를 타고 온 남자는 스카이라운지 손님들에게 테이블을 모두 치우고 바닥에 엎드리라고 지시했다. 그 말에 저항하다가 머리에 총을 맞은 점장은 지금 카운터 쪽에 쓰러져 있다.

"이즈미는 어디 살아?"

남자가 잡담하듯 물었다.

"······그게, 시내이기는 한데 조금 멀리."

"흐음. 그렇구나. 오늘은 여기는 뭐 하러 왔어? 쇼핑? 데이트?"

"······누가 불러서."

"누가?"

"······친구."

"그렇구나. 그게 문제였네."

남자는 히죽 웃으며 말을 이었다.

"이즈미, 넌 착한 아이지?"

"네?"

"난 심성이 고운 아이는 한눈에 알아볼 수 있어. 지금 껏 틀린 적이 한 번도 없어."

남자는 뒤에 있는 엘리베이터 문이 닫히지 않게 의자를 갖다 대 구조대가 올라오지 못하게 했다.

"난 말이지. 세상 곳곳에 숨어 있는 속이 검은 녀석들이 진저리가 날 만큼 싫어. 정말 증오해. 자기 멋대로에다가 이기적이고 중용을 모르는 녀석들. 자기 권리만 중요하고 남의 권리 따위 휴짓조각처럼 생각하는, 교활함을 미덕으로 삼는 그런 녀석들 말이야. 그런 놈들은 약자를 괴롭히고 짓밟으면서도 이게 현실이라며 오히려 가르치려 들지. 이 세상은 원래 약육강식이라며 당당하게 굴어. 그렇게 모든 걸 다 아는 현자처럼 으스대는 거, 진짜 꼴사납지 않아? 그런 놈들은 사라지는 게 모두를 위해서 낫다고 생각하지 않아?"

"아…… 네."

"난 알 수 있어. 이즈미는 다르다는 걸. 네 영혼은 그렇게 더럽지 않아. 그렇지?"

"……저."

"그렇지?"

"……네."

좋아, 하고 남자가 만족한 듯이 웃는다.

"이즈미는 나와 같은 부류의 사람이야. 그러니 난 널 상처 입힐 수 없어. 이해하지?"

어쨌든 고개를 끄덕인다. 다른 선택지는 떠오르지 않았다.

"그러니 너도 알 거야. 누가 마음이 더러운 인간인지."

탕.

갑자기 귓가에서 굉음이 울리더니 바닥에 엎드린 사람 중 한 명의 뒤통수가 터졌다. 머리숱이 별로 없는 남자다. 그는 그대로 앞으로 푹 고꾸라졌다.

분위기가 순식간에 얼어붙었다. 훌쩍이는 소리가 들린다. "조용히 해" 하고 남자가 말했다. "시끄러운 녀석들은 필요 없어."

누가 지렸는지 오줌 냄새가 풍겼다.

"저 녀석은 더러운 인간이었어. 분명해. 틀림없어."

방금 쏜 권총을 버리고 조끼에서 다음 총을 꺼내더니 남자는 유쾌한 듯 덧붙였다.

"이즈미, 너도 그렇게 생각했지? 너도 저 사람을 보고 있었잖아."

"네?"

"움직이지 마."

이즈미가 돌아보려는 찰나 남자가 머리를 붙잡았다.

"자, 다음은 누구로 할래?"

"……네?"

"고르는 거야. 이즈미가."

자신의 호흡이 귓가에 들렸다. 다리 쪽에서 사람들이 훌쩍이는 소리와 함께 그것을 참으려는 분위기가 전해진다.

탕.

이번에는 오른쪽에서 세 번째 여자가 맞았다. 이즈미는 어안이 벙벙했다. 그녀를 보려고 한 것은 아니다. 그저 고개가 아주 조금 오른쪽으로 움직였을지도 모른다.

이즈미는 곧장 천장 쪽으로 시선을 피했다.

"아직 더 남았어, 이즈미. 마음이 더러운 인간만 전부 사라지면 이 작품도 끝나. 모두의 목숨을 구할 수 있어."

모두? 모두가 누구일까.

이제는 다리 쪽을 내려다볼 수 없다.

"대신 고르지 않으면 모두 죽어."

탕.

누가 총에 맞았는지 확인하는 것이 두렵다.

"자, 이즈미. 네가 고르지 않으면 하나둘 죽을 거야."

"……어째서, 이런 일을……."

"어째서? 이런 일을?"

남자가 자상한 목소리로 되물었다.

"이유 따윈 없어, 이즈미. 그런 게 있을 리 없잖아. 적어도 너희가 납득할 이유는 없다고 봐야 해. 납득시킬 생각도 없고. 단순히 해 보고 싶었을 뿐이거든. 이제는 눈속임 같은 행복과 안정, 돈과 맛있는 음식, 여자 따위에 관심이 싹 사라졌으니까. 어느 날 문득 사는 게 재미 없어졌어. 그래서 떠올린 거야. 해 보고 싶어진 거야. 해 보자고 결심했어. 의욕이 있고 방법도 있으니 실행했을 뿐. 어때. 덧셈처럼 명쾌하지?"

탕.

"꺄아아아!"

여자의 비명.

"시끄럽다고 했지."

탕.

이즈미는 줄곧 천장만을 보고 있다. 유리 너머로 끝없이 펼쳐진 파란 하늘.

"……그래. 딱 하나쯤은 이유를 댈 수도 있겠네. 응. 너희가 행복해 보이기 때문이야. 웃고, 싸우고, 깔깔거리고, 손을 맞잡고. 그런 것들을 견딜 수 없었어. 그러니 가르쳐 주고 싶었어. 4월은 잔인한 달이라는 걸."

남자가 왼손에 든 총을 버리고 조끼에서 새 총을 꺼내

든다. 빈틈은 있지만 아무도 움직이지 않았다. 움직일 수 있을 리 없다. 이즈미 외에는 모두 바닥에 납죽 엎드려 얼굴을 땅에 대고 있으니.

"로메로의 〈시체들의 새벽〉 봤어? 〈미스트〉는? 슈퍼와 쇼핑몰만큼 비극에 어울리는 곳도 없지 않아? 이곳에는 무엇이든 다 있지만 진정 원하는 것은 없다…….하하. 이만한 캐치프레이즈가 또 어딨겠어. 응, 아주 걸작이야."

뒤통수에 갖다 댄 총구에 힘이 더 실린다. 포니테일이 조금 흔들린다.

"자, 얼른 골라 봐. 나와 함께 악을 폭로하는 거야. 그러지 않으면 끝나지 않아. 다들 죽게 돼."

"……그럴 수 없어요."

"그럴 수 있어."

탕. 꺄악.

천장을 올려다보며 소리친다.

"그만하세요. 부탁이에요!"

"그만 못 해. 그만할 리 없잖아. 그만하고 싶지도 않아. 즐거워서 어쩔 줄을 모르겠어."

하하핫! 탕. 툭.

"제발!"

"그럼 골라."

남자는 이번에는 일본도를 뽑아 이즈미의 목덜미에 갖다 댔다. 뒤통수에 대고 있던 오른손의 권총이 바닥에 엎드린 두 사람에게 향한다.

어떡하면 좋지. 어떡하면……

"다음은 저 아이를 쏠 거야."

이즈미는 반사적으로 시선을 아래로 향했다.

이즈미를 보며 고개를 든 사람과 눈이 마주쳤다.

탕.

숨을 쉴 수 없다. 사고가 멈춘다.

"아아, 아아, 아아……."

탕.

총알에 맞아 터진 머리가 뒤로 훅 젖혀진다.

다음 순간.

"것 봐!"

귓가에서 울리는 목소리.

"역시 저 녀석은 악이었어!"

상황이 이해의 차원을 뛰어넘는다. 눈을 뗄 수 없다. 피 웅덩이 속에 떨어져 있는 버스 모형. 2천 5백 엔이나 하는 장난감.

"그러니까 내가 말했지. 넌 선택할 수 있는 아이라니까."

"아니에요……."

"맞아. 네가 선택했어."

아니야. 아니야. 아니야.

"아아." 남자가 노래하듯 말한다. "이 얼마나 잔인해. 응, 잔인하지. 세상은 정말 잔인하다니까. 정의든 윤리든 폭력 앞에서는 무력해. 실망이야. 정말 실망했다고! 넌 다를 줄 알았는데!"

느닷없이 목소리 톤이 바뀐다. 과장스러운 연기 조가 되었다. 마치 다른 인격이 나타난 것처럼.

"그런데 너도 마찬가지였어! 살기 위해 남을 방패막이 삼는 녀석이었어! 내가 즐기려고 사람들을 죽인 것과 하나도 다르지 않아. 하지만, 그래. 꼭 너만 그런 건 아니야. 모두 자신만 생각하며 기회와 능력, 필요만 있으면 남을 죽이지. 타인 따위 벌레처럼 짓밟지. 그래. 그게 바로 이 세상의 진정한 모습이야. 부끄러워할 필요 없어. 네가 옳아. 1밀리미터도 의심할 것 없이 옳아."

하하핫!

"정말 즐거웠어. 만족스러워. 그리고 고마워. 진실을 보여 줘서 고마워. 자, 이로써 내 이야기는 끝이야."

귓가에 들리는 속삭임.

"화가 피터르 브뤼헐은 이런 말을 남겼어. 이 세상을

믿을 수 없으므로, 나는 상복을 입는다."

그의 손에서 일본도가 떨어졌다.

"자, 이즈미. 힘내. 지면 안 돼. 도망치면 안 돼. 끝까지 살아남아서 행복해지는 거야."

탕.

도쿠시타 소헤이의 메모

2018년 4월 8일 일요일.

사이타마현 고나가와시 고나가와 시티가든 스완.

오전 11시부터 정오가 지난 시간에 걸쳐 무차별 총격 사건 발생.

사망자 21명. 부상자 17명.

범인 A, 오타케 야스카즈(38). 백조 광장에서 일본도로 복부를 찔러 자살.

범인 B, 니와 유즈키(27). 스카이라운지에서 총으로 머리를 쏴서 자살.

범인 C, 나카이 준(20). 스완 본관 주차장에 세워진 하이에이스 안에서 총에 뒤통수를 맞아 사망. 동료 배신설이 유력. ★이 차량은 오타케 야스카즈가 빌린 차량이었음.

오타케 야스카즈는 흑조 광장에서 범행을 개시. 1층에서 총을 쏘며 백조 광장으로 향함.

니와 유즈키는 백조 광장에서 범행을 개시. 광장에 있던 대학생 가메나시 요스케(22)를 총으로 사살한 것을 시작으로 마주치는 사람들에게 연이어 총격을 가함.

요시무라 기쿠노(79)가 사망한 곳은 스카이라운지로 올라가는 엘리베이터 앞.

이하 피해자 명단.

(중략)

컴퓨터와 스마트폰 포렌식을 통해 범인 일당의 중심 인물은 니와 유즈키로 추정. 니와와 오타케 야스카즈는 SNS상에서 군사 관련 화제로 이야기를 나누며 의기투합함. 둘이 함께 자연스럽게 범행 계획을 세웠고 마지막으로 나카이 준이 그룹에 참가. 영화 관련 커뮤니티 사이트에서 친분이 있던 니와가 웹사이트 관련 기술을 얻으려고 나카이에게 말을 건 것으로 추정.

범인들은 대화를 나눌 때 오타케 야스카즈='구스', 니와 유즈키='반', 나카이 준='산트'로 서로를 불렀고 그룹명은 '엘리펀트'라고 지음. 이는 미국 영화감독 구스 반 산트에서 따온 것으로 추정. ★그가 감독한 〈엘리펀트〉는 컬럼바인 고등학교 총기 난사 사건을 소재로 한 작품.

니와 유즈키 일행은 웹 카메라가 장착된 고글을 쓰고 범행을 저지르며 11시부터 정오까지 한 시간에 걸쳐 자신들의 행위를 영상으로 남김. 영상은 10분 단위로 쪼개져 사건 당일 오후 3시, 6시에 복수의 영상 스트리밍 사이트에 업로드됨. 나카이 준이 사전에 자동 업로드 프로그램으로 세팅했음. ★오후 3시와 6시는 스완에 있는 장치 인형들이 작동하는 시각임.

범행을 실시간으로 기록한 영상 파일은 니와와 오타케가 찍은 것으로 각각 여섯 개씩 총 열두 개. 현재는 경찰이 삭제한 관계로 이 영상을 볼 수 없음.

(중략)

위와 같이 사건에 미심쩍은 점이 많은 관계로 본 건의 의뢰인은 적극적인 조사를 강력히 원하고 있음.

10월

1

흰 모래 위에 적갈색 돌기가 비죽비죽 솟아 있다. 봉긋 솟은 녹색 덩어리와 단단해 보이는 작은 돌멩이. 돌멩이 표면에는 뒤집은 표고버섯 같은 모양의 생물이 달라붙어 있다. 어둠 속에 있는 직사각형 공간은 블루라이트를 발산하며 마치 소리가 도달하지 않는 바닷속 깊숙한 밑바닥, 또는 대사가 사라진 무대를 연상케 한다.

"해초를 넣어 봤어."

온화한 목소리. 약간 호소하는 기운을 머금고 있다. 즐거운 대화를 나누기 위한 것이 아니라 상대의 기분을 살피지도 않는다. 의기양양한 울림과도 전혀 다르다. 그 안에는 약간의 조바심조차 없다. 굳이 말하자면 '체념'이 그와 나 사이를 채우고 있다고 가타오카 이즈미는 느꼈다.

수조 안쪽에 있는 작은 돌기투성이의 꽃양배추 같은 산호 뒤에 지난번에는 보지 못한 키 높은 해초가 하늘거리고 있다. 녹황색의 길쭉한 외양은 초원에서 흔들리고 있어도 이상해 보이지 않을 것이다. 창백한 빛을 투과하며 물속에서 흔들리는 모습은 얇은 면사포를 연상시켰다.

"기르기 어려운 품종이야." 기타시로 슈고가 말했다. 수질 관리가 까다롭거든. 그렇다고 해서 줄곧 여기 붙어 있을 수도 없어. 언제나 진료실에 있을 수는 없으니까.

"더 비싼 여과기를 사면 안심할 수도 있겠지만 아내를 설득할 것을 생각하면 아무래도 피곤함 쪽이 이기고 말지."

기타시로가 입을 다물자 부웅 하는 기계의 작동음만이 희미하게 들린다.

사무용 의자에 허리를 깊숙이 파묻은 이즈미는 벽 앞에 있는 수조를 물끄러미 바라보고 있었다. 책상을 사이에 두고 기타시로도 같은 자세로 있다. 불을 끄고 커튼도 쳐 두어서 수조 불빛과 활짝 열린 문으로 들어오는 복도 불빛만이 시야를 밝힌다. 문을 열어 달라고 한 사람은 이즈미였다. 이상한 오해를 사고 싶지 않다는 이유를 댔지만 할아버지뻘인 기타시로에게서 그런 눈길을 느껴 본 적은 없다. 그저 닫힌 방이 싫었다.

수조 안은 시간이 멈춘 것처럼 변화가 없다. 그리고 그것은 이즈미와 기타시로도 비슷했다.

이 수족관에는 물고기나 갑각류가 거의 없다. 움직이는 생물은 피곤하다고 기타시로는 말했다. 그렇다면 나는 괜찮을 거라고 이즈미는 생각했다. 활발함 같은 단어와는 거리가 먼 인간 모양의 장식물. 그러나 기타시로는 지긋지긋할 것이 분명하다. 장식물과 상담 치료를 하는 것은 아무리 생각해도 내키지 않는 일이니까.

"학교는."

그의 물음은 수조를 향하고 있었다.

"좀 어떠니?"

이즈미는 대답하지 않았다. 상대도 대답을 기대할 거라 생각하지 않았다.

"어머니는 발레 교실만이라도 다녔으면 좋겠다고 하시던데."

평소와 같은 대사를 평소와 똑같이 흘려 넘긴다. 지금껏 꿋꿋이 고수해 온 일방통행의 커뮤니케이션.

이즈미는 수조에 비치는 소녀를 멍하니 바라봤다. 내 눈으로 봐도 생기 없는 얼굴이다. 수수한 맨투맨 티셔츠와 청바지. 길게 자란 검은 머리카락은 꼭 썩은 해조류 같다.

"조금씩 하면 돼. 조금씩."

기타시로가 중얼거렸다. 독백처럼. 그것은 이 나른한 시간이 끝난다는 신호다.

기타시로 정신과 의원을 나가자 구름 낀 하늘이 펼쳐져 있었다. 곧 퇴근길 때문에 혼잡해질 시간대다. 10분 정도 걸으면 미사토역 남쪽 출구에 도착한다. 이즈미가 엄마와 사는 빌라는 역에서 북쪽 출구로 나가면 나오는 와세다 공원 바로 앞에 있다. 엄마는 애당초 집에서 가까운 병원에 가는 것을 반대했다. 남자 의사인 점도 마음에 들지 않는다고 했다. 이즈미는 걸어서 다닐 수 있는 곳이 좋다고 끝까지 주장했다. 그리고 지금도 그것이 정답이었다고 생각한다. 그러지 않았다면 그 걱정 많은 엄마는 지금도 분명 차로 나를 데려다줬을 테니까.

역을 향해 발걸음을 서둘렀다. 미사토 1번지 교차점에서 뻗은 2차선 도로 옆에 은행과 편의점이 드문드문 있다. 교통량에 비해 지나는 사람은 많지 않다.

버스 로터리 끝으로 고가가 보였다. 그 아래에 개찰구가 있다. 그곳을 지나 고가 밑을 빠져나가는 것이 평소 집에 돌아가는 경로다.

이즈미는 IC 카드를 넣은 케이스를 들고 개찰구 안으로 걸어갔다.

니시후나바시 방면 플랫폼 계단을 오른다. 홈에 서 있던 승객 몇 명과 함께 타이밍 좋게 들어온 전철에 올라탄다.

전철 안도 거의 비어 있어서 타자마자 자리에 앉을 수 있었다. 전철이 움직이더니 10초도 지나지 않아 강 위를 달리기 시작한다. 미사토시와 나가레야마시에 걸쳐 흐르는 에도강을 지나는 동안 이즈미는 창가에 등을 기댄 채 눈을 꼭 감았다.

식은땀이 흘렀다. 심장을 짓누르는 듯한 느낌이다.

4월 사건 이후 강을 건널 때는 인내가 필요했다. 미사토는 에도강과 나카강 사이에 있는데 무사시노선과 쓰쿠바 익스프레스까지 모두 육로만 달리는 교통편은 없다. 아니, 꼭 미사토가 아니어도 살아 있는 한 강을 건너는 상황을 영원히 피할 수는 없을 것이다. 강뿐만 아니라 쇼핑몰과 카페, 닫힌 공간까지도.

천천히 익숙해지는 수밖에 없다. 한순간에 흑에서 백으로 바뀌는 마법 같은 회복은 불가능하니까.

기타시로 선생님의 조언이 옳다. 실제로 이즈미는 최근 몇 달간 조금씩 밖에 나갈 수 있게 됐다. 돌발적으로 일어나는 공황 증상도 거의 사라졌고, 늘 허리를 숙이고 있기는 하지만 이렇게 전철도 탈 수 있게 됐다. 주에 한 번 받는 상담 치료를 격주로 바꾼 것은 그만큼 효과가 있었기 때문이다.

그러나 학교 이야기가 나오면 달라진다.

하물며 발레 교실이라니.

전철은 미나미나가레야마역을 지나 신마쓰도역에 도착했다. 도쿄로 가는 조반선으로 갈아탈 수 있어서 승객이 많은 곳이다. 이즈미는 허리를 일으켜 빠른 걸음으로 전철에서 내렸다.

북적이는 역 앞에 서서 바지 뒷주머니에서 종이를 꺼낸다. A4 용지에 지도가 인쇄돼 있다. 그것에 의지해 우선 소비자 금융 회사의 간판을 찾았다. 해가 지고 있어 귀갓길을 서두르는 회사원과 쇼핑 봉투를 손에 든 사람들이 주변을 오가고 있다.

소비자 금융 회사의 빌딩을 지나자 순식간에 주위가 조용해졌다. 건물이 여러 채 있어서인지 같은 2차선 도로인데도 미사토보다 좁은 느낌이 들었다. 파친코 점포를 지나자 얼마 안 돼 지정한 가게에 도착했다. 길옆 반지하에 있는 중식당이다. 영업을 하지 않는다는 것은 알고 있었다.

약속 시각인 6시 30분이 조금 지났다.

이즈미는 새삼 자신이 이곳을 찾은 이유를 떠올렸다.

마음을 굳히듯 숨을 한 번 내쉬고 계단을 내려간다.

움직일 기색이 없는 하나뿐인 자동문을 두 손으로 억지로 열려 할 때였다.

"아아, 죄송합니다."

유리문 너머에서 목소리가 들려서 이즈미는 그를 알아봤다.

계산대 옆에서 불쑥 나타난 남자가 안에서 문을 열어주었다.

가게 안은 어둡고 스산한 분위기가 감돌았다. 좌우에 있는 테이블은 텅 비어 있고 주방에도 인적은 고사하고 식기류도 보이지 않는다.

"음." 문을 열어 준 남자는 웨이터나 주방장으로는 어울리지 않는 회색 양복을 입고 있었다. "가타오카 이즈미, 님이신가요."

말이 왠지 연기 투다. 둥근 얼굴에 둥근 안경을 꼈다. 안경 안쪽에 있는 눈동자도 둥글다. 영원히 놀라고 있는 표정 같다고 이즈미는 생각했다.

그는 손에 든 바인더와 이즈미를 번갈아 보며 고개를 살짝 기울였다.

"실례지만 어머님은."

"일하러 가셨어요. 저 혼자서는 안 되나요?"

그는 표정을 바꾸지 않고 이즈미의 얼굴을 빤히 쳐다봤다.

"애초에 엄마와는 관련 없는 일이에요. 관련 있는 사

람은 저 혼자죠."

"하지만 이즈미 님은……."

"열일곱 살이에요. 이제 곧 열여덟이 돼요."

또다시 침묵이 깔렸고 잠시 후 그는 펜을 쥔 손으로 이마를 긁적였다.

"설마 술을 마시거나 하는 자리는 아니죠?"

"아, 네. 그야 물론."

"그럼 어린아이 대하듯 하지 않아 주셨으면 해요."

그는 흐음, 하고 콧숨을 내쉬었다. 시치미를 떼듯이.

"우선 이름부터 알려 주시겠어요?"

"아, 이거 실례했습니다. 도쿠시타 소헤이라고 합니다."

몹시 정중하게 그가 명함을 내밀자 이즈미는 익숙하지 않은 손놀림으로 명함을 받았다.

'아사바 법률 사무소 변호사 도쿠시타 소헤이'

"제가 보내 드린 초대장은 읽어 보셨습니까?"

이즈미는 명함을 주머니에 넣고 숄더 파우치에서 봉투를 꺼내 도쿠시타에게 내밀었다. 편지는 지지난 주에 집에 도착했다.

봉투 안을 확인한 도쿠시타는 "그렇군요" 하고 고개를 끄덕이고 봉투를 양복 안주머니에 넣었다.

"가능하면 신분증도 확인할 수 있겠습니까?"

"……학생증밖에 없는데요."

"사진이 붙은 것이라면 무엇이든 괜찮습니다."

"보여 드리면 참가할 수 있는 거예요?"

그러자 그는 '이거 놀랍군'이라는 표현이 딱 들어맞는 표정으로 이즈미를 봤다.

"참가하지 못하는 거면 보여 드릴 필요도 없을 것 같아서요. 개인 정보이기도 하고."

"그렇군요."

도쿠시타는 고개를 크게 끄덕였다.

"오늘 모임에 대해 어머님은 뭐라고 하셨죠?"

"가 보고 싶으면 가 보라고."

"제가 직접 연락을 드려도?"

"지금은 일하시는 중이라고 했을 텐데요."

흐음, 하고 신음하는 그의 눈앞에 이즈미는 학생증을 내밀었다.

도쿠시타의 둥근 눈이 더욱 커진다.

"뭐 문제라도 있나요?"

"아뇨. 당치도 않습니다."

포니테일 시절의 사진이 붙은 학생증을 다시 집어넣고 도쿠시타를 노려본다.

"이제 됐죠? 시간도 지났어요."

"아, 그렇군요. 이런, 다른 분들이 화내시겠습니다."

그는 별로 안달 내는 기색도 없이 말했다.

"알겠습니다. 그럼 이즈미 님. 이쪽으로 오십시오."

도쿠시타가 가게 안쪽으로 걸어갔다.

어두침침한 가게에서 그가 향한 미닫이문에서만 빛이 새어 나왔다.

안내받은 별실의 좁은 내부를 보고 신경이 곤두섰다.

천장에서 내려온 랜턴 같은 조명이 중앙에 있는 원탁을 따스하게 비추고 있다. 회전판이 달린 중식 테이블을 실제로 보는 건 처음이었다.

"여러분. 오래 기다리셨습니다."

도쿠시타의 말에 먼저 온 손님들의 시선이 쏠리는 것이 느껴졌다. 이즈미는 고개를 살짝 숙인 채 그들의 시선을 받았다. 붉게 칠한 중식 테이블을 보며 눈이 마주치지 않게 주위를 조심스레 살핀다.

테이블에는 총 네 명의 남녀가 앉아 있었다. 나이는 제각각이지만 이즈미보다 어려 보이는 사람은 없다.

"그럼 빈자리에."

"부탁인데 문을 그대로 열어 뒀으면 해요."

도쿠시타가 놀란 듯이 눈을 크게 떴다.

"아주 조금이라도 좋으니 부탁드려요."

그의 대답을 기다리지 않고 이즈미는 가까운 곳에 있는 의자에 앉았다.

도쿠시타는 문을 조금 열어 놓고 "그럼……" 하고 테이블에 모인 사람들을 둘러봤다.

"오늘 이렇게 모여 주셔서 감사합니다. 전 이번 모임의 진행 역할을 맡은 도쿠시타 소헤이라고 합니다."

그는 자신이 도쿄도 변호사회에 속해 있다는 것과 변호사 등록 번호를 담담히 설명했다.

"건네 드린 명함 속 직함에 대해서는 한 가지 말씀드릴 게 있습니다. 제가 아사바 법률 사무소에 근무하는 건 사실이지만 이번 일과 사무소는 직접 관련이 없습니다. 문의 사항 등이 있다면 제게 직접 말씀해 주시면 됩니다."

"상사에게 클레임을 하면 곤란하다는 뜻인가."

가장 안쪽에 앉은 폴로셔츠의 남자가 목소리를 높였다. 백발 아래에 있는 날카로운 눈매로 도쿠시타를 지그시 보고 있다. 가슴 앞에 팔짱을 낀 가는 팔에서 비치는 혈관을 이즈미는 시야 끝으로 바라봤다. 기타시로와 동년배 정도로 보이지만 체형과 말투는 전혀 달랐다.

"불만 사항이 있으면 사무소로 연락해 주셔도 됩니다."

도쿠시타가 왠지 시치미를 떼는 듯한 말투 그대로 대답했다.

"그러나 이번 일은 사무소를 통하기는 했어도 저 개인이 맡은 일입니다. 상세한 사정은 말씀드리기 어렵지만, 이번 일의 성과를 제가 사무소에 보고할 의무는 없고 보고할 마음도 없습니다. 따라서 그쪽으로 문의를 하시면 수고를 두 번 들이게 될 가능성이 큽니다."

"공인 아르바이트라는 말인가. 수상쩍기 그지없군."

그렇게 말하는 백발의 노인을 향해 도쿠시타가 눈을 크게 떴다. 침묵이 겸연쩍은지 노인이 먼저 시선을 피했다.

"자잘한 이야기는 됐고요."

노인과 자리 하나를 띄우고 왼쪽 옆에 앉은 여자가 퉁퉁한 볼에 손을 갖다 대며 중얼거렸다.

"혹시 음료수 같은 건 없나요? 목이 말라서요."

"아, 이거 실례했습니다."

황송한 것처럼 고개를 숙이는 도쿠시타의 뒤쪽에 녹차 페트병이 담긴 상자와 이곳 분위기와 어울리지 않는 화이트보드가 있었다.

"커피와 홍차도 있습니다만."

"홍차는 무가당이에요?"

"네. 그렇습니다."

그럼 그걸로 줘요, 하고 여자가 말했다. 얇은 스웨터 너머로 풍만한 몸매가 보인다. 이즈미의 엄마보다 나이가 조금 많을 것이다. 파마한 짧은 머리가 이즈미의 눈에는 조금 촌스럽게 보였다.

뭐로 하실 거냐는 도쿠시타의 질문에 이즈미는 녹차를 부탁했다. 그는 원탁을 둘러싼 참가자 한 명 한 명에게 직접 페트병과 종이컵을 나눠 줬다.

"밥도 얻어먹을 수 있을 거라 기대했는데."

이번에는 이즈미의 오른쪽에서 목소리가 들렸다.

"맥주 같은 것도."

파르께한 와이셔츠 차림의 남자가 페트병을 흔들며 이즈미를 보고 히죽 웃었다.

"그렇지?"

이즈미는 손에 든 녹차 페트병으로 시선을 돌렸다. 남자는 파마머리 여자보다는 조금 젊고 짧게 깎은 머리를 갈색으로 염색했다. 회사원처럼 보이지만 약간 경박한 인상이다.

"모임 장소가 중식당이잖아요. 일 마치고 가는 길에 힘들게 들렀으니 그 정도는 바랄 수 있다고 보는데."

"죄송합니다. 교통편이 괜찮으면서 편하게 대화를 나

눌 장소가 여기밖에 없었던 관계로."

"뭐 됐습니다. 그런데 이렇게 망한 가게를 빌리는 건
의외로 어렵지 않나요? 직업 관계상 이런 쪽에 좀 밝거
든요. 혹시 그 의뢰인이라는 사람이 어디 높은 자리에
있거나 한 분은 아니죠?"

"고나가와 물류의 사장이래." 백발의 노인이 언짢은
것처럼 대답했다. "편지에 이름이 적혀 있었어. 다들 검
색 정도는 해 보지 않나?"

"오, 역시 부자였구나. 이야, 이거 죄송합니다. 이래 봬
도 바쁜 몸이라."

쑥스러운 듯이 머리를 긁적이는 와이셔츠 남자를 보
며 노인이 얼굴을 찌푸렸다.

도쿠시타가 마지막으로 음료를 나눠 준 사람은 파마
머리 여자의 왼쪽 옆, 이즈미의 위치에서는 정면에 앉은
야구 점퍼 차림의 남자였다. 그는 작은 병에 든 커피에
손을 대거나 감사 인사도 하지 않고 줄곧 고개를 약간
숙이고 있다.

"그럼 음료는 다 나눠 드린 듯하니."

"그전에 한마디 해도 될까요?"

파마머리 여자가 도쿠시타의 진행을 가로막았다.

"일단 확인하고 싶은 게 있는데."

고민과 경계심이 뒤섞인 말투다.

"편지에 적힌 대로 여기서 나눈 대화는 여기서 끝인 거죠?"

"그렇습니다." 도쿠시타가 즉시 대답했다.

"그럼 이름을 말하지 않아도 된다는 규칙도 지켜지는 건가요?"

"물론입니다. 성함을 비롯한 여러분의 모든 개인 정보를 제가 언급할 일은 없습니다."

"난 괜찮은데. 딱히 그런 걸 숨길 정도로 대단한 인간도 아니고." 와이셔츠 남자가 끼어들었다. "그래도 뭐 다른 분들한테 맞추겠습니다. 그런데 당신 혹은 A 씨, B 씨 같은 걸로 부르면 대화하기도 힘들 테니 적어도 닉네임 같은 건 필요할 것 같지 않나요?"

와이셔츠 남자와 거의 동시에 도쿠시타가 다른 이들의 얼굴을 둘러봤다.

"그쪽은 어때? 지금껏 한마디도 안 하고 있는데."

와이셔츠 남자가 손바닥으로 가리키자 야구 점퍼 남자가 조심스럽게 고개를 들었다.

"아, 난……."

"아, 미안 미안. 굳이 억지로 말하지는 않아도 돼."

와이셔츠 남자가 멋대로 말을 자르고 다시 자세를 가

다듬었다.

"그럼 일단 저부터 소개하죠. 여기서의 이름은 하타노로 하겠습니다. 물결 파에 많을 다, 들 야 자를 써서 하타노. 32세, 직업은 임대 아파트 영업사원이요. 거짓말인지 사실인지는 여러분의 상상에 맡기겠습니다."

소개를 마치고 그는 "이러면 되죠?" 하고 도쿠시타에게 물었다.

"괜찮습니다. 만약 거짓말이어도 제가 따로 지적하지는 않습니다."

하타노는 만족스럽게 미소 짓고 다음으로 백발의 노인을 봤다.

"호사카 노부쓰구. 본명일세."

노인은 그렇게 말하고 다시 입을 꾹 다물었다.

"전⋯⋯." 망설이듯 입을 연 파마머리 여자. "이런 데 약해서요. A나 B 같은 거로도 괜찮을 것 같은데⋯⋯."

"좋아하는 연예인 이름으로 하는 건 어떨까요?"

"그럼⋯⋯ 이쿠타로 할까요. 배우인 이쿠타 도마의 이름을 따서."

그러자 하타노가 "오, 어울리네요" 하고 적당히 맞장구를 쳤다.

"당신은 내가 붙여 줘도 될까? 힘이 세 보이니까 도산

어때? 역도산의 도산 말이야."

야구 점퍼를 입은 남자는 고개를 숙인 채 대답하지 않아서 그대로 '도산'으로 정해졌다.

"넌? 원한다면 너도 내가 붙여 줄게."

"……가타오카 이즈미."

순간 덜컥 하는 의자 소리가 났다. 도산이 이쪽을 쳐다보며 입을 뻐끔거리고 있다. 방 안의 공기가 싸늘히 가라앉았다. 하타노는 맞장구를 치지 않았고 호사카는 눈을 치뜨고 있으며 이쿠타는 손으로 입을 가린 채 놀라움을 표시하고 있다.

"여러분." 도쿠시타의 긴장감 없는 목소리가 울렸다. "쓸데없는 추측이나 선입견은 되도록 삼가 주시기를 부탁드립니다. 의심과 불화는 유의미한 토론에 방해가 되니까요."

그는 동의를 구하듯 사람들의 얼굴을 둘러봤다.

"거듭 말씀드리지만 여기서 나눈 대화는 여기서 끝입니다. 여러분의 발언이 주간지나 뉴스 등에 실리거나 수사 관계자의 귀에 들어갈 일은 결코 없습니다. 모쪼록 자유롭게 의견을 교환해 주시기를 부탁드리고 싶습니다."

"도쿠시타 씨."

이즈미가 입을 열었다.

"사례에 대해서도 설명해 주실 거죠?"

"물론입니다."

도쿠시타가 고개를 끄덕였다.

"하지만 잠시만 기다려 주십시오. 우선 이번 모임의 취지부터 설명해 드리고자 합니다."

그러더니 그는 "먼저 보낸 편지와 중복되는 내용도 있겠습니다만" 하고 미리 덧붙였다.

"본 건의 의뢰인은 요시무라 히데키 씨. 조금 전 호사카 씨께서 말씀하신 대로 주식회사 고나가와 물류의 대표 이사 사장을 맡고 있습니다. 기억하시는 분이 계실지 모르겠지만 히데키 씨는 4월 고나가와 시티가든 스완에서 일어난 무차별 총격 사건으로 어머니 요시무라 기쿠노 씨를 잃었습니다."

고나가와 시티가든 스완에서 일어난 무차별 총격 사건. 그 말이 입에서 나온 순간 방 안의 분위기가 순식간에 팽팽해졌고 이즈미는 명치 부근에서 뻐근한 통증을 느꼈다.

"일요일마다 스완에 나가 스카이라운지에서 여유롭게 점심을 먹는 것이 기쿠노 씨의 평소 습관이었다고 합니다. 범인 남성들이 총을 처음 쐈을 때도 기쿠노 씨는 스카이라운지의 테이블에 앉아 계셨죠. 오늘 밤 이곳에 모인 여러분은 그날 기쿠노 씨와 같은 사건에 휘말렸고, 그리고 무사히 살아남으신 분들입니다."

서로가 서로를 넌지시 살피는 분위기가 형성되었다.

"모쪼록 여러분께서는 그날에 관한 귀중한 증언을 제게 들려주셨으면 합니다."

"왜?" 하타노가 물었다. "우리를 부른 이유는 당연히 그거라 예상했지만 편지에 구체적인 목적은 적혀 있지 않던데."

스완 사건의 정보를 제공해 줬으면 한다. 요약하자면 그런 내용이었다.

"범인은 이미 죽었어. 둘 다 자살했지. 그건 경찰도 확인하지 않았어?"

"그렇습니다. 오타케는 백조 광장에서, 니와는 스카이 라운지에서."

오타케는 일본도로 자신의 배를 찔렀고, 니와는 모조 권총으로 관자놀이를 쐈다.

이즈미는 호흡을 가다듬었다.

"그럼 이제 와서 대체 뭘 알고 싶은 건데?"

"지당한 질문입니다."

모든 상황을 예견한 것처럼 도쿠시타는 막힘없이 대답했다.

"지금부터 본론을 말씀드리겠습니다. 우선 첫째로 의뢰인인 히데키 씨에게 어머니 기쿠노 씨는 매우 소중한 존재였다는 점을 유념해 주십시오. 사랑하는 어머니의 갑작스럽고 부조리한 죽음 때문에 느낀 분노와 슬픔, 곤혹감이 이번 의뢰의 동기라는 점도 이해해 주셨으면 합니다."

"금전 목적이 아니라는 말이군."

"그렇습니다." 호사카의 확인에 도쿠시타가 대답했다. "제가 알기로 기쿠노 씨 사망에 제도적 보상은 문제없이 이뤄졌습니다. 그 부분에 이의를 제기할 여지는 아주 조금밖에 남지 않은 상황입니다."

생명 보험금 등이 엮여 있지 않다는 뜻일 것이다. 사건이 일어난 지 반년이 흐른 데다가 히데키의 사회적 지위를 고려하면 설득력이 있다고 이즈미는 생각했다. 반면 '아주 조금' 하고 에둘러 가는 표현은 왠지 마음에 걸렸다.

"둘째로 경찰 수사는 피의자의 사망을 기점으로 완료됐습니다. 범인 남성들이 모조 권총을 제조한 과정이나 주변인 조사는 지금도 이어지는 듯하지만 어디까지나 보충의 의미겠죠. 애당초 경찰이 범행 인정 외의 다른 것에 관심이 있었는지도 의문입니다."

"그게 무슨 뜻이에요?"

이쿠타가 조심스럽게 손을 들며 물었다.

"범행 인정이라니……. 그놈들이 사람들을 죽였다는 것 말이죠?"

"네. 정확히 말하면 부상자들까지 포함해 범인이 언제 어디서 누구를 어떤 식으로 상처 입혔는가입니다. 그 혼란 속에서 넘어지거나 뜻밖의 접촉으로 다친 입장객들도 있으니 경찰은 스완에 설치된 방범 카메라 영상을 검증해 범인이 실제로 해를 끼친 피해자들을 특정 중일 것으로 추측합니다."

이쿠타가 위로 든 손을 볼 쪽으로 가져갔다.

"음…… 그럼 그걸로 충분하지 않아요? 그날 사람들을 죽이고 다닌 건 범인들이잖아요. 그 밖에는 딱히……."

"지당한 말씀입니다."

도쿠시타는 장난감 인형처럼 고개를 끄덕였다.

"범인의 움직임을 특정하는 게 최우선 과제인 것은 당연하죠. 그러나 반대로 말하면 경찰이 그 밖의 다른 사안을 꼼꼼히 조사할 필요성은 낮습니다. 스완은 본관의 면적이 상당하고 입장객도 수만 명 규모라고 들었습니다. 그날 그곳에서 일어난 모든 일을 파악하기는 어렵고, 그것이 그렇게 중요하지도 않다. 경찰이 그렇게 판단하는 것은 타당합니다. 따라서 간과의 여지가 있는 것입니다. 예컨대 범인들이 총격을 벌인 지점 밖에서 어떤 범죄 행위가 있었다고 해도."

아……. 말로는 성립하지 않는 소리가 이쿠타의 입에서 새어 나왔다.

"말도 안 돼." 호사카가 짜증스럽게 내뱉었다. "화재 현장에 도둑 정도는 있었다고 해도 이상하지 않지만 그랬다면 피해 신고를 했겠지."

"피해자가 사망했다면 어떨까요?"

호사카는 말문이 막힌 듯했다.

"사건 도중 스완의 어딘가에서 범죄 행위가 일어났고, 그 피해자는 범인에 의해 목숨을 잃고 말았다. 그럴 경우 최초의 범죄 행위는 신고할 방법이 없습니다."

이쿠타가 손으로 입가를 가렸다.

"이런, 실례했습니다. 어디까지나 가정해서 하는 이야기니 크게 신경 쓰지 않으셔도 됩니다."

"아뇨, 아뇨." 하타노가 테이블에서 몸을 앞으로 뺐었다. "그러니까 한마디로 그 얘기죠? 범죄 행위이니 뭐니를 떠나 요시무라 사장은 어머니의 죽음에 어떤 의혹을 품고 있고, 감춰진 진실을 밝히기 위해 당신을 고용해서 이 모임을 주최했다."

"부정은 하지 않겠습니다. 진실을 밝힌다는 의미에서는."

"그럼 저 아이한테 물어보면 되겠네."

호사카의 날 선 말이 귓가를 두드렸다.

"기쿠노 씨는 사건이 일어났을 때 스카이라운지에 있었다지? 그럼 뭔가 숨길 게 있는 사람은 저 아이밖에 없지 않나?"

"이런, 호사카 씨." 하타노가 쓴웃음 섞어 그를 나무랐다. "그렇게 무섭게 말씀하시면 쟤가 불쌍하잖아요. 저 아이도 엄연한 피해자인데요."

코웃음을 치는 호사카의 모습이 시야 끝에 비쳤다.

도쿠시타가 분위기를 가라앉히듯 입을 열었다.

"히데키 씨가 바라는 것은 누군가를 비판의 도마 위에 올리는 것이 아닙니다. 범행 당시 스완에서 무슨 일이 일어났는가. 목적은 오로지 그것을 파악하는 것이고……."

"사례 이야기부터 해 주세요."

이즈미의 말에 도쿠시타의 설명이 멈췄다.

"제 목적은 돈이에요. 그것 말고 다른 것에는 관심이 없어요."

반들반들한 테이블을 바라보며 대답을 기다렸다. 호

사카 쪽은 일부러 보지 않았다. 하타노와 이쿠타가 있는 곳에서는 어이없어하는 눈빛이 느껴졌다.

"……알겠습니다. 그럼 여러분께 사례에 대해 말씀드리겠습니다. 이 모임은 매주 금요일 총 4회를 계획하고 있습니다. 시간은 한 회에 두 시간 이내. 참석 시점에 교통비를 3천 엔, 그리고 참가 시간이 한 시간을 넘으면 1만 엔을 지급해 드리겠습니다."

그러자 하타노가 휘파람을 불었다.

"참석, 불참 여부는 여러분의 재량에 맡기겠습니다만, 모든 회차에 전부 참석하시면 별도로 2만 엔의 개근 사례금을 드리고자 합니다. 이상은 오직 참석을 조건으로 한 기본급 같은 것이고, 거기에 더해 매회 상한 3만 엔의 보너스 금액을 정해 뒀습니다."

"증언이 도움이 되면 받을 수 있는 건가?"

이쿠타는 당연히 그럴 거라 예상하고 물은 듯하지만 도쿠시타는 고개를 끄덕이지 않았다.

"편의상 보너스라고 말씀드렸습니다만 기본적으로 보수의 일부로 생각해 주십시오. 이른바 '진실을 말하는 것'에 대한 대가입니다. 바꿔 말하면 '거짓을 말할 경우'에는 감액 대상이 될 수 있습니다."

그러자 방 안의 분위기가 순식간에 팽팽해지는 게 느

111

껴졌다.

"지금 시점에 이미 이름을 거짓으로 말했을 수도 있는데?" 하타노가 물었다.

"이 모임의 목적은 기쿠노 씨 살해의 진실을 밝히는 것입니다. 어쩌면 비극의 총정리라 할 수도 있겠군요."

그 말에 이즈미는 무심코 고개를 들었다.

도쿠시타와 눈이 마주쳤다. 반사적으로 피하고 만다. 갈증을 느꼈다.

"어쨌든" 하고 도쿠시타가 설명을 이었다. "이 목적과 관계없는 거짓에 대해서는 왈가왈부하지 않겠습니다. 그 밖의 다른 거짓, 즉 저희를 진실에서 멀어지게 하는 거짓이 나왔을 경우에는 내용을 고려해 삭감액을 정하고자 합니다. 최악의 경우 단 하나의 거짓말로 3만 엔이 전부 사라질 가능성도 있다는 것을 유념해 주십시오. 진위 판정과 감액 결정은 외람되지만 저의 독단으로 진행하겠습니다."

"진실인지 아닌지를 자네가 판단할 근거가 뭐지?"

"NO 영상을 아십니까?"

호사카의 질문을 듣고 도쿠시타가 되물었다.

"범인이 직접 자신들의 범행을 실시간으로 기록한 영상입니다."

그는 오타케가 찍은 것은 O 영상, 니와가 찍은 것은 N 영상이라고 불린다고 보충했다.

"한 시간짜리 영상이 총 여섯 개의 파일로 나뉘어 업로드됐습니다. 지금은 규제 때문에 열람하기 어렵지만 저는 총 열두 개의 파일을 모두 입수했고 하나도 빠짐없이 반복해서 시청하고 있습니다."

그는 "범행 전모를 대부분 파악할 정도로 말입니다" 하고 덧붙였다.

"히데키 씨가 경찰을 통해서 얻은 정보도 있습니다. 증언의 진위 판정은 이 모든 것을 참고해 실시합니다. 오판이 생기지 않도록 세심히 주의를 기울일 생각이지만 감액을 불합리하다고 느끼는 경우도 생길 것입니다. 따라서 이 금액은 어디까지나 보너스로 생각해 주십사 하는 바람입니다."

"줄인 액수만큼 자네가 빼돌릴 생각 아니야?"

"그렇다면 지금 이렇게 굳이 말씀드리지도 않았겠죠."

도쿠시타의 즉답으로 더는 불만이 나오지 않았다.

"보수에 대해 마지막으로 하나. 총 4회의 모임으로 히데키 씨의 의문을 해소했을 경우 한 분당 5만 엔을 추가로 지급해 드리겠습니다. 이는 참석 회수와는 무관하게 지금 여기 계신 모든 분이 대상입니다. 또한 예를 들어 모임 2회째 만에 의문이 해결됐을 경우에는 3회째, 4회째의 보수도 전액 지급해 드리겠습니다."

"개근과 정직함, 문제 해결로 최대 23만 엔인가. 배포 한번 두둑하시군."

하타노의 목소리에는 빈정거리는 느낌이 있었다.

"뭐 받을 수 있다고 하니 감사히 받겠습니다만, 그래서? 그 의문이란 게 대체 뭡니까?"

"요시무라 기쿠노 씨는 왜 살해됐는가."

순간 방 안이 불의의 습격을 당한 분위기로 가득 찼다.

도쿠시타가 변하지 않은 투로 말을 이었다.

"오전 11시 정각에 니와 유즈키가 백조 광장, 오타케 야스카즈가 흑조 광장에서 각각 범행을 시작했습니다."

이후 니와는 2층에서 흑조 광장으로, 오타케는 1층에서 백조 광장으로. 두 사람은 서로 마주 보는 형태로 나아가며 범행을 이어 갔다.

"범행 시작 시각에 기쿠노 씨는 아직 스카이라운지에 있었습니다. 그런데 무슨 일인지 1층 엘리베이터 승강장에서 범인의 표적이 되었습니다."

본관 1층 가장 안쪽의 흑조의 샘이 있는 분수 광장에서.

"스카이라운지로 올라가는 엘리베이터 앞에 쓰러진 채로 두 발의 총알을 맞았죠."

"소란을 눈치채고 도망치려 한 거 아니에요? 그러다가 총에 맞았다."

"아닙니다." 하타노의 의견을 도쿠시타는 딱 잘라 부정했다. "그건 아닙니다."

그의 목소리에 힘이 약간 들어갔다.

"선입견을 만들고 싶지 않은 관계로 저는 최소한의 사실만 전달하겠습니다. 우선 기쿠노 씨가 총에 맞았을 당시 상황입니다. 이는 스완의 방범 카메라 영상으로 확인할 수 있었습니다만, 범인은 엘리베이터와 바깥 구역 사이에 엎드린 채 쓰러져 있던 기쿠노 씨에게 총격을 가해 살해했습니다. 기쿠노 씨의 몸은 상반신이 엘리베이터 안, 하반신이 바깥에 빠져나와 있었고 총알에 맞은 곳은 뒤통수와 등입니다."

갑작스럽게 제시된 수수께끼에 당혹한 듯한 침묵을 이쿠타가 "응?" 하는 소리로 깼다.

"네. 떠올리신 게 맞을 겁니다. 이 모든 상황은 기쿠노 씨가 엘리베이터에서 내릴 때 쓰러진 것이 아닌, 엘리베이터에 올라타려다가 쓰러진 것을 암시하고 있습니다."

공기의 무게감이 늘어난다. 호사카가 있는 곳에서 신음하는 듯한 숨소리가 들렸다.

"다음으로 사망 추정 시각입니다. 기쿠노 씨가 사망한

시각은 오전 11시에서 시간이 꽤 지난 정오 전후로 추정되고 있습니다."

그때 의자 소리가 들렸다. 눈을 부릅뜬 도산이 뒷걸음질 치듯 몸을 일으켰다.

자. 마치 아무 일도 없던 것처럼 도쿠시타가 입을 열었다.

"우선 사건 발생 시각에 여러분은 어디에 계셨는지. 거기서부터 시작하지요."

입구를 막는 형태로 놓인 화이트보드에서 이즈미는 약간의 위압을 느꼈다. 보드 위에는 직사각형 모양의 종이가 세 장 붙어 있고 세 장 위에는 모두 같은 도형이 그려져 있다. 긴 복도처럼 보이는 건물의 내부 조감도. 위에서부터 3F, 2F, 1F로 이어지는 지도가 스완 본관임은 한눈에 봐도 알 수 있다. 오른쪽 끝에 있는 커다란 원은 백조 광장이다. 3F와 2F 지도에는 별관으로 이어지는 연결 통로가 그려져 있다. 반대편에는 흑조 광장이 있고 3F에는 스카이라운지 약도도 있다. 언뜻 봐도 제법 상세한 도면 같았다.

각각의 분수 광장에 둥근 마그넷이 붙어 있었다. 백조 광장 위에 있는 마그넷에는 니와, 흑조 광장 쪽 마그넷에는 오타케라고 적혀 있다.

"두 사람은 11시 정각에 이 위치에서 범행을 개시했습니다."

화이트보드 앞에 선 도쿠시타가 도산을 봤다.

"도산 님. 이때 어디에 있었는지 기억하십니까?"

남자는 허리를 숙인 채 선생님께 꾸중 듣는 학생처럼 대답했다.

"……1층 화단 부근에."

도쿠시타가 손에 든 바인더에 뭔가를 적었다. 그 후 매직으로 '도산'이라고 쓴 마그넷을 1F 지도 가운데 부근에 붙였다.

스완 본관에는 에스컬레이터가 설치된 커다란 오픈 천장 공간이 좌우 분수 광장 사이에 총 다섯 곳 있다. 도쿠시타가 그린 조감도에서는 오른쪽 백조 광장과 가까운 에스컬레이터부터 같은 간격으로 '㉮', '㉯', '㉰'로 이어지다가 흑조 광장 앞에 있는 마지막 에스컬레이터에 '㉱'라는 이름이 붙어 있었다. 도산이 말한 1층 실내 화단은 '㉰' 에스컬레이터 쪽에 있는데, 예쁜 라일락이 활짝 핀 이 화단은 분수 광장과 함께 약속 장소로 유명한 곳이다.

"이쿠타 씨는 어떻습니까?"

"잘 기억나지는 않지만……." 이쿠타가 파마머리를 살짝 기울였다. "2층 안경 가게 앞에 있었던 것 같아요."

"'기노 안경점' 말입니까?" 도쿠시타가 확인하자 이쿠타는 "아마도……" 하고 불안한 듯이 대답했다.

'아마도'라는 대답이 가능할까. 그런 의문이 이즈미의 머리를 스쳤다.

도쿠시타는 신경 쓰지 않고 '이쿠타' 마그넷을 2F 지도 왼편에 붙였다. 흑조 광장과 가까운 'ⓜ' 에스컬레이터 옆에 있다.

2층과 3층은 구역 중앙 부분의 천장이 트여 있고 좌우로 통로가 나뉘어 있다. 그곳을 오가려면 복도를 지나야 한다. 약도에는 각 에스컬레이터 사이에 복도가 세 개씩 그려져 있었다.

나뉜 통로의 한쪽 편, 즉 약도에서 위쪽에 해당하는 곳은 '주차장 방면'이라고 적혀 있다. 정확히 같은 너비의 입체 주차장이 위에 붙어 있어서일 것이다.

반대편 통로에는 '저수지 방면'이라고 적혀 있다. 이쿠타의 마그넷이 붙은 곳은 주차장 방면 통로였다.

뉴스에 따르면 그날 입체 주차장에서는 서둘러 차를 출발시키는 사람들 때문에 추돌 사고가 많이 발생했다고 한다. 차들이 부딪치는 요란한 소리와 경적 소리, 신경을 거스르는 비상벨 등 소음 때문에 어쩔 줄 몰라 하다가 미처 도망치지 못해 피해를 본 사람도 있었다. 그러나 그들을 바보 같다고 비웃는 것은 그런 혼란 속에 있어 보지 못한 사람들뿐일 거라고 이즈미는 떠올렸다.

"호사카 님은?"

"3층. 그 지도에서 보면 '㉮' 옆 백조 광장과 가까운 곳이야."

"주차장 방면 통로인가요?"

"'모르겐'이라는 아웃도어용품점 안에 있었어."

호오, 하는 탄식 소리. 하타노다.

"등산이 취미세요?"

"자네가 무슨 상관이지?"

"이거 실례. 끼어들 때가 아니군요."

하타노는 어깨를 움츠리며 "자, 그럼 다음은 제가" 하고 오른손을 들었다.

"전 묵비권을 행사하겠습니다."

그러자 모두 도쿠시타에게 지지 않을 만큼 눈을 크게 떴다.

"뭐 문제없잖습니까. 거짓말만 하지 않으면."

"아뇨, 그건 조금 곤란합니다."

도쿠시타가 여전히 연기 투로 말했다.

"묵비를 인정하면 진실 규명에서 멀어지기 때문입니다. 소극적인 방해 행위로 간주해 거짓말과 마찬가지로 '중요 정보를 고의로 감췄다'는 명목으로 감액 대상이 됩니다."

"대답하고 싶지 않은 질문도?"

"거참 쓸데없는 것에 집착하는군." 호사카가 화난 듯이 내뱉었다. "그냥 어디 있었는지 확인하는 것뿐인데."

"그건 저도 아는데요. 그래도 대답하고 싶지 않습니다. 아, 대답하고 싶지 않은 이유도 대답하고 싶지 않으니 이건 그냥 전부 묵비로 처리해 주세요."

"알겠습니다. 만약 심경에 변화가 생기면 모임이 끝나기 전까지 말씀해 주십시오."

분위기가 묘해졌다. 도산과 이쿠타는 침착하지 못한 모습이다. 호사카는 화가 난 듯이 눈매가 날카롭다.

하타노가 지금 우리 앞에서 제시한 것은 묵비라는 방식이 아닌 '이곳에서 과연 진실을 말해도 될까' 하는 물음이었다. 이즈미는 욱신거리는 배를 손으로 감싸고 눈을 꼭 감았다.

"이즈미 님."

가볍게 한숨을 내쉰다.

"그날 그 시간에 어디 있었는지 알려 주시겠습니까?"

눈을 뜬다. 화이트보드에 붙은 약도를 바라본다.

"전……."

반년 전 오전 11시. 바람 없는 봄날의 따스하고 파란 하늘.

"그때 스완에 없었어요."

"이게 무슨 말도 안 되는 짓거리야!"

호사카가 탁자를 퍽 내려치고 몸을 벌떡 일으켰다.

"내가 이 모임에 참가한 건 피해자들의 한을 풀어 주기 위해서야. 유족에게 진실을 전하는 게 살아남은 이들의 숙명이라고 생각했으니까. 그런데 뭐가 어쩌고 어째? 묵비니 뭐니로 모자라 이제는 말도 안 되는 거짓말까지? 내가 이런 꼴이나 보려고 여기 온 것 같나?"

이즈미는 호사카 쪽을 보지 않았다. 입을 꾹 다물고 테이블만을 내려다본다.

옆에서 하타노가 피식 웃음을 터뜨렸다.

"이거 뜻밖이네요. 호사카 씨. 말하고 싶지 않으면 말하지 않는 게 당연하지 않습니까? 여기가 무슨 취조실도 아니고."

"그러니까 말도 안 되는 짓거리라고 하는 거야. 돈으로 사람을 꾀려는 저열한 조건도 참가자들을 무시하고 있고."

"그쪽이 사례금을 기부하는 건 자유지만 전 그러고 싶지 않네요. 무급 노동은 회사와 집만으로 충분해서."

하타노는 장난스럽게 어깨를 으쓱하더니 테이블 위에서 턱을 괬다.

"그리고 제 묵비는 둘째 치고 저 아이가 꼭 거짓말을 한다고 단언할 수는 없지 않을까요?"

"11시에 스완 밖에 있었던 사람이 어떻게 사건에 휘말린다는 거야?"

"뒤늦게 건물 안에 들어왔을지도."

"모두가 도망치는 와중에 거꾸로 그곳에 들어간다고? 어림도 없는 소리!"

호사카의 시선이 하타노에서 내게로 옮겨 오는 것이 느껴진다.

"부끄럽지도 않나? 아무리 책임을 면하고 싶어도 거짓말을 하다니."

이즈미는 침묵이 호사카의 화를 더 부채질할 수 있을지언정 대답하지 않았다.

"난 다 알아. 넌 그때 스카이라운지에 있었어. 그리고 그곳에 붙잡혀 있던 사람들을 보고도 못 본 척했지!"

뉴스 보도에 악의가 있었다고는 생각하지 않는다. 적

어도 사건 발생 초기에 가타오카 이즈미의 이름은 끔찍한 사건에 휘말렸다가 구사일생으로 살아난 생존자로 보도됐다. 병원 침대에 누워서 보낸 한 달 조금 넘는 기간에 어머니가 신경 써 준 덕에 뉴스를 직접 보지는 못했지만, 가엾은 여고생에게 동정과 격려의 목소리가 쏟아진 것은 상상하기 어렵지 않다.

그런 선의가 백팔십도 뒤집힌 것은 5월 중순쯤이었다.

"그건 인간이 할 짓이 아니야."

이미 자주 들어서 익숙한 말.

"같은 피해자로 엮이는 게 불쾌할 정도라니까. 이렇게 얼굴을 마주하고 있는 것 자체도."

"적당히 하시죠."

날카로운 울림이었다. 이즈미는 무심코 고개를 들어 하타노를 봤다.

"주간지나 인터넷 게시판을 너무 탐독하신 거 아닙니까? 이 아이가 직접 사람을 죽인 것도 아닌데."

"범인을 부추겼잖아!"

"와, 어떻게 저런 말을 아무렇지 않게 하지? 그쪽이야말로 정말 사건 현장에 있었던 거 맞아요? 혼자 살겠다고 앞장서서 도망치는 녀석들투성이였는데."

호사카가 동요하는 모습에서 그에게 맞서는 하타노의

진지한 표정이 읽혔다.

"저것 봐. 그쪽이 자꾸 화내니까 이쿠타 씨와 도산도 놀랐잖아요. 그냥 집에 돌아가시든지 아니면 심호흡이라도 하면서 가만히 앉아 계시든지, 둘 중 하나만 하시는 게 어때요?"

"호사카 님." 도쿠시타가 끼어들었다. "원하신다면 호사카 님의 사례금을 현재 히데키 씨께서 참여 중인 피해자 지원 단체를 통해 피해자분들께 기부할 수도 있습니다."

호사카가 털썩 주저앉았다. 벌겋게 달아오른 얼굴에 주름이 깊게 잡힌다.

"이즈미 님. 조금 전 질문을 이어서 하겠습니다만, 그렇다면 이즈미 님은 사건 발생 시각에 스완이 아닌 어디 계셨습니까?"

"……스완 옆에 있는 저수지요."

그 말을 듣더니 호사카는 또다시 한마디 하고 싶은 듯했다.

그전에 도쿠시타가 먼저 입을 열었다.

"알겠습니다. 그럼 다음으로 넘어가죠. 여기서부터는 NO 영상에 의거해 10분 단위로 여러분의 행동을 확인하고자 합니다. 우선 11시부터 11시 10분 사이입니다. 덧붙이자면 스완의 방재 센터에서 경찰 신고가 접수된

건 11시 5분경. 11시 10분부터는 관내에 대피 지시 방송이 나오기 시작했습니다."

그 10분 동안 니와와 오타케는 각자 범행을 시작한 광장 부근에 머물러 있었다.

"이즈미 님부터 여쭤도 되겠습니까?"

"전······." 이즈미는 허벅지 위에 포갠 손에 힘을 실었다. "저수지에서 스완으로 향하는 중이었어요. 도로를 건너면 가장 먼저 나오는 곳······ 그러니까 아마도 실내 화단의 흑조 광장 쪽 출입구를 지났던 것 같아요."

"말도 안 돼." 또다시 호사카가 끼어들었다. "저수지 방면 출입구에는 대피하는 입장객들이 쇄도했을 텐데. 당시 실내 화단에 있던 수많은 이들이 모조리 그쪽에 쏠렸을 거라고. 그 사람들과는 반대로 되레 건물 안에 들어갔다고? 난 도저히 이해되지 않아."

"호사카 님. 호사카 님의 의견은 나중에 따로 듣겠습니다. 제가 질문할 때는 부디 말씀을 삼가 주시길 부탁드립니다."

호사카가 입을 다문 것을 확인하고 도쿠시타가 이즈미 쪽으로 고개를 돌렸다.

"스완 안에서 일어난 이변은 눈치채셨겠죠?"

"네. 들어가자마자 대피 방송이 나왔으니까요."

"그런데도 안으로 더 들어가셨다."

"그 안에서 만나기로 약속했으니까요. ……친구랑."

후루타치 고즈에의 예쁜 얼굴이 뇌리에 떠오른다.

"그 아이가, 걱정돼서."

"그래서 약속 장소로 향했다는 말씀이신가요?"

"……네, 맞아요."

도쿠시타가 펜으로 바인더에 뭔가를 적었다.

"전화로 연락하거나 하지는 않았습니까?"

"스완에 들어가기 전에 한 번 통화를 했는데……. 하지만 대화가 거의 불가능했어요."

혼란으로 가득했다. 냉정한 판단이 불가능할 만큼.

"약속 장소는 어디였습니까?"

"……키즈숍 부근이요."

도쿠시타는 "흠" 하고 바인더 종이를 펼쳐 확인하더니 "이 근처 말이군요" 하고 화이트보드의 3F 흑조 광장 쪽에 있는 에스컬레이터 '㉕'를 가리켰다.

이즈미가 입을 다물고 있자 도쿠시타는 고개를 끄덕이고 "그렇군요. 알겠습니다" 하고 맥이 빠질 정도로 순순히 인정하고 그 이상 묻지 않았다.

"그럼 다음으로 하타노 님. 부탁드립니다."

"여기서 미주알고주알 떠들면 조금 전의 묵비가 의미

없어지지 않겠어?"

"관내 방송이 나왔을 때 있었던 곳 정도는 말해 주실 수 있습니까?"

"오늘은 일단 말하지 않을래요."

거칠게 콧숨을 내쉬는 소리가 호사카가 있는 쪽에서 들렸다. 하타노는 태연한 얼굴로 흘려 넘겼다.

"그럼 다음으로."

"저."

이쿠타가 조심스레 손을 들었다.

"좀 서둘러 주실 수 있어요? 슬슬 아들이 동아리 활동을 마치고 돌아올 시간이라 가 봐야 해서요. 걔는 집에 왔을 때 밥이 차려져 있지 않으면 화를 내서……."

"알겠습니다. 조금 서두르도록 하죠."

다음으로 호사카가 설명을 시작했다. 사건 발생 당시 그는 '모르겐'에서 아웃도어용품을 구경하고 있었다. 관내 방송이 나오기 전까지 소동이 일어난 것을 눈치채지 못했다. 직선거리로 재면 니와가 범행을 시작한 백조 광장이 바로 옆이지만 1층과 3층의 높낮이가 그를 사건에서 멀어지게 했다. 좁은 가게 안에는 호사카를 제외하고 젊은 남자 직원만 한 명 있었고 그도 갑작스럽게 나온 관내 방송을 듣고 당황하는 모습이었다고 한다.

이쿠타는 사정이 조금 달랐다. 본관 2층의 안경 가게에 있던 그녀는 에스컬레이터 쪽에서 들리는 파열음을 귀로 접했다. 흑조 광장에서 오타케가 하늘을 향해 쏜 첫 번째 총성이다. 무슨 일이 일어났는지 싶어 계단 아래를 엿봤다. 곧이어 두 번째 총성이 울리자 비명과 노성이 들렸고 뒤이어 도망치는 이들의 모습이 눈에 튀어 들어왔다.

그녀는 너무 놀란 나머지 머릿속이 새하얘졌다고 했다.

"잠시 몸이 굳어서…… 이벤트 같은 것인 줄 알았어요. 하지만 총성이 계속 들렸고 다들 도망쳐서 저도 일단 움직여야 한다고 판단해 조심조심 그곳을 벗어났던 것 같아요."

"흑조 광장에서 멀어지는 방향이었습니까?"

"네. 맞아요. 다른 사람들을 따라갔으니."

"관내 방송은 어느 쪽에서 들렸습니까?"

"그건 좀…… 잘 기억나지 않네요. 통로가 일직선으로 뻗어서 어디든 비슷비슷하잖아요. 거기에 사람이 혼이 빠지면 그런 건 기억 못 할 수도 있지 않겠어요?"

그러자 도쿠시타는 "네, 그렇지요" 하고 어린아이를 달래듯 고개를 연신 끄덕였다.

"다른 층으로 가시진 않았습니까?"

"아마도."

"계속 주차장 방면 통로를 걸어가셨다?"

"네. 아마도."

"옆에 있는 화장실이나 흡연실로 도망치려고 생각하지는 않았습니까?"

"그건…… 정작 그런 일을 겪으면 머리가 그렇게 안 돌아간다니까요. 무서워 죽을 것 같았는데 어떻게 그런 걸 떠올리겠어요."

살집이 있는 이쿠타의 볼이 더욱 부풀어 올랐다.

"이제 됐죠? 더 설명할 것도 없어요."

"네. 됐습니다. 감사합니다."

"난……."

도산이 더는 참지 못하겠다는 듯이 느닷없이 입을 열었다.

"아무 짓도 하지 않았어."

조용히 호소한다.

"난……."

어안이 벙벙해진 다른 사람들의 얼굴은 쳐다보지도 않았다.

"아무 짓도 하지 않았다고……."

손바닥을 눈가에 갖다 댄다.

이즈미는 문득 머릿속 한구석이 축축해지는 느낌을 받았다. 도산이 흘리는 눈물과 달리 내 눈물은 독극물이나 마찬가지일 것이다.

기타시로 선생님의 진료실 안에 있는 수조를 떠올린다. 작은 흔들림만이 존재하는 정적의 공간. 흔들려 버릴 것 같은 이 마음을 그 수조 속에 담가야 한다.

"그렇게 말하면 오히려 뭔가 저지른 것 같은데?"

하타노가 중얼거리자 도산이 충혈된 눈을 부라렸다.

"농담이야, 농담."

"도산 님." 도쿠시타의 태도에는 일절 변화가 없다. "11시부터 11시 10분까지 도산 님의 행동을 들려주십시오."

도산은 또다시 고개를 숙이고 눈가를 닦았다.

"화단 근처에 있었어."

"11시부터 줄곧 말인가요?"

"그래."

뭔가 토라진 듯한 말투다.

"스완 안에 있는 점포에 볼일이 있었습니까? 아니면 다른 사람과……."

"상관없어! 당신이 말하는 그 기쿠노인지 뭔지 하는 여자 사건과는 상관없다고!"

"그렇군요."

도산은 흥분을 주체하지 못하는 것처럼 입가를 주먹으로 때리고 손가락을 입에 물었다.

"잘 알겠습니다. 오늘은 여기까지 하죠."

도쿠시타가 "잠깐만 기다려 주십시오" 하고 방에서 나가자 불편한 침묵이 흘렀다. 허리를 웅크린 도산, 홍차를 계속 홀짝이는 이쿠타, 불만스러운 것처럼 이를 가는 호사카, 천연덕스럽게 테이블에 엎드려 있는 하타노, 긴장해서 배를 감싸고 있는 나. 친목을 다지는 듯한 분위기는 전혀 없다.

역시 실패였나. 애초에 이런 모임에 참가한 것 자체가 잘못됐을지 모른다.

"오래 기다리셨습니다."

도쿠시타가 봉투를 손에 들고 돌아왔다.

"여러분, 오늘은 정말 고생 많으셨습니다. 금일의 사례금입니다."

그는 모두에게 봉투를 나눠 주고 해산을 고했다.

"이로써 첫 번째 모임은 끝입니다. 다음 주 같은 시간에 이곳에서 기다리고 있겠습니다."

누군가 뒷덜미를 잡아당기는 것 같은 기분을 느끼며

반지하 계단을 올랐다. 하늘은 이미 어둠에 물들어 있다. 거리에 있는 가게에서 불빛이 새어 나온다. 얇은 옷 때문에 가을 밤바람이 서늘했다.

네온사인이 화려하게 반짝이는 파친코 점포 앞을 지날 때 등 뒤에서 빵빵 하는 경적 소리가 들렸다.

"수고했어."

차는 이즈미 옆에서 멈췄다.

"전철 타고 가? 괜찮으면 바래다줄게."

하타노는 운전석에서 몸을 내밀며 묻더니 순식간에 표정이 굳었다.

"……그렇게까지 싫은 내색 안 해도 되잖아."

당혹감을 감추기 위한 그의 긴장한 미소를 보며 이즈미는 아무 대답도 할 수 없었다.

스스로 생각해도 기이한 반응이다. 단지 등 뒤에서 자동차 경적이 들렸을 뿐인데 온몸에서 땀이 줄줄 흘렀고 피가 얼어붙었다.

"미안. 내가 눈치가 좀 없었네."

몸을 움츠린 채 당장에라도 비명을 지르고 도망칠 것 같은 이즈미를 보며 하타노가 배려하듯 덧붙였다.

"오늘 일에 대해 다른 사람과 대화를 좀 나눠 보고 싶어서."

두근거림이 조금 잦아들었다. 하타노에게서 악의는 느껴지지 않았다. 모임 때 호사카의 추궁으로부터 나를 도와준 것을 떠올린다.

무엇보다 이즈미 역시 조금 전 모임에 대해 다른 누군가와 이야기를 나누고 싶었다.

"차 안이 싫으면 어디 카페라도 괜찮고. 잠깐만 시간 좀 내줘."

뒤에 오는 차의 전조등 불빛이 보였다. 뒤차 운전자는 갓길에 세워 둔 하타노의 차에 눈을 흘기며 옆을 지나쳐 갔다.

"……뒷좌석 창문을 열 수 있으면."

"물론이지."

이즈미가 차에 올라타자마자 하타노는 신마쓰도역 쪽으로 차를 출발했다. 이즈미가 미사토 근처까지 가 달라고 하자 그는 "방향이 같아서 다행이네"라고 했다.

"뭐 다들 비슷하겠지. 우리는 모두 스완의 전우이니."

일본 최대 규모 쇼핑몰에는 현 밖에서 찾아오는 입장객도 많다고 들었지만 대다수는 역시 주변 지역민들이다.

하타노가 정면을 바라본 채로 물었다.

"너도 평소부터 스완에 자주 다녔어?"

"……전 '라라포트'가 더 가까워서."

라라포트는 미사토에서 한 정거장 거리에 있는 대형 쇼핑몰이다. 스완과 고작 세 정거장밖에 떨어져 있지 않다.

"그렇게 가까운 곳에 쇼핑몰을 두 개나 짓지 않아도 될 텐데. 화려하기는커녕 오히려 뭔가 쓸쓸한 느낌이야."

중학생 시절, 동네 친구들과 놀러 갈 때는 라라포트, 사치를 조금 부리고 싶을 때는 스완에 갔다. 동네 친구들과 거리를 두고 고등학교에 올라간 뒤로는 두 곳 모두 발길이 뜸해졌다. 4월의 그날도 스완을 찾은 건 오랜만이었다.

—이곳에는 무엇이든 다 있지만 진정 원하는 것은 없다.

니와 유즈키의 목소리가 귀울림처럼 되살아났다. 이즈미는 순간 배를 손으로 감쌌다. 수조 속을 상상한다.

"이쿠타 씨 같은 사람은 되게 가까운 곳에 사는 것 같던데. 자전거를 타고 다녔다고 하니."

하타노가 노래하듯 덧붙였다.

"호사카 씨는 역 쪽으로 걸어가더라. 그리고 도산은 반대 방향으로."

"……끝까지 지켜보신 거예요?"

모임이 끝났을 때 가장 먼저 자리에서 일어난 사람은

하타노였다.

"거기서는 말 붙이기가 어려웠으니까. 누구한테 말을 걸지도 고민했는데 너 말고 다른 사람은 별로 내키지 않더라고."

기쁘지 않았다. 오히려 우습게 보는 느낌이 들었다.

"뒤풀이에서는 유의미한 이야기를 하고 싶기도 하니."

그 점은 이즈미도 동감이었다. 호사카를 비롯한 다른 이들은 자기주장이 너무 강하다. 모임 이후 둘이서 대화를 나눌 사람이라면 자신도 하타노를 선택했을 것이다.

차가 대로로 나갔다.

"아무튼 이상한 모임이었어."

신호가 빨간불로 바뀌었을 때 하타노가 말했다.

"네가 봐도 이상했지? 사건에 대해 정말 알고 싶은 거라면 한 사람씩 만나서 천천히 이야기를 들으면 되잖아."

"……한군데에 모으는 편이 수고가 덜 들어서?"

"아니, 그런 모임을 네 번이나 하는 게 훨씬 수고스럽지. 매번 다섯 명 몫의 교통비와 참가비를 일일이 챙겨주는 것도 비효율적인 데다가 결석하는 사람이 나올 수도 있잖아. 호사카 씨처럼 깐깐하게 구는 사람 때문에 누군가 입을 걸어 잠글 리스크도 있고."

정확히 이즈미가 그런 사람에 가까웠다.

"서로의 기억을 꺼내서 대조하려는 목적일까 추측하기도 했지만 그래도 영 석연치 않아. 도쿠시타 씨는 거짓말을 금세 눈치채는 것 같지 않았어? 그 정도 정보가 있다면 애초에 우리한테 이야기를 들을 필요도 없을 텐데 말이야."

신호가 파란불로 바뀌었다.

"범인이 남긴 영상뿐만 아니라 방범 카메라 영상들도 입수한 것 같지? 그래야만 거짓말을 알아챌 수 있을 테니. 그럼 그 영상들을 꼼꼼히 관찰하면 그 기쿠노라는 여자의 사망에 대해 대략은 밝혀낼 수 있지 않나?"

하타노가 어떤 부분을 의아해하는지 느낌이 왔다. 이즈미를 비롯한 참가자들의 거짓말을 간파할 정도로 많은 정보를 지녔으면서 정작 기쿠노 씨 죽음의 의문은 해결하지 못하는 모순.

하지만.

"스완에 있는 점포들은 안에 방범 카메라가 거의 없었다고 뉴스 같은 곳에서 봤어요."

인터넷 게시판이었을까. 공용 공간에는 사측이 설치한 CCTV가 있지만 점포 안에 카메라를 설치하는 것은 전적으로 점주의 결정에 따른다. 매장 면적에 따라 다르기는 해도 쇼핑몰 안에 있는 점포의 CCTV 설치율은 일반적으로 낮다고도 했다.

그리고.

"스카이라운지에도 카메라는 없었을 거예요."

"오." 하타노가 호들갑을 부리며 감탄했다. "잘 아네. 역시."

이즈미는 입을 다물었다. 무의식적으로 상대의 말투에서 악의를 찾고 만다. 이 역시 사건 이후 몸에 밴 습관이었다.

"그런데 기쿠노 씨가 죽은 곳은 스카이라운지가 아니라 흑조 광장이었잖아. 그럼 영상도 남아 있지 않을까?"

범인이 누군지는 명백하다. 그러지 않으면 경찰이 입 다물고 있을 리도 없다.

"난 처음에 기쿠노 씨를 죽인 사람이 오타케라고 생각했는데."

장소가 흑조 광장이어서일 것이다. 그러나 사망 추정 시각이 그것을 부정하고 있다. 12시 전후에 흑조 광장에 있었던 사람은 니와다.

"그런데 그게 뭐 어쩌라고 싶기도 해. 범인이 니와든 오타케든 별로 달라질 건 없잖아. 뭐 기쿠노 씨가 엘리베이터에 타려고 했다는 게 신경 쓰이기는 하겠지. 가족이라면."

그러나 남에게는 사소한 일. 그런 본심이 묻어났다.

"그 밖에도 몇몇 거슬리는 지점은 있지만……. 그나저나 도쿠시타 씨. 뭔가 되게 잘 만들어진 안드로이드 같지 않아? 속을 도통 모르겠어."

비극의 총정리. 그런 말을 했을 때 도쿠시타와 눈이 마주쳤던 것을 떠올린다. 표현이 이상할지 몰라도 나를 바라보던 그 눈빛에는 묘한 인간미가 있었다. 이쪽이 불편해질 만큼.

차가 미나미나가레야마를 지난다.

"만약에 말이지." 하타노가 짐짓 가볍게 말했다. "만약에 요시무라 사장이 NO 영상과 방범 카메라 영상, 경찰의 수사 정보 같은 것을 전부 입수해서 샅샅이 확인하다가 어떤 의혹 같은 것을 품었다고 쳐. 그럼 쓸데없는 사람들에게까지 전부 말을 걸지는 않았을 거야. 일이 벌어지자마자 곧바로 대피한, 이번 일과 상관도 없을 그런 녀석들을 모아 봐야 의미가 없으니까."

"……저희는 모두 이유가 있어서 불려 왔다는 말인가요?"

"그럴지도 모르지. 게다가 넌 특히 알기 쉽잖아."

스카이라운지에서 살아남았기 때문이다. 호사카도 언급한 바 있지만 기쿠노의 움직임을 파악할 목적이라면 빠트릴 수 없는 증인일 것이다.

"그런데 다른 사람들은 왜 불렀는지 도통 모르겠어. 나를 포함해서."

에도강 위에 있는 다리가 보인다. 차가 막히고 있다.

"혹시 응징하려고 모은 건 아닐까?"

"응징?"

"사장이 이미 점찍은 인물이 있고 그 녀석만을 노리고 있다는 뜻이야. 여러 명을 한곳에 모은 건 거기서 콕 집어서 망신을 주기 위해서지. 다른 멤버들은 그저 머릿수를 채우는 역할이고."

"하지만, 그럼."

"응. 요시무라 사장이 누굴 점찍었는지가 궁금해지지."

하타노의 추리에 부자연스러운 부분은 없다. 오직 추리를 입에 담는 그 자신을 제외하면.

"물론 전부 사장의 착각일 수도 있을 거야. 기쿠노 씨는 그저 안타까운 피해자 중 한 명에 불과하고 사건에 다른 미심쩍은 점은 없다. 그럼 사장은 이런저런 망상에 사로잡혀 돈과 노력을 낭비하고 있는 셈이지."

"……도쿠시타 씨도 쓸데없다는 걸 알면서 그곳에 왔다는 말인가요?"

"그러니까 묵비권을 행사해 봤어."

"네?"

"그 사람의 진심이 어디까지인지 알고 싶어서."

묵비 선언에 순간 허를 찔린 듯 보이기는 했지만 별다른 동요는 느껴지지 않았다.

"이번 일에 정말로 관심이 있는가. 그냥 사무적으로 일을 떠맡은 건 아닌가. 그런데 곰곰이 생각해 보니 그걸 짚는 것 역시 별 의미가 없더라. 우리의 거짓말을 알아낼 수 있다는 게 사실이라면 내가 거기서 말을 하든 하지 않든 똑같잖아."

이즈미는 대답하지 않았다. 도쿠시타의 진의를 알아챌 만한 힌트는 있다. 모임이 끝날 때마다 나눠 주겠다는 최대 3만 엔의 보너스다. 도쿠시타는 모임의 목적을 방해할 수준의 거짓말을 했을 때만 액수를 감액하겠다고 했다. 묵비를 택한 하타노는 참고가 되지 않겠지만 어쨌든 그 보너스 액수로 도쿠시타가 지닌 정보의 정확도를 가늠할 수는 있을 것이다.

넌 얼마였어? 하타노가 그렇게 물으면 어떻게 대답해야 할까.

차가 꽉 막힌 탓에 하타노는 운전대에서 손을 떼고 이즈미를 봤다.

"사장의 속내가 수상쩍기는 해. 물론 수상하기로는 우

리도 만만치 않지. 그렇게 수상한 초대에 응했을 정도이니."

"……제 목적은 돈이에요."

"나도 마찬가지야. 와이프가 시켰거든. 돈을 벌 수 있으면 어디든 다녀오라며 등을 떠밀었어. 내 수입으로는 애들 학비도 낼 수 없다면서."

그는 한숨을 내쉬고 머리를 긁적였다.

"다른 사람들은 어떨까? 호사카 씨는 이미 은퇴했겠지. 이쿠타 씨는 아무래도 가정주부 같고, 도산은 아르바이트로 먹고살려나? 그런데 말이지. 굳이 오지 않아도 될 모임에 나타난 주제에 그렇게 잔뜩 긴장하는 건 뭔가 이상하기는 해. 고작 만 엔 벌자고?"

하타노의 말이 사실이다. 편지에는 '교통비와 약 1만 엔의 사례비'라고만 적혀 있었다. 개근과 성공 보수, 보너스에 대해서는 모임에 가서야 들었다.

"고등학생한테는 큰돈이기는 해도 다 큰 어른이 혹할 액수는 아니지."

그러더니 그는 "아니, 요즘은 고등학생들에게도 큰돈이 아니려나" 하고 장난스럽게 덧붙이고 다시 말을 이었다.

"총 몇 명에게 말을 걸었고 그중 몇 명이 거절했는지

는 모르겠지만 어쨌든 우리는 오늘 그곳에 모였어. 호사카 씨의 말마따나 정의감 때문인지, 돈 때문인지, 아니면 또 다른 이유 때문인지는 몰라도."

"또 다른 이유?"

"이런 상황에서 또 다른 이유라면 둘 중 하나겠지. 뭔가를 밝히고 싶거나 아니면 숨기고 싶거나."

"……숨기고 싶은 사람이 참가한다고요?"

그는 "흐음" 하고 신음하더니 "우리 와이프는 입이 험해서 말이야" 하고 갑작스럽게 화제를 돌렸다.

"집에서는 나한테 아주 폭군처럼 군다니까. 그런데 밖에서는 보통 얌전한데, 가끔 이웃집 엄마들이랑 수다를 떠는 동안 자기도 모르게 집에서나 할 말이 입 밖에 튀어 나갈 때가 있대. 그럼 나중에 집에 와서 되게 걱정하지. 혹시 내가 뭐 잘못 말한 게 있는 건 아닐까. 오늘 한 말 때문에 날 싫어하는 건 아닐까. 나중에 뒤에서 날 욕하는 게 아닐까. 내가 보기에는 그렇게 걱정 안 해도 될 것 같은데, 그게 아닌가 봐. 엄청 신경 쓰인대."

하타노는 얼굴을 찌푸리고 있는 이즈미에게 백미러 너머로 쓴웃음을 지어 보였다.

"다들 그렇게 싫은 거야. 자기가 없는 곳에서 죄가 폭로되는 게."

이즈미는 입을 꾹 다물었다. '죄'라는 단어의 울림이 가슴을 파고들었다.

"아무튼 뭐." 하타노는 다시 운전대에 손을 갖다 댔다.

"그 모임. 모은 사람도 모인 사람도 다들 이런저런 사정이 있는 것 같네."

그제야 차가 앞으로 나아갔다. 다리 위를 느린 속도로 달린다. 창문으로 시원한 밤바람이 들어왔지만 식은 땀은 멎지 않는다. 암흑 속에 가라앉은 강 표면으로부터 눈을 돌렸을 때 이즈미는 도쿠시타에게 받은 봉투를 떠올렸다.

최대 3만 엔의 보너스는 예상대로 0엔이었다.

미사토역 남쪽 출구 교차로에서 하타노와 헤어졌다. 마지막까지 그는 보너스 액수를 묻지 않았다. 일부러 묻지 않은 건지, 깜빡한 건지, 아니면 정말로 관심이 없는지는 구분되지 않았다. 내게 말을 건 것도 진정 의견 교환이 목적이었을까. 의심스럽게 보면 의심스러운 점이 한두 가지가 아니다.

한산한 역 앞에서 이즈미는 발길을 돌렸다. 빌딩에 둘러싸인 이곳에는 밤늦게까지 영업하는 술집들이 있지만 끊임없이 사람이 오갈 정도의 활기는 느껴지지 않는다.

눈앞의 편의점을 지나 북쪽 출구로 향한다. 개찰구 불빛을 오른쪽에서 받으며 고가 아래를 지난다. 불빛이 없다면 섬뜩할 정도로 어두운 길이다. 북쪽 출구 교차로에는 택시가 몇 대 줄지어 서 있었다. 희뿌연 차내등 불빛을 뿜으며 버스가 옆을 지나쳐 간다.

이즈미는 고가 선로를 따라 왼쪽으로 걸었다. 허리를 살짝 굽힌 채 고개를 숙이고 걷는다. 밖에서는 꼭 이런 자세가 되고 만다. 허리를 쭉 펴고 걷지 못하는 게 내심 부끄러웠고 이는 학교에 돌아가는 것을 망설이게 하는 원인 중 하나이기도 했다.

눈앞에 보이는 교차점에서 와세다 공원 쪽으로 향한다. 점포가 드물게 늘어선 지역의 주요 도로 중 하나이지만 영업 중인 곳은 많지 않다. 불안을 누그러뜨려 주는 것은 옆을 지나는 자동차의 전조등뿐이다.

부웅!

왜건 차량이 요란한 배기음을 울리며 이즈미 옆을 빠르게 달려갔다. 무심코 다리가 턱 멈췄다. 깜짝 놀라 등줄기가 꼿꼿해지고 심장 고동이 빨라진다.

얼마 전만 해도 이 정도 소음으로 놀라지는 않았다. 오히려 즐겼던 시절조차 있다. 그런데 지금은 이 모양이다. 음악을 들으며 달래려고 해도 주변 소리가 계속 신경 쓰여서 그러지도 못한다. 아직 좋은 처방전을 찾지 못했다.

심호흡을 한 번. 긴장해서 잔뜩 굳어 버린 몸을 추스르고 이즈미는 다시 발걸음을 뗐다.

다른 곳으로 생각을 돌리려고 오늘 밤 모임과 하타노의 추리를 머릿속에 떠올렸다.

요시무라 히데키가 기획한 모임. 스완 사건에서 살해된 히데키의 어머니 기쿠노 씨 죽음의 진상을 파헤치는 게 목적이라고 하지만 왠지 석연치 않은 부분들도 있다.

이 모임의 발단인 기쿠노 씨 사망 의혹에 대해 히데키의 대리인을 맡은 도쿠시타 소헤이는 그녀의 사망 시각을 근거로 들었다. 범행 시작 시각에 기쿠노는 스카이라운지에 있었다고 한다. 그런데 시신은 흑조 광장 1층의 엘리베이터 앞에서 발견됐다. 사망 추정 시각은 범행이 끝날 무렵이었던 12시경. 이즈미가 알기로 이는 대중에 공개된 정보는 아니다.

11시에 스카이라운지에 있었던 기쿠노가 12시에 1층 엘리베이터 승강장에서 살해됐다. 뉴스에 나오는 정도로만 사건을 접하다 보면 그게 도대체 뭐가 이상한지 이해하기 어려울지도 모른다.

그날 스카이라운지에서는 총 아홉 명이 살해됐다. 희

생자 중에는 다섯 살 남자아이도 있다. 이 충격적인 대학살의 현장을 언론은 지금도 전력을 다해 보도하고 있다. 그곳은 임대가 아닌 스완의 직영점이었다는 점. 경영진 중 어느 높은 사람이 처음 아이디어를 떠올렸고 건축상 난관이나 예산 문제를 뛰어넘어 완성한 곳이라는 점. 이용객의 평판, 종업원들의 인터뷰.

물론 중심은 사건 당일 상황과 경위였다.

사건이 일어나고 10분이 지난 오전 11시 10분. 화재용 관내 방송이 이상을 알리는 와중에 당시 스카이라운지에 있던 사람들은 혼란과 의심에 빠져 움직이지 못하고 있었다. 화재라면 곧장 대피해야 한다. 그러나 아래에서는 총성 같은 소리와 함께 심지어 비명까지 들리는 상황. 도대체 무슨 일이 일어나고 있는가. 우리는 어쩌면 좋나. 그날 근무한 남자 점장은 당황하는 손님들을 최대한 진정시키고 매뉴얼대로 방재 센터에 전화를 걸었다. 그러나 본관을 관할하는 제2 방재 센터는 전화를 받지 않았다. 서둘러 별관에 있는 제1 방재 센터에 내선 전화를 걸어 자신들의 현재 상황을 설명했다.

점장의 신고를 받은 제1 방재 센터의 주임 경비원은 총기를 소지한 남자들에 대해 전하고 일단 스카이라운지에 머물러 있으라고 지시했다.

그 신고 전화가 있기 몇 분 전에 제2 방재 센터가 습격당했다. 흑조 광장과 입체 주차장 사이에 있는 백야드는 화물 반출 등에 쓰이는 직원 전용 공간으로 그 한구석에 경비원 대기실이 있다. 그곳을 덮친 사람은 오타케 야스카즈. 맹렬한 기세로 안에 뛰어들자마자 경비원들에게 마구잡이로 총격을 가했다. 그야말로 혼란의 극치인 상황. 경비원들은 간신히 총알을 피해 필사적으로 도망쳤다. 사망자는 없었지만 그중 한 명이 어깨에 총상을 입었다.

제1 방재 센터의 주임 경비원은 그 보고를 막 들은 참이었다. 섣불리 현장에 다가가기보다 경찰이 올 때까지 스카이라운지에 머물러 있는 편이 낫다. 이것은 일개 민간 경비원들이 어떻게 할 수 있는 상황이 아니다. 그가 내린 지시에는 그만한 이유가 있었다고 할 수 있다.

그러나 결과는 최악이었다. 스카이라운지는 피바다가 되었다.

범인들의 움직임을 잘못 판단한 것이 원인이었다. 흑조 광장에서 제2 방재 센터, 그리고 백조 광장 쪽으로 1층을 활보한 오타케 야스카즈. 한편 니와 유즈키는 백조 광장에서 흑조 광장으로 2층을 돌아다녔다. 목적과 목표 지점은 물론 몇 명인지조차 모르는 테러범들을 상대로 백 점 만점의 대응을 요구하는 것 자체가 무리다. 경찰 또한 신속한 대응과는 거리가 먼 모습을 보였다.

반년 전, 사건을 둘러싸고 여론은 부글부글 끓었다. 즉각 제1 방재 센터의 주임 경비원에게 비난의 화살이 쏟아졌고, 입장객보다 먼저 도망친 제2 방재 센터 경비원들은 말 그대로 욕받이가 되었다. 과열된 비난 여론을 가라앉히기 위해 기자 회견을 자처한 경비원도 있었다. 세상의 추궁은 엄격하면서도 격렬했다. 그들이 마치 죽은 니와나 오타케의 대역이라도 되는 것처럼 살아남은 경비원들을 공격했다.

와세다 공원 입구 교차점에 도착했다. 오른쪽으로 꺾으면 직사각형 모양의 큰 아파트가 눈에 들어온다. 거기서 조금 더 걸으니 아파트 건너편에 단독 주택이 보이기 시작했다. 주변은 더 어두워졌고 이즈미는 몸속 깊숙이 한기를 느꼈다.

문제는 이런 사건 흐름의 어느 지점에도 기쿠노가 스카이라운지를 벗어날 이유가 없다는 것이다. 방재 센터의 지시는 '가만히 있으라'였다. 그런데도 그녀는 1층으로 내려갔다.

히데키는 그 사정을 알고 싶어 하는 것 같지만, 그렇다면 또 다른 의문이 생긴다. 모임 멤버의 구성이다. 연락처는 경찰이나 언론을 통해 입수했다고 해도 왜 이 다섯 명일까. 스카이라운지의 생존자 이즈미를 제외해도 다른 네 명과 기쿠노의 접점은 좀처럼 떠오르지 않는다. 적어도 오늘 대화만을 놓고 보면 그들은 관련 없는 제삼자처럼 보인다. 아니면 하타노가 추리한 대로 목표한 인물 외에는 단순한 머릿수 채우기일까.

목표 인물. 스카이라운지의 생존자.

히데키는 후루타치 고즈에에게도 말을 걸었을까. 이즈미와 마찬가지로 스카이라운지에서 살아남은 그 아이에게도.

—모은 사람도 모인 사람도 다들 이런저런 사정이 있는 것 같네.

길 끝으로 약국에서 나오는 불빛이 보였다. 넓은 주차장에 세워져 있는 차는 단 두 대뿐이다. 이 모퉁이에서 역 쪽으로 방향을 꺾어 조금만 더 가면 이즈미가 사는 빌라가 나온다. 원래라면 교차점에서 꺾는 편이 더 가깝다. 일부러 멀리 돌아온 것은 밝은 길을 골랐기 때문이다. 이 역시 사건 이후 자연히 몸에 밴 습관이었다.

정적이 감도는 주택가를 걸으며 문득 이상한 기분이 들었다. 밀실을 두려워하게 된 것도 사건의 후유증이다. 그런 주제에 조금 전까지는 하타노의 차에 타 있었다.

뒷좌석에서 창문을 조금 열어 뒀다고 해도 밀실은 밀실이다. 그것도 처음 만난 성인 남자와 단둘이서, 30분 가까이. 그냥 대화를 나누기만 하는 것이니 신경 쓰이지 않았을까. 모임이라는 이벤트에 저도 모르게 녹아들었을까. 아니면 허약해진 마음이 조금씩 회복하기 시작한 걸까.

사건 직후 이즈미는 시내 병원으로 옮겨져 그대로 입원했다. 잘 기억나지는 않지만 그 뒤로 한동안 말을 제대로 못 했다고 한다. 갑작스럽게 눈물을 쏟고 몸이 부들부들 떨릴 때도 있었다.

그런 사건 따위 전부 잊어버릴 수 있으면 좋을 텐데.

귀에 들러붙어 있는 니와의 속삭임. "행복해지는 거야". 그 직후 들린 탕, 하는 총성. 그와 함께 이즈미도 바닥에 쓰러졌다. 눈앞에는 시신, 시신, 시신, 시신. 바닥에 떨어진 장난감 버스, 은색 권총. 피 웅덩이. 니와의 체온. 유리 천장 너머로 펼쳐진 파란 하늘⋯⋯.

그 이후로는 기억이 선명하지 않다. 완전 무장한 경찰 부대, 구급차, 오열하는 엄마와 하얀 시트, 링거 줄⋯⋯. 그런 영상이 짤막짤막하게 남아 있을 뿐, 소리는 없다. 바로 옆에서 탕 하고 울린 총성이 세상 모든 소리를 앗아가 버렸다.

다음으로 또렷이 기억하는 것은 병실에서의 한 장면이다. 햇빛이 들어오는 침대에 누워 있던 나. 나에게 말을 걸던 낯선 남자. 가운도 아니고 양복도 아닌 가벼운 차림새에 나이는 30대 정도. 그 순간 병실에 들어오는 엄마. 남자와 몇 마디를 나누더니 불현듯 엄마가 그의 뺨을 때렸다. 있는 힘껏, 이글거리는 눈동자로.

짝 하는 소리가 울려 퍼졌다. 그 소리로 몽롱했던 이즈미의 의식이 되돌아왔다.

남자가 힘없이 병실을 나갔고 엄마는 이즈미를 품에 안았다. 그리고 얼굴을 마주하며 말했다.

이즈미, 네 잘못이 아니야.

그렇게 말하는 엄마의 억지로 만들어 낸 웃는 얼굴 위로 한 줄기 눈물이 흘렀다. 반짝반짝 빛나던 눈물.

5월 중순의 일이다. 그 뒤로도 한동안 이즈미는 몽롱한 꿈결 같은 나날을 보냈다.

가로등 빛에 2층 빌라 건물이 비쳤다. 입구라고 부르기도 어려운 입구 가운데에 스포트라이트로 강조된 것처럼 자전거가 놓여 있다. 파란 유니폼을 입은 남자가 놀란 듯이 이즈미를 쳐다봤다.

"이즈미!"

슬리퍼 소리를 울리며 달려오는 사람은 엄마 마스미

였다.

두 어깨를 콱 붙들렸다.

"이렇게 늦게까지 연락도 없이! 걱정했잖아!"

얼굴이 붉게 상기돼 있다. 헝클어진 머리카락이 뺨에 달라붙었다.

"엄마……." 이웃집까지 들릴 엄마의 목소리에 기가 죽은 이즈미는 "……일은?" 하고 물었다.

마스미는 평일 닷새를 옆 동네에 있는 마사지 가게에서 파트타임으로 일한다. 집에 오는 시간은 대부분 10시가 넘어서다. 오늘 밤에도 늦을 거라고 예상했다.

"당연히 중간에 나왔지." 마스미는 호들갑스럽게 한숨을 내쉬었다. "메시지를 보내도 답신은커녕 읽지도 않았잖니. 전화도 안 받고."

"……미안."

이즈미는 그렇게 말하며 스마트폰을 매너 모드로 해둔 자신의 부주의함을 후회했다. 상담 치료를 받을 때 항상 매너 모드로 하지만 평소에는 병원을 나오면 곧장 일반 모드로 바꾼다. 오늘 실수는 역시 그 모임에 참석했기 때문이다. 사건 이후 세리나를 비롯한 친구들의 연락을 피하게 되면서 의식하지 못할 때는 스마트폰의 존재를 아예 잊어버릴 때도 있다.

엄마는 원래 일하다가 휴식 시간에 문자를 자주 보내고 답이 없으면 이렇게 반응하리라는 것도 예상했다. 또한 그 모임에 대해서도 전혀 모르고 있다.

"따님이 돌아왔군요."

자전거를 탄 남자는 중년의 제복 경찰관이었다. 그는 "별일 없어서 다행입니다" 하고 마스미에게 자상하게 미소 지어 보이고 이즈미를 향해 말했다. "앞으로는 어머니께 걱정 끼치지 말거라. 경찰에 실종 신고를 할 정도로 걱정하셨어."

"네. 죄송합니다."

"너 때문에 줄어든 엄마 수명 어떡할래?"

마스미의 볼멘소리에 경찰은 붙임성 있게 웃음을 터뜨리고 "그럼 저는 이만" 하고 자전거에 올라탔다.

그때였다.

"네? 뭐라고요?"

마스미가 갑자기 소리를 버럭 질렀고 이즈미는 가슴에 찌릿한 통증을 느꼈다.

"아니, 잠깐. 잠깐만요. 네? 아저씨, 지금 뭐라고 하셨어요? 저는 이만? 설마 지금 돌아가려는 거예요?"

눈을 부릅뜬 마스미를 보며 경찰은 영문을 모르는 듯했다.

"저기요, 생각해 보세요."

마스미가 굳은 미소를 지었다.

"이상하잖아요. 그쪽은 지금 이즈미가 어디 갔었는지 뭘 했는지도 단 한 번도 묻지 않았어요."

마스미가 그렇게 몰아붙이자 경찰은 곤혹스러워했고 그 모습이 마스미의 흥분을 더 부채질했다.

"이 아이가 지금껏 누군가에게 붙잡혀 있었고, 그래서 도망치느라 이렇게 늦었을 수도 있는데 그런 가능성은 고려도 안 해요?"

"저, 마스미 씨."

"일을 똑바로 하란 말이야! 부탁이니까! 제발!"

"엄마."

이즈미는 참지 못하고 뒤에서 마스미의 어깨를 감싸 안았다.

"괜찮아. 나 정말 괜찮아."

"거짓말 마! 괜찮을 리 없잖아!"

"엄마. 일단 집에 들어가자. 씻고 나서 다 이야기해 줄게."

이즈미는 흥분을 참지 못한 채 연거푸 소리치는 마스미를 붙잡고 등을 손으로 쓸었다. 이웃집에서 창문을 여는 소리가 들린다. 사과하고 싶은 마음을 꾹 참고 못 들은 척했다. 이즈미가 눈짓하자 경찰은 이해한 것처럼 말 없이 고개를 끄덕였다. 걱정스러워하는 얼굴에서 또 무슨 일이 있으면 연락하라는 메시지가 읽혔다.

마스미와 함께 안에 들어가 느리게 계단을 올랐다. 복도 가장 오른쪽 끝 집이 마스미 모녀가 사는 집이다. 마스미는 잠꼬대를 하듯 연신 "이즈미, 이즈미"를 중얼거리고 있다.

엄마의 발작에는 이미 익숙해졌다. 빠르게 불이 붙고, 또 빠르게 식는다. 마음을 가라앉히면 평소의 밝은 엄마로 돌아간다.

마스미는 샤워를 마치면 또 맥주 캔을 한 손에 들고 "미안, 미안" 하고 쑥스러운 듯이 사과할 것이다. 그러면 이즈미는 "아니, 내가 미안하지" 하고 대답할 생각이었다. 그러고 나서 오늘 일을 설명할 것이다. 상담 치료를 마치고 영화를 보고 싶어 시내에 갔다. 그러다가 마음이 바뀌어 패스트푸드점에 들어가 시간을 보냈다⋯⋯.

그럼 연락 정도는 해 줬어야지. 마스미는 그렇게 투덜거릴 테지만 속으로는 기뻐할 게 틀림없다. 드디어 바깥을 돌아다니고 싶은 마음이 생겼구나. 그럼 이제 슬슬 학교에 복귀할 날도 가까워진 게 아닐까. 이제 얼마 안 남았어. 아직 따라잡을 수 있어.

마음이 흔들렸다. 언제까지나 이렇게 지낼 수 없다는
것은 안다. 벌써 반년이나 쉰 학교. 그리고 발레 교실. 둘
중 한 곳에라도 다니면 마스미의 불안도 잦아들 것이다.
그렇다면 도전해 보고 싶은 의욕이 생기지만 동시에 여
전히 망설여지기도 했다.

　손에 닿은 마스미의 등에는 뼈가 툭 불거져 있었다.
최근 반년간 그녀는 이즈미보다 살이 더 빠졌다. 여위었
다. 이즈미는 엄마의 윤기 나던 검은 머리에 요즘은 흰
머리와 갈라진 머리카락이 눈에 띄게 됐다는 것을 알고,
불을 켜지도 않고 부엌에 혼자 멍하니 앉아 있을 때가
있다는 것도 안다.

　아빠가 병으로 세상을 떠난 건 이즈미가 걸음마도 떼
기 전이었다. 이후 마스미는 줄곧 혼자 힘으로 이즈미를
키웠다.

　"저기, 엄마."

　문을 열면서 이즈미는 엄마에게 말을 걸었다.

　"생각해 볼게, 학교."

　순식간에 마스미의 열기 어린 시선이 느껴졌다. 분명
눈가가 촉촉해졌을 것이다.

　침대와 책상만으로도 꽉 차는 크기지만 이즈미에게는

자기 방이 있다. 여유롭지 않은 환경 속에서 이 투룸 빌라는 집안의 얼마 안 되는 사치품 중 하나다.

불을 끄고 침대에 드러눕는다. 스마트폰으로 실시간 영상 사이트에 접속한다. 검색창에서 키보드를 몇 번 두드리자 입력하려던 단어가 자동 완성으로 창 아래에 금방 나왔다. 쭉 표시되는 영상 중 낯익은 제목의 영상을 하나 고른다. 옆방에 있는 마스미에게 들리지 않도록 소리를 죽이고 재생한다.

직사각형 화면에 무대가 비쳤다. 성과 풍경 세팅이 조금 수수한 감이 있지만 프로를 꿈꾸는 아마추어들의 학원 정기 공연이라고 생각하면 충분하다.

무대 위에서 여러 명의 남자 댄서가 원을 그리며 경쾌한 춤을 선보이고 있다. 지크프리트 왕자의 생일에 모인 친구들의 축하 댄스다. 발레에는 대사가 없다. 이 생일 자리에서 왕자는 어머니에게 결혼할 사람을 정하라는 말을 듣지만, 사전에 이야기와 설정을 모르고 보는 사람은 뭐가 뭔지 알 수 없을 것이다.

결혼 따위에 관심 없는 왕자는 우울함을 떨쳐내려고 숲속 호수로 향하고 그곳에서 아름다운 백조 공주 오데트를 만난다. 세계 3대 발레 중 하나인 〈백조의 호수〉는 이런 식으로 이야기가 진행된다.

이즈미는 영상을 조금 뒤로 넘겼다. 생일의 1막, 왕자와 오데트가 사랑에 빠지는 2막을 뛰어넘어 3막의 왕궁 무도회로. 이즈미가 지금 보려는 것은 여기 등장하는 흑조 공주, 오딜이다. 그녀가 지크프리트를 사로잡는 극적인 장면, '오딜의 코다*, 또는 '흑조의 파드 되**.

백조 오데트와 흑조 오딜은 꼭 빼닮았다는 설정이어서 1인 2역이 주류다. 이 공연에서 두 명의 공주를 연기하는 사람은 엘레나 웡. 당시 20세의 중국계 미국인. 이즈미가 가장 존경하는 발레리나다.

왕궁 무도회가 시작된다. 세계 각국의 춤을 선보이는 곳에 수상한 검은 옷을 입은 댄서가 나타난다. 귀족으로 변장한 악마, 로트바르트다. 그의 딸 오딜은 왕자와 함께 춤춘다.

배우들은 모두 어려 보이지만 세계에서 이름난 유럽의 발레 교실이다. 수준의 차원이 다르다. 그 안에서 주역을 거머쥔 엘레나의 실력은 굳이 말할 것도 없지만, 이즈미에게 직함이나 여론의 평가는 그저 곁들이에 지나지 않는다. 이즈미는 순수하게 엘레나의 춤에 매료됐다.

*   coda, 악곡이나 악장의 끝부분.
**   pas de deux, 발레에서 두 사람이 추는 춤.

검은 의상을 입은 엘레나가 오른팔을 허공에 뻗는다. 뒤로 다리를 펼쳐 든다. 아라베스크. 별 특징 없는 평범한 포즈에도 이즈미는 황홀해졌다. 기술을 운운하기 이전에 압도적으로 아름다운 실루엣. 팔다리가 길쭉길쭉하다. 무대가 아닌 다른 곳에서는 유독 눈에 띌 것이다. 그런 팔다리를 절도 있고 우아하게 움직이며 마치 동화 세계로 이끄는 마법처럼 자유로운 몸놀림을 보여 준다.

테크닉도 보통이 아니다. 점프 높이, 착지의 정확도, 자세. 하나하나의 움직임이 음악과 맞물려 등장인물의 심정을 표현하고 있다. 더할 나위가 없다.

'흑조의 파 드 되'에서 가장 유명하고 어려운 안무인 32회전의 그랑 앙 푸에테 투르낭(grand en fouetté tournant). 한쪽 다리 끝으로 서서 팽이가 돌듯 제자리에서 쉼 없이 회전하는 기술이다. 최상급 실력의 프로 발레리나도 자세가 흔들리고 수평을 유지하지 못하거나 실수를 저지르고 마는 마의 32회전. 탁월한 균형 감각과 단련된 육체, 강인한 정신력. 그것들을 총동원해야 하는 난관을 엘레나는 배역에 몰두한 상태에서 어려움 없이 해낸다. 얼마나 어려운지 아는 만큼 자연스럽게 한숨이 새어 나왔다.

그러나 역시 이즈미가 느끼는 엘레나의 매력은 기술

보다 오직 그녀만이 지닌 특유의 실루엣과 그 몸이 자아내는 고혹적인 움직임이었다.

긴 팔을 굽히고 흑조가 날갯짓을 한다. 아름답다. 요염함마저 느껴질 정도로. 쭉 뻗은 것은 팔다리만이 아니다. 바로 등. 발레리나에게 긴 상반신은 장점이 되기 어렵지만, 엘레나는 특별하다. 꼿꼿이 선 자세에서 부드럽게 몸을 뒤로 젖힐 때는 약간의 현기증마저 일었다.

한마디로 표현하자면 에로틱하다. 외설스러운 느낌과는 동떨어진 우아한 관능. 그런데도 이따금 보여 주는 표정은 가련하면서도 순수하다.

그런 강한 개성 탓인지 엘레나에 대한 평가는 극과 극으로 갈렸다. 정확도를 중시하는 클래식 발레의 미적 기준에 비추면 지나치게 자유분방하고 요염하다는 비판이 있다. 그러나 이즈미는 말도 안 된다고 생각했다. 자유분방하고 요염한 게 뭐가 나빠!

물론 이즈미의 취향 따위 아무런 영향을 미치지 못하고 프로로서 엘레나는 발레단의 서너 번째로 만족하다가 언젠가부터는 이름도 들을 수 없게 되었다. 발레 교실에서 보여 준 이 무대가 커리어의 정점이 돼 버린 사실을 이즈미는 부조리하게 느꼈다.

부조리함을 언급하자면 〈백조의 호수〉의 스토리도 마

찬가지다. 악마의 저주로 백조의 모습으로 변해 버린 오데트. 오직 달빛 아래에서만 인간으로 돌아갈 수 있는 그녀는 자신에게 걸린 저주를 풀려면 '아직 그 누구도 사랑해 본 적 없는 남자'에게 사랑을 맹세 받아야 한다. 오데트에게 반한 지크프리트는 자신이 그 역할을 맡겠다고 약속한다. 그러나 바로 다음 날 요염한 오딜의 매력에 순식간에 사로잡히고 만다. 소식을 듣고 오데트는 절망의 구렁텅이에 빠진다.

왕자의 변덕도 어이가 없지만 뒷이야기는 더 화가 난다. 로트바르트에게 오딜이 악마의 딸이라는 사실을 전해 듣고 조롱당한 왕자는 그렇다면 역시 오데트를 택하겠다며 그녀에게 용서를 구하러 간다. 이 정도면 비극인지 희극인지 분간도 안 간다. 결국 오딜을 한번 사랑해 버린 왕자는 자신에게 저주를 풀 자격이 없다는 것을 깨닫고 오데트와 함께 호수에 몸을 던진다. 그리고 저세상에서 사랑의 결실을 이룬다…….

그리고 저세상에서 사랑의 결실을 이룬다니. 뭐야, 이게.

이즈미는 영상을 멈추고 스마트폰을 베개에 집어 던졌다. 어두운 천장을 바라보며 이 이야기가 전하는 메시지를 떠올렸다. 백조로 변하는 저주에는 어떤 의미가 있을까. '아직 그 누구도 사랑해 본 적 없는 남자'여야 할 이유는? 애초에 오데트가 저주의 대상이 된 이유도 잘 이해가 안 된다. 악마에게 휘둘리다가 현실 세계에서 행복을 이루지 못한 두 사람은 이 세상의 '체념'이라는 것을 표현한 걸까. 이유도 없이 찾아온 비극에 일단 한번 휘말리면 그 뒤에는 어떤 방법도 없다는 걸까.

눈을 감고 눈 위에 팔을 얹는다. 지나친 생각이다. 그저 재미로 즐기는 작품 아닌가.

그러나 불쾌감이 가시지 않는다. 가슴께에 열이 오르는데 등 쪽은 싸늘히 식는 느낌이다.

이야기는 불쾌하지만 춤은 이보다 더 좋을 수 없다. 엘레나를 향한 동경을 떠나서라도 직접 춰 보고 싶다. 연기해 보고 싶다. 한 번이라도 좋으니 눈부신 무대에서, 기대감을 한가득 품은 관객들의 바로 눈앞에서, 최고의 안무로 만족스러운 흑조를⋯⋯.

처음부터 발레에 열중했던 것은 아니다. 엄마인 마스미가 원해서 초등학교 3학년 때부터 주에 한 번씩 레슨 교실에 다녔다. 설비와 강사 수준 모두 현에서 으뜸가는 교실이었다. 몸을 움직이는 것이 좋았고 유연성과 균형 감각도 다른 수강생들에게 지지 않을 자신이 있었다. 하지만 이런 곳에 다녀야 할 거면 디즈니랜드에 데려가 달라 하고 싶었고, 발레 슈즈보다는 반짝이는 운동화를 더 갖고 싶었다. 이즈미를 데리고 무리하게 교실을 왔다 갔다 하는 엄마에게 미안한 마음도 있었다. 돈도 든다. 레슨비뿐 아니라 레오타드와 슈즈, 테이핑 종류까지. 발표회용 의상도 대부분 직접 사야 한다. 소모품인 토슈즈는 몇천 엔이나 한다. 그러니 중학교에 올라가기 직전 이즈미는 발레 교실을 그만두겠다고 선언했다.

그토록 슬퍼 보이는 엄마의 얼굴을 보는 건 그때가 처음이었다.

엄마의 심정은 이해했지만 그래도 한번 꺾인 의욕이 되살아나지는 않았다. 고집을 부리기도 했다. 엄마의 설득으로 마지못해 교실에 몇 번 더 나갔지만 건성으로 수업을 들었고, 결국 같은 동네에 사는 불량한 친구들과 밤늦게까지 어울리기 시작했다. 친구들과 함께 스쿠터를 타거나 술을 홀짝이기도 했다. 일찍이 불량 청소년이 돼 버린 것이다.

그런 생활은 중학교 3학년 때 어떤 계기로 완전히 뒤집혔다. 건성으로 다니던 발레 교실 강사의 권유로 억지로 관람하게 된 엘레나의 연기. 엘레나의 흑조.

마음을 흠씬 두들겨 맞았다. 숨이 멎을 것 같았다. 눈깜짝할 사이에 홀리고 말았다.

너랑 체형이 비슷한데 아깝지 않니? 강사의 그런 사탕 발림을 진짜로 받아들인 것은 아니지만 가슴 깊숙한 곳에 불이 붙었다. 진지하게 발레를 마주하고 싶다. 일단 한번 그렇게 생각하자 그 뒤로는 멈출 수 없었다.

동네 친구들과 거리를 두고 레슨 일을 늘렸다. 일부러 발레 교실과 가까운 고등학교를 골라 불량스러웠던 과거를 청산하고 성실하고 얌전한 여자아이를 연기했다. 모든 것은 발레에 집중하기 위해.

지금부터 프로를 목표로 해 봐야 어렵다는 것은 알았다. 그러나 일단 부딪혀 봐야 직성이 풀릴 것 같았다.

마스미는 그런 이즈미를 응원해 주었다. 돈 문제는 신경 쓰지 않아도 된다며 격려해 주었다.

조금만 더 하면 연기할 수 있었는데.

태만했던 시간을 맹렬한 연습량과 집중력으로 채우자 이즈미는 미래를 향해 나아가던 다른 연습생들을 따돌리고 올해 여름 공연의 솔리스트 후보로 뽑혔다. 공연작은 〈백조의 호수〉. 백조 오데트와 흑조 오딜은 보통 1인 2역을 하지만 학생들의 아마추어 공연이라 각각 다른 무용수가 맡게 됐다. 오데트일까, 오딜일까. 마침내 배역이 발표되기 직전, 모든 것은 한순간에 물거품으로 돌아 갔다.

4월의 사건. 공교롭게도 '스완'에서 일어난 무차별 총격 사건. 이제는 백조라는 단어를 접하는 것만으로도 숨이 턱 막힌다. 발레 영상을 보는 것 자체가 오랜만이다.

팔을 치우고 눈을 떴다. 어둠 속에서 낡은 전등이 희미하게 보인다.

엄마는 살림을 꾸려 나가기 위해 무리할 정도로 열심히 일하고 있다. 평일 마사지 전문점뿐 아니라 주말에도 파트타임으로 일한다. 제대로 된 휴일은 한 달에 며칠 있을까 말까 한 수준이다. "힘들어" 하고 내뱉는 불만은 농담의 옷을 걸쳤고, 곧 다시 "이제는 익숙해졌어" 하고 킥킥 웃는다. 일하지 않으면 왠지 마음이 불편할 정도라고 했다.

어릴 때는 편모가정이 싫었다. 학부모 참관일이나 운동회 날마다 아빠가 있는 반 아이들이 부러웠다. 친구들의 예쁜 옷과 내 촌스러운 옷을 비교하며 비참했던 때도 있다.

그런 불만은 의외로 쉽게 희석됐다. 크리스마스와 생일에도 제대로 된 선물은 못 받았지만, 마스미는 대신 이즈미를 위해 음식을 만들어 주었다. 냄비에 며칠을 삶아야 하는 공들인 요리였다. 걸쭉한 비프스튜와 잘 구운 로스트치킨. 이즈미는 돈 대신 수고가 드는 방식을 전혀 비참하다고 생각하지 않았다. 저녁 식사 뒤에는 둘이 함께 노래방에 가서 아침까지 노래를 불렀다. 차고 넘칠 만큼 즐거웠다.

우울한 시절에도, 발레에 눈을 떴을 때도 이런 기분은 변하지 않았다.

스완 사건이 내게서 빼앗아 간 것은 비단 발레만이 아니다. 엄마의 마음, 엄마의 미소. 제대로 된 생활, 제대로 된 미래.

다시 눈을 감는다. 길고 길게 숨을 내쉰다. 이제는 결단해야 한다.

눈꺼풀 안쪽으로 엘레나와 마스미, 그리고 왠지 미덥지 못해 보이는 중년 남자가 떠올랐다. 긴 탁자 뒤에 앉은 그에게 무시무시한 카메라 플래시 세례가 쏟아진다. 제2 방재 센터에서 근무하던 경비원은 눈부신 것처럼 미간을 찌푸리며 겁먹은 듯한, 당황한 듯한 눈빛으로 카메라 너머를 바라본다. 사건 대응이 어설펐다는 이유로 온갖 비난을 들었고 끝내 기자 회견까지 해야 했던 남자의 존재, 그리고 그가 이 기자 회견으로 더 큰 비난의 불길에 휩싸였다는 것을 이즈미는 뒤늦게서야 알게 됐다. 야마지 도모타케라는 그의 이름도.

병원에서 몸을 어느 정도 추스른 뒤부터는 시간이 날

때마다 사건에 대해 조사했다. 개요와 경위, 범인과 피해자 이름, 전문가의 분석, 여론의 향방. 마스미 몰래 온종일 스마트폰을 들여다보며 뭔가에 쫓기는 사람처럼 정보를 수집했다. 뉴스와 시사 정보 프로그램, SNS와 인터넷 게시판, 뉴스 기사 댓글에 이르기까지 과거를 거슬러 가서 모든 것을 하나부터 열까지 샅샅이 훑었다. 그러지 않으면 세상에 나 혼자 남겨질 것 같은 기분이 들었다.

야마지에 대해서는 금세 알게 됐다. 그에게 쏠린 비난, 그가 비난받은 이유, 그리고 그 이후의 전말…….

두려웠다.

두려워서 어쩔 줄 몰랐다.

다음은 나다. 그리고 안타깝게도 그 확신은 정확히 들어맞았다.

소란의 정점을 지난 지금도 이즈미는 사건 정보를 수집하고 있다. 자신의 이름을 검색하고 있다. 사건에 대해 더 알고 싶은 것은 없다. 모임에 참가한 동기 역시 마찬가지다.

언젠가는 밝혀진다.

그 마음은 분명 영원히 불식되지 않을 것이다.

그렇다면 차라리.

도쿠시타에게 받은 사례금은 봉투 그대로 숄더 파우

치 바닥에 있다. 교통비와 참가비를 포함한 1만 3천 엔.

이즈미는 다시 한번 한숨을 깊게 내쉬었다. 여전히 잠이 올 기색은 없다. 마치 본 시합을 앞둔 대기실 안 같은 긴장감이다. 생각을 다른 곳으로 돌린다. 이다음 안무를.

후루타치 고즈에를 떠올린다. 병실 침대에서 상반신을 일으킨 고즈에가 먼 곳을 바라보고 있다. 그 색 없는 영상 속에서 머리에 감은 흰 붕대와 검은 머리카락, 눈동자만이 또렷이 비친다. 생기 없는 입가가 살짝 움직인다. 허상의 목소리가 들린다. 이즈미, 빨리, 하고.

2

이즈미는 어색함보다 왠지 모를 불안감을 느꼈다.

"오, 이즈미. 전보다 좀 말랐네. 밥은 잘 먹고 다니니?"

직원용 현관에서 기다리던 양복 차림의 교장과 교감 선생님의 얼굴은 기억하고 있고 안경을 쓴 여자가 보건 선생님이라는 것도 알았다. 하지만 싹싹하게 말을 걸어온 백발 섞인 남자가 누군지는 좀처럼 떠오르지 않았다.

2학년이 된 이후 첫 등교였다. 내가 3반에 배정됐다는 것과 우시쿠라라는 남자 선생님이 담임이라는 것도 엄마에게서 전해 들었을 뿐이다.

"밥은 잘 먹고 다녀야 해. 억지로라도 챙겨 먹지 않으면 성장에 지장을 주니까."

우시쿠라가 가볍게 어깨를 두드렸을 때 이즈미는 이곳에 엄마를 데려오지 않은 것이 정답이었음을 확신했다. 우시쿠라 선생님은 베테랑이고 학년 주임이라고 하니 괜찮을 거야. 엄마는 격려하듯 그렇게 말했지만 막상 선생님이 내 어깨에 손을 갖다 댄 순간 또 발작을 일으켰을 것이 분명하다.

악의는 없을지언정 요즘 같은 시대에 우시쿠라 선생님의 행동은 부주의하다. 짐짓 꾸며낸 듯한 교장 선생님의 차가운 미소가 그것을 뒷받침했다.

다만 이즈미의 마음이 지금 싸늘히 식은 것이 우시쿠라의 행동 때문은 아니다. 괜히 필요 이상 신경 써 주기보다 그냥 가볍게 웃어 주는 편이 낫다고도 생각했다.

그러나 친근하게 다가오는 그의 모습에서 이즈미는 왠지 인위적인 느낌을 받았다. 이 아이를 어떡해야 할까. 어떻게 대해야 좋을지 모르겠다. 그런 당혹감이 읽힌 것이다.

그리고 약간의 공포, 혹은 혐오.

"네."

이즈미는 거의 반사적으로 힘없이 미소 지었다.

"안 그래도 엄마도 자주 말씀하세요. 요즘은 식욕이 꽤 돌아온 편이에요."

그렇구나. 다행이네. 아주 다행이야. 우시쿠라의 싹싹함에 편승하듯 교장 선생님도 말했다. 무난한 배려와 격려에 이즈미도 적당히 맞장구를 친다.

교장 선생님은 틀림없이 이즈미의 상태를 마스미에게 보고할 것이다. 괜히 걱정을 끼치면 학교에 돌아온 의미도 없다.

"그럼 일단 교장실로 갈까?"

우시쿠라 선생님을 따라 이즈미는 오랜만에 학교 안을 걸었다. 교복을 입은 것도 오랜만인데 전보다 조금 헐거워진 느낌이다. 별로 눈에 띄고 싶지 않았는데 마침 다른 학생들은 어디에도 보이지 않았다. 등교 시간을 2교시로 늦춘 것과 교직원용 현관으로 학교에 들어온 것도 전부 학교 측의 배려.

보건 선생님이 3층에 있는 교장실 앞까지 함께 따라왔다. 점잖아 보이는 중년의 여선생님인데 천천히 이즈미의 일상에 대해 이것저것 물었다. 평소에 거의 집에 틀어박힌 생활을 하니 별로 할 말은 없었다.

이즈미가 한가할 때는 TV보다 스마트폰을 만지작거

린다고 하자 선생님은 "혹시 사건 소식을 찾아보거나 하는 건 아니지?" 하고 아주 자연스럽게 물었다.

"……아뇨. 고양이 영상 같은 걸 찾아봐요."

"아, 그래. 고양이 영상이라. 응, 그거 중독되지. 한 번 보면 좀처럼 끊을 수 없어."

이번에도 역시 적당히 맞장구를 친다. 의심스러워하는 기색은 없다.

교장실에 도착해 소파에 앉아서 향후 등교 방식과 늦어진 진도를 어떻게 소화할지를 상담했다. 실은 그저께 이미 마스미가 학교를 찾아와 상담했으니 거의 확인 작업이나 마찬가지였다.

당분간 수업은 개별 지도를 받을 것이다. 학급 회의와 점심시간, 체육과 음악 같은 수업은 마음 내킬 때 참여하면 된다. 익숙해지면 수업도 조금씩 들을 것이다. 아직 수업을 따라가지 못해도 상관없다. 진도가 늦은 만큼 방과 후에 보충하면 되니까.

"아 참. 이즈미는 방과 후에 발레 교실에 다녔지?"

뒤에 선 우시쿠라가 손뼉을 짝 칠 기세로 말했다.

"그래서 동아리 활동도 못 했다고 어머니가 말씀하셨는데."

"우시쿠라 선생님."

교감 선생님이 끼어들었다.

"네? 앗!"

우시쿠라의 얼빠진 외침을 듣고 이즈미는 무심코 웃음을 터뜨릴 뻔했다. 악의는 절대 없었을 것이다. 만약 알면서도 입에 담았다면 그것은 악의의 차원을 넘어선다.

"괜찮아요."

이즈미는 눈앞에 앉은 교장과 교감 선생님을 똑바로 쳐다보며 말했다.

"제가 알아서 무리하지 않는 선에서 할게요."

그제야 분위기가 가라앉아서 이즈미는 만족했다. 일단 엄마가 걱정할 일은 없을 듯하다.

우시쿠라가 반에 인사를 하러 가겠냐고 했다. 점심시간 전이 어떻겠느냐며 고개를 숙여 물었다.

"……그건 좀 생각해 볼게요."

"그런가. 그래, 그렇게 하자. 어차피 시간은 많으니."

역시 실망감이 전해진다. 아니면 내가 너무 예민한 걸까.

우선 같은 반 아이들에 대해 알고 싶다고 하자 그럼 이다음 1층 상담실로 가자는 이야기가 나왔다. 교무실 옆에 있는 그곳이 당분간 이즈미의 개인 교실이라고 했다.

교장과 교감 선생님께 인사하고 이즈미는 우시쿠라, 보건 선생님과 함께 교장실을 나갔다. 앞장선 두 사람을 따라가며 실내화에서 웬지 모를 위화감을 느꼈다. 반년 만에 신어서 그럴까. 발레를 위해 발바닥을 보호하려고 일부러 크록스*타입이 아닌 끈 달린 실내화를 신는데 오늘따라 조금 불편했다.

교장실 문 앞에서 허리를 숙이고 신발 끈을 조금 풀려는 순간이었다.

맞추기 참 까다롭네요.

교장실 안에서 그런 소리가 들렸다. 교감 선생님일 것이다.

"이즈미?"

돌아보는 우시쿠라에게 이즈미는 "아, 갈게요" 하고 뛰어갔다.

상담실 안은 좁았다. 벽 앞은 캐비닛으로 가득 채워졌고 자유롭게 움직일 수 있는 곳은 가로로 긴 탁자 앞과 간이 의자뿐. 큰 창문이 없었다면 아마 3분 만에 숨이 막힐 공간이었다.

우시쿠라에게 부탁해 창문을 열어도 된다고 허락받았다. 1층이니 뛰어내릴 염려는 없겠지. 우시쿠라가 "조금

---

*   미국 크록스사에서 만든 통기성이 좋은 고무 실내화.

만 열어야 해" 하고 고개를 끄덕이기 직전, 창문과 이즈미를 번갈아 보며 속으로 그런 생각을 하는 게 훤히 보여 이즈미는 쓴웃음을 참았다.

일단 오늘은 첫날이니 치르지 못한 1학기 기말고사 문제를 풀어 보기로 했다. 최근 반년간 공부와 완전히 담쌓고 지낸 것은 아니다. 엄마를 안심시키려고, 그리고 시간을 때우려고 교과서와 참고서를 종종 펼쳐 봤다.

우시쿠라가 상담실을 나가서 혼자 남게 됐다. 이즈미는 샤프를 손에 들고 시험지를 바라봤다. 옆에는 교과서가 쌓여 있다. 우시쿠라는 이해가 안 되는 부분은 체크하고 교과서를 찾아봐도 된다고 했다. 점수는 의미가 없고 실력이 어느 정도인지만 확인하면 된다는 것이다. 그러자 왠지 모를 오기가 생겨 이즈미는 교과서의 도움 없이 최대한 많이 풀어 봐야겠다고 마음을 다졌지만, 영어 객관식의 세 번째 문제를 보자마자 고개를 숙였고 주관식에 이르러서는 두 손을 들어 버렸다. 아마도 현재완료형이니 뭐니 하는 것인데 현재인지 과거인지 확실히 해주기를 바랐다.

10센티미터쯤 열어 둔 창문을 통해 바람이 들어왔다. 어깨 위에 있는 머리카락이 흔들린다. 바깥을 봤지만 여기는 뒤뜰 옆에 있는 곳이고 지금은 4교시 수업 중이라 사람은 물론 재채기 소리 한 번 들리지 않았다.

이즈미가 다니는 학교는 남녀공학의 공립 고등학교로 수준은 현에서 중간 정도다. 대학 입시에 열중하는 분위기는 아니고, 그렇다고 해서 동아리 활동을 강요하지도 않는다. 장점은 다른 학교와 비교해 느긋한 분위기와 교칙뿐이라는 게 세상 사람들의 평판이다. 학생들은 집에서 가까워서 이곳을 고른 아이와 예체능 등 수업 외 다른 활동을 열심히 하는 아이로 나뉜다. 이즈미는 후자에 속했다. 꼭 그래서는 아니지만 이제 와서 공부에 핏대를 세울 만한 동기가 전혀 없었다.

마스미가 공부 문제로 심하게 잔소리를 한 적도 없다. 내 눈으로 봐도 부끄러운 점수가 적힌 시험지를 보며 "의욕을 좀 가져 봐" 하고 몇 마디 할 뿐이지 진지하게 걱정하지는 않는다. 무슨 근거가 있어서 하는 말인지는 몰라도 발레만 열심히 하면 충분하다고 했다. 그렇다고 스파르타식으로 시키는 것도 아니고 딸이 프로 발레리나가 될 수 있다고도 생각하지 않을 것이다. 그렇다면 앞으로 이즈미가 택할 수 있는 진로는 그저 그런 삼류 대학 진학이나 원서만 내도 입학할 수 있는 전문대 입학, 또는 취업이다. 그럼 딸은 영원히 어중간한 삶에 만족해야 할 수도 있는데 엄마라면 마땅히 걱정해야 하

는 것 아닐까. 하물며 싱글맘이니 외동딸에게 기대를 걸
고 엄격히 교육시킬 만도 한데. 이즈미는 그렇게 생각하
며 고개를 갸웃거릴 때도 있었다. 하지만 묘하게 낙천적
인 모습이 엄마답다면 엄마다워서 그런 문제로 말싸움
을 벌일 때도 엄마가 미웠던 적은 없다.

　문득 불안했다.

　이제는 돌아갈 수 없다. 예전처럼 돌아갈 수는 없을 것
이고 그건 마스미 역시 마찬가지다. 이제는 정서가 다소
안정됐다고 해도 전과 완전히 똑같지는 않다. 두 번 다시
우리는 아침까지 노래방에서 놀지 못할 것이고 만약 논
다고 해도 전에는 없던 검은 그림자가 좁은 노래방 한구
석, 떨리는 비브라토 곳곳에 지워지지 않는 얼룩처럼 남
을 것이다. 그런 예감이 이즈미의 가슴을 무겁게 했다.

　이즈미는 시험지 위에서 샤프를 쓱쓱 움직이다가 턱
을 괬다. 우시쿠라가 놓고 간 반 아이들 명단이 눈에 들
어와 살며시 앞으로 가져왔다. 2학년 3반에 눈에 익은
이름은 별로 없다. 마치 1학년 반 아이들과 의도적으로
떨어뜨려 놓은 듯했다. 4월 사건 전에 이미 이렇게 정한
것인지, 아니면 사건 이후 부랴부랴 조정한 것인지 이즈
미는 알지 못하고 알아 봐야 별 의미도 없을 것이다.

　어차피 이제는 예전으로 돌아갈 수 없으니까.

그때 수업을 마치는 종소리가 울렸다. 4교시가 끝나고 점심시간이 시작됐다.

문을 두드리는 노크 소리와 함께 "들어간다" 하는 목소리가 들렸다.

"여어."

여름용 스웨터 위에 가운을 걸친 남자가 이즈미를 내려다보며 말했다.

"나 기억해?"

부스스한 헤어스타일에 어울리지 않은 잘생긴 얼굴. 훤칠한 키와 날씬한 몸. 전에는 배구 선수였다고 반 여자아이들이 떠드는 것을 들은 기억이 있다.

"네. 기억해요."

이즈미의 대답을 듣고 아유카와 가이는 "그래" 하고 무뚝뚝하게 내뱉고 이즈미의 눈길을 피했다.

키를 제외하면 전직 운동선수 같은 느낌은 없고 열혈교사 같은 단어와도 정반대 이미지의 남자다. 젊어서인지 여학생들에게 인기가 많고 평소 차가운 분위기와 대조적으로 수업 시간에 학생들을 날카롭게 지도하는 면모가 있어 남학생들에게도 동경의 대상이라고 했다.

그러나 이 물리 선생님의 수업을 직접 들은 적은 없다. 이즈미는 동아리 활동도 하지 않는다. 아마 우시쿠라에게 직접 부탁해서 이곳을 찾았을 텐데 이유는 대략 짐작이 됐다.

아유카와의 눈이 이즈미 앞에 놓인 시험지로 향했다.

"별로 못 푼 것 같네."

"……역시 처음부터 다시 해야 할 것 같아요."

그렇구나, 하고 관심 없는 듯한 대답이 들어왔다.

"도시락은?"

"있어요."

아유카와는 그래, 하고 말했다.

"교실에는 가 볼 거야?"

"아뇨."

시선은 여전히 다른 곳을 향하고 있다. 이즈미는 그런 아유카와를 바라봤다.

"오늘은 이 정도만 하려고요."

"그래."

"좀 더 익숙해지면."

"응."

줄곧 시선을 피하고 있다. 올려 보고 있기는 해도 그의 표정이 잘 보이지 않았다.

"그런데 익숙해진다는 건 어떤 식으로?"

말에 가시가 돋아 있지는 않다. 그러나 쉽사리 대답하

기 어려운 질문이라고 생각했다.

바람이 불었다. 얇은 커튼이 흔들린다. 어디선가 남학생들이 떠드는 소리가 들렸다.

"고즈에도."

그의 목소리에는 여전히 높낮이가 없다.

"익숙해져야겠지."

이즈미는 입술을 꾹 다물었다.

"고즈에의 어머니도."

하마터면 시선을 다른 곳으로 돌릴 뻔했지만 마음속 무언가가 거부했다.

"어떻게 생각해?"

아유카와가 이즈미를 보며 물었다. 이즈미는 마땅히 그래야 하는 것처럼 고개를 숙였다.

창문 밖에서 왁자지껄한 소리가 들린다. 하나부터 열까지 나와는 먼 세계라고 느꼈다.

"미안. 난 원래 이런 식으로밖에 말을 못 해서."

그의 시선이 또 다른 곳으로 향했다. 나른하면서도 가늘고 긴 한숨 소리가 들린다.

"앞으로도 가끔 보러 올 테니 잘 부탁한다."

그런 말을 남기고 아유카와는 상담실을 나갔다.

이즈미는 배에 손을 갖다 댔다.

아유카와와 고즈에가 어떤 관계인지 정확히 알지는 못한다. 그저 아유카와와 고즈에의 집안이 오래전부터 교류했고, 학교 성적과 금전적인 면에서 더 좋은 학교에 가도 됐을 고즈에가 이 학교를 택한 것도 여기가 아유카와의 부임지이기 때문이라고 들었다. 고즈에는 아유카와를 향한 감정을 숨기지 않았다. 마치 공공연한 비밀이라도 되는 것처럼 그의 약혼자처럼 굴 때도 있었다.

이즈미와 아유카와의 약간의 접점 역시 고즈에였다.

아유카와는 알고 있을까. 그날 고즈에가 이즈미를 스완에 부른 것과 그 이유. 그리고 사건 속에서 이즈미와 고즈에가 취한 행동을.

부드러운 햇빛이 실내에 가득 찼다. 이즈미는 5교시가 시작되려 할 때 집에 돌아가기로 마음먹었다.

하늘에 맹세컨대 악의는 없었다.

같은 1반이었던 후루타치 고즈에에게 애초에 별 관심이 없었다. 그저 고등학교 1학년처럼 보이지 않는 날씬한 몸매, 진한 쌍꺼풀이 부러웠을 뿐이다. 윤기 나는 긴 생머리가 우아해 보였고 평소 행동거지도 눈에 띄어서 같은 반 남학생과 여학생들이 모두 고즈에와 가까워지려는 건 이해됐다. 클래식 발레라는 별로 일반적이지 않은 취미에 몰두하는, 나와는 다른 세계를 사는 아이. 아이들은 고즈에를 그렇게 바라보는 듯했다.

그래서 아직 반 아이들의 이름과 얼굴도 잘 모르는 시기에 고즈에가 갑작스레 먼저 말을 걸어 왔을 때는 깜짝 놀랐다.

이즈미!

다음 수업을 위해 교실을 이동하려 할 때였다.

이즈미도 이 학교였구나.

이즈미는 혼자 수업 준비 중이었고 그날은 평소와 달리 고즈에 옆에 붙어 있는 아이도 없었다.

아, 으응. 이즈미는 그렇게 대답했다. 평소 숨죽이고 조용히 지내는 나에게 반의 중심에서 활짝 핀 꽃 같은 여자아이가 왜 말을 걸어 오는지 이해되지 않아 당혹스러웠다.

그 당혹감은 고즈에에게도 즉시 전해진 듯했다.

응? 설마. 말도 안 돼.

처음에는 거의 장난 식이었다.

날 모른다고? 정말?

몰랐다. 같은 반이라는 것 외에는 정말로 몰랐다.

짜증 나네.

평소 이미지에서는 상상도 할 수 없을 만큼 난폭한 혼

잣말을 듣고 이즈미의 혼란은 극에 달했다.

발레 좀 한다고 잘난 척하지 마!

그렇게 내뱉고 사라지는 고즈에의 뒷모습을 아연실색하며 지켜봤다.

다음 레슨에서야 깨달았다. 고즈에와 같은 발레 교실에 다녔던 것이다. 고즈에는 최근 이즈미가 실력으로 따돌린 연습생 중 한 명이었다.

레슨받을 때는 주위를 보지 못할 만큼 집중하는 성격이고 그걸 떠나 애초에 고즈에와는 반이 달랐다. 나는 훨씬 하위 반이었고 도중부터는 의욕도 잃고 대충 다니다가 최근에서야 간신히 마음을 다잡고 다시 시작해 보려는 참이었다. 그러니.

그러니? 그러니 내가 치고 올라가기 전까지는 또래 중 실력이 톱이었던 고즈에를 눈치채지 못했다?

아니다. 그렇지 않다.

단지 관심이 없었을 뿐이다. 발레리나로서 후루타치 고즈에에게는 요만큼도 관심이 없었다.

본심을 숨기고 변명으로 일관하다가 고즈에와의 관계는 계속 꼬이기만 했다. 얼마 지나지 않아 같은 반 아이들에게서도 차가운 시선을 받게 되었다. 교실의 공주님에게 무례를 저지를 만큼 주제 파악을 못 하는 아이는 비난받아야 마땅하다는 분위기가 극히 자연스럽게 형성 되었다.

음습한 괴롭힘은 처음에는 장난 수준이었다. 쉬는 시간에 일부러 이즈미가 앉은 자리를 둘러싸고 수다를 떨며 이즈미를 없는 사람 취급했다. 이즈미가 자리를 벗어나려 하면 "아아, 이즈미는 역시 차갑다니까" 하고 호들갑을 부린다. 체육 대회에서 창작 댄스 리더 역할을 억지로 떠맡겼다. 이즈미는 춤이 특기니까. 고즈에의 비뚤어진 미소가 반 아이들에게 전파됐다. 누구 하나 댄스에 협조적인 아이는 없었다. 방과 후 하는 연습은 단순한 수다의 장으로 변했고, 그러다가 고즈에가 보다 못한 것처럼 안무와 배역을 정해 주었다. 이즈미가 제일 앞에서 해야 할 것 같아. 연습 같은 건 안 해도 되지? 어라? 발레 연습 안 가도 돼? 체육 대회 당일, 반 아이들은 이즈미가 처음 보는 안무를 선보였다. 이즈미가 맨 앞에서 춤추다가 멈칫하고 뒤를 돌아보자 모두 필사적으로 웃음을 참고 있었다. 웃음을 터뜨린 아이도 있다. 춤이 끝나고 어깨동무를 하고 수다를 떠는 아이들을 멀리서 지켜보면서 이즈미는 속으로 결심했다.

이제 신경 안 써. 그렇게 마음먹자 평소 뒤에서 들리는 험담과 교과서에 적히는 낙서 따위 코웃음 칠 수 있게 됐다. 고즈에와는 발레 교실에서도 얼굴을 마주하지만 그곳은 완전한 실력주의라 자잘한 괴롭힘에 휘둘릴 필요 없이 오로지 연습에 집중할 수 있다. 그러면 된다. 충분하다.

시간과 생각, 열정까지 내게 주어진 모든 에너지를 발레에 쏟았다. 매일매일 실력이 일취월장하는 보람을 느꼈다. 지금껏 몰랐던 실력 있는 아이와 나의 차이를 깨닫게 되었고 그 차이를 메울 때마다 성취감을 만끽했다.

고즈에와의 실력 차이도 점점 벌어졌다. 그만큼 고즈에는 자존심에 상처 입었을 것이다. 돌이킬 수 없을 정도로.

어느 날 어떤 남자아이에게서 사진 첨부 문자가 왔다. 레슨 교실에서 찍은 이즈미의 사진이었다. 상체를 기울인 모습과 다리를 활짝 벌리고 있는 사진도 있었다. 몸에 착 달라붙은 레오타드가 눈에 띄었다. 연습복과 포즈 모두 당연한 거라 이즈미는 부끄럽게 느끼지 않았다. 그렇지만 남자아이들의 변태 같은 면모는 불쾌했고 여자아이들의 싸늘한 시선도 지긋지긋했다.

무엇보다, 실망스러웠다. 발레를 괴롭힘의 도구로 전락시킨 고즈에게 가장 큰 실망감을 느꼈다.

그리고 알게 되었다. 고즈에는 이 정도밖에 안 되는 아이라는 것을.

이즈미는 이제 완전히 무시하기로 태도를 정했다. 학교 안에서는 모든 감정을 숨겼다. 이곳은 무대 옆 시끄러운 대기실이라고 스스로 되뇌었다.

그런 모습이 또다시 고즈에의 눈에 거슬렸을 것이다. 고즈에는 주변 아이들을 부추겨 자신의 아군으로 삼았고 급기야 선생님까지 조종하며 괴롭힘의 정도를 조금씩 높여 갔다.

그러다가 이즈미는 깨달았다. 이제 반 아이들은 고즈에의 의지로 이즈미를 괴롭히는 것이 아니었다. 이즈미에게는 같은 반 공주님이 정해 준 최하층 인간이라는 꼬리표가 달렸고, 어느새 그들과 같은 범주 안에 들지 않은 사람으로 취급됐다. 무슨 짓을 해도 신경 쓰지 않는 가상의 캐릭터처럼 돼 버린 것이다.

약간의 몸싸움이 벌어지기도 했다. 남학생과 여학생 넷이 시비를 걸며 이즈미를 괴롭혔다. 무시하자 남자아이 한 명이 이즈미의 다리를 홱 걸어찼다. 그 순간 이즈미는 근처에 있는 꽃병을 들어 그들의 다리 쪽을 향해 집어 던졌다. 쨍그랑 소리와 함께 순식간에 교실이 찬물을 끼얹은 것처럼 고요해졌다. 어안이 벙벙해진 관객 중에는 고즈에도 있었다.

내 다리에 손대지 마.

그렇다. 그들을 향해 그렇게 속삭였다. 그때만큼은 이 아이들을 죽여 버리고 싶다는 포악한 감정도 고개를 들었다.

결국 그들은 허세 섞인 말을 내뱉고 돌아갔다. 꽃병은 실수로 깨뜨린 것으로 했다. 적당히 얼버무린 것은 엄마가 학급 내 괴롭힘을 알게 되는 상황이 싫었기 때문이다.

아유카와 가이와 처음 말을 섞은 것도 아마 그 직후쯤이다. 그는 방과 후에 "잠깐 괜찮을까?" 하고 이즈미를 물리 교실로 불렀다. 그리고 미안하다고 사과했다.

고즈에는 아직 어린애야. 용서해 달라고 하지는 않겠지만, 내가 잘 말해 둘 테니 너도…….

너도 뭘 어쩌라는 말일까.

시선을 피한 채 중얼거리는 아유카와의 모습이 말썽쟁이 여동생을 둔 오빠 같아서 이즈미는 어이가 없는 것과 동시에 딱했고, 그런 아유카와가 왠지 귀엽기도 했다.

절 그냥 내버려 두기만 하면 신경 안 쓸게요. 이즈미는 그에게 그렇게 전했다. 이후 얼마 안 돼 겨울방학이 시작되자 고즈에와는 레슨 교실에서만 잠깐 마주치는 사이가 되었다. 그리고 3학기*가 되었고 봄방학에 들어

---

* 일본에는 2학기제와 3학기제 학교가 있다. 일반적으로 4월~7월을 1학기, 8월~12월을 2학기, 1월~3월을 3학기로 한다.

가…….

생각에 잠겨 있을 때 띠링 하고 스마트폰이 울렸다.
이즈미는 전철 의자에 앉아 메시지를 읽었다. 엄마에게
서 온 메시지였다. 일하다가 휴식 시간에 보냈을 것이
다. 몸이 좀 피곤해서 조퇴했어. 내일도 일단 학교에는
나가 보려고 해. 학교에서 나온 직후 보낸 이즈미의 메
시지에 '좋아. 천천히 가는 거야'라는 답신이 돌아왔다.
기타시로 선생님의 조언을 받았다는 것을 눈치채고 스
마트폰 화면을 껐다.

조금 미안했다. 몸이 피곤하다는 게 거짓말은 아니지
만 가장 큰 이유는 몰래 살 물건이 있어서였다.

전철에 올라타기 전에 들른 가전제품 전문점. 이걸 써
서 잘할 수 있을까.

해야만 하는 걸까.

전철이 강 위에 걸린 철교에 진입했다. 이즈미는 허리
를 숙이고 눈을 감았다.

다음 날에도 이즈미는 상담실 안에서 어제 풀다가 만
시험지를 마주 봤다. 저녁 일찍 일을 마치고 돌아온 엄
마는 마트에서 조금 비싼 중화요리를 포장해 왔다. 밥을
다 먹기 전까지 기분이 좋아 보였다.

이즈미는 이제 괜찮을 거라고 엄마에게 말했다. 내일
은 끝까지 학교에 있어 볼 테니 걱정하지 않아도 돼. 엄
마는 평소처럼 일하면 돼.

모두 내 마음대로 정했지만 거짓말은 아니었다. 실제
로 아침부터 점심을 지나 5교시가 될 때까지 열심히 공
부했다. 화장실에 갈 때를 제외하고는 계속 이 좁은 공
간 안에 틀어박혀 있기는 했지만.

창문에서 불그레한 빛이 들어왔다. 바람은 더 시원해
졌다. 역시 후드티를 가져온 게 정답이었다. 방과 후 일
정을 고려하면 갈아입을 옷도 있어야겠지만 그건 참기
로 했다.

방과 후 일정. 마음은 아직 갈팡질팡하고 있다.

인적 없는 뒤뜰 풍경을 멍하니 바라봤다. 담벼락 너머
에서 힘없이 덜덜거리는 차 시동 소리가 지나쳐 갔다.

이러다가 조만간 다 괜찮아질 거라는 예감도 들었다.
곧 다시 교실에 얼굴을 내밀고 새로운 반 아이들과 인사
를 나누고 적당히 거리를 둔 채 교류할 수 있을 것이다.
진도도 최대한 쫓아가 보자. 엄마는 기뻐할 게 분명하다.
극심한 감정 변화도 나아질 것이고 그러면 나도 기쁘다.

아무래도 수업 진도를 완벽히 따라잡는 건 조금 어려
워 보이지만.

하얀 시험지 위에 이즈미는 고양이 낙서를 그리기 시작했다.

학급 회의가 끝나기 전에 학교를 나갔다. 돌아가는 길에 우시쿠라는 2학기 안에는 교실에 얼굴을 내밀라고 제안했고 이즈미는 적당히 고개를 끄덕였다. 반발심은 들지 않았다.

아유카와는 오늘 모습을 보이지 않았다. 안심되는 듯한, 맥 빠진 듯한 기분으로 후드티를 걸치고 역으로 향한다.

지금도 여전히 고민됐다. 이대로 정말 그곳에 가도 될까. 가서는 어떡해야 할까.

문득 발걸음이 멈췄다. 역 개찰구 앞에 있는 작은 절구 모양 광장의 콘크리트 계단에 생각지도 못한 사람이 앉아 있었다. 마치 기다리고 있었던 것처럼 이즈미를 보고 몸을 일으킨다.

"오!"

그 싹싹한 첫마디에 또 당황하고 말았다.

"어떻게······."

"학교에 나가기 시작했다고 너희 엄마한테 들었어. 여기 있으면 만날 것 같았는데 다행히 정말 만났네."

그렇게 말하고 세리나는 이를 보이며 웃었다. 폭발한 것 같은 검은 머리, 이곳저곳 찢어진 청바지에 유화가 그려진 검은 티셔츠. 딱 달라붙는 재킷, 부츠. 지는 해를 등지고 선 이즈미의 소꿉친구는 마지막으로 만났을 때보다 세 배는 더 불량해 보였다.

"건강해 보이네."

세리나의 다리 쪽에서 목소리가 들렸다. 계단에 거의 드러누운 것처럼 앉아 있는 투박한 니트 모자를 쓴 남자가 이즈미를 올려다본다. 도시라는 이름의 두 살 위 선배인데 밤늦게까지 놀던 시절에 엔진 소리가 요란한 큰 스쿠터에 이즈미를 자주 태워 주었다.

"오랜만이야."

도시 옆에 있는 잘생긴 마른 남자는 유지다. 도시의 단짝 친구로 그 역시 그 시절 동료였다. 세 사람이 시내의 소규모 라이브하우스에서 일을 돕는다는 소식은 세리나에게 가끔 전해 들었다.

"벌써 1년이 넘었나? 이즈미, 네가 계속 우리를 피해서 내가 얼마나 외로웠는지 알아?"

도시의 말에 다른 의도는 없어 보였다. 외모는 조금 경박해 보이지만 모두 괜찮은 아이들이라는 걸 지금껏 의심해 본 적이 없다.

"어쩔 수 없지. 발레란 게 원래 좀 그렇다잖아. 보수적. 무슨 뜻인지 알아? 보수적."

"응? 보수적이라면 그거 아냐? 전통을 지키려는."

"오. 웬일로 알고 있대."

세리나와 도시의 대화에 이즈미는 왠지 가슴이 벅차올랐다. 그리웠다. 그리고 기뻤다.

"학교는 좀 어때?"

이미 오래전 학교를 그만둔 세리나의 질문에 이즈미는 "아, 그냥……" 하고 대답했다.

그보다 이즈미, 그 머리는 좀 촌스럽지 않아? 도시, 시끄러워. 아니, 이즈미는 정말 어떻게 꾸미느냐에 따라 느낌이 되게 달라진다니까.

시시껄렁한 잡담이 이어졌다. 전처럼 이 아이들 앞에서 마음을 완전히 터놓을 수는 없지만 그래도 이즈미는 온기를 느꼈다. 그간 연락을 끊고 있었던 것이 바보처럼 느껴질 만큼.

"가끔은 얼굴 좀 비쳐."

세리나가 말했다.

"가게에 오면 한잔 살게. 토마토주스든 자몽주스든 에너지드링크든."

"응."

코끝이 찡했다. 오로지 내 사정 때문에 거리를 두게 된 친구들. 정말 이기적이게도 지금은 이들이 고마웠다.

괜찮을지 모른다. 이 아이들이 앞으로도 내 곁에 있어 준다면, 어쩌면.

목이 메었지만 울음을 꾹 참았다.

"꼭 갈게. 상황이 조금 더 괜찮아지면."

"응. 문자라도 보내. 언제든 뭐든 좋으니."

이즈미가 알겠어, 하고 대답했을 때.

"근데, 이즈미."

잘생긴 유지가 조용히 입을 열었다.

"하나도 힘들어 보이지 않아서 놀랍네."

이즈미를 바라보는 유지의 눈빛에 왠지 이유를 묻는 듯한 기운이 있었다.

"그도 그럴 것이, 엄청난 사건이었잖아. 나라면 아마 못 견뎠을걸. 절대."

세리나가 뭔가 할 말이 있는 듯했지만 유지가 더 빨랐다.

"아무튼 그런 일을 겪었는데도 잘 살고 있네."

순간 숨이 턱 막혔다. 눈도 깜빡일 수 없었다.

"야."

세리나가 유지의 머리를 툭 때렸다. 유지는 뭐가 문제 인지 모르겠다는 표정이다.

"이즈미."

"아니, 난 괜찮아. 유지 말도 일리가 있고."

얼마 안 되는 시간 동안 어느덧 해가 졌고 짧았던 저녁이 벌써 끝나려 하고 있었다.

"미안. 이제 가 봐야 해."

"발레?"

이즈미는 세리나를 봤다.

"아니. 발레는 이제 안 해."

미련 없이 개찰구 쪽으로 발길을 서둘렀다.

모임 시간이 다가오고 있었다.

3

불참자가 있을 거라고 예상했다. 하타노를 제외하고는 아무도 오지 않을 수도 있다고 봤다.

그러나 원탁을 둘러싼 네 명의 얼굴 때문에 그 예상은 빗나갔다.

짧은 갈색 머리의 하타노는 희미한 미소를 짓고 있고, 백발의 호사카는 얼굴을 찌푸리고 있다. 촌스러운 파마 머리의 이쿠타는 지난번과 같은 자리에 불안한 듯이 앉아 있다. 꾸중을 들은 새끼 곰처럼 고개를 숙이고 있는 사람은 도산이다. 야구 점퍼를 입은 그는 어깨를 움츠린 채 침착하지 못하게 시선을 이리저리 돌리고 있다. 그렇게 마음이 불편하면 오지 않아도 될 텐데.

— 모은 사람도 모인 사람도 다들 이런저런 사정이 있는 것 같네.

그런 감상을 입에 담은 당사자는 이즈미를 보자마자 활짝 웃으며 가볍게 손을 들었다. 이즈미는 눈인사로 대신하고 옆자리에 앉았다.

"오늘도 이렇게 모여 주셔서 감사합니다. 지금부터 두 번째 모임을 시작하겠습니다."

음료를 다 나눠 준 도쿠시타가 지난번에 사용한 이후 그대로 있는 화이트보드 앞에 서서 모임 시작을 알렸다. 오늘 밤 그는 이즈미에게 마스미의 허락을 받았는지 묻지 않았다. 사정을 눈치챈 걸까. 쓸데없는 풍파를 일으키고 싶지 않을 뿐일까. 아니면 이즈미가 혼자 행동하는 게 더 낫다고 판단한 걸까.

"지난주에는 사건 발생 시각부터 10분간, 즉 11시 10분까지 여러분이 당시 있었던 곳과 행동을 확인했습니다. 우선 지난 증언에 보충이나 수정할 사항이 있다면 알려 주십시오."

손을 드는 사람이 없는 것을 확인하고 도쿠시타는 고개를 끄덕였다. 절차를 하나하나 확실히 밟아 나간다.

"없으면 넘어가겠습니다. 자, 이번에는 11시 10분부터 11시 20분까지입니다. 지난번에 말씀드린 대로 11시 10분부터 입장객의 대피를 알리는 관내 방송이 나오기 시작했습니다. 그러나 누군가 나와서 입장객을 적절한 대피 장소로 안내하거나 하지는 않았죠. 경비원들이 그 임무를 소화할 만한 상황이 아니었기 때문입니다."

도쿠시타가 다시 고개를 끄덕였다. 박자를 맞추는 것처럼.

"그날 사건에 휘말린 스완 본관 입장객은 크게 세 가지 경로로 나뉘어 대피했습니다. 1층 출입구, 각 구역과 이어진 입체 주차장, 그리고 별관으로 이어지는 연결 통로입니다."

교차로 위를 비스듬하게 가로지르는 연결 통로는 백조 광장 2층과 3층에서 별관을 향해 뻗었다. 1층에서 별관에 가려면 일단 밖에 나가 교차로를 건너야 한다.

1층에는 출입구가 여러 군데 있어서 위층보다 대피하기 수월했다고 할 수 있을 것이다. 물론 사건의 시작점이 된 백조, 흑조 두 광장은 별개지만.

"관내 방송을 전후해 스완과 가장 가까운 파출소에서

경찰이 출동했습니다. 경찰이 본격적으로 움직이기 시작한 건 그보다 5분 정도 흐른 뒤였고 이후 얼마 지나지 않아 경찰차와 구급차, 소방대가 스완 별관 부근에 모입니다. 그리고 11시 20분은 경찰 부대가 장비를 갖추고 집결한 시각입니다.”

이즈미는 왠지 모를 낯선 느낌을 받았다. 도쿠시타가 설명하는 사건 개요는 간략하고 정확하지만 빠진 내용도 있다. 바로 범인들의 행동이다.

예컨대 흑조 광장에서 범행을 시작한 오타케는 그 직후 광장에서 제2 방재 센터에 뛰어들어 경비원들에게 총격을 가했다. 이는 오타케가 실시간으로 녹화한 O 영상에도 또렷이 찍혀 있어 뉴스에도 보도됐다. 일부러 감출 필요는 없을 것이다.

도쿠시타가 그것을 언급하지 않는 것은 단순히 필요 없다고 생각해서일까. 범인들의 행동은 시사 정보 프로그램 등에서도 자못 상세히 보도됐다. 이미 머릿속에 있을 거라 판단해 넘어간다고 해도 이상하지는 않지만.

“하타노 님.”

도쿠시타의 둥근 눈이 이즈미 옆에서 편한 자세로 앉아 있는 하타노에게 향했다.

“지난번에는 모든 것을 묵비하겠다고 하셨습니다만,

이번에는 어떡하시겠습니까?"

"11시 10분부터 20분 사이에 어디서 뭘 했냐고?"

"네."

"흠, 그래."

그는 천천히 허리를 일으켜 두 손을 머리 뒤로 포갰다.

"……스포츠용품점 있지? 그 여러 회사 물건이 있는 제법 넓은 가게."

"1층과 3층에 말씀하신 것과 비슷한 점포가 있습니다만."

"그래. 난 스완에 가면 자주 거기 가서 골프채를 구경했어. 내가 가진 건 장인어른이 주신 건데 우리 장인이 골프를 엄청 좋아해서 물건 자체는 꽤 괜찮거든. 그런데 이 나이가 돼서 남이 쓰던 물건을 물려받는 건 좀 그렇잖아. 애초에 골프 같은 건 다소 허세용 스포츠이기도 하고, 돈을 좀 써야 실력도 는다는 말이 있어서 와이프의 허락을 받아 보려고 하는데 그럴 때마다 우리 와이프는 늘 이렇게 딱 잘라 말하곤 해. '당신 골프 실력이 느는 것과 우리 아파트 대출금이 무슨 관계야?'."

"하타노 님."

"아, 미안, 미안. 이야기하다 보니 괜히 내 처지가 처량한 것 같아서."

"스포츠용품점은 1층과 3층에 있습니다."

하타노가 코웃음을 쳤다. '정말 융통성이라곤 없군' 하는 것처럼.

"1층에 있는 가게는 골프용품이 별로야."

"그럼 3층 점포에 계셨습니까? 11시 10분부터 20분 사이에."

"잠깐만. 이봐, 도쿠시타 씨. 난 그냥 스포츠용품점에서 골프채를 구경하는 걸 좋아한다고 했을 뿐인데?"

도쿠시타가 눈을 크게 떴다.

"그냥 내버려 둬. 저 녀석은."

호사카가 불쑥 끼어들었다.

"처음부터 말할 마음이 없는 녀석이야. 그냥 푼돈이나 벌어 보려고 온 거지. 상대해 봐야 시간 낭비."

"웅? 그 말씀은 좀 뜻밖이네요, 호사카 씨. 제가 그렇게 쪼잔한 놈으로 보이세요?"

그럼 어떤 놈으로 보이겠어? 호사카는 부루퉁한 얼굴로 되받아쳤다.

"그 말씀은 좀 상처 되네요. 아, 기왕 이렇게 된 김에 심통 좀 부려 볼까. 호사카 씨한테 항의하는 의미에서 또 묵비하고 싶어져요."

"마음대로 해."

"하타노 님." 도쿠시타가 끼어들었다. "정말 괜찮으시 겠습니까? 어떤 이유든 묵비는 중대한 거짓말과 동등하 게 취급합니다."

"네. 뭐 어쩔 수 없죠."

하타노가 자기 차례는 끝났다는 듯이 손사래를 쳤다.

이즈미는 문득 하타노와 눈이 마주쳤다. 심술꾸러기 아이 같은 미소. 이즈미는 다시 테이블 위로 시선을 떨 군다. 위장이 또 욱신거렸다.

"그럼 다음으로 호사카 님. 부탁드려도 되겠습니까?"

호사카는 '모르겐'이라는 이름의 아웃도어용품점에서 관내 방송이 나오기 전까지 사건을 눈치채지 못했다고 했다. 화이트보드에 붙은 본관 약도에서 보면 3F의 '㉮' 옆에 있는 곳이다. 각각의 기호는 에스컬레이터가 있는 오픈 천장 공간을 가리키고 있고 '㉮'는 백조 광장 옆에 위치해 있다. 다시 말해 연결 통로 바로 옆이다.

"가게 밖으로 나가니 백조 광장 쪽에서 뭔가 터지는 소리가 들리더군. 하지만 그때는 설마 총성이라고는 생 각 못 했어. 쇠파이프 같은 걸로 뭔가를 쳤거나 기껏해 야 폭죽 소리 정도로 여겼지."

비명이 들렸다. 도망치는 사람들의 모습도 보였다. 그 러나 연기가 피어오는 등의 화재 낌새는 없었다. 그래서 호사카는 대피하지 않고 상황을 확인하려고 백조 광장으로 향했다.

"경비원이 나와서 어디로 대피하라고 안내하지도 않더군. 무턱대고 도망치는 것보다는 무슨 일이 일어났는지 정확히 파악하는 게 낫다고 판단했어."

백조 광장의 3층 난간 앞에 도착해서는 아래를 내려다봤다.

"그놈은…… 아마 니와 유즈키였겠지."

그는 에스컬레이터를 타고 2층에 올라와 바로 옆에 있던 여자에게 권총을 겨눴다.

탕. 그리고 총을 바꿔 다시 한 발. 뒤이어 또 한 발. 탕.

아마 니와 유즈키였겠지. 그는 일부러 어정쩡하게 표현했다. 니와가 아니었을 리 없다. 그러나 그것을 인정해 버리면 니와가 여자를 죽이는 것을 잠자코 구경만 하고 있었다는 사실과 마주해야 한다.

"그 뒤로는 어떡하셨습니까?"

도쿠시타가 뒷이야기를 재촉했다.

"호사카 님이 당시 있었던 곳에서는 연결 통로가 눈에 들어왔을 텐데요."

무슨 사태가 벌어졌는지는 충분히 이해했을 것이다. 총을 든 살인귀가 입장객들에게 무차별 총격을 가하고 있고, 그는 2층에서 흑조 광장 쪽으로 걸어갔다. 당시 호사카 바로 옆에는 별관으로 이어지는 연결 통로가 있었다. 단순하면서도 확실한 대피 경로다.

호사카는 팔짱을 끼고 잠시 침묵에 잠겼다.

"쫓아갔어."

괴로운 듯한 목소리였다.

도쿠시타가 되물었다.

"쫓아가셨다고요?"

"그래. 3층 난간에서 내려다보면서 녀석을 뒤쫓았어."

아마 모든 이들의 머릿속에 '왜?'라는 물음표가 떠올랐을 것이다.

도쿠시타를 제외한 모든 이들의.

"과연. 그렇군요."

도쿠시타는 으스스할 정도로 표정 변화가 없었다.

호사카는 미처 도망치지 못한 3층 입장객들에게 손짓, 발짓으로 대피를 재촉하며 니와를 뒤쫓았다고 했다.

"오타케까지 있는 줄은 몰랐지만 어쨌든 가면서 만나는 사람들에게 별관으로 도망치라고 했지."

"니와를 쫓아가신 이유를 여쭤도 될까요?"

그러자 잠시 뜸을 들이다가 호사카가 대답했다.

"혹시라도 빈틈이 생기면 녀석을 붙잡으려고 했거든."

"하!"

순간 하타노가 몸을 뒤로 젖히며 웃음을 터뜨렸다.

"진짜요? 와, 영웅 납셨네요. 진짜 멋지다. 감탄했어요."

호사카의 입술에 힘이 실리는 게 보였다.

"그래서요? 제 손으로 직접 그 극악무도한 살인귀에게 천벌을 내리려고 한 숭고한 의지를 왜 결국 꺾게 된 겁니까?"

"하타노 님. 진행은 제가."

"아, 예, 예. 알겠습니다요."

하타노는 두 손을 들어 동의를 표하고 히죽 웃으며 물러섰다.

호사카는 잠시 아무 말도 하지 않았다. 굳은 얼굴로 테이블만 노려봤다.

"호사카 님은 잠시 후에 다시 부탁드리겠습니다. 그럼 다음으로, 이쿠타 님."

갑작스럽게 이름을 불린 탓인지, 아니면 본명이 아닌 닉네임이라서인지 그녀는 멍한 표정을 지었다.

"부탁드려도 되겠습니까?"

"아, 네. 그런데, 저기."

이쿠타는 미간에 주름을 잡았다.

"전 싫어요. 이렇게 날 선 분위기는."

불만의 화살이 하타노에게 향한다.

"아, 이쿠타 씨, 미안하게 됐습니다." 그는 또다시 두 손을 들고 사죄했다. "정말 그럴 의도는 눈곱만큼도 없었습니다. 그냥 너무 놀라서 저도 모르게 심술궂게 군 것 같네요. 미안하게 됐습니다. 예, 예."

하타노가 탁자에 이마를 갖다 붙이자 이쿠타는 "뭐 그럼 괜찮은데……" 하고 한숨을 내쉬었다.

"그런데 전 그렇게 여러분께 들려 드릴 만한 행동을 한 게 딱히 없어서요."

"사건 당초에 계셨던 곳은 2층의 안경 가게였다고 하셨죠."

2F의 ㉥ 근처, 주차장 방면 통로에 있는 '기노 안경점'이다. 이쿠타는 흑조 광장 쪽에서 총소리를 듣고 깜짝 놀라 일단 주위에 있는 입장객들과 똑같이 그곳을 벗어났다. 아마 흑조 광장과 반대 방향이었던 것 같지만 확실하지는 않다. 관내 방송이 나왔을 때 있었던 곳도 잘 기억나지 않는다…….

"정확히 기억하시는 장소는 없는 겁니까?"

"그걸 잘 모르겠어요. 다들 안색이 싹 바뀌어서 우왕좌왕했고 방송 소리까지 시끄러웠으니까요. 게다가 전 잘 뛰지도 못해요. 금세 숨이 차고 뒤처지면 더 초조해져서……."

이대로라면 하타노의 묵비와 별 차이가 없다. 아무 대
답도 하지 않는 거나 마찬가지다. 그러나 계속 기억나지
않는다고 주장하면 더 추궁하기도 어려울 거라고 이즈
미는 생각했다.

"어디서 잠깐 멈춰 서거나 하지는 않았습니까?"

"그야 물론 중간에 숨을 골랐던 것 같은데……."

이쿠타의 증언은 미덥지 못했다.

"계단이나 에스컬레이터는 사용하셨습니까? 관내 방
송이 나온 직후 말입니다만."

"……음, 그냥 쭉 뛰었던 것 같아요."

"저수지 방면 통로로 가시지도 않았습니까?"

아마도요, 하고 대답하는 이쿠타.

"어디에 잠시 몸을 숨기거나 하신 적은."

"없어요. 무서워서 그저 필사적으로 뛰기만 했어요."

"그렇군요. 그럼 마지막으로 경찰이 이쿠타 님을 발견
하고 보호한 곳은 2층입니까?"

"네?"

"경찰 또는 구급대가 이쿠타 님을 처음 발견한 곳 말
입니다. 건물을 나가고서야 발견됐다면 그렇게 대답하
시면 됩니다."

'왜 그런 질문을?' 하는 얼굴로 고개를 갸웃거리는 이쿠타에게 도쿠시타가 다시 설명했다.

"자신이 목숨을 구한 장소를 잊을 리는 없지 않을까요?"

그러자 이쿠타가 이맛살을 찌푸렸다.

"2층이에요. 연결 통로로 별관에 가다가 지쳐서 쓰러져 버렸거든요. 그때 경찰분이 오셨어요. 그 정도는 물론 기억해요."

도쿠시타가 흠, 하고 고개를 끄덕였다. 그렇게 잠시 뜸을 들이는 모습에서 이즈미는 어떤 의도를 느꼈다.

"다시 말해 본관 2층 주차장 방면 통로를 지나 흑조 광장에서 백조 광장 쪽으로 이동하셨다는 말이군요. 이쿠타 님, 그럼 이쿠타 님은 그중 어느 지점에서 니와 유즈키를 맞닥뜨렸거나 그 옆을 스쳐 지나갔어야 합니다."

이쿠타가 입을 다물었다.

"그는 11시 10분부터 정오까지 줄곧 2층을 돌아다녔으니까요."

"어, 그래요?"

이쿠타는 곤란한 듯이 볼에 손을 갖다 댔다.

"그럼 제가 일단 어디 숨었거나 아니면 층을 옮겨 갔을지도 모르겠네요."

이즈미는 등줄기에 소름이 쭉 끼쳤다. 마찬가지로 방

안의 분위기도 대번에 얼어붙었다.

지금 이 자리에서 이쿠타의 변명을 곧이곧대로 믿는 사람은 없을 것이다. 그녀는 지금 누가 봐도 대충 얼버무리고 있다.

그러나 그 이유가 뭐든 간에 평범한 사람이 과연 이토록 아무렇지 않게 시치미를 떼며 말을 바꿀 수 있을까. 그저 미덥지 못한 중년 여성쯤으로 여겼는데 이제는 뭔가 섬뜩해졌다.

동시에 떠올렸다. 이쿠타에게는 지금 얼버무려야만 하는 어떤 이유가 있다.

"도쿠시타 씨, 그나저나 좀 너무하세요. 조금 전 호사카 씨한테는 뒷얘기는 나중에 해도 된다고 배려하셨으면서 왜 저한테만 그렇게 집요하게 구조된 장소까지 물으세요?"

"아, 네. 충분히 그렇게 느끼실 수 있겠군요. 제가 실수했습니다."

도쿠시타는 화제를 돌릴 것처럼 곧장 고개를 숙이고 다음으로 허리를 굽힌 야구 점퍼 남자를 바라봤다.

"도산 님은 1층 화단 부근에서 관내 방송을 들었다고 하셨죠."

실내 화단이 있는 곳은 에스컬레이터 'ⓑ'가 있는 곳,

정확히 본관의 정중앙이다.

"이후 11시 20분까지는 뭘 하셨습니까?"

"……있었어."

"있었다?"

"계속 거기 있었어. 화단 부근에."

초조함과 두려움이 뒤섞인 목소리와 허공을 맴도는 눈빛.

"그걸로 됐잖아. 보아하니 다른 사람들도 대충 대답하는 것 같은데."

흥분 섞인 비난에 도쿠시타는 반론하지 않았다. 이즈미는 무심코 호사카 쪽을 봤다. 팔짱을 낀 노인은 험악한 눈빛으로 입을 꾹 다물고 있다. 하타노에게는 뭐라고 했으면서.

뭔가 대화의 흐름이 바뀐 것 같았다. 이쿠타 때문이다. 조금 전 그녀는 하타노의 묵비와 비슷하면서도 다른 명백한 거짓말, 즉 의지가 담긴 위증을 했다. 그것이 사람들 사이에 의심을 만들고 있다.

"그럼……." 서로의 속내를 살피는 듯한 침묵 속에서 도쿠시타가 입을 열었다. "실내 화단에 온 오타케와 무슨 일이 있었는지는 다음에 여쭙기로 하죠."

이번에는 봐주겠다는 식으로 들렸다. 도산이 이를 가

는 소리가 들리는 것 같았다.

"다음으로 이즈미 님."

이즈미는 침을 꿀꺽 삼켰다.

"부탁드려도 될까요?"

11시 10분부터 20분까지의 10분간. 스완에 울리던 총성, 비명. 도망치는 사람들. 요란하게 대피를 알리는 관내 방송.

실내 화단 부근에서 스완에 들어갔고, 그 뒤로는 어디에?

"전……."

도쿠시타의 둥근 눈을 바라본다. 도발하는 것처럼.

"어떤 남자아이와 함께 있었어요."

모두 곤혹스러워하는 표정이다. 이즈미는 주위를 한 번 둘러보고 도쿠시타에게 눈길을 향했다.

"남자아이, 말인가요."

도쿠시타가 다시 한번 확인했다.

"그러고 보니 그날 만나기로 했다는 친구분이……."

"아니에요. 모르는 아이였어요. 초등학교에 다닐까 말까 하는 정도 나이의, 그날 처음 만난 아이예요."

"사건이 일어난 상황 속에서 말입니까?"

"네."

흐음, 하는 신음 소리.

"장소는 어디죠?"

"키즈숍 부근이요."

3F 지도의 에스컬레이터 '㉰' 옆이다.

"친구분과 만나기로 한 가게입니까?"

이즈미는 고개를 숙였다. 도쿠시타는 신경 쓰지 않고 질문을 이어 갔다.

"아이의 가족은?"

"……모르겠어요. 근처에 있었을지도."

없었다. 아마도.

"그래서 함께 대피하신 겁니까?"

"도망치려고……."

총성, 비명, 관내 방송. 혼란 속에서 과연 무엇이 정답이었을까.

짧게 깎은 머리. 반바지, 운동화. 장난감 버스.

"잠깐만."

호사카가 못 참겠다는 듯이 목소리를 높이며 끼어들었다.

"혹시 그 남자애가 스카이라운지에서 죽었다는 그 아이인가?"

사방으로 튀었다. 피가, 타일 바닥에. 작은 꽃이 핀 것
처럼.

"설마 네가…… 그 애를 그곳에 데려간 거냐?"

엘리베이터 최상층의 그곳. 카운터와 테이블. 유리 천
장, 파란 하늘.

"제 손으로 데려가 놓고 죽게 내버려 뒀다고?"

─그런 일을 겪었는데도 잘 살고 있네.

"호사카 님."

"아니, 가만있어 봐. 이봐, 꼬맹이. 네가 지금 무슨 짓
을 저질렀는지 알기나 해? 너희는 처음에 스완 3층에 있
었던 것 아닌가? 그때 걔를 그곳에 그대로 뒀다면 걔는
어쩌면 살 수도 있었어. 그런데 넌 쓸데없는 오지랖을
부려 스카이라운지에 아이를 데려갔고, 그것도 모자라
너 대신 그 아이를 희생양으로 바쳤다고?"

─자, 다음은 누구로 할래?

─고르는 거야. 이즈미가.

"네가 죽인 거나 마찬가지야."

탕.

"그 아이한테 사죄해."

탕. 탕, 탕.

"사죄해서 네 죄를 갚아!"

호사카가 몸을 벌떡 일으켰다. 얼굴이 도깨비처럼 무시무시하다. 자신을 향해 쭉 뻗은 검지를 이즈미는 멍한 얼굴로 봤다.

"그만하시죠."

하타노가 왠지 체념한 것처럼 말했다.

"여기서 책임론을 운운해 봐야 소용없잖아요. 그쪽이 그 애 할아버지도 아니고."

"그렇기는 해요. 하지만."

이쿠타가 나직이 입을 열었다.

"하지만 역시 아이를 그냥 죽게 내버려 둔 건 별로 바람직하지 않은 것 같아."

그녀는 허공을 보며 덧붙였다.

"여러분."

도쿠시타가 침착하게 끼어들었다.

"어차피 스카이라운지 이야기는 다음에 나올 겁니다."

"다음이라니?"

"호사카 님. 자리에 앉아 주십시오."

"이 아이가 그때 이야기를 사실대로 할 거라는 보장 있어? 다음에는 아예 여기 오지 않을 수도 있는데."

"앉아 주십시오."

도쿠시타가 쳐다보면서 말하자 호사카는 못마땅하게

자리에 앉았다.

"이즈미 님. 그 남자아이와 3층 키즈숍에서 만나셨군
요."

"……네, 맞아요. 그 근처였을 거예요."

"시간은 기억하십니까?"

"아뇨……. 하지만 11시 10분이 지나 스완에 들어가
곧장 3층에 갔으니……."

"그럼 11시 20분이 지났을 무렵일까요?"

"아마도 그럴 거예요."

"흠. 그 뒤로는?"

그 뒤로는.

이즈미는 입술을 꾹 다물었다. 불현듯 머리에 열이 오
르고 호흡이 가빠진다. 두 손을 위장 쪽에 갖다 댄다.

여긴 무대다. 자, 일어서자. 발끝으로.

"남자아이의 손을 붙잡고, 스카이라운지로 향했어요."

그러자 도쿠시타가 눈을 가늘게 떴다. 미심쩍어한다
고 볼 수밖에 없는 표정이다.

"오타케가 있었던 흑조 광장 쪽으로 말입니까?"

스카이라운지로 올라가는 엘리베이터는 흑조 광장 끝
부분에 있다.

"총성이 들리는 쪽으로 다가가셨다는 말이 됩니다만."

"⋯⋯1층과 3층은 떨어져 있었으니까요. 그리고 당시 백조 광장 쪽에는 니와가 있었어요."

"그 시간은 그가 2층 백조 광장에 막 올라왔을 무렵입니다. 이즈미 님이 있었다고 한 키즈숍과는 거리가 떨어져 있지요."

백조 광장에서 도망치는 입장객도 키즈숍까지는 도착하지 못했을 시간대다.

"⋯⋯안전할 거라고 생각했어요. 스카이라운지 쪽이."

그렇게 말할 수밖에 없었다.

도쿠시타는 침묵했다. 침묵한 채로 이즈미를 내려다본다. 리듬 따위 무시한, 덮쳐 오는 듯한 침묵이었다.

"⋯⋯알겠습니다. 다음으로 넘어가죠."

"그전에 화장실에 좀."

도쿠시타의 허락을 기다리지 않고 이즈미는 자리에서 일어섰다. 테이블을 등졌을 때 뒤에서 목소리가 들렸다.

"유키오."

호사카의 목소리였다.

"그때 네가 죽게 내버려 둔 남자아이의 이름이 후타미 유키오다."

이즈미는 방을 빠져나갔다. 그 이름을 귀에서 떨쳐내듯이.

어스름한 세면대 거울에 비치는 소녀는 도무지 열일곱 살로 보이지 않을 만큼 여위어 있었다. 도시에게 머리를 잘라 보라는 조언을 들었지만 그래 봐야 별로 바뀌지 않을 것이다. 우시쿠라는 밥을 잘 챙겨 먹으라고 했다. 그 말은 맞을지도 모른다. 근육이 사라진 만큼 몸이 깎여 나간 듯했다.

얼굴에 물을 묻힌다. 화장을 거의 하지 않은 피부를 세게 문지른다.

다시 고개를 드는 순간 이쿠타의 말이 머릿속에 떠올랐다.

—별로 바람직하지 않은 것 같아.

웃음이 나올 것 같았다. 그야 당연히 바람직하지 않죠. 이쿠타 씨, 사람이 죽었다고요. 그냥 공감받고 싶어서 하신 말씀이죠? 그런데 이쿠타 씨의 파마머리와 비슷할 정도로 촌스러운 농담이었어요.

후타미 유키오? 그런 건 저도 당연히 알아요, 호사카 씨. 호사카 씨가 굳이 알려 주지 않아도 수천, 수만 명의 '당신'들에게 귀에 못이 박힐 정도로 들었으니까요.

불현듯 속에서 구역질이 치밀어 올라 하마터면 게워 낼 뻔했다. 토해 봐야 위액밖에 나오지 않을 것이다. 점심으로 먹은 건 도시락 속 달걀 프라이 한 입과 옆에 곁들인 브로콜리뿐이고 나머지는 역 화장실에 버렸다. 엄마에게 미안하기는 하지만 어차피 먹고 토하나 버리나 똑같다. 대신 저녁밥은 최대한 든든히 먹을 것이다.

수돗물로 쓰디쓴 입안을 헹구고 손으로 입가를 닦았다. 젖은 앞머리가 눈에 닿아 그야말로 유령 같은 모습이다. 아니, 악령일까. 비극의 백조 오데트가 아닌 악의를 표현하며 춤추는 흑조 오딜.

비극의 히로인을 연기할 만큼 오만해질 수 있으면 좋을 텐데.

아마 그것이 최선이었고, 그것만이 정답이었다. 갑작스럽게 날아든 부조리한 운명을 개탄하고, 원망하고, 나 자신의 무력함에 통탄하고, 괴로워하고, 상대가 인정할 때까지 계속 사죄하면서 언젠가 누군가는 '이 아이는 잘못 없지 않아?' 하고 헤아려 줄 날을 하염없이 기다린다. 그게 백 년이 걸린다고 해도.

그럼 엄마가 그렇게 마음 아파할 일이 없어질지도 모른다.

5월 중순 무렵 느닷없이 그 사람이 입을 열기 시작했다. 스카이라운지에서 벌어진 참극. 오직 이즈미만 다치지 않고 살아남은 경위를 주간지에 폭로했다.

아유카와는 그녀를 후루타치 아주머니라고 불렀다.

후루타치 고즈에의 어머니다.

그녀가 주간지에 밝힌 내용을 알게 됐을 때 이즈미는 감정이 흐트러졌다. 그 혼란은 가슴에 그을음을 남긴 채 지금도 지워지지 않았다.

고발은 상세했다. 그리고 틀리지 않았다. 방범 카메라도 없는 곳에서 생존자는 이즈미와 고즈에 두 사람뿐. 그렇다면 그 이야기를 한 사람도 고즈에일 수밖에 없다. 그러나 고즈에는 일절 외부에 모습을 드러내지 않고 이즈미와 다른 병원의 병실 안에 틀어박혔다. 세간에는 붕대를 감은 소녀의 공허한 초상만이 돌아다녔다.

아름다운, 너무도 아름다운 사진이.

당연히 고즈에의 고발 기사는 대대적으로 보도됐다. 이즈미에게 기자들이 들이닥쳤다. 마스미가 뺨을 때린 남자는 무단으로 병실에 들어온, 고발 기사를 낸 주간지의 기자였다.

여론은 이즈미에게 물었다. 넌 오데트인가? 오딜인가? 비극의 히로인인가? 악의 화신인가? 피해자 자격이 있는가, 없는가? 어느 쪽인가?

이즈미는 알 수 없었다. 정말로 알지 못했다. 그래서 입을 다물었다. 다물어 버렸다. 하지만 침묵은 뭔가 켕기는 게 있다는 뜻으로 받아들여졌고 이즈미는 저도 모르는 사이에 악이 되어 있었다.

악이 된다.

새삼 떠올리자 우스꽝스러웠다. 악해진 것이 아니다. 악한 것도 아니다. 그저 악이 된 것이다. 과정은 그야말로 손쉬웠고 그 안에는 피하기 어려운 저주까지 있었다.

마스미는 필사적으로 딸을 지키려고 했다. 너무 필사적이라 비웃음을 샀다. 언론과 여론은 딸의 일 때문에 정신이 나가 버린 엄마 취급을 하며 매정한 말을 던졌고, 그래서 마스미가 화를 내면 또다시 비웃었다. 전혀 모르는 사람들에게 매일 같이 조롱을 당했다. 병원 직원 중에도 냉랭한 시선을 보내는 사람이 있었다. 환자 중에서도.

그런 와중에 치명적인 영상이 SNS에 올라왔다. 병원 옥상에서 발레를 하는 듯한 이즈미의 영상. 누가 찍었는지는 모른다. 아마 간호사나 같은 병원을 다닌 환자일 것이다.

비밀스러운 개인 레슨은 이른바 재활 치료였다. 이즈미의 마음을 달래 주는 작은 위안이었다. 그러나 영상을 본 사람들은 그것을 용납지 않았다. 영상 속 이즈미가 아주 즐거워 보였기 때문이다. 무시무시한 비난이 쏟아졌다. 공포를 느낄 정도의.

퇴원할 무렵에 이즈미의 이미지는 굳어져 있었다. 혼자 살아남기 위해 범인의 환심을 샀고 눈앞에서 벌어지는 처형을 보고도 못 본 척한 여자아이. 다음으로 누구를 죽일지를 잔인하게 고른 여자아이. 같은 반에 있는 예쁜 친구를 팔아먹고, 불쌍한 남자아이에 대한 사죄는 고사하고 사망한 피해자 유족에게 사죄 한마디도 없이 혼자 즐겁게 발레를 즐기고 히스테릭한 엄마의 보호 아래에서 그 자신도 피해자인 척을 하는 여자아이.

그런 여자아이의 얼굴이 거울에 비치고 있다.

—잘 살고 있네.

나 자신도 그렇게 생각한다.

뚜렷한 확신이 싹텄다. 시간이 모든 것을 해결해 준다? 그런 것은 존재하지 않는다. 그런 건 있을 수 없다. 불가능하다.

악령 같은 소녀를 노려본다. 손수건을 치마 주머니에 집어넣고 대신 그것을 꼭 쥔다. 자, 춤추는 거야. 무대 옆에서, 무대를 향해.

미닫이문은 그대로 열려 있었다. 안에서 나는 소리를 듣고 이즈미는 자세를 가다듬었다. 이제는 익숙하다고 해도 기습은 언제나 아프기 마련이다. 험담이란 원래 그런 것이다.

그러나 방 안에서는 다행히 험담이 아닌 거리낌 없는 토론이 벌어지고 있었다.

"거 봐, 또 저런다니까. 그쪽의 그런 태도가 의혹을 더 키운다고요."

"맞아요. 저도 비슷하게 느낄 때가 있어요."

표적이 된 사람은 뜻밖의 인물이었다.

"도산, 당신은 어떻게 생각해?"

야구 점퍼를 입은 남자는 눈을 치뜨고 그 표적을 보며 천천히 입을 열었다.

"조금 뭔가 숨기는 게 있는 것 같기는……."

"그렇지? 그렇다니까." 하타노가 호들갑스럽게 고개를 주억거렸다. "핵심은 일부러 빙 둘러 가면서 우리한테만 계속 요구하잖아."

"저도 뭔가 자잘한 것까지 꼬치꼬치 캐묻고 화를 내는 것 같아서 이상해요." 이쿠타도 하타노에게 동의하며 덧붙였다. "당연히 그렇게 느낄 만해요."

"돈만 주면 어떻게든 될 거라고 생각하겠지."

호사카가 그렇게 내뱉었다. 불만 섞인 목소리에는 하타노에게 동의할 수밖에 없는 현 상황의 불만도 섞인 것처럼 들렸다.

"아, 이즈미 씨. 당신 의견도 좀 들려줘 봐. 어떤 의미에서 지금 여기 모인 사람들 중 네가 가장 사건의 당사자라 할 수도 있으니. 이런 표현은 별로 쓰고 싶지 않지만."

하타노는 겸연쩍은 듯이 말하고 다시 물었다.

"이 모임의 진짜 목적이 궁금하지 않아?"

그러면서 시선을 가운데에 서 있는 남자에게 향한다. 도쿠시타는 조금도 당황하지 않고 사람들의 항의를 묵묵히 듣고 있었다.

"이즈미 님도 제 진행이 불만스러우십니까?"

"음……."

이즈미는 모호하게 대답하고 자기 자리로 돌아갔다.

"음, 이라니. 그건 불만이 있다는 뜻으로 해석해도 되겠지?"

한숨 소리가 들렸다. 이쿠타다.

"뭔가 억지로 동의받는 분위기인데, 전 그런 게 싫어요. 당사자는 전혀 그럴 마음이 없는데도 우리가 강요해서 어쩔 수 없이 대답하는 것처럼 보이잖아요."

신경이 살짝 곤두섰다. 완곡한 표현에서 분위기 파악을 하라는 압력이 느껴졌다.

"그런데 불만이 아예 없는 것도 아니잖아. 그렇지?"

이즈미는 고개를 끄덕이는 것으로 동의를 표시했다.

그러자 또다시 '참 다루기 까다로운 아이네'라고 말하는 듯한 한숨 소리가 들렸다.

"어쨌든 이것으로 모두의 의견이 일치했네요."

"그렇게 됐군요. 자, 그럼 건전한 민주주의 정신에 입각해 도쿠시타 씨는 지금 당장 우리의 의문을 해소해 줬으면 합니다."

하타노가 도쿠시타를 향해 장난스럽게 손바닥을 펼쳐 보였다.

"무슨 뜻인지는 알겠습니다." 도쿠시타가 고개를 연신 끄덕였다. "그러나 모든 것을 알려 달라는 요구에는 응해 드리기 어려울 것 같습니다. 전 이 사건에 대해 지나치게 많은 정보를 알고 있어서요. 그것들을 모조리 설명하려면 시간이 턱없이 부족합니다."

그러더니 모두를 둘러본다.

"되도록 구체적으로 질문해 주셨으면 합니다. 그럼 간결하게 대답해 드릴 수는 있을 것 같습니다."

"간결하게라니. 우리가 납득하지 못하면 의미도 없지 않나?"

"하타노 님. 전 성실하게 답변할 생각입니다. 그것만은 약속해 드리죠. 그러나 제 성실한 답변의 진위는 결국 여러분이 믿어 주시는 수밖에 없습니다. 애초에 이 모임은 강제력이 없으므로 제 설명을 어떻게 받아들이고 행동하실지는 여러분의 자유입니다."

"오." 하타노가 히죽 웃었다. "그쪽도 다른 사람들처럼 정색할 줄 아네."

"대단히 실례했습니다. 불쾌하셨다면 사과드리겠습니다."

"아니, 괜찮아. 당신 말이 틀리지 않은 것 같아. 다만 당신의 성실함을 좀 더 보여 줬으면 하는 바람이야. 한 마디로 우리도 기분 문제라는 뜻이지. 까놓고 말해 그 사건을 흥미 위주로 캐물으면 화가 나지 않겠어? 적어도 난 그런데, 다른 분들도 비슷하지 않나요? 그날 일을 즐거운 추억으로 기억하는 사람은 이곳에 없다고 난 믿으니까."

이때 이즈미는 가벼운 충격을 받았다. 중식 테이블을 둘러싼 이들을 그동안 '사건에 휘말린 사람들'이라는 막연한 틀 안에 집어넣었지만 실제로는 그렇게 보고 있지 않았음을 깨달았기 때문이다. 이즈미는 지난번 모임을 마치고 돌아가는 차 안에서 하타노에게 묻지 않았다. 그 사건을 어떻게 생각하는지, 그리고 실제로 어떤 일을 겪었는지.

"마음 같아서는 묻고 싶은 게 산더미 같지만 시간이

한정된 게 사실이니 일단 조금 전 제 질문의 대답부터 듣고 싶은데 어떠신지?"

"전 상관없습니다."

도쿠시타가 모두를 둘러봤다. 반론은 나오지 않았다.

"그럼 말이 나온 김에 다시 한번."

하타노가 몸을 앞으로 뺐었다.

"요시무라 기쿠노 씨가 스카이라운지를 벗어난 시점이 대체 언젭니까?"

그러더니 그는 곧장 다시 "아니" 하고 말을 고쳤다.

"역시 이것만으로는 부족하겠네. 이 기회에 도쿠시타 씨가 알고 있는 기쿠노 씨의 그날의 행동을 전부 알려 줬으면 합니다."

당연하다고 느낄 만한 질문이었다. 그녀의 죽음을 둘러싼 미심쩍은 점들을 해명하는 것이 이 모임의 목적이라고 도쿠시타는 공언했다. 그럼에도 불구하고 기쿠노의 행적을 밝히지는 않고 있다.

"지난번에 우리더러 선입견을 갖지 않아 줬으면 한다고 했는데, 곰곰이 생각해 보면 그것도 좀 이상하죠. 생각해 봐. 그날 우리가 어디선가 기쿠노 씨를 맞닥뜨렸다고 해도 힌트 하나 없이 그걸 떠올릴 거라는 보장은 없잖아요."

하타노는 차로 이즈미를 바래다줄 때도 비슷한 추측을 입에 담았다. 그는 요시무라 사장과 도쿠시타가 의심하는 인물이 따로 있지 않겠느냐고 했다.

그렇다면 지금 도쿠시타가 정보를 감추는 것은 그 인물이 뭔가 결정적인 실수를 저지르는 상황, 이를테면 변명이 불가능한 거짓말을 하는 순간을 노리고 있어서? 이즈미의 추론이 맞는다면 도쿠시타는 하타노의 질문에 답하기 어려울 것이다.

"말씀드릴 수 있는 범위 안에서 말씀드리겠습니다."

도쿠시타에게서 망설임 따위는 읽히지 않았다.

"우선 오전 11시에 기쿠노 씨는 스카이라운지 안에 있었습니다. 다만 정확히 말하자면 이 역시 '아마도'입니다."

"시작하자마자 바로 도망칠 곳을 만드는군." 호사카가 목소리를 높였다. "그런 건 방범 카메라 영상만 봐도 바로 알 수 있을 텐데."

"스카이라운지에는……."

"스카이라운지에 카메라가 없다는 건 나도 아네. 하지만 엘리베이터 승강장은 공용 공간이야. 엘리베이터를 타고 내린 건 확인할 수 있지 않나?"

"그 말씀이 맞습니다. 허나 비상계단은 그렇지 않죠."

호사카의 미간에 주름이 잡혔다.

"우선 스완의 방범 카메라가 직원용 구역인 백야드에는 없다는 점을 고려해 주십시오. 스카이라운지에 딸린 긴급 피난용 비상계단 역시 마찬가지입니다. 계단은 카페 주방 안쪽 입구에서 각 층을 거쳐 제2 방범 센터 옆으로 이어지는데, 이곳들은 모두 백야드에 포함돼서 카메라가 설치돼 있지 않습니다."

그러더니 그는 "다시 말해" 하고 말을 잇는다.

"당시 비상계단을 사용했을 가능성이 있는 이상 기쿠노 씨의 행동을 정확히 예측하기는 어렵습니다."

"그럼 반대로 묻겠는데." 하타노가 끼어들었다. "사건이 일어난 이후 기쿠노 씨가 엘리베이터에서 내린 영상은 남아 있습니까?"

만약 있다면 스카이라운지를 벗어났다는 확실한 증거가 될 것이다.

"있습니다. 다만 조금 전에 말씀드린 이유로 그보다 전에 스카이라운지를 벗어났다가 다시 돌아갔을 가능성을 부정할 수 없어서."

"그런 사소한 건 아무래도 좋아. 간략하게 대답한다고 하지 않았나?"

호사카의 일갈에 도쿠시타는 "죄송합니다"라고 했다. 조금도 죄송하지 않은 느낌으로.

"질문에 답변드리겠습니다. 사건 발생 이후 기쿠노 씨가 처음 방범 카메라에 찍힌 곳은 3층 엘리베이터 승강장입니다. 위에서 내려온 엘리베이터에서 내리는 모습이 찍혀 있었죠. 시간은 오전 11시 15분 무렵."

"11시 15분?"

하타노가 들뜬 목소리로 되물었다.

"정확히 말하면 14분입니다."

"아니, 그게 아니라 14분이라고요? 음, 오타케가 방범 센터를 덮친 시간이……."

"흑조 광장에서 총을 여덟 발 쏜 이후입니다."

두 발은 천장을 향해, 그리고 나머지 여섯 발은 입장객들에게 쐈다.

"그가 제2 방재 센터에 있었던 시간은 11시 7분부터 15분까지 8분간입니다."

경비원들이 도망친 뒤에도 오타케는 제2 방재 센터 안에 잠시 머물러 있었다.

"그다음 녀석이 흑조 광장으로 돌아가 백조 광장으로 향했다고 했나?"

자포자기한 것처럼 총을 마구 난사하며.

"역시 이상하네요. 그럼 기쿠노 씨는 비슷한 시간대에 엘리베이터를 타고 3층에 내려와서 이후 12시에 살해되기 전까지 왜 도망치지 않은 겁니까?"

"그 말씀이 맞습니다."

도쿠시타가 고개를 끄덕였다.

"이해하기 어렵습니다."

하타노가 곤혹 섞인 목소리로 물었다.

"총에 맞아 쓰러진 영상은 남아 있나요?"

"아뇨. 없습니다."

"뭐라고요? 그럴 리가……."

"총에 맞아 쓰러진 것이 아닙니다. 쓰러지고 나서 총에 맞았습니다."

"니와가 쓰러뜨리기라도 한 거예요?"

"다른 사람이 쓰러뜨린 건 아닙니다."

"도쿠시타 씨. 자꾸 빙빙 돌리면서 감질나게 할래요?"

"사실입니다. 왜냐하면 기쿠노 씨는 그날 그곳에서 스스로 바닥에 엎드렸으니까요."

그러자 모두 의아한 듯이 침묵했다.

"흐음……." 하타노가 갈색 머리를 손으로 휘저었다. "……그게 무슨 말이지?"

"몸에 이상이라도 생겼나?"

이쿠타가 조심스럽게 물었다.

"연세가 지긋했으니 그럴 가능성도 있지 않아요?"

"가능성은 충분합니다. 기쿠노 씨에게 이렇다 할 지병
은 없었다고 합니다만 극도의 긴장 상태였을 테니까요."

뭔가 삐끗거리고 있다. 제대로 설명하기는 어렵지
만 이즈미는 그렇게 느꼈다.

"경찰의 견해는 어땠지?"

호사카가 물었다.

"흑조 광장에서 니와의 총에 맞은 것이 사인이라는 견
해입니다."

정오 전후라는 사망 추정 시각과도 일치한다.

하타노가 말을 보탰다.

"자, 그럼 11시 14분으로 이야기를 되돌리죠. 기쿠노
씨는 대체 무슨 이유로 3층까지 내려온 겁니까?"

"그전에 엘리베이터에 대해 보충하겠습니다. 내선 전
화로 연락해 온 스카이라운지 점장에게 제1 방재 센터
주임 경비원은 엘리베이터를 스카이라운지에 세워 놓고
있으라고 지시했습니다."

"범인이 엘리베이터를 타고 올라가면 안 되니까 그랬
겠죠?"

"그렇습니다. 구체적으로는 엘리베이터 문 사이에 의
자를 끼워 두라고 했습니다."

"의자가 스토퍼가 된 거군. 1층에서 기쿠노 씨가 그랬

던 것처럼."

하타노의 말투가 묘하게 질척거린다.

"다시 말해 기쿠노 씨는 그런 상황에서 굳이 지시를 어기고 엘리베이터를 움직였다."

"그렇습니다."

"목적은?"

"알 수 없습니다."

"도망친 거야." 호사카가 끼어들었다. "다른 이들의 반대를 무릅쓰고 억지로 엘리베이터를 작동시킨 거지. 자기 혼자 살아남으려고."

"그럼 내려가자마자 도망쳤어야죠. 45분 뒤에 총에 맞을 필요 없이."

"거기까지는 내 알 바 아니지. 그것 말고 다른 이유가 없잖나."

호사카는 "아닌가?" 하고 이즈미에게 물었다.

"너는 당시 스카이라운지에 있었으니 뭔가 알고 있을 것 같은데."

"……그때는 아직 없었어요."

"사람들에게 아래로 내려간 할머니가 있다는 말은 못 들었나?"

이즈미는 대답하지 않고 고개를 숙였다.

"그래서? 도쿠시타 씨의 대답은 뭡니까?"

호사카를 무시하고 하타노가 물었다.

"어느 쪽이라고 말씀드리기가 어렵습니다. 사실만을 놓고 보자면 엘리베이터를 타고 3층에 내려온 기쿠노 씨는 빠른 걸음으로 주차장 방면 백야드로 향했습니다."

그대로 밖에 나가려면 나갈 수 있었겠지만.

"다만 그때 입체 주차장에서는 우왕좌왕 대피하는 입장객들끼리 충돌하는 사고가 많이 일어나서 바로 그 안에 들어가기 어려운 분위기였을 거라고 추측할 수 있습니다."

망설이다가 멈춰 선 걸까.

"엘리베이터에 대해서는 기묘한 점이 또 있습니다. 기쿠노 씨가 내려온 다음에도 왜 엘리베이터가 3층에 그대로 멈춰 있었는지입니다."

하타노가 "응?" 하고 의아해하자 도쿠시타가 고개를 끄덕였다.

"그렇습니다. 당시 스카이라운지에 있던 분들이 엘리베이터를 다시 부르지 않았다는 뜻입니다."

"기쿠노 씨가 스토퍼 같은 걸 엘리베이터 문에 끼워 둔 건 아니고?"

"영상으로 보면 그런 건 아니었습니다."

설마 엘리베이터 버튼을 누르는 것을 깜빡했을 리는 없을 것이다.

"다음으로 기쿠노 씨가 영상에 찍힌 시간은 11시 30분입니다."

'어디서 뭘 하는 모습이?'라고 묻기도 전에 도쿠시타는 설명을 이어 갔다.

"자, 이제 여러분의 행동을 여쭌 시간까지 도달했습니다. 그래서 부탁드리고 싶습니다만, 먼저 여러분의 그다음 행동, 그러니까 11시 20분부터 30분까지 취한 행동을 확인하고 난 다음에 기쿠노 씨에 대해 말씀드리고 싶습니다. 남은 시간을 고려해도 이 순서가 타당하다고 봅니다."

"그러니까 오늘 안에 기쿠노 씨가 사망하기 전까지 한 모든 행동을 알려 줄 수는 없다는 말이군."

"전 다음 주에도 여러분께서 이곳을 다시 찾아 주시기를 바라고 있습니다."

하타노가 비웃는 것처럼 코웃음을 쳤다.

"뭐 마음대로 하시죠. 전 여기 와서 용돈을 받아 가는 몸이니 이 이상 참견하지 않겠습니다."

그러더니 그는 "다만" 하고 검지를 세웠다.

"소심한 저항으로 이번에도 전 역시 묵비할게요."

"너무해요." 이쿠타가 볼에 바람을 집어넣었다. "하타노 씨는 계속 왜 그래요? 성실하게 대답하는 우리만 바보 같잖아."

"에이, 그럴 리가요. 보너스를 허공에 날리는 저야말로 바보 천치죠."

"그럼 이제는 아까 같은 그런 불만도 제기하지 하지 마세요."

"처음부터 그럴 생각이었는데, 뭐 알겠습니다."

어색한 분위기 속에서 이즈미는 입을 살짝 오므렸다.

"그럼 이번에는 이쿠타 씨부터 부탁드리겠습니다."

그러나 이쿠타도 여전했다. 11시 20분부터 30분까지 10분간 도망치기만 했던 것 같다. 어디 있었는지는 모르겠다. 층을 옮겨 갔을지 모르고 그대로 같은 층에 있었을 수도 있다. 거의 기억나지 않는다. 패닉 상태였으니 어쩔 수 없다. 이건 남이 뭐라고 할 수 있는 문제가 아니다…….

그녀의 알맹이 없는 증언을 하타노는 희미한 미소를 지으며 흘려들었다.

"그럼 11시 30분 시점에 어디 계셨는지도 기억 못 하시겠군요."

"그러니까 이미 여러 번 말했잖아요."

도쿠시타가 "흠" 하고 잠시 뜸을 들였다.

"본관의 거리, 그러니까 백조 광장과 흑조 광장 사이의 거리는 대략 1,200미터입니다. 대다수의 다른 입장객과 마찬가지로 이쿠타 씨 역시 관내 방송이 들릴 때부터 대피하셨을 테니 11시 30분 전에 20분간 흑조 광장 부근에서 백조 광장 쪽으로 달려가셨다는 말이 됩니다."

"달려갔다고 해도 제가 육상 선수도 아니니 숨이 차서 힘들었어요. 다리도 생각대로 움직이지 않았고요. 이해하시잖아요."

"네. 이해합니다. 인간은 원래 극한 상황에서는 그렇게 되죠."

도쿠시타는 고개를 끄덕이면서도 "하지만" 하고 말을 이었다.

"1,200미터라면 평범한 사람도 대략 20분이면 지나갈 수 있는 거리입니다. 11시 30분 시점에 이미 백조 광장에 도착하셨다고 해도 이상하지는 않습니다."

"그때는 일상적이지 않은 상황이었어요. 숫자로 계산해 봐야 무의미해요."

"그 말씀도 맞습니다. 생각지도 못한 상황 때문에 다리가 꼬였을 수 있으니까요. 다만 이쿠타 님은 구체적으로 멈춰 서거나 한 기억도 없다고 하셨죠."

이쿠타는 반론하지 않고 도쿠시타를 가만히 노려보고 있다.

중간에 시간이 많이 드는 일이 있었다면 기억에도 남았을 것이다. 그런 일이 없었는데도 백조 광장에 도착하지 않았다면 정황상 맞지 않는다.

"정말로 하나도 떠오르는 게 없습니까?"

"네. 정말로요."

딱 잘라 대답하는 것이 진심인지, 그저 고집을 피우는 것인지, 아니면 거짓말인지 이즈미는 분간되지 않았다. 다만 한 가지, 11시 30분 시점에 이쿠타가 백조 광장에 도착하지 않은 것은 확실해 보였다. 그리고 그것을 이쿠타는 또렷이 기억하고 있다.

거기서도 이즈미는 뭔가 앞뒤가 맞지 않는 느낌 받았다. 이쿠타는 백조 광장에 도착했다고 거짓말을 하지 않았다. 도쿠시타가 알아챌 거라고 판단해서일 것이다. 다시 말해 도쿠시타의 정보량과 정확도를 믿고 있다는 말이다.

그런데도 뭔가를 숨기고 있다. 숨겨야 한다고 생각하고 있다. 대체 뭘?

애초에 이쿠타는 왜 이 모임에 참가했을까.

"도산 님은 어떻습니까?"

그러자 도산은 단단해 보이는 어깨를 움찔했다.

"11시 20분까지 1층 실내 화단에 있었다고 하셨습니다만, 그 뒤로는 뭘 하셨죠?"

"난…… 그대로 그곳에 있었어."

"오."

도쿠시타의 반응이 서서히 노골적으로 변해 간다.

"그건 조금 이상한 것 같네요. 11시 20분에는 이미 이상 사태가 일어났다는 걸 깨달으셨을 텐데요."

"뭘 어떡해야 좋을지 몰랐어! 다른 사람들처럼 혼란스러웠다고!"

"11시 10분에 니와는 백조 광장에서 2층에 올라갔고, 오타케는 그보다 조금 뒤 제2 방재 센터에서 흑조 광장으로 돌아가 각각 가운데에 있는 실내 화단 쪽으로 걸어갔습니다. 총을 마구 난사하며 걷다가 두 사람의 거리가 서서히 좁혀졌고 11시 30분이 지났을 때는 각자 1층과 2층에서 엇갈렸습니다."

"그건 나도 알아. 들렸다고. 퍽, 탕, 쨍그랑, 꺄악 하는 소리들이……. 제발 그만해. 도대체 누가 그런 일을 예상이나 한다고."

"도산 님."

"예상 못 했단 말이야! 그러니까, 그러니까 정신이 없어서."

"도산 님. 한 가지만 대답해 주십시오. 실내 화단 부근
에는 주차장으로 이어지는 통로가 있습니다. 그 반대편
에는 밖으로 나갈 수 있는 통로도."

1층, 그것도 가운데에 해당하는 지점. 실내 화단이 거
기 있는 이유는 입장객이 가장 많이 드나드는 곳이기 때
문이다.

"왜 도망치지 않으셨죠?"

도산이 입을 떡 벌렸다. 그 큰 구멍이 어색하게 떨리
고 있다. 질식할까 걱정될 정도다.

"실제로 당시 실내 화단 근처에 있던 많은 분들은 그
통로들을 이용해 도망쳐서 화를 면할 수 있었습니다. 당
연하다면 당연하겠죠. 양옆에서 울리는 총성에서 멀어
지기에 바로 앞에 있는 통로만큼 좋은 대피 경로도 없으
니까요. 그곳으로 향하는 건 거의 본능 아닐까요."

게다가 패닉 상태였다면 더욱더. 그런 뜻이 담긴 지적
이다.

"모쪼록 그 의문에 답해 주셨으면 좋겠습니다."

손전등 모양 조명이 도산의 비지땀을 반사했다. 뭔가
를 씹으려 해도 씹지 못하는 듯한, 보기만 해도 답답한
입의 움직임. 충혈된 눈에는 무엇이 비치고 있을까.

도쿠시타가 손에 든 펜으로 톡톡 소리를 냈다. 마치 카운트다운처럼.

"난……"

도산이 목소리를 쥐어짰다.

"난 잘못 없어!"

방 안에 쩌렁쩌렁하게 울리는 목소리.

순간적으로 이즈미는 깨달았다. 이 사람은 이 말을 하려고 모임에 참가했다는 것을.

난 잘못 없어.

그 말을 들은 이곳의 분위기, 중식 테이블을 둘러싼 사람들의 침묵은 그런 도산을 비난하면서도 왠지 공감도 하는 듯한 마음을 부정 못 하는 불편한 기운으로 가득하다. 그것은 이 자리를 절대 안일하게 떠나서는 안 된다는 불온한 이해를 나타내고 있다.

"잘못이 없다는 게 무슨 뜻입니까?"

오직 도쿠시타 혼자 가차 없는 단죄인의 역할을 맡고 있다.

"뭔가 잘못했다고 오해를 살 만한 일이 있었나요?"

"아니…… 아냐. 아니야."

"도산 님."

"그러니까 난 총성이 점점 가까이 들려서! 그래서 도

237

망치려고 백조 광장 쪽으로 갔어!"

"조금 전에는 그곳에 그대로 계셨다고."

"자꾸 사소한 걸로 트집 잡지 마! 정확한 시간 같은 건
기억 못 해. 하지만 녀석들이 엇갈리기 전에는 아마 그
쪽으로……."

"백조 광장 쪽에서는 니와가 다가오고 있었습니다만."

"반대편에서는 오타케가 왔잖아!"

"아, 말씀드리는 걸 깜빡했군요."

도쿠시타가 검지를 세웠다.

"오타케보다 니와가 먼저 에스컬레이터 ㉰, 즉 실내
화단 위를 지나갔습니다."

도산의 몸이 굳었다. 화단 쪽에 먼저 도착한 사람은
니와. 그렇다면 도산은 일부러 총성이 들리는 방향으로
갔다는 말이 된다.

"니와가 화단을 통과한 시간은 11시 30분 정각쯤이
라고 봐도 큰 지장은 없을 겁니다. 오타케와 엇갈린 지
점은 조금 더 걸어가면 나오는 에스컬레이터 ㉱ 부근입
니다."

"그, 그 자식은 2층에 있었잖아! 그만큼 총소리도 더
작게 들렸고."

그 말은 역시 공감하기 어렵다. 천장이 트인 공간이

238

많은 스완에서 1층과 2층은 큰 차이가 없다. 그걸로는 주차장과 실외로 이어지는 출입구로 향하지 않은 이유를 설명할 수 없다.

도산은 말을 멈추지 않았다.

"이제 그만 좀 해! 거짓인지 사실인지 당신은 다 알잖아. 그걸로 됐잖아!" 비명과도 비슷한 애원이 항의로 바뀐다. "당신은 이런 곳에 사람을 모아 이야기를 들을 필요도 없잖아! 내가 누구고 그때 뭘 했는지 어차피 다 아는 주제에!"

침이 튀는 곳에서 도쿠시타의 둥근 눈이 보였다.

그는 조금도 동요하지 않는 목소리로 대답한다.

"그건 오해입니다. 전 표면적인 사실밖에 모릅니다. 그래서 지금 이렇게 여러분을 모신 거고요."

이즈미는 조금 섬뜩했다. 도산의 항의는 지나치게 감정적인 듯하면서도 정확한 지적을 담고 있다. 도쿠시타는 알고 있다. 당일의 행적뿐 아니라 예컨대 우리의 본명, 주소, 직업과 가정환경까지 파악하고 있을 것이다. 새삼 으스스해졌다. 하물며 그는 우리를 자유롭게 떠들게 하고 있다. 거짓말이나 숨기는 게 있어도 일단은 인정하고 본다. 이 에둘러 가는 수법에 어떤 의미가 있는 걸까.

"호사카 님은 3층에서 니와를 쫓아갔다고 하셨죠."

"……그래. 2층에 올라온 그놈을 쫓았지."

"11시 30분에 화단 위를 통과하기 전까지 계속 쫓으셨습니까?"

"그래. 자네가 준비한 저 지도로 말하자면 에스컬레이터 ⓐ 부근에서 일단 기회를 살폈어."

"니와를 제압할 기회 말입니까?"

"그런데 영 어려워 보이더군. 몸을 숨긴 채 에스컬레이터로 2층에 내려갈 수는 있을지 몰라도 그만큼 녀석과는 다시 멀어져 버리니까. 녀석은 거침없이 나아갔어. 피해자의 생사에도 관심이 없는 것처럼 보였지. 아직 도망치지 못한 사람들을 찾지도 않고 일단 눈에 보이는 대로 쏘고 그 뒤에는 그냥 내버려 두는, 그런 느낌이었어."

"다시 말해 기습할 틈이 없었다."

"그렇다고 같은 층에서 맞서는 건 바보 같은 짓이니."

그는 '그렇지?' 하고 묻는 것처럼 날카롭게 도쿠시타를 쳐다봤다.

"당시 3층에 있던 분들에게 대피를 권하며 나아갔다고 하셨죠."

"만나면 백조 광장 쪽을 손가락으로 가리켰지. 3층에는 그때 아직 사람이 꽤 남아 있었거든. 저수지 방면 통로에 있던 사람들은 대부분 대피를 마친 것 같았지만."

"점포들의 내부는 어땠습니까?"

"거기까지는 신경 쓸 여력이 없었어. 미처 도망치지 못했어도 3층이라면 안전할 거라고 예상하기도 했고."

점포 직원의 안내를 받아 백야드 통로로 대피한 사람도 많았다. 뉴스 보도에 따르면 화재가 일어났다고 생각한 입장객들 대다수는 목숨을 구했다고 한다. 무차별 총격범의 존재를 인식하고 공포에 사로잡힌 사람일수록 위축돼서 도망치는 게 늦어졌다. 개중에는 사람 없는 점포 안에 몸을 숨기고 있다가 니와에게 당한 사람도 있고 2층 통로에서 총에 쏘인 사람도 있었다.

그 광경을 조용히 내려다보고 있었을 노인은 지금 잔뜩 찌푸린 얼굴로 팔짱을 끼고 있다.

"이즈미 님."

이름을 불린 순간 이즈미의 어깨에 힘이 들어갔다.

"다시 한번 확인하겠습니다."

도쿠시타의 목소리가 머리 위에서 들렸다.

"이즈미 님은 11시 20분이 지난 시간에 3층 에스컬레이터 ㉑ 부근의 키즈숍에 혼자 있던 남자아이 후타미 유키오를 만나 아이의 손을 붙잡고 엘리베이터 승강장으로 향했습니다. 맞습니까?"

말없이 긍정을 전한다.

"그보다 조금 먼저 방재 센터에서 나온 오타케는 흑조 광장으로 돌아와 그곳에서 중앙 화단 쪽으로 걷기 시작했습니다. 에스컬레이터 사이 거리는 대략 2백 미터이니 키즈숍과는 거리가 4백 미터 정도 됩니다. 한편, 니와는 그때 아직 백조 광장 2층 부근에 있었습니다."

범인들 사이에 끼어 있을 거라고는 상상하지 못했다. 에스컬레이터 ㉔ 부근에 있던 입장객 대부분은 근처에서 들리는 총성에 겁을 먹어 백조 광장 쪽으로 뛰었다.

"그런 인파를 거스르면서까지 이즈미 님은 스카이라운지로 향하셨군요."

이즈미는 고개를 들었다.

"맞아요."

도쿠시타의 둥근 눈을 본다.

"호사카 씨께 여쭤보세요. 저와 유키오가 스카이라운지와 반대 방향으로 도망쳤다면 똑같이 3층에서 제가 있던 쪽으로 향하던 호사카 씨와 마주쳤을 테니까요."

"그런 기억은 없네."

호사카가 무뚝뚝하게 말했다.

"아이를 데리고 있는 사람은 봤지만 저 아이와 비슷한 나이대의 여자애가 남자아이를 데려가는 건 못 봤어."

"스카이라운지로 향하는 모습이 방범 카메라에도 찍혔을 거예요."

도쿠시타는 호사카와 이즈미를 번갈아 보며 "흠" 하고 고개를 끄덕였다.

"그렇다면 스카이라운지로 향한 이유를 다시 한번 설명해 주시겠습니까?"

"안전하다고 생각했다고 말씀드릴 수밖에 없어요. 그때는 그렇게 판단했어요."

"바로 코앞에서 오타케의 총성이 들리고 있는데도 말입니까?"

"아래층에서 소리가 들린다는 건 알았지만, 그래서 더 엇갈리고 나면 안전할 거라고 생각했던 것 같아요."

"일리는 있어 보입니다. 스카이라운지로 향한 사실을 어떻게든 설명한다면 그렇게 되겠지요."

"믿어 주시지 않아도 어쩔 수 없어요. 사실은 사실이니까요."

"스완에 스카이라운지가 있다는 걸 알고 계셨다는 말이군요."

순간 대답을 망설이고 말았다.

"그건…… 전 그 지역에 살아서 스완에 종종 다녔으니까요."

"최근에도 말입니까?"

"그게 지금 하는 이야기와 상관있나요?"

"실례했습니다. 다만 에스컬레이터 ㉲ 부근에서는 스카이라운지로 올라가는 엘리베이터가 보이지 않았을 겁니다."

스완의 통로는 직선형이지만 안으로 들어갈수록 커브길이 된다.

"4백 미터나 떨어져 있는 데다가 그 사이에는 에스컬레이터 ㉳ 등 시야를 가로막는 장애물도 많으니까요."

"……그래서?"

"그래서 스카이라운지로 도망치려고 한 발상 자체가 조금 이상하다고 느낄 수밖에 없는 겁니다."

스카이라운지로 가는 경로에 이미 익숙한 사람이 아닌 이상.

"반대로……."

이즈미는 목소리를 내면서 다시 한번 스스로 되뇐다. 이곳은 무대 위라고.

"반대로 도쿠시타 씨는 어떻게 생각하세요? 제가 왜 스카이라운지로 도망치려고 했는지 짐작 가는 이유라도 있나요?"

"죄송하지만 정확하지 않은 답변을 해드리는 건 어렵

습니다."

"상상이라도 좋아요. 어쩌면 그 답변을 통해 그간 잊고 있었던 사실이 떠오를 수도 있으니까요."

도쿠시타가 "흐음" 하고 고개를 끄덕였다.

"부탁드릴게요."

"그럼 어디까지나 가능성 차원에서."

헛기침을 하고 이즈미를 바라본다.

"부모가 그곳에 있었던 게 아닐까요?"

"……네?"

"후타미 유키오의 부모 말입니다."

"하지만 근처에 있었다면……."

"네. 자기 자식을 그냥 내버려 뒀을 리 없겠죠."

그렇다면.

"아마도 그 아이는 길을 잃은 아이였을 겁니다."

순식간에 머릿속이 번뜩였다. 키즈숍. 재미있는 장난감이 넘치는 그곳에서 아이는 부모와 떨어져 놀고 있었을 것이다.

그래서 아이는 가격표가 그대로 붙은 장난감 버스를 손에 들고 있었다.

"그리고 이 역시 가설입니다만, 아이는 부모와 스카이라운지에서 식사를 한 경험이 많지 않았을까요. 그러니 그곳에 아빠, 엄마가 있다고 했겠죠. 그리고 이즈미 님은 부모를 만나고 싶어 하는 아이의 바람을 들어주기 위해 스카이라운지로 향했고요."

그 혼란스러운 상황 속에서 미아가 된 다섯 살 소년은 울상을 짓지 않았을까. 울면서 알아듣기 어려운 말을 외쳤을 수도 있다. 그래서 위험을 무릅쓰고 아이를 도와주려고……

"어린아이가 혼자 있는 것을 보면 우리는 가장 먼저 어떤 행동을 취할까요. 당연히 아이에게 다가가서 부모님이 어딨는지를 묻겠죠. 함께 도망치려 했고 아이의 말에 귀를 기울였던 사람이라면 더욱 그때 나눈 대화를 잊어버렸을 가능성은 낮습니다."

날카로운 칼날이 모르는 사이에 눈앞까지 다가왔다.

"이즈미 님. 이즈미 님은 11시부터 11시 20분까지 어디서 뭘 하셨습니까?"

이즈미는 소리 나지 않게 침을 삼켰다. 그리고 도쿠시타를 똑바로 올려다봤다.

"지금 제가 거짓말을 하고 있다는 말씀인가요?"

도쿠시타는 눈을 크게 떴다. 마치 무해한 요괴 같은 얼굴이다.

"11시 30분까지 이즈미 님의 행동을 알려 주십시오."

"……스카이라운지 엘리베이터를 향해 갔어요. 정확한 시간은 모르겠고요."

"1층을 지나는 오타케와 엇갈렸다는 건 알고 계셨습니까?"

"글쎄요. 아래에서 총성이 들렸던 것 같기는 한데, 그렇다고 멈춰 설 여유는 없어서."

"곧장 스카이라운지로 향하셨다는 말씀이군요."

고개를 끄덕인다. 그래야 시간상으로도 맞는다.

"엘리베이터는 3층에 있었습니까?"

기쿠노가 타고 내려왔다면 엘리베이터는 그대로 3층에 있었을 터다.

"……기억나지 않아요."

흐음. 도쿠시타가 신음했다. 감정을 읽을 수 없는 눈빛으로 쳐다본다.

"헤어스타일은 어땠습니까?"

"네?"

"사건 당일 이즈미 님의 헤어스타일 말입니다. 지금처럼 아래로 푼 머리였습니까. 아니면 보여 주신 학생증 속 사진처럼 포니테일이었습니까."

"……포니테일, 이었는데요."

'왜?' 하는 의문이 다음 순간 앗, 하는 소리가 되어 터져 나왔다.

"뭡니까, 그게. 꼭 필요한 질문인가요?"

하타노가 어이없다는 듯이 웃었다.

"도쿠시타 씨의 취향이에요? 이런 곳에서는 공과 사를 구별하시는 게 좋을 텐데."

"아, 터무니없는 오해입니다. 오히려 전 군이 말하자면……."

"네, 네, 어련하시겠습니까. 질문은 이 정도로 됐지 않아요? 얼른 기쿠노 씨가 나타난 장소를 알려 주세요."

11시 15분 무렵에 엘리베이터를 타고 3층에 내려와 카메라가 없는 백야드로 사라진 이후 그녀의 행동.

도쿠시타가 헛기침을 한 번 했다.

"다음으로 기쿠노 씨가 방범 카메라에 찍힌 시간은 11시 30분. 장소는……."

그는 대답에 묘하게 뜸을 들였다.

"……아 참, 이런."

노골적으로 시치미를 떼는 듯한 말투.

"이럴 수가. 잘 기억나지 않네요. 잊어버렸습니다."

불현듯 그는 손뼉을 짝하고 칠 기세로 "제가 아직 기쿠노 씨의 사진을 보여 드리지 않았죠?" 하고 바인더를 펼치며 화이트보드를 돌아봤다. 바인더에서 꺼낸 종이를 화이트보드 빈 곳에 마그넷을 사용해서 붙인다.

그 순간.

날카로운 침묵이 목덜미를 찔렀다.

이즈미는 곧장 방 안에 모인 이들의 얼굴을 둘러봤다. 조금 전의 강렬한 분위기는 온데간데없고 짙은 당혹감이 섞인 공기가 감돌고 있을 뿐이다.

"옷과 헤어스타일 모두 사건 당일과 같다고 합니다."

화이트보드에 붙은 건 대학 노트만 한 사진이었다. 가족사진 등에서 잘라내 확대한 사진일 것이다. 배경이 흐릿해 장소까지 특정할 수는 없지만 야외 관광지처럼 보인다. 기쿠노는 고급스러워 보이는 카디건과 파란 원피스를 입고 있었다. 머리는 하얗게 셌지만 숱이 많아 궁상맞아 보이지는 않는다. 뚜렷한 이목구비가 그야말로 똑소리 나는 사람 같은 분위기를 자아낸다. 얼굴에 띤 미소는 옷과 액세서리 때문에 조금 새침해 보이지만, 오히려 그런 느낌이 예뻐 보이는 타입의 여자였다.

위로 올린 백발 머리와 선명한 원피스까지, 사람들 사이에 섞여 있으면 전형적으로 눈에 띄는 부류의 사람이다. 직접 보면 한동안 기억에 남을 것이다.

"자, 여러분."

도쿠시타가 공손히 물었다.

"이쯤에서 뭔가 하실 말씀 없으신지요?"

뭔가 불에 탄 듯한 긴장감이 스친다. 서로가 서로를 힐끔거린다. 도쿠시타가 대답을 요구하는 당사자가 정확히 누군지 찾으려는 듯이.

"어떻습니까?"

"그런 것 좀 그만하라니까요."

이쿠타가 입술을 비쭉 내밀었다.

"전 단순히 도와주려고 왔을 뿐인데 이런 식으로 취급 당하기 싫어요."

"이런 식이라고 하시면?"

"누구를 의심하는지 확실히 말해 달라는 것 아닐까?"

하타노의 말을 듣고 모두가 이맛살을 찌푸리는 게 느껴졌다.

"아니야? 지금 당신이 노리는 타깃이 우리들 안에 있잖아."

"잠깐만 기다려 주십시오. 전 그저 모든 사실을 명확히 밝히려는 것뿐입니다."

"도쿠시타 씨는 정말 겉보기와 똑같이 속도 뻔뻔한 사람이네요. 변호사들은 원래 다들 이런가?"

"사람에 따라 다르다고 말씀드릴 수밖에 없겠습니다."

그러자 하타노가 웃음을 풋 터뜨렸다.

"농담 적당히 하고 빨리 진행하시죠. 결국 11시 30분에 기쿠노 씨는 어디서 나타난 겁니까?"

"흑조 광장 3층 엘리베이터 승강장입니다."

"응? 원래 있던 장소로 돌아갔다고요?"

"네. 한 차례 백야드에 갔다가 다시 돌아온 것으로 추정합니다."

"아니, 왜…… 응, 어라?"

모두의 시선이 이즈미에게 쏠렸다.

"정확히." 도쿠시타가 말을 이었다. "이즈미 님과 후타미 유키오가 엘리베이터 승강장에 도착한 시간이죠."

이즈미는 속으로 '아아……' 하고 생각했다. 그런가. 기쿠노 씨와 마주쳤었나.

"두 분은 서로 얼굴을 마주하고 엘리베이터 앞에서 대화를 주고받았습니다. 그러나 방금 기쿠노 씨의 사진을 봐도 이즈미 님은 아무 반응이 없었죠."

"그럴 수밖에 없는 게." 생각보다 침착한 목소리가 나왔다. "지금 처음 봤으니까요."

도쿠시타가 고개를 끄덕여 보였다. 어차피 아마추어의 잔기술 따위 허점투성이고 프로에게 걸리면 손해 볼 수밖에 없다. 그의 태연한 모습조차 심술궂게 보였다.

"네, 변명은 하지 않을게요. 어차피 카메라에도 찍혔을 테고."

유키오의 손을 잡고 있는, 포니테일이 아닌 여자아이의 모습이.

어차피 처음부터 믿지 않았을 것이다. 그러니 지난 모임 때 보너스도 주지 않았다.

"폭로하는 듯한 형태는 되도록 삼가고 싶었습니다만, 이대로 가다 보면 오해가 생길 수 있었습니다. 모쪼록 양해해 주십시오."

"……제가 거짓말을 한 이유도 설명하실 수 있나요?"

"혹시라도 틀리다면 사과드리겠습니다. 이즈미 님은 그날 어떤 인물이 어떻게 움직였는지를 확인하고 싶었던 게 아닌가요?"

실제로 키즈숍 앞에서 후타미 유키오와 만난 인물. 그 아이의 손을 잡고 스카이라운지로 향한 여고생.

"고즈에 님이죠?"

이즈미를 스완으로 부른 여자아이.

"전……." 목소리를 쥐어짜 낸다. "……걔가 그날 어떤 행동을 했는지 궁금했어요. 왜 그렇게 됐는지, 왜 걔가 피해자가 되어야 했는지. 왜, 도대체 왜……. 하지만 그 누구에게도 물을 수 없었죠. 본인에게는 당연히 물을 수 없고 걔의 부모님이나 경찰, 다른 사람들에게도……. 너 때문이라는 소리를 들을 것이 두려웠으니까요."

가슴이 불타는 것처럼 뜨거웠다. 독을 바른 금속 파편에라도 찔린 것 같다.

"이 모임에 오면 자세한 사정을 들을 수 있을 거라 예상하셨군요."

"번거로운 방법이라고는 생각했지만, 네, 맞아요."

도쿠시타가 "흠" 하고 고개를 끄덕였다.

"만족스러운 대답을 얻으셨습니까?"

"만족스럽다고 하기는 어렵지만…… 그래도 걔가 스카이라운지에 유키오를 데려간 이유는 아마 도쿠시타 씨가 말씀하신 게 맞을 거라고 생각해요."

"도움이 되었다면 다행입니다. 그러나 유키오가 그날 길을 잃었다는 건 어디까지나 제 추측에 불과합니다."

"흥." 호사카가 거칠게 콧숨을 내쉬었다. "어쨌든 얕은 꾀를 부렸다는 말이군. 고즈에라는 그 아이도 스카이라운지에서 살아남은 생존자 아닌가?"

이즈미의 머릿속에 병실 침대에 앉은 고즈에의 사진이 떠올랐다.

"같은 학교에 다니는 아이 아니었어? 한마디로 너 때문에 피해를 본 그 아이에게도 과실이 있었는지를 알고 싶었던 건가?"

"그건 아니에요."

목소리가 떨렸다.

"전 정말로 그 사건이 왜 일어났는지, 그 아이가 왜 희생돼야 했는지를 알고 싶어서. 그 아이에 대해 알고 싶어서……."

치마 주머니에서 손수건을 꺼내 눈시울을 꾹 누른다.

숨이 막혔다. 온몸에 힘이 잔뜩 들어간 탓이다.

"응? 애. 괜찮아. 괜찮아."

이쿠타가 당황한 것처럼 이즈미를 달랬다.

"호사카 씨는 배려와 상상력이 너무 부족하다니까요. 이 자리에 오는 것만으로도 이 아이에게 엄청난 용기가 필요했을 거라고는 생각 안 해요?"

하타노의 말에 호사카는 반박하지 않았다. 도산은 아마 어쩔 줄을 몰라 하고 있을 것이다.

"이즈미 님. 상황이 이렇게 돼 버린 것에 대해서는 진행을 맡은 사람으로서 사과드립니다. 모쪼록 마음을 추스르셨으면 좋겠습니다."

이즈미는 코를 훌쩍이며 고개를 연신 끄덕였다.

"그러나 이대로 끝낼 수는 없습니다. 괜찮으시다면 이제 이즈미 님 자신의 이야기를 들려주실 수 있겠습니까?"

호흡을 가다듬고 눈가를 닦는다. 세면대 앞에서 이미

젖어 버린 손수건으로.

"……알겠어요."

그리고 천천히 고개를 든다.

"전 그날 11시가 넘어 고나가와역에 도착해서……."

거짓말이 밝혀졌으니 이제는 내 이야기를 시작한다.

괜찮아. 지금까지 대부분 예상한 대로 됐으니까.

4

4월 8일 일요일 맑음.

만나기로 한 시각은 11시였다. 가는 김에 쇼핑도 해야
겠다고 생각해 집에서 일찌감치 나왔다. 어차피 고즈에
와 만난 뒤부터는 내내 정신상태가 불안정할 것이다. 그
렇다면 볼일을 먼저 마치는 편이 낫다.

고즈에의 권유라기보다 협박에 가까운 메시지가 도착
한 것은 그 전날 밤. 거절해도 상관없었다. 무시해도 상
관없었다. 모르는 척 시치미를 뗄 수도 있었다. 내일부
터는 새 학기가 시작된다. 비록 다른 반이 될 수도 있지
만 같은 건물 안에 있으니 복도에서 만나 이야기를 나누
면 된다. 봄방학 마지막 날에 굳이 전철을 타고 만나러

갈 필요 따위 없었다.

만나 봐야 쓸데없다는 것도 알고 있었다. 때마침 연락해 온 세리나에게 그런 볼멘소리를 하자 세리나는 연신 가지 말라고, 무시하라고 했다. 그러나 결국 이즈미는 고즈에에게 알겠다고 답신을 보냈다. 전철에 탈 때도, 스완을 어슬렁거리는 동안에도 쇼핑만 하고 집에 갈까 하는 고민이 들었고, 그 유혹에 지지 않은 것은 발레 교실에서 주최하는 여름 공연 배역이 곧 발표되기 때문이었다. 성가신 일은 되도록 빨리 정리하는 게 낫다고 스스로 되뇌었다.

스완을 찾는 건 오랜만이었지만 그렇다고 리모델링된 곳이나 원래 있던 가게가 다른 가게로 바뀐 것을 눈치챌 만큼 자주 다닌 것은 아니고 그저 별관 입구에 있는 왕자의 샘을 보며 반가움을 느끼는 정도였다.

이즈미는 지도가 그려진 안내판을 보면서 걸었다. 무작정 넓기만 한 별관은 이렇다 할 볼거리가 없어서 그저 '쇼핑몰이네' 수준의 감상만 떠오를 뿐이다. 도쿄에 있는 큰 상업 시설과 별 차이가 없는 것 같았다. 도쿄에 있는 큰 상업 시설을 자주 가 본 것은 아니지만.

가려는 점포를 찾아 별관을 나갔다. 2층 연결 통로를 지나 본관에 도착했을 때는 시간이 꽤 흘러 있었다. 다른 곳에 들르지 않고 바로 가려고 했지만 액세서리와 옷 가게 앞에서 생각보다 시간을 빼앗기고 말았다. 발레에 빠지기 전 다른 아이들 못지않게 패션에 관심이 많았던 내가 떠오르기도 했다.

본관 2층의 천장이 트인 곳에서 백조 광장을 내려다보고 수많은 인파 때문에 놀랐다. 봄방학 마지막 주 일요일이라서일까. 유리 천장에서 부드러운 햇빛까지 쏟아져 들어와 좀처럼 보기 힘든 장관이 펼쳐졌다.

이즈미는 에스컬레이터를 타고 1층에 내려갔다.

열심히 사람들을 헤치며 안쪽으로 걸어갔다. 별관에 비하면 폭이 좁지만 길이 훨씬 길게 이어지는 느낌이 조금 즐거웠다. 이곳을 스텝으로 지나가면 얼마나 기분 좋을까. 있는 힘껏 점프해도 멋지겠지. 무작정 앞으로 나아가고 싶어 하는 건 좋지 않은 버릇이었다. 지금껏 턴이 서툰 것과도 관련 없지 않을 것이다. 넌 무대를 활용하는 법을 몰라. 레슨 교실 선생님께 자주 그런 지적을 들었다. 무대는 한정된 공간이야, 그 안에서 관객에게 어떤 모습을 보여 줄지를 늘 유념해야 해.

노력은 했지만 실력이 늘지 않았다. 감각이 오지 않았다. 그 이유 중 하나를 불현듯 알게 됐다. 아아, 그렇구나. 난 이렇게 끝없이 이어지는 올곧은 무대를 스텝과 점프를 해 가며 끊임없이, 무턱대고 나아가고 싶은 욕망을 품에 안고 있는 것이다. 그런 무대는 현실에 존재하지 않는데도 그게 가장 기분 좋을 거라고 생각하고 있는 것이다.

혼자서 스완을 걷기는 처음이었다. 그러니 그런 쓸데없는 생각을 떠올렸을지도 모른다. 그다지 의미 있는 발견도 아니었다. 이루지 못할 몽상에 잠기는 것보다는 현실 속 무대를 철저히 활용하는 게 몇백 배는 더 중요하다.

하지만 뭐 상상한다고 닳는 것도 아니고, 가끔은 몽상에 잠겨도 괜찮지 않을까.

인파가 사라져 고요해진 긴 통로를 상상하고 그곳에서 마음껏 춤추는 나 자신의 안무를 떠올리며 이즈미는 걸어갔다. 이 조촐한 놀이에는 고즈에를 만나야 하는 우울감을 떨쳐낸다는 의미도 있었을 것이다.

이즈미의 몽상과는 정반대로 입장객은 계속해서 늘었다. 점심시간이라기에는 아직 이른 시간인데도 1층 푸드 코트 자리가 거의 다 차서 슬슬 줄을 서야 하는 분위기였다. 점포에 도착하기 직전 이즈미는 시간을 확인했다. 그때까지만 해도 스완에 별다른 이변은 없었다.

"10시 50분쯤에……."

이즈미는 자리에 앉은 이들에게 사실만을 전했다. 고

즈에는 여름 공연 때문에 상의할 게 있다며 이즈미를 불렀다. 역에 도착해 별관에서 본관으로 이동했고 1층으로 내려가 안쪽을 향해 걸어 들어갔다. 고즈에와의 갈등이나 발레에 대한 생각은 굳이 말하지 않았다.

"전 1층에 있는 스포츠용품점에 도착했어요."

에스컬레이터 ㉙에서 조금 더 들어가면 나오는 주차장 방면 통로에 있는 큰 점포다. 일반 스포츠용품점에는 발레용품이 구비된 곳이 드물다. 이즈미가 그날 사려던 것은 러닝화였다.

"그 가게의 위치는……." 도쿠시타가 확인했다. "거의 흑조 광장에 있군요."

이즈미는 가볍게 고개를 끄덕였다.

"그곳에 11시까지 계셨던 건가요?"

사건 발생 시각까지.

"러닝화 매장에?"

그렇다.

도쿠시타가 바인더에 끼워진 종이를 펼쳤다.

"그 점포에서…… 신발 종류는 통로 쪽 가장 앞 열에 진열돼 있군요."

그의 얇은 바인더가 사건 전용 백과사전처럼 보였다.

"그렇다면 이즈미 님의 바로 눈앞에서 오타케가 범행

을 시작했다는 말이 됩니다."

공중으로 울려 퍼진 두 발의 총성. 소스라치게 놀라서 돌아보자 채 20미터도 떨어지지 않은 곳에서 오딜의 샘을 등지고 서 있던 스포츠머리의 남자.

"하나 더 여쭙겠습니다. 11시에 그곳에 있었다면 고즈에 님과의 약속 시각에 늦었을 가능성이 큽니다만."

"……깜빡하고 있었어요. 신발을 구경하느라."

실제로는 일부러 조금 늦게 가서 기다리게 할 생각이었다. 네 멋대로 이곳에 날 불렀으니 그 정도는 감안하라는 심술 섞인 마음으로.

"그렇군요. 그럼 두 분이 만나기로 한 곳은 스포츠용품점도 키즈숍도 아닌 스완 밖에 있는 저수지였군요."

이즈미는 도쿠시타의 예리함에 새삼 감탄했다.

"이즈미 님은 지난번에 이렇게 말씀하셨습니다. 사건 발생 시각에는 저수지에 있었고 이후 스완에 들어갔다고요. 고즈에 님이 그날 어떤 행동을 했는지 알고 싶었으니 이즈미 님이 쓸데없는 거짓말을 하지는 않았을 겁니다. 즉, 그 증언은 사실에 근거한 추측이었습니다."

이 남자를 안드로이드라고 평가한 사람은 하타노였다. 인간 같은 얼굴을 한 정교한 로봇. 시치미를 떼는 표정조차 음산해 보인다.

"혹시 스카이라운지에서 고즈에 본인에게 직접 들으신 건가요?"

"아뇨."

이즈미는 정직하게 부인했다.

"사건이 일어난 이후 고즈에에게서 전화가 걸려 왔어요."

"오."

"뭔가 이상한 일이 일어난 것 같으니 스완 쪽에 오지 말라고, 그런 말을 했어요."

"그렇게 말씀하셨는데도 정작 고즈에 님은 스완에 가셨다."

"네. 아마도, 절 걱정해서……."

고개를 숙이고 몸에 힘을 집어넣는다. 또다시 손수건을 꺼내려다가 살짝 망설인다.

마음먹기도 전에 도쿠시타의 목소리가 들렸다.

"시간이 부족하네요."

그는 손목시계를 확인하고 다시 모두를 둘러봤다.

"자, 오늘은 여기까지 하겠습니다. 다음 주에는 이즈미 님부터 시작해 나머지 이야기를 듣고자 합니다. 모쪼록 참석을 부탁드리겠습니다."

도쿠시타가 사례금을 가져오겠다며 방을 나가자 이쿠

타가 요란하게 한숨을 내쉬고 피곤한 것처럼 어깨를 주물렀다.

"좀 더 일찍 끝내 줄 수는 없나……."

그런 말을 내뱉더니 이즈미 쪽을 슬쩍 보며 동정과 비난이 반씩 섞인 목소리로 말한다.

"너와 그 친구 사이에서 무슨 일이 있었는지는 그날 일과 별로 상관도 없는 것 같은데. 얘, 안 그러니?"

"……죄송해요."

"뭐 대충 넘어가죠. 요즘 같은 때 두 시간 앉아 있다가 1만 엔을 챙겨 가는 아르바이트가 또 어디 있다고."

하타노의 가벼운 반박에 이쿠타는 "그렇기는 하지만……"이라고 했지만 왠지 불만스러워 보였다.

문득 떠올린다.

이쿠타는 지난 모임 때 보너스를 얼마나 받았을까.

증언을 아예 거부한 하타노와 달리 이쿠타는 증언을 하기는 했지만 그 증언이 거짓인지 사실인지 구분할 수 없는 지점에 머물러 있었다. 그리고 그것은 도산도 비슷했다.

두 사람의 증언을 도쿠시타는 어떻게 평가했을까. 돈을 아끼는 것 같지는 않으니 의외로 액수를 가득 채워 줬을지도 모른다.

그러나 그것이야말로 이즈미와는 상관없는 이야기다.

"넌."

호사카가 벌레라도 씹은 듯한 얼굴로 입을 열었다.

"그날 유키오를 스카이라운지에 데려가지 않았군."

"……오해를 불러서 죄송해요."

이즈미는 호사카뿐 아니라 이쿠타와 도산, 하타노에게도 고개를 숙였다.

"됐어. 그래 봐야 네가 스카이라운지에서 그 아이와 다른 피해자들을 죽게 내버려 둔 건 똑같으니."

"또 그러신다. 호사카 씨, 작작 좀 하시라니까."

호사카는 하타노를 무시하고 고개를 홱 돌렸다. 떨떠름한 얼굴이 불편해 보인다. 입에 담는 말 자체는 신랄하지만 말투는 신경 쓰고 있다는 느낌도 들었다.

조금씩 나아가면 돼. 이즈미는 그렇게 되뇌며 어깨를 움츠렸다.

"그런데 말이지."

하타노가 이즈미처럼 어깨를 움츠리더니 대뜸 도산을 향해 입을 열었다.

"아까 갑자기 떠올랐는데 혹시 우리 둘, 전에 만난 적 없나?"

"네?"

도산이 고개를 들었다. 눈을 부릅뜨고 입을 떡 벌린 채로.

"아마 스완에서. 그것도 사건 당일에."

"아, 아뇨. 그럴 리는……."

"뭐야. 가능성이 아예 없는 건 아니잖아. 나도 그날 그곳에 있었으니."

한 치의 심각함도 느껴지지 않는 하타노와 달리 도산의 반응은 뭔가 기이했다. 구슬 같은 땀방울이 이마에서 흘러내린다.

"음, 어디였지? 몇 시쯤이었지?"

"자네도 1층에 있었나?"

호사카가 하타노에게 물었다.

"도산과 만났다면 그래야 하는데."

"응? 여기서 치고 들어오시는 거예요? 괜한 말을 한 건가."

"왜 숨기지?"

호사카는 추궁을 멈추지 않았다.

"뭔가 켕기는 게 있나?"

"하하, 설마요."

하타노는 테이블 위로 팔꿈치를 괬다.

"켕기는 게 있는 건 오히려 호사카 씨 아니에요?"

미소에 뭔지 모를 끈적한 느낌이 있었다.

"……그게 무슨 뜻이지?"

"이런, 이런. 하여튼 호사카 씨는 툭하면 화부터 내신다니까. 농담입니다, 농담. 살짝 서스펜스 드라마 같은 분위기를 만들어 보고 싶어서."

"너 이 자식, 사람이 죽었어!"

좁은 방 안에 호사카의 노성이 울려 퍼졌다.

"너도 알잖아. 스무 명이 넘는 사람이 죽었다고! 그렇게 히죽거리며 넘어갈 사안이 아니야!"

"그야 그렇지만."

"그 아이……." 그때 이쿠타가 누구에게랄 것 없이 중얼거렸다. "유키오의 엄마도 죽었죠……."

그러자 순식간에 분위기가 싸늘해졌다. 하타노는 겸연쩍은 듯 어깨를 으쓱했고 그런 그에게 덤벼들던 호사카도 시선을 다른 곳으로 돌리고 입을 다물었다. 도산은 줄줄 흐르는 땀을 연신 닦고 있다.

"그 애 엄마는 백조 광장에서 죽었다고 해요. 흑조 광장에서 온 범인의 일본도에 등을 찔려서……."

"오타케인가." 호사카의 표정이 그늘졌다. "그래서 도쿠시타는 그때 아이가 미아가 됐다고 추리했겠지."

"이쿠타 씨. 그나저나 잘 아시네요."

하타노는 또다시 비아냥대는 투로 말했다.

"저도 어느 뉴스에서 들은 이야기예요. 알면 안 돼요?"

"아뇨, 아뇨. 그러고 보니 아이 엄마라는 단어를 듣고 문득 떠올랐는데. 도산, 넌 그 사건이 일어났을 때 혹시 여자랑 함께 있지 않았어?"

"히익!"

도산의 입에서 누가 들어도 또렷한 비명이 새어 나왔다.

"아마도 성인 여자였지? 흐음. 장소가 어디였더라?"

"그, 그걸 어떻게……."

"오타케의 영상이었나. 나도 그걸 봤는데, 그때……."

"그만해요!"

이쿠타가 히스테릭하게 소리쳤다.

"됐어요. 오늘은 이제 끝났잖아요. 당신은 대체 뭐예요? 무슨 권리가 있어서 그렇게 제멋대로 굴어요? 그럴 권리도 없잖아요."

"권리인지 뭔지는 몰라도 역시 상대가 숨기는 게 있으면 신경 쓰이지 않나요?"

"그만해. 이쿠타 씨 말이 맞아. 지금 그쪽이 이러니저러니 할 처지인가? 할 얘기가 있으면 자기 이야기부터 하든가. 당신이야말로 그날 어디서 뭘 했는데?"

"묵비하겠습니다."

호사카가 몸을 벌떡 일으킨 타이밍이었다.

"오래 기다리셨습니다."

봉투를 손에 든 도쿠시타가 천연덕스러운 얼굴로 돌아왔다.

"그럼 오늘 사례금을 나눠 드리겠습니다."

전부 예상했을 게 분명하다. 이 사람은 조금 전 우리가 다투는 소리를 밖에서 듣고 있었다.

그는 수수한 갈색 봉투를 나눠 줬다. 안에는 교통비와 참가비, 보너스가 들어 있다.

"이즈미 님은 중간에 거짓말을 인정하셨고 다시 진실을 이야기하다가 모임이 끝났으니 오늘치 보너스는 다음으로 이월하겠습니다. 모쪼록 양해 부탁드립니다."

"......네."

도쿠시타가 만족스러운 것처럼 고개를 끄덕이더니 모두에게 고했다.

"그럼 여러분. 다음 주에 또 만나 뵙겠습니다."

예상은 했다. 그러나 그 경적 소리를 들었을 때 이즈미는 등줄기가 꼿꼿해졌다. 소리에 반응한 건 아니다. 이번에도 과연 그의 권유에 응하는 게 정답일지를 고민했다.

"수고했어."

하타노가 차를 갓길에 세웠다.

"오늘도 비밀 회담을 해야지."

장난스러운 그의 미소에서 이즈미는 약간의 한기를 느꼈다.

"그 촌스러운 취조랑은 다르게 가자. 물론 창문도 열어 두겠습니다, 아가씨."

하타노는 지난주와 같은 길을 달렸다. 교통량도 비슷한 수준이다. 뒷자리에 앉은 이즈미는 마스미에게 메시지를 보냈다. 학교를 마치고 나왔을 때 오늘에야말로 영화를 보고 가겠다고 미리 전했다. 적당한 작품을 골라 인터넷 게시판에 올라온 감상평을 참고해서 소감을 몇 자 적고 곧 돌아가겠다고 덧붙였다.

"오늘은 아주 스릴 만점 아니었어?"

말투가 마치 노래하는 듯하다.

"이런저런 일이 너무 많이 일어나서 정신없을 정도야. 뭐 그중 가장 하이라이트는 네 고백이었지만."

흥미롭다는 눈빛으로 백미러 너머 이즈미를 쳐다본다.

"흐음, 대충 정리하자면 이렇게 되려나. 우선 사건이 일어났을 당시 요시무라 기쿠노 씨는 스카이라운지에 있었는데 어떤 이유에선지 15분 정도 지나 엘리베이터를 타고 3층에 내려갔다."

이미 입장객 대피를 알리는 관내 방송이 나왔고 스카이라운지의 점장은 방재 센터에서 엘리베이터를 위에 세워 두라는 지시까지 받은 상황이었다.

"스카이라운지 안에 있던 사람들은 엘리베이터를 다시 부르지 않았다."

그리고 기쿠노는 일단 백야드로 사라졌다. 다음으로 모습을 드러낸 시각은 11시 30분. 장소는 처음 사라졌던 흑조 광장 3층 엘리베이터 승강장이다.

"그때 남자아이의 손을 붙잡고 나타난 후루타치 고즈에를 만났다."

이즈미는 말없이 이야기를 들었다.

"참 흥미진진하지. 그리고 고즈에는 엘리베이터를 타고 스카이라운지로 향했고, 기쿠노 씨는 정오 무렵 1층에 세워진 같은 엘리베이터와 승강구 사이에 쓰러져 있다가 범인의 총에 맞아 사망했다. 아무래도 그때 엘리베이터가 바쁘게 움직인 것 같지 않아?"

그 말은 의미심장했다. 너는 언제 어떻게 스카이라운지로 올라갔는지를 묻는 느낌이다.

"근데 뭐, 됐어."

하타노는 경쾌하게 운전대를 돌렸다.

"호사카 영감의 말을 곧이곧대로 인정하는 건 아닌데, 내게 캐물을 자격이 없는 건 사실이니까."

"……이쿠타 씨의 그 말은 거짓말이에요."

"응? 그 말이라니?"

"뉴스에 나왔다는 후타미 유키오의 엄마 이야기요."

백조 광장에서 오타케에게 살해됐다는 이야기.

"전 사건을 다룬 뉴스 기사를 지금껏 수없이 봐 왔어요. 특히 유키오에 관한 뉴스는 책임감을 느껴서인지 더……."

작은 머리에서 사방으로 튀던 핏줄기.

그 기억을 떨쳐 내며 이즈미는 말을 이었다.

"유키오의 어머니가 사망했다는 뉴스는 있었어요. 하지만 장소까지 거론한 뉴스는 없었을 거예요."

"흐음."

하타노는 뭔가를 떠올리듯 허공을 봤다.

"이쿠타 아줌마가 입을 잘못 놀린 건가? 그럼 그걸 어떻게 알고 있었지?"

중얼거림 속에 날카로움이 느껴져 이즈미는 변명하듯 덧붙였다.

"어쩌면 다른 사람이랑 착각했을 수 있죠. 제가 기사

를 잘못 봤을 수도 있고요."

"음……. 뭐 그럴지도 모르겠네."

미적지근한 대답을 듣고 이즈미는 새삼 떠올렸다. 요시무라 기쿠노의 죽음에 대한 진상을 밝히겠다는 모임 취지가 조금씩 엇나가고 있는 것은 아닐까. 도쿠시타를 떠나 모임에 온 이들은 기쿠노 이상으로 유키오와 그 엄마 이야기로 달아오른 느낌이다.

흑조 광장에서 사망한 기쿠노, 백조 광장에서 사망한 유키오의 엄마. 직접 관련이 있을 것 같지는 않지만, 그렇다면 도쿠시타는 무슨 생각으로 언쟁을 말리지 않고 몰래 엿듣고 있었을까.

"아무래도 석연치 않은 점이 많기는 해. 일단 호사카 씨는 니와를 따라 3층의 백조 광장에서 흑조 광장 쪽으로 걸어갔어. 이쿠타 씨는 그날 우왕좌왕했다고 하지만, 영 수상하지. 2층에 있었다면 어느 지점에서 니와와 마주쳤어야 하는데 기억나지 않는다고 잡아떼고만 있으니. 1층 실내 화단에 있던 도산은 오타케가 다가오자 아무튼 내뺀 것처럼 얼버무리고 있지만, 왜 스완 밖으로 나가지 않았는지에 대해선 대답하지 않았어. 그리고 다들 그날을 떠올리기가 괴롭다며 연신 노래를 부르는데도 모임에는 계속 참가하고 있지. 나와 널 포함해서."

"……하타노 씨. 도산 씨가 여자와 함께 있는 걸 봤다는 그 얘기는 사실이에요?"

"오, 이거 뜻밖이군. 내가 거짓말쟁이처럼 보여?"

이즈미가 입을 다물자 하타노는 웃음을 픗 터뜨렸다.

"미안, 미안. 그래. 신뢰가 없겠지. 나도 이해해. 충분히."

도로가 조금씩 막히기 시작했다. 출발과 정지 간격이 짧아진다.

"뭐 실제로 거짓말을 하기도 했고."

하타노는 맥이 빠질 정도로 순순히 인정했다.

"이건 내 생각인데, 도산과 이쿠타 씨 둘이 왠지 닮은 것 같지 않아? 얼굴과 성격 같은 걸 말하는 게 아니라, 굳이 말하자면 뭐랄까, 그래……. 뭔가를 두려워하는 모습이."

"그건……."

"응. 호사카 씨 역시 마찬가지일 수도."

이즈미는 뒷자리에서 하타노의 옆얼굴을 훔쳐봤다. 돈. 그가 모임에 참가한 이유는 오로지 그것 때문이라고 했다. 그런데도 계속 증언을 거부해 일부러 보너스를 내팽개치고 있다. 이쿠타처럼 얼버무리지 않고, 이즈미처럼 거짓말을 하지도 않고 마치 모임 자체를 즐기는 것처럼 굴고 있다.

"오히려 넌 두려워하는 것 같지 않아."

이즈미는 입을 다물었다.

"뭐 아무튼 그렇다는 말이야."

가볍게 넘기고 말을 잇는다.

"나 역시 그날 사건에 얽힌 추억이 많기는 해. 추억이라는 표현이 적절한지는 모르겠지만. 그런데 기쿠노 씨나 그 남자아이에 관한 건 확실히 밝히고 싶다는 마음은 있어."

그래서 도산에게 엄포를 놓았다? 진상 규명을 돕기 위해서?

그렇다면 왜 정작 자기 자신의 이야기는 하지 않는 걸까.

그런 이즈미의 의문을 아는지 모르는지 하타노는 말을 멈추지 않았다.

"뭐 당연한 말이기는 한데, 도쿠시타 씨도 말이야. 모든 걸 샅샅이, 완벽하게 파악하고 있는 것 같지는 않아. 방범 카메라 영상도 아마 11시 이후, 그러니까 범인들이 스완에 도착한 이후 것들밖에 없지 않으려나."

수만 명의 입장객 속에서 이즈미를 비롯한 다른 이들을 찾는 것만으로도 벅찰 것이다.

"그래서 지난 모임 때 우선 처음 10분간의 행동을 물은 거겠지. 각자의 증언을 바탕으로 방범 카메라 영상을 다시 살펴보고 일단 당사자를 발견하면 그다음부터 쫓는 건 어렵지 않으니. 오늘 밤 도쿠시타 씨는 지난번과 비교할 수 없을 정도의 정보를 갖고 있었던 셈이야."

그래서 적극적으로 거짓말을 밝혀내기 시작했다.

지난 모임 때 이즈미가 고즈에인 척을 한 이유는 몇 가지가 있다. 모임 분위기와 진행 방식, 도쿠시타가 보유한 정보의 양 등을 파악하기 위한 시간 벌이의 의미도 컸다. 모임에 누가 올지도 궁금했다. 상황에 따라서는 하타노처럼 침묵으로 일관하고 두 번 다시 모임을 찾지 않을 계획도 있었다.

10분 단위로 이야기를 듣는 방식은 향후를 계산하기 쉬웠고, 틈만 나면 버럭하는 호사카의 캐릭터도 도움이 됐다. 오늘 밤 모임 초반에 이쿠타와 도산의 대화를 듣고 도쿠시타가 공세로 전환하는 모습을 보고 각오를 다졌다.

예상한 대로다. 여기까지는. 대부분.

"그런데 너, 생각보다 대담하네."

하타노는 쓴웃음 섞어 말했다.

"후루타치 고즈에의 그날 행동을 알고 싶다고 했지만

그 아이가 남자애를 데리고 간 이유 같은 건 너와 상관
없지 않나?"

묘하게 속을 떠보는 말이 약간 오싹했다.

"……그냥 알고 싶었어요. 왜냐면."

이즈미는 순간적으로 대답에 걸맞은 목소리 톤을 찾
았다.

"우리는 친구였으니까."

하타노는 "그런가" 하고 중얼거리고 입을 다물었다.
그의 머릿속에는 분명 고즈에의 고발 기사가 떠올랐을
거라고 이즈미는 추측했다.

―그 애는 범인과 나란히 서서 다음으로 누구를 쏠지
를 골랐다고 해요.

기사는 고즈에의 어머니의 이런 코멘트에서 시작됐다.

―I(가명)가 범인에게 지목당해 다음 피해자를 골랐다는 말
씀입니까?

"네. 범인에게 고르라는 지시를 받았다고 해요. 딸은 그들
과 가까운 곳에서 바닥에 엎드려 있었고 그래서 두 사람의 대
화 소리가 잘 들렸다고 했어요. 범인이 한 명을 쏴서 죽인 다음
'너도 저 사람을 죽여야 한다고 생각했지? 너도 저 사람을 보
고 있었잖아'라고 했다고."

범인인 그 남자, 니와 유즈키는 뒤이어 I에게 "자, 다음은 누구로 할래?", "고르는 거야, I가"라고 했다고 한다.

중간에 사건 개요를 조금씩 집어넣으며 기자의 질문이 이어진다.

—I는 니와의 지시에 순순히 따른 건가요?

"그랬다고 해요. 그러지 않았다면 그 아이가 가장 먼저 총을 맞는 게 자연스러우니까요. 니와는 I를 향해 '넌 나와 같은 부류의 사람이니 널 상처 입힐 수 없다'라고 했다고 해요. 그리고 실제로 '고르는 거야'라고 그가 지시한 뒤로 연이어 총성이 울려 퍼졌어요."

다음은 저 아이를 쏠 거야. 그런 니와의 말을 듣고 후루타치 고즈에 씨는 참지 못하고 고개를 들었다. 당시 스카이라운지에 있었던 아이는 고작 다섯 살배기 소년이었다. 그때 상황을 고즈에 씨는 다음과 같이 진술했다고 한다. '깜짝 놀라서 고개를 드니 I와 눈이 마주쳤어요. 그러자 곧장 아이가 총에 맞았고……. 그 아이를 부둥켜안고 비명을 질렀지만 I는 전혀 반응하지 않았죠. 그러다가 감정이 복받쳐 올라 범인을 노려봤고, 그 순간 저 역시 총에 맞고 말았어요.'

"고개를 들어 범인을 봤을 때 고즈에는 I와 눈이 마주쳤다고 했어요. 아시겠어요? I는 고즈에를 보고 있었던 거예요. 즉, 고즈에를 '고른' 거예요."

후루타치 고즈에 씨의 어머니는 단언한다.

"I가 그날 죽은 남자아이를 직접 골랐다고 생각해요."

이후 기사는 후루타치 고즈에가 어떤 사람인지를 설명했다. 성격과 좋아하는 음식, 싫어하는 음식. 어렸을 때부터 손이 많이 가는 아이였다는 것, 나이에 비해 조숙했던 유치원 시절과 발레 교실에 다니던 초등학생 시절.

"고즈에는 초등학생 때부터 키가 작았는데 그게 콤플렉스였다고 해요. 어느 날 TV에서 발레 레슨이 나오는 걸 보고 저한테 뛰어오더라고요. 눈을 반짝이며 자기도 저렇게 발끝으로 서보고 싶다고 했어요."

토슈즈를 허락한 것은 초등학교 5학년 때.

"세상이 20센티미터 정도 높아졌다며 그 애는 기뻐했답니다. 결국 이후 중학생이 되고서 그와 비슷할 정도로 키가 컸지만요."

작년 1년 동안 지금까지와는 다르게 발레 레슨에 열중했다. 여름 공연의 솔리스트 후보로 뽑히자 진심으로 기뻐했다. 앞으로도 열심히 해서 꼭 솔리스트가 되고야 말겠다며 단단히 벼르고 있었다.

우리 아이가 피해자가 됐어야 할 이유는 단 하나도 없다. 총을 쏜 범인도, 총을 쏘게 한 I도 결코 용서할 수 없다…….

기사에는 반에서 벌어진 집단 괴롭힘에 대해서는 단한 줄도 적혀 있지 않았다.

이즈미 역시 그 누구에게도 이야기하지 않았다. 언론은 물론 경찰 조사에서도 고즈에를 발레 교실의 라이벌 정도로 언급했다. 학교도 괴롭힘을 인정하지 않았다. 인터넷상에서는 일부 뜬소문처럼 이야기가 떠돌고 있기는 하지만 반 아이들 모두 대외적으로 입을 다물고 있다. 그러나 이즈미는 그들을 비난할 생각은 없었다.

상황은 그렇게 단순하지 않다. 집단 괴롭힘 이야기를 꺼내는 것은 양날의 검이다. 고즈에가 지금 연기 중인 가련한 피해자의 이미지를 뒤집을 수는 있겠지만, 의심이 생겨날 것이다. 이즈미가 그날 평소 자신을 괴롭혀 온 고즈에를 의도적으로 그렇게 만들지 않았을까 하는 의심이. 그 순간 이즈미는 그야말로 손쉽게 악이 되어 버리고 만다.

"뭔가 할 수 있는 게 있었을 거라고 생각한 적 있어?"

하타노의 목소리를 듣고 퍼뜩 정신을 차렸다. 정신은 차렸지만 의식은 여전히 몽롱했다. 하타노는 이즈미 쪽을 보지 않았다. 이즈미도 그를 보려고 하지 않았다. 대답할 마음도 없었다. 대답을 찾을 마음도 없었다.

차 앞유리로 다리가 보였다. 옆에는 전철이 지나는 철교가 나란히 걸려 있다. 암흑 속에 떠오른 다리가 마치 외줄 같았다. 떨어지지 않게 끝까지 건너야만 한다.

"거 괜찮네."

하타노가 앞을 바라본 채로 말했다.

"이상한 의미가 아니라, 후드티 안에 입은 그 교복. 귀여워."

이쪽이 이상한 의미로 받아들여도 할 말이 없을 거라 생각했지만 이즈미는 "고맙습니다" 하고 차창으로 고개를 돌렸다.

하타노가 당황한 것처럼 익살을 부렸다.

"실은 우리 와이프도 비슷한 교복이 있는 학교에 다녔어. 우리는 고등학교 시절부터 알고 지냈거든. 나이는 와이프가 연상이지만……."

얼굴도 모르는 아내와 친해지게 된 이야기가 배경 음

악처럼 깔리며 차가 에도강을 지난다. 옆을 지나는 전철의 불빛이 검게 칠해진 강물 표면에 비쳤다.

그 기사는 틀리지 않았다. 니와가 한 말도 대부분 맞고, 당시 바닥에 엎드린 채 고개를 숙이고 있던 고즈에가 총에 맞을 사람을 선택하고 싶지 않아서 천장으로 눈길을 피하고 있던 이즈미를 봤을 리도 없다. 대략적인 경위 역시 들어맞고 고즈에의 어머니가 느낀 것은 느낌일 뿐이니 부정할 도리도 없다.

그러나 그 어디에도 진실은 없다. 나와 고즈에가 체험한 그날의 진실.

문득 미아가 돼 버린 느낌이 들었다.

어쩌면 도쿠시타의 타깃은 나일지도 모른다.

치마 주머니에 손을 찔러 넣자 지금 작동 중인 휴대용 녹음기가 손가락에 닿았다.

5

직원실 옆에 있는 상담실에 세상을 떠들썩하게 한 2학년 학생이 몰래 등교한다는 소식은 지난 주말에 학교 안에 전부 퍼진 듯했다. 상담실에 드나들 때는 등하교 시간을 최대한 피해 직원용 현관을 이용했고 선생님들도 아직 공개적으로 알리지 않았지만, 호기심으로 똘똘 뭉친 고등학생들의 예민한 후각에서 완전히 도망치기는 어려울 거라며 이즈미도 어느 정도는 체념하고 있었다.

그러니 월요일 점심시간에 열어 놓은 창문으로 흰색 종이비행기가 불쑥 날아들었을 때는 깜짝 놀라면서도 머릿속 한구석에서 '드디어 올 것이 왔네' 하는 생각이 들었다.

커튼 옆을 지나 직사각형 탁자 위에 보기 좋게 착지한 종이비행기를 이즈미는 잠시 멍하니 바라봤다. 마음의 준비를 하고 대학 노트로 접은 비행기를 천천히 펼쳤다.

매직펜으로 쓴 두꺼운 글자가 적혀 있었다.

가타오카 선배. 살인에 대한 반성문을 1만 자 정도로 부탁드려요.

'뭐 이 정도야' 하고 스스로 되뇌었다. 이 학교 안에 '힘내'라든지 '얼른 교실에 돌아와' 같은 메시지를 전해줄 사람이 있을 리 없다. 장난 섞인 비난, 조롱, 자신의 정의감을 마음껏 표출할 수 있는 놀잇감. 그들에게 나는 고작 그 정도일 것이다.

괜찮아. 기대도 하지 않았다.

이즈미는 종이비행기를 펼쳐서 숄더백에서 꺼낸 클

리어 파일 안에 넣었다. 이런 괴롭힘은 앞으로도 이어질까. 얼마 안 돼 질려서 그만둘까. 아니면 정도가 더 심해질까. 어쨌든 선생님께 상담하기에는 아직 이르다.

도시락통 뚜껑을 닫는다. 오늘은 절반 정도 먹었다. 속쓰림도 없다. 몸이 에너지를 원하기 시작한 것은 목표가 정해져서일지도 모른다. 병은 마음에서 온다는 말이 맞는 걸까.

클리어 파일을 가방에 넣고 대신 데생용 크로키북을 꺼내 펼쳤다. 첫 페이지를 열자 직사각형 모양의 지도가 보였다. 다음 페이지와 그다음 페이지까지 합쳐서 총 세 개. 직접 그린 같은 형태의 도면이 있고 각각에 1F, 2F, 3F 이름이 붙어 있다. 보면서 따라 그린 스완의 구조도다.

토요일과 일요일 이틀 동안 이즈미는 엄마가 일하러 나간 시간의 대부분을 사건을 정리하며 보냈다. 도면을 그리고 스마트폰으로 검색한 정보를 파란색, 모임에서 얻은 정보를 빨간색 볼펜으로 표시했다. 스완은 3층 건물이고 시간에 따라 상황이 바뀌어서 정확히 정리하기는 어려웠지만 일단 나만 알아볼 수 있으면 괜찮다고 생각해 작업을 이어 갔다. 인터넷 뉴스 기사에는 모호한 내용이 많았고 영상 뉴스도 큰 차이는 없었다. 따라서 백 퍼센트 정확하다고 가슴 펴고 말하기 어렵지만, 그렇다고 큰 오류는 없을 것이다.

이즈미의 관심사는 주로 피해자, 이미 사망한 사람들의 정보에 쏠려 있었다. 이름과 경력, 가족 구성, 사망 원인과 사망한 장소, 시각. 이틀간의 성과는 크로키북 속각각의 페이지에 삐뚤빼뚤한 글자로 채워졌다. 궁금한사진은 스마트폰에 저장했다. 언론에 공개된 생전 얼굴사진 등이다.

사건에서는 총 21명의 사망자가 나왔다. 17명의 부상자보다 사망자가 많은 이유로는 크게 두 가지가 꼽힌다. 하나는 스카이라운지라는 밀폐 공간 안에서 대량 학살이 이뤄졌다는 점. 다른 하나는 니와가 범행을 시작한 백조 광장에 교대하는 형태로 오타케가 다가가는 식이었던 범인들의 움직임 때문이다. 범행 시작부터 약 10분 동안 니와는 대학생인 가메나시 요스케를 시작으로백조 광장에서 열 명 이상의 입장객을 죽이거나 다치게했다. 가벼운 상처를 입고 도망친 사람도 있었지만 개중에는 바닥에 쓰러져 움직이지 못했던 사람도 있다. 그런사람들을 나중에 온 오타케가 처리했다. 죽어 가는 사람을 일본도로 찌르면 그만인 아주 손쉬운 작업이었다.

사망자의 이름과 나이는 모두 밝혀졌다. 그러나 상세히 보도된 것은 그중 일부다. 예컨대 가메나시 요스케의 경우 생전 얼굴 사진뿐 아니라 당시 스완에 있었던 이유와 그가 걸어온 삶, 가족에 관한 정보에 더해 그날 스완에서 그를 만나려고 한 여자 친구의 코멘트까지 정보가 다양했다. 그러나 이름과 나이 정도에 그친 사람도 많다. 유족의 의향일까, 경찰 사정 때문일까, 아니면 언론의 선택일까. 사망한 장소조차 불확실한 사람도 있지만 어쨌든 입수할 수 있는 정보에 의지해야 하는 이즈미는 웹사이트 몇 군데를 돌아다니며 '사망자 지도'를 채워 나갔다.

시험공부 이상으로 공들여서 정리한 끝에 크로키북 안에 정리된 내용은 다음과 같다. 백조 광장에서 살해된 사람이 총 여섯 명. 2층 구역에서 네 명. 1층 구역에서 한 명. 흑조 광장에서 한 명. 그 흑조 광장의 한 명이 바로 요시무라 기쿠노다.

그리고 스카이라운지에서 총 아홉 명. 그 안에는 남자 점장과 후타미 유키오도 포함돼 있다.

백조 광장에서 살해된 여섯 명의 자세한 내역은 니와의 손에 살해된 가메나시 요스케를 비롯한 세 명과 오타케에게 살해된 세 명. 이쿠타의 말에 따르면 오타케가 살해한 세 명 중 한 명이 후타미 유키오의 엄마였다고 하는데 이즈미가 기억하는 것처럼 그 이야기를 뒷받침

할 뉴스는 찾을 수 없었다. 확인할 수 있는 것은 쓰러져 있을 때 일본도에 찔려 살해된 남자와 여자, 그리고 총에 맞아 살해된 노령의 남자였고 그의 시신은 분수대 안에 잠겨 있었다고 한다. 확증은 없지만 칼에 찔린 그 여자가 유키오의 엄마라고 추정해도 부자연스럽지는 않을 것이다.

유키오의 엄마의 이름은 '가요'이고 나이는 33세로 알려졌다. 그 모자에 대해 그 이상의 정보는 찾을 수 없었다. 유족의 코멘트 역시 한 줄도 없었다. 유키오는 피해자 중 유일한 아동인데 과열된 보도 양상을 놓고 보면 깊이 파고들지 않은 것이 의외라고 할 수도 있다. 아마 유족이 언론을 피했거나 보도 자제를 요청했을 것이다. 더 격렬한 항의가 있었는지도 모른다. 어쨌든 유키오와 가요는 프라이버시가 지켜져서 가족사진 한 장 돌아다니지 않고 있다. 정말로 이기적이라고는 생각하지만 그에 비해 나와 엄마가 받은 비난은 조금 너무한 것 같다고 이즈미는 생각했다.

떠올려 보면 입원 기간 중 사건 정보를 모으기 시작했을 때 자신을 움직인 동기 중 하나는 스카이라운지 피해자와 그 가족들의 목소리를 듣는 것이었다. 동정심이라고 하는 건 주제넘고 남을 걱정할 처지도 아니지만 결코 남의 일처럼 느껴지지 않아 늘 불안했다. '나만 무사히 살아남은 죄책감'이라는 한마디로는 다 표현할 수 없는 순수한 마음이 그 안에 있었을 거라고 지금은 추측한다.

그때 인터넷을 뒤지던 이즈미의 눈에 비친 글자는 대략 이런 것들이었다.

스카이라운지의 생존자 I=가타오카 이즈미(17), 주소는 미사토시 미사토 X번지 XX…….

응? 친구와 어린아이가 죽어 가는데도 못 본 척했다고? 얘를 교도소에 집어넣을 법이 필요할 것 같은데.

상황을 운운하는 건 변명에 불과합니다. 그런 극한 상황에서야말로 인간의 본성이 드러난다고 생각합니다.

이 냉혈한의 사진을 올릴 테니 다들 확인하시오. 트리플 스코어로 고즈에의 승리!

못 생기면 죽어도 싸. 그게 정의야.

참으로 기이했다. 인터넷 세상에 흘러넘치는 댓글 중 극히 일부, 가장 저열한 반응일수록 눈과 머릿속에 새겨지고 마음을 갈가리 찢었다. 아무리 무시하려고 해도 안 됐다. 꼭 그럴 필요도 없는데 저도 모르게 상처를 최대한 깊이 후벼 팔 만한 저속한 말들을 찾고 있었다.

언론도 가차 없었다. 마이크와 카메라를 들고 병실에 들어와 진실을 털어놓으라며 이즈미를 겁박했다. 마스미가 그들을 내쫓을 때마다 악의 섞인 논조의 기사를 실었다. 눈 부분에만 검은 실선이 들어간 마스미의 사진은 흥분하는 표정을 정확히 포착한 탓에 그야말로 악역 같은 이미지를 세상에 뿌렸다.

아무리 그만하라고 애원해도 그들은 조금도 들어주지 않았다.

이즈미는 엄마와 자신은 피해자라고만 생각했다. 그러나 현실은 그렇지 않았다. 후타미 모자와 우리 모녀는 달랐다.

애당초 사건의 '악'은 범인들이었다. 다음으로 경찰이 도마에 올랐다. 언론은 경찰의 늦은 대응이 피해를 키웠다며 입을 모아 부르짖었다. 그리고 세 번째 표적이 된 것은 야마지를 필두로 한 경비원들이었다.

사람들이 비난에 슬슬 질리기 시작할 무렵, 네 번째의 참신한 악으로서 이즈미에게 스포트라이트가 쏟아졌다.

병실 옥상에서 춤추는 영상이 공개돼 비난이 최고조에 달했을 때 이즈미는 문득 떠올렸다.

앞으로 난 즐겁게 춤춰서는 안 되는 걸까.

숨을 들이마신다. 심장이 쪼그라들어 사라져 버리지 않게.

크로키북을 첫 페이지로 돌렸다. 첫 장에는 범인들의

프로필이 적혀 있다. 위에서부터 니와 유즈키, 오타케 야스카즈, 그리고 동료의 배신으로 살해된 나카이 준.

그때, 노크도 없이 상담실 문이 열렸다. 동시에 5교시 수업종이 울렸다.

"뭐야, 그건."

흰 가운을 입은 아유카와 가이가 감정 없는 눈빛으로 이즈미를 보며 물었다.

"아무것도 아니에요."

이즈미는 크로키북을 닫고 무심코 허리를 꼿꼿이 세웠다.

아유카와가 이즈미 옆으로 쓱 다가와 크로키북을 빼앗아 펼쳤다. 손놀림이 너무 자연스러워서 미처 거부할 새도 없었다.

"흐음."

그 안에 적힌 범인들의 프로필을 살피며 아유카와의 나른한 얼굴에 미소가 희미하게 번지는 느낌이 들었다.

"엘리펀트인가."

범인들이 자처한 그 팀의 이름을 이즈미는 크로키북에 적지 않았다.

"고전 문학 과제를 갖다 달라고 해서."

아유카와는 아무 일도 없던 것처럼 화제를 바꿨다.

"……선생님이 가르쳐 주시는 거예요?"

"아니. 난 그냥 감독만. 아니, 그보다 메신저라고 해야 겠군. 교과서와 사전을 마음껏 봐도 좋으니 최대한 풀어 봐. 그래도 영 헷갈리는 부분은 동그라미로 표시하고."

그는 프린트물을 옆에 내려놓았다. 문제를 풀어서 주면 다음번에는 국어 선생님이 채점한 답안지를 가져다 줄 듯했다.

"꼭 학교 안에서 빨간펜 수업을 받는 것 같네요."

"싫어?"

"아뇨. 효율적인 것 같아요. 절 직접 만나지 않아도 된다는 점에서 특히."

"그래. 기나시 선생님은 학생회 활동을 하며 고즈에와 친했지. 널 만나고 싶지 않을 거야."

백발에 안경을 쓴, 늘 웃는 얼굴의 남자 선생님이 머릿속에 떠올랐다. 아유카와처럼 그의 수업을 들은 적은 없지만 손자를 몹시 사랑하는 할아버지 선생님이라는 소문을 들었다.

아유카와는 그대로 서서 이즈미를 내려다봤다.

"마음에 들지 않으면 백지로 내도 돼. 어차피 혼내거나 하지는 않을 테니."

질책하는 투도, 그렇다고 배려하는 투도 아니다. 담담

하면서도 서늘하다. 실험 데이터를 낭독하는 것 같다.

이즈미는 감정을 꾹 집어삼키고 프린트를 봤다. 〈도연초*〉에 수록된 '네코마타**'를 현대어로 해석하시오. 깊은 산속에 네코마타라는 것이 있는데……

"이 녀석들을 왜 조사하는 거야?"

아유카와는 이즈미 뒤에서 자리에 앉지도 않고 크로키북을 휙휙 펼쳤다.

"이렇게 해서 뭐 얻는 거라도 있나? 아마추어가 조사해서 뭘 알아낼 수 있지? ……쓸모없어. 그 녀석들이 저지른 살육의 인과 관계를 네가 밝혀낸다고 해도 그 누구도 납득하지 않을 테니."

이즈미는 일단 눈을 한 번 감았다가 뜨고 다시 한번 '네코마타'를 처음부터 읽었다. 깊은 산속에 네코마타라는 것이 있는데 사람을 잡아먹는다고 한다.……

"니와 유즈키, 27세."

크로키북을 탁 닫고 기계적인 목소리가 들렸다.

"고나가와 출신. 아버지는 외국계 펀드 매니저. 부잣집 아가씨였던 어머니는 자칭 도예가. 경제적으로 유복한 환경. 사립 초등학교에 입학해 초중고 에스컬레이터식

---

* 승려이자 문학가 요시다 겐코가 쓴 가마쿠라 말기의 수필.
** 일본 설화 속 고양이 요괴.

교육을 받으며 고등학교까지 진학. 고등학교 졸업 후에는 성적과 수업료가 높은 수준인 도쿄의 사립대로. 법학부. 수업은 결석이 잦았음. 철학과 강의를 자주 들었다는 증언 있음. 교우 관계가 좋지 않았고 오래 사귄 이성 친구도 없음. 3학년 때 유급. 거의 휴학 상태였지만 부모는 학비를 계속 대 줌. 경제적 독립을 늦춘 교육 방침이 과보호인지 무관심의 표명인지는 알 수 없음. 수업에 출석하지 않은 기간이 3년을 넘어 대학을 중퇴. 자취 생활에 필요한 월세와 월 십여만 엔의 용돈은 계속 받음. 그것을 바탕으로 투자 흉내를 내기 시작함. FX, 주식, 가상 화폐. 성과는 그럭저럭. 돈을 잃어도 부모에게서 계속 용돈이 들어오니 부담이 없었을 것으로 추정. 외출은 영화관과 서점에 가는 수준이었고 교우 관계를 넓힌 정황 없음. 투룸 집 안에는 책과 영화 광고 전단이 대량으로 쌓여 있었음. 사건을 계획하기 직전 가상 화폐 버블을 눈치채고 모든 자산을 매도해 1천만 엔이 넘는 자금을 확보함. 인터넷에서 모집한 동료와 '엘리펀트'를 결성해 범행 계획을 세우기 시작할 무렵에는 투자에서 이미 손을 뗀 상태였음. 엘리펀트 활동에 필요한 경비와 동료들 식대는 전부 니와가 냈던 것으로 보임. 동료들과 나눈 채팅과 메일 속에서 그는 끊임없이 '표현'이라는 단어를 썼음. 영화처럼, 미술처럼, 그에게 스완에서의 살육은 그런 콘셉트를 담은 '표현'이었음. 어머니의 본가에서 훔쳐 온 일본도에도 실용성만이 아닌 다른 의미가 있었을지도 모름. 현재 부모는 해외로 이주. 피해자 단체의 민사 소송에는 대리인 변호사가 대응 중."

이즈미는 무관심을 가장하고 '네코마타'를 해석해 갔다. 홀로 집에 돌아갈 때 냇가 끝에서 소문으로만 들은 네코마타가 거침없이 다가와…….

"오타케 야스카즈, 38세. 도쿄도 구니타치시 출신. 부모는 금속 가공 공장을 경영. 초중고는 중간보다 약간 상위에 있는 공립학교에 다녔고 성적도 중간쯤. 어린 시절부터 기계류에 애착이 강했고 나중에 커서는 파일럿, 그것도 전투기를 몰고 싶다고 틈만 나면 주위에 말하고 다녔음. 현역으로 방위대학교에 입학. 평소 실력은 합격선에 미치지 않는 점수였지만 주변 사람들의 증언에 따르면 수능 당일 엄청난 집중력을 발휘해 만회했다고 함. 뭔가에 빠지면 주위를 보지 못하는 면모가 있었고, 한번 이거라고 정하면 그 뒤로는 한사코 양보하지 않는 성격이었음. 그런 성격은 대인 관계에도 영향을 미쳐 그를 아는 지인들은 그가 걸핏하면 설교조로 말해 진력이 났다고도 함. 방위대학교 2학년 때 시력 저하로 파일럿의

꿈을 접었고 그 후 중퇴. 대학에 다시 들어가지 않은 것은 본인의 의욕 때문인지, 당시 경영난을 겪던 부모의 공장이 친척 손에 넘어간 것과 관련 있는지는 알 수 없음. 이후 부모와 다세대 주택에서 함께 살며 여러 직업을 전전함. 집착이 심하고 남에게 절대 굽히지 않는 성격을 고치지 못해서 직장에서도 이따금 문제를 일으킴. 그리고 회사나 사회에 대한 불만을 SNS에 자주 올렸음. 서른이 넘었을 무렵부터는 그 빈도가 늘었고 사회 문제를 일으킨 기업과 관공서에 클레임 전화를 걸며 화를 내는 것이 일상이었음. 이후 간신히 제대로 된 일자리를 구함. 사건이 일어나기 1년 전까지 총 5년 동안 그는 경비 회사에서 파견 직원으로 일했음. 마지막 근무지는 스완."

살려 줘. 네코마타가, 여기, 여기에⋯⋯.

"비교적 큰 문제 없이 일하던 경비 회사에서 결국 자진 퇴사의 형태로 해고된 이유는 손님을 상대로 한 폭력적 행위. 상대는 같은 지역에 사는 젊은이들. 스완에서 소동을 일으킨 그들에게 오타케가 주의를 주러 가자 그들은 오타케를 둘러싼 채 욕하며 도발했다고 함. 그 안에는 여자도 있었는데 그때 오타케에게 성적인 조롱도 한 것으로 보임. 발끈한 오타케는 리더로 보이는 남자의

멱살을 움켜쥐었지만, 단지 그것에 그침. 폭력을 행사하
거나 하지는 않음. 그러나 그 일이 문제가 되어 회사에
서는 그 입장객들에게 사죄하라고 지시함. 사죄하지 않
으면 무기한 출근 정지라는 말을 듣고 오타케는 회사를
박차고 나옴. 그에게는 대단히 부조리한 처사였고 이에
굴하는 것은 자존심이 용납하지 않았음. 결국 직업을 잃
고 그전보다 더욱 SNS에 골몰하게 됨. 니와 유즈키를
알게 되고 범행 계획을 세우기 시작했을 때 그는 곧장
사건의 무대를 제안함. 바로 고나가와 시티가든 스완.
우연히도 그곳은 사건의 무대에 걸맞다는 생각이 들 만
큼 니와에게도 애착이 있는 장소였음."

　기르던 개가 어둠 속에서도 주인을 알아보고 달려들
었다고 한다……

"나카이 준. 20세. 아다치구에 있는 단독 주택에서 아
버지와 둘이 생활. 중학생 때부터 은둔형 외톨이 기질이
있었음. 고등학교를 졸업한 뒤부터는 집 밖에 일절 나가
지 않게 됨. 영화, 드라마, 애니메이션, 만화, 게임. 인터
넷상의 다양한 콘텐츠를 즐기는 취미가 있었음. 그래서
니와 유즈키와 접점이 생겼고 범행 계획에도 참여함. 사
건 당일 동료의 배신으로 뒷좌석에서 총에 쏘이기 전까
지 나카이 준의 삶에 특기할 만한 사안은 아무것도 없었

음. 그는 현실 세계에서는 진정, 아무것도 하지 않았음."

아유카와는 "그러고 보니" 하고 덧붙였다.

"나카이 준이 중학생이었을 때 이혼했다는 그의 어머니는 사건 이후 모습을 드러내지 않고 있다더군. 물론 나타날 의무는 없겠지. 게다가 나카이 준은 다른 사람을 죽이기는커녕 상처 하나 입히지 않고 살해됐을 뿐이니. 그런데 어째서인지 회사원이었던 부친은 사건 발생 이후 스스로 목숨을 끊었어."

"선생님."

기나긴 설명이 끝났다.

"자리에 앉아 주시겠어요? 정신 사나워요."

휴우, 하는 한숨 소리가 들린다. 그러나 등 뒤에서 느껴지는 압박감은 변화가 없었다.

"이런 개요 따위에 무슨 의미가 있을까. 사건을 이해하거나 증명하는 데는 하나도 도움 되지 않지. 단순한 글자, 쓰레기 같은 기호의 나열에 불과해."

"그럼."

왜 이즈미가 크로키북에 적은 내용을 뛰어넘는 많은 관련 사안을 막힘없이 설명할 정도로 머릿속에 집어넣었을까. 사건을 정리한 르포나 책은 아직 나오지도 않았을 텐데. 단편적인 정보를 수집해서 이어 붙이는 작업이 절대 만만하지는 않았을 텐데. 그 노력과 인내는 이즈미도 직접 경험했다.

등 뒤에서 느껴지는 인기척이 창문 쪽으로 향했다. 또다시 한숨 소리가 들린다. 길고 긴 한숨.

"그 밖에 다른 방법이 없었어."

몸에서 뭔가가 툭 떨어져 나가는 듯한 울림이었다.

"어쩔 도리가 없잖아. 이런 말도 안 되는 사건을 그 밖에 또 어떤 수로 이해해야 할까? ……부조리한 비극이 일어나면 반드시 뒷수습을 해야만 해. 그게 바로 살아남은 이들이 해야 할 일이야. 난 이번에 사건 당사자와 가까운 입장에서 진심으로 그렇게 느꼈어. 하지만 대체 어떻게 해야 하지? 어떻게 수습하지? 복수? 범인들은 모두 죽어 버렸어. 놈들의 가족을 비난하면 되나? 사죄? 배상? 그런 방법도 있을지도 모르지만, 난 달라."

창문에서 햇빛이 들어온다.

"사건을 조사해서 원인을 찾아 해답 비슷한 것을 끌어낸다. 그러면 납득할 수도 있지 않을까 믿었어. 억지로 믿으려 했어. 그런데 얼마 안 돼 무의미하다는 걸 깨달았지. 아무리 조사하고 모든 인과 관계를 정리해도 고즈에가 왜 피해를 당해야 했는지를 이해할 수 없었거든."

빛이 천천히 강렬해진다.

"그러면 그 뒤에는 뭐가 남을까? 그냥 슬퍼하고 한탄하면 되나? 풀 길 없는 분노를 터뜨리며 소리치면 되나? 아니면 포기하고, 위로한다? 현실적으로는 다친 몸이 회복하는 것을 지켜보는 게 정답이겠지. 그런데 정말로 그걸로 수습됐다고 할 수 있을까? 난 이렇게 생각해. 우리에게 필요한 것은 질서 회복이라고. 법률이나 치안을 뜻하는 게 아니야. 이 세상을 신뢰할 수 있다는 믿음을 되찾지 못한다면 제아무리 몸이 회복되거나 거액의 배상금을 받거나 가해자가 사형을 당해도 그건 비극의 승리인 거야."

내리쬐는 빛 때문에 프린트에 적힌 글자가 잘 보이지 않는다.

"인간은 원래 그렇게 만들어졌어. 난 그저 단순히 비극이 승리하는 이야기 따위 보고 싶지 않아. 그러니 〈백조의 호수〉도 바뀐 것 아닌가?"

발레 관계자라면 누구나 아는 이야기. 세계 3대 발레 중 가장 유명한 명작은 첫 공연 때만 해도 부조리한 비극으로 마무리되는 줄거리였다.

"……잘 아시네요."

살짝 쉰 목소리가 나왔다. 샤프를 든 손은 잠시 움직임을 멈추고 있다.

"나도 들은 이야기야. 〈백조의 호수〉를 움직이는 것은 악마의 부조리한 악의이고, 그것을 구현해 낸 인물이 바로 흑조 오딜. 그러므로 비로소 연기할 보람도 있다고 고즈에는 말했어."

고즈에. 지극히 자연스럽게 그는 고즈에의 이름을 입에 담았다.

"오딜을 연기하고 싶고, 흑조를 연기하고 싶다고 했지."

샤프심이 툭 부러졌다. 모기 같은 작은 소리를 내며.

"어차피 분량이 많은 쪽은 백조 오데트고 고즈에는 그 역할에 꼭 어울릴 텐데도 흑조를 연기하고 싶어 했어. 뭐 조금만 생각해 봐도 이해가 돼. 한마디로 경쟁했던 거야. 너랑."

아유카와가 계속해서 말한다.

"걔는 너를 만난 이후 실력으로 네게 따라잡히자 시시한 괴롭힘의 길로 도망쳤어. 열등감, 그 나이대 아이에게는 홍역 같은 거겠지. 그걸 극복하려면 자기 자신을 오롯이 마주하고 열심히 노력하는 수밖에 없어. 패배해도 상관없어. 어쨌든 해 나갈 수밖에 없는 거야. 그러지 않으면 계속 뒤돌아본 채로 있게 되지. 그것을 깨닫고 걔도 그제야 앞으로 나아가고자 했어."

속으로 '잠깐만' 하고 생각했다. 적당한 미담으로 만들지 말아 달라고 생각했다. 고즈에 때문에 내가 맛본 굴욕감과 고독, 아픔. 그것을 멋대로 고즈에가 성장하기 위한 발판 정도로 삼지 말라고 생각했다.

"벌써 몇 년간 발레 같은 건 그저 습관적으로 이어 가는 취미에 불과했어. 그런데 어느 날 갑자기 여름 공연에 참가해 거기서 오딜을 연기하고 싶다고 진지한 눈빛으로 말하더군. 얼마나 놀랍던지."

그렇다. 고즈에는 분명 변했다. 이즈미가 꽃병을 바닥에 집어 던졌을 때부터 괴롭힘에 직접 가담하지 않았고 진지하게 발레에 임했다. 새침하면서도 우아한 베일을 벗어던지고 땀내 나는 열정을 담아 연습에 집중한다는 것이 옆에서 봐도 전해졌다. 실력은 쑥쑥 늘었다. 타고난 유연성에 힘이 더해져 주역을 두고 경쟁할 수 있을 만큼 순식간에 성장했다.

가련한 백조와 요염한 흑조. 두 배역 모두 연기할 가치가 있고, 어느 쪽이 더 낫다고도 할 수 없다. 자유롭게 택할 수 있다면 아마 취향에 따라 갈릴 것이다.

그러나, 아니었다. 엘레나의 흑조를 동경하며 발레에 삶을 바쳐 온 이즈미에게는 그랬다.

"사건 전날 밤 개한테서 들었어. 너를 납득시키기 위해 널 스완의 갑판으로 불렀다고."

저수지 옆에 있는 나무 갑판에는 원형 광장이 있다. 작은 무대 같은 그곳에서 고즈에는 이즈미에게 실력을 보여 줄 계획이었던 것이다. 라이벌의 눈앞에서 나야말로 흑조에 걸맞다는 것을 알리기 위해.

유치하면서도 우스꽝스러운 연출이었다. 실력을 겨루고 싶다면 레슨 교실 안에서도 충분하다. 그러나 고즈에는 원했다. 완벽하면서도 극적인 승리를.

그래서 그날 이즈미를 부른 것이었다. 결과가 뻔한 한 편의 부조리극. 이것이 괴롭힘이 아니면 도대체 뭐란 말인가.

담담하게 나갔지만 고즈에의 의도에 완전히 말려들지는 않겠다는 마음으로 스완에서 잠시 시간을 보내는 동안 사건이 일어났다.

"그리고 다음으로는 네가 불렀지. 걔를, 스카이라운지로."

아유카와의 목소리에 단죄의 울림은 없었다.

"고즈에의 어머니에게 들었어. 고즈에의 스마트폰에 통화 이력이 남아 있다고. 사건이 발생하고 채 10분도 되지 않았을 때 걔는 네게 전화를 걸었어."

이즈미가 약속 장소에 오지 않았으니.

"스완 밖에 있던 고즈에를 어떤 구실로 불렀지?"

목소리에 약간의 압력이 있었다.

"왜 부른 거야?"

위험한 곳으로. 굳이 부를 필요도 없었는데.

이즈미는 고개를 숙인 채 입술을 꾹 다물었다.

잠시 후 체념 섞인 깊은 한숨 소리가 들렸다.

"어쨌든 개는 네가 있는 곳으로 달려갔어. 그리고 말도 안 되는 살육극에 휘말렸지. 넌 무사히 목숨을 구했지만…… 그 아이는 결국 오른쪽 눈을 잃었어."

그날의 광경은 지금도 눈꺼풀 안쪽에 또렷이 새겨져 있다. 위를 바라본 자세로 축 늘어진 고즈에의 몸. 침이 흐르는 입가와 엉뚱한 쪽으로 향해 있던 두 눈. 그 한쪽에는 검붉은 피가 줄줄 흐르고 있다.

심호흡을 하고 싶었다. 이대로 눈앞에 있는 탁자 위에 엎드려 울음을 터뜨리면 마음이 편해질 수도 있다. 그러나 여기서 혼자 멜로드라마를 연기해 봐야 아무 도움이 되지 않는다.

총알은 고즈에의 오른쪽 눈에서 관자놀이 부근을 비스듬하게 뚫고 지나갔다. 지근거리였으니 방향이 조금만 틀어졌어도 뇌를 관통했을 것이다. 빈사 상태였지만 고즈에는 목숨을 건졌다. 그리고 한 달 후 어머니의 입을 빌려 이즈미를 고발했다. 오른쪽 눈에 새하얀 붕대를 감은 채.

"……고즈에는 저에 대해 뭐라고 하던가요?"

아유카와는 대답하지 않았다. 고발 기사는 고즈에가 이즈미를 스완으로 부른 이유나 두 사람이 스카이라운지에 있었던 이유는 한 줄도 다루지 않았다. 두 사람의 관계도 같은 반이고 같은 발레 교실에 다녔다는 표면적인 사실만이 적혔을 뿐이다.

이즈미와 사건에 대한 고즈에의 진심도 적혀 있지 않았다.

"고즈에를 만날 수는 없겠죠?"

"어려워."

즉답이었다.

"무엇보다 어머니가 허락하지 않을 테니."

이즈미는 지금껏 만나 보지 못했다. 통화를 해 본 적도 없거니와 얼굴도 모른다. 기사에 사진이 없으니 상상할 수밖에 없지만 분명 아름다운 분일 거라 상상했다.

"이즈미." 마치 표정이 있는 듯한 목소리. "왜 사과하지 않는 거냐?"

진심으로 이해하지 못하는 듯했다.

"기회는 이미 여러 번 있었을 텐데. 고즈에의 어머니

에게 직접 전해도 되고 언론을 통해서 할 수도 있었을 거야. 죽은 이들과 유족, 상처를 입은 고즈에에게 단 한 마디 '미안해'라고 했다면, 그게 비록 거짓말이었어도 우리는 납득했을지도 몰라. 그런데 넌 말하지 않았어. 지금껏 단 한 번도."

지금껏 완강히 침묵을 지켜 왔다.

"네게는 잘못이 없으니? 책임 따위 없으니? 사과하면 죄를 인정하는 꼴이 되니? ……그래. 그게 정론이기는 하지. 아주 넌더리가 날 정도로 옳아."

하지만. 아유카와의 목소리에서 안타까움이 배어났다. 이즈미는 말없이 흘려들을 수밖에 없었다.

"만약에 고즈에를 만난다면……." 감정을 죽인 목소리. "무슨 이야기를 할래? 걔한테 뭐라고 말을 걸 생각이야?"

"전……."

이즈미는 고개를 들었다.

"아마도, 고맙다고 할 것 같아요."

파일과 책자들이 꽂힌 정면 캐비닛을 바라본다.

"죽지 않아 줘서 고마워. 살아 있어 줘서 고마워, 라고 할 것 같아요."

5교시를 마치는 종소리가 울렸다. 고전 문학 프린트

는 여전히 백지상태다.

"……고즈에의 어머니 앞에서는 절대 해서는 안 될 소리군."

아유카와는 목소리로 이즈미를 외면했다. 피로에 지친 듯한 한숨 소리와 함께.

"선생님."

움직이기 시작한 그의 뒷모습이 멈칫했다.

"저도 되찾고 싶어요."

캐비닛을 바라본 채로 이즈미는 말했다.

"이 세상에 대한 신뢰를요."

그것은 마치 다른 사람 입에서 나온 말처럼 자신의 귀에 들렸다.

"저도, 고즈에도, 고즈에의 가족들도 분명 모두 그게 필요할 거예요."

아유카와는 대답하지 않았다. 열기를 머금은 듯한 침묵.

"도와주세요."

"……도와 달라고?"

"그럼 선생님께 모든 것을 털어놓을게요."

조금 전 아유카와는 이즈미에게 물었다. 뭐라고 하고 고즈에를 스카이라운지로 불렀지? 즉, 고즈에는 지금도 침묵하고 있는 것이다. 아마 어머니 앞에서도.

아유카와가 망설이는 시간은 짧았다.

"내가 뭘 해 줬으면 하는데?"

"NO 영상."

그것이 무엇인지 되묻지는 않았다. 아유카와는 이미 알고 있다.

"그게 필요해요. 가능하면 전부."

예전에 어느 영상 사이트에서 본 적은 있다. 역시 잠자코 보고 있을 수 없어서 중간에 껐다. 이즈미는 집에 컴퓨터가 없어서 영상을 저장하지는 못했다. 지금은 경찰이 규제하는 이상 영상을 손에 넣으려면 컴퓨터와 그만한 스킬이 필요할 것이다. 이즈미는 자신이 없었고 마스미에게 부탁하는 것은 더욱 무리다. 도쿠시타나 모임 멤버들에게 의지하고 싶지도 않았다.

"……뭘 위해?"

당혹감을 억누른 듯한 질문에 속으로 대답한다.

뭘 위해?

당연하지 않은가. 맞서 싸우기 위해서다. 이 빌어먹을 비극과.

"넘어서고 싶어요. 그러려면 자기 자신을 오롯이 마주해야 한다. 조금 전 선생님도 그렇게 말씀하셨잖아요."

이즈미는 부탁하듯이 고개를 숙였다. 허벅지 위에 얹은 두 손을 꾹 쥐었다.

"부탁드릴게요."

목덜미 부근에 시선이 느껴졌다. 증오와 동정, 그리고 의심. 세 가지는 각각 비율이 어느 정도일까.

아유카와의 대답을 기다리는 동안 불현듯 의식이 다른 곳으로 향했다. 레슨 교실의 여름 공연은 어떻게 됐을까. 나와 고즈에 외에는 주역을 연기할 만한 아이가 없었다. 다른 교실에서 지원군을 불렀거나 공연 자체를 다른 것으로 바꿨거나. 어쨌든 처음 목표를 이룰 수는 없었을 것이다.

춤출 수만 있다면. 흑조 오딜의 안무에는 이즈미의 주 특기인 점프가 별로 없어서 만약 배역을 맡게 되면 점프를 넣어 줄 수 없겠느냐고 부탁할 생각이었다. 하지만 역시 어렵겠지. 내 주테*는 힘이 너무 넘쳐서 흑조의 에로스와 어울리지 않을 테니까. 그래도 왠지 할 수 있을 것 같은 이미지는 있었다. 왕자를 유혹하는 매혹적인 점프의 이미지. 그건 분명 고즈에가 연기하는 오데트와 좋은 대조를 이뤄서……

* jeté, 한쪽 다리를 바깥쪽으로 쭉 내뻗고 뛰어오르는 경쾌한 동작.

"DVD로 되겠어?"

이즈미는 퍼뜩 정신을 차리고 느슨해진 입가를 조였다. 이제 곧 휴식 시간도 끝난다.

고개를 끄덕이기도 전에 먼저 아유카와가 말했다.

"학교에는 비밀이야."

등 뒤에서 뻗은 손이 이즈미의 어깨 위를 지나쳐 프린트를 쥐었다. 햇빛 때문에 흰 가운이 눈부셨다.

학교에서 걸어서 갈 수 있는 가전제품 양판점에서 휴대용 DVD 플레이어를 샀다. 모임에 한 번 참가해서 받은 돈으로 새 이어폰까지 사고도 거스름돈이 남았다. 학교에 메고 다니는 숄더백 안에 몰래 집어넣고 학교에 갔다. 거의 없는 사람 취급을 당하는 이즈미에게 소지품 검사를 하는 선생님은 없었다.

모두가 이즈미를 피하는 것은 아니다. 일부러 시간 내어 일대일로 수업을 해 주는 선생님이 있고, 상담실에 찾아온 보건 교사와 함께 점심을 먹을 때도 있었다. 학교에 돌아간 지 일주일이 되어 수준이 어느 정도인지를 파악하자 담임인 우시쿠라 선생님은 이즈미와 함께 향후 학습 계획을 상의하기도 했다. 구체적으로는 반에 복귀할 타이밍, 그리고 겨울방학을 어떻게 활용할지를 상의했다. 2학기 중에는 반에 돌아가는 걸 목표로 하자. 겨울방학에 학원에 가서 집중 강좌를 들어 보지 않겠니. 우시쿠라가 그렇게 제안할 때마다 대답을 대충 얼버무렸다. 그러면 우시쿠라도 강하게 요구하지는 않고 "그럼 뭐 어쩔 수 없지" 하고 넘어갔다. 이즈미는 우시쿠라 역시 위에서 지시를 받아 이런 제안을 한다고 느꼈고, 그렇게 느껴지게 행동하기도 했다. 우시쿠라든 일대일로 수업을 가르쳐 주는 선생님이든 보건 교사든 한 꺼풀을 벗기면 이즈미와의 관계를 피곤해하는 것이 명백했고 이즈미는 이즈미대로 쓸데없는 기대를 품지 않도록 자제했다. 한마디로 자기방어였다. 실망감에 마음이 꺾이지 않도록 하는 자기방어.

10월이 절반쯤 지나자 학교의 큰 행사도 대부분 끝나 분위기가 한산해졌다. 입시를 앞둔 3학년과 달리 한가로운 2학년 학생들 중에는 상담실로 등하교하는 이즈미에 대해 남몰래 묻는 아이도 있다고 우시쿠라에게 들었다. 우시쿠라는 괜찮을 테니 점심시간이나 방과 후에 가서 먼저 말을 걸어 보는 게 어떻겠냐고 집요하게 제안했지만, 고즈에를 따르던 아이들의 비난을 듣는 게 먼저일지 약자를 도와야 한다는 묘한 의무감을 품은 우등생과 어색한 대화를 나누는 게 먼저일지 몰라도 어쨌든 별로 기분 좋은 일이 일어날 것 같지 않았다. 그런 미래를 상상하면서 오는 우울감을 뒤뜰과 교내 복도에서 쏟아지는 노골적인 조롱과 조소가 없애 줄 때도 있었다. 차라리 후련할 정도로 순수한 악의는 주로 1학년 남학생들이 쏟아내는 듯했는데, 거슬러 가다 보면 분명 그 종이비행기를 처음 만들어서 날린 아이도 만날 수 있을 거라 생각했다.

목요일 3교시 고전 문학 시간에 아유카와가 나타났다. 인사도 하지 않고 지난주 프린트와 이번 주 프린트를 이즈미 앞에 내려놓았다. 거의 백지였던 지난주 프린트에 너무 달필이라 알아보기 어려운 기나시 선생님의 글자가 빼곡히 채워져 있었다. 문제를 푼 흔적조차 없는 문제에 대한 조언은 마치 독백 같았고 정중할수록 더 거리감이 생긴다는 것을 이즈미는 깨달았다.

이후 아유카와는 투명한 플라스틱 케이스를 프린트 위에 올렸다. 안에 든 DVD의 겉면에는 알파벳 'O', 그 밑에는 '①~④'라는 숫자가 적혀 있었다.

"오타케가 찍은 거야."

이즈미는 케이스를 손바닥으로 쓸며 감사 인사 대신 "나머지는요?" 하고 물었다.

10분 단위로 잘린 영상이 전부 합쳐 여섯 개 있다고

들었다.

"시간이 좀 걸릴 듯해. 특히 다섯 번째에는 또렷이 찍혀 있다고 하니."

살인 장면이.

"같은 이유로 니와의 영상은 입수하기가 어려워."

설명은 그걸로 끝이었다. 포기라는 말이 나오지 않은 이상 어렵기는 해도 입수해 보겠다고 긍정적으로 해석할 수밖에 없었다.

이즈미는 DVD를 노려보다가 잠시 후 물었다.

"혹시 보셨어요?"

"……그래."

그야 그럴 것이다. 그래야만 실물인지 아닌지 확인할 수 있으니.

"알아보셨나요?"

이번에는 대답이 돌아오지 않았다.

"저를요."

스포츠용품점 앞에 우두커니 서 있던 포니테일의 소녀를.

영상은 유리 천장을 올려다보는 시점부터 시작됐다. 새파란 하늘이 비친다. 그림으로 그린 것처럼 맑은 하늘이지만 햇빛이 부드러워서 빛 번짐 현상은 별로 없다.

4K 같은 고화질은 아니지만 기록물로서는 충분했다. 다소 거친 듯한 느낌이 카메라 성능 때문인지 DVD 복사에 따른 화질 열화인지는 알 수 없지만 그보다 더 거슬리는 것은 음성이었다. 앞으로 40분간 오타케의 잔뜩 흥분한 숨소리를 듣는 것은 고문이다. 그것도 모자라 고글과 한 몸이 된 카메라는 완전히 오타케의 시점이라 걸으면 흔들리고 고개를 돌릴 때마다 이곳저곳으로 움직이며 속이 안 좋아질 만큼 마구 흔들렸다. 내용 이전에 이 두 가지 문제 때문에 인내심이 필요했다.

일찍 학교에서 나온 이즈미는 역 앞에서 방향을 틀어 인적 없는 패스트푸드점에 들어가 2층 구석 자리에서 DVD 플레이어를 마주했다. 집에서 보다가 엄마에게 들키면 안 되고, 같은 반 아이와 마주치고 싶지도 않았다. 후드티에 달린 후드를 깊숙이 눌러 써서 그런지 귀에 꽂은 이어폰이 거슬렸다. 단단한 의자는 엉덩이에 부담을 줬다. 그러나 오렌지주스 한 잔만 시켜도 오래 있을 수 있으니 불만은 없다.

영상의 타임 레코드는 오전 11시 정각을 가리켰다. 녹화 시작을 확인하는 듯한 동작이 있고 이후 오타케는 천장에서 다시 고개를 숙였다. 흑조 광장을 오가는 사람들이 비친다. 가족, 커플. 남자, 여자, 어린아이부터 노인에 이르기까지 어떤 조건의 사람이든 전부 찾을 수 있을 법한 인파다. 오타케를 향해 호기심 어린 눈길을 보내는 사람도 있다. 영상에서는 확인할 수 없지만 오타케는 스포츠머리에 고글을 썼고 권총이 든 조끼와 숄더백을 멘데다가 허리에는 일본도를 찬 기묘한 차림새였다. 언뜻 봐도 뭔가 이상하다고 느꼈을 것이다.

탕, 하는 총성이 울린다. 사람들이 놀라 일제히 몸을 움찔한다. 무슨 일이 일어났는지 궁금해한다. 두 번째 탕. 오타케는 유리 천장을 향해 권총을 집어 던지고 가방에서 새 권총을 꺼낸다. 양손에 각각 한 자루씩. 그리고 그것을 번갈아 눈앞에 있는 입장객들을 향해 쏜다. 탕, 탕, 탕, 탕. 사람들은 영문도 모른 채 우왕좌왕하기 시작한다. 비명이 들렸다. 멍한 얼굴의 폴로셔츠를 입은 남자. 다리가 풀려 바닥에 엉덩방아를 찧은 긴 치마의 여자. 후우, 후우 하고 오타케의 습기 찬 숨소리가 들린다.

오타케는 권총을 앞으로 내밀고 이동했다. 탕. "휴웃!" 하는 기이한 소리를 내며 탕. 분수를 등지고 왼쪽 앞을 향해 급히 걸어간다. 가는 길목에 널찍한 점포들이 보인다. 바깥 쪽 상품 선반에 신발 몇 켤레가 진열돼 있다. 그중 하나를 손에 든 소녀가 멍한 얼굴로 카메라 쪽을 본다. 포니테일 시절의 이즈미다.

오타케가 총을 쏜다. 점포 어딘가에 총알이 맞았다. 손님들은 영문도 모른 채 선반 뒤에 숨거나 바닥에 엎드리거나 이리저리 뛰어다닌다. 꼭 벌집을 쑤신 것 같은 풍경이다.

그 안에서 이즈미는 마치 가위에 눌린 사람처럼 우두커니 서 있었다.

오타케가 맹렬하게 돌진해 온다. 가만히 선 소녀의 모습이 점점 확대되어 비친다.

영상을 다시 보니 새삼 얼빠진 표정이라고 이즈미는 생각했다. 움직일 수 없었다. 무슨 생각을 했는지도 전혀 기억나지 않지만 움직일 수 없었던 것만은 기억한다.

격렬하게 흔들리는 영상 속에서 오타케가 오른팔을 정면에 뻗는다. 총구가 이즈미를 향한다. 의식적으로 노렸는지는 모르겠지만 조준은 확실했다. 그 역시 기억한다. 이제 총에 맞겠구나 생각했다. 다음 순간 총성이 울려 퍼진다. 오타케의 시야에서 오른편에 있는 신발이 허공에 날아갔다. 이즈미 옆의 SALE 선반에 진열돼 있던 흰색 신발이었다.

포니테일의 이즈미가 채찍에라도 맞은 것처럼 등줄기를 쭉 편다. 그러고서 서둘러 등을 돌리고 날아간 신발과 반대 방향으로 부리나케 내달리기 시작한다.

아무것도 떠오르지 않았다. 사느냐 죽느냐도 머릿속에 없었고 그저 무서운 총성에서 멀어지기 위해, 미친 듯이 다가오는 괴물에게서 도망치기 위해 팔다리를 버둥거린 것이다.

운이 없었다. 이렇게 냉정하게 영상을 보니 단언할 수 있다. 서 있던 위치가 조금만 달랐다면, 오타케의 총알이 오른쪽이 아닌 왼쪽에 있는 신발에 맞았다면 이즈미는 분명 다른 사람들과 마찬가지로 백조 광장 쪽으로 달려갔을 것이다.

그러나 그날 허공에 날아간 것은 오른쪽에 있던 신발이라 왼쪽으로 도망칠 수밖에 없었고, 뒤따라오는 오타케의 압력에 떠밀리듯 구역 안쪽을 향해 점포와 점포 사이 통로를 이즈미는 달리고 말았다.

오타케가 흔들리는 포니테일을 쫓는다. 그러나 실제로 포니테일은 오타케에게 맛있어 보이는 당근 따위가 아니었고, 그는 그저 경비원이 있는 제2 방재 센터를 노렸을 뿐이었다. 예전에 근무했던 직장. 납득하기 어려운 이유로 그만두게 된 악연의 장소.

그런 걸 알 리 없는 소녀는 끊임없이 필사적으로 통로를 뛰었다. 철문에 부딪히자 몸을 부들부들 떨며 문을 열고 백야드로 들어갔다. 등 뒤에서는 괴물이 쫓아오고 있었다. 방금 닫은 철문이 날카로운 소리를 냈고 온갖 생각이 뒤엉켜 폭발할 것 같은 머리가 저도 모르게 돌아갔다. 그리고 그때 이즈미는 제2 방재 센터 옆에 있는 비상계단을 발견했다.

다음 날에도 일찍 학교에서 나왔다. 어제와는 다른 이유였다. 오늘은 상담 치료를 받는 날이다.

미사토역으로 가는 전철 안에서 이즈미는 의자에 앉아 허벅지를 손으로 쓸었다. 오타케의 영상을 봐서일까. 오늘은 하루 종일 잠깐만 마음을 놓아도 그 영상이 눈꺼풀 안쪽에 떠올랐다. 귀에는 심장을 두드리는 듯한 총성과 비명, 그리고 오싹한 숨소리가 들러붙어 있다.

그 때문에 영상에 없는 기억도 되살아났다. 어스름한 비상계단을 무아지경으로 뛰어 올라간 기억. 냉정한 사고 같은 건 단 1밀리그램도 없었고 2층과 3층을 날아가듯 지나 이후에는 나선형 계단을 끊임없이 올랐다. 탁탁 탁탁 하고 독촉하듯 신발 소리가 울리고 아래에서는 총성과 비명 소리가 들리자 숨이 턱 막히고 눈물과 콧물을 줄줄 흘리며 이제는 어떡해야 할지, 대체 무슨 일이 일어나고 있는지, 이 계단을 언제까지 올라야 하는지, 다

오르면 어디로 이어지는지 무엇 하나 알지 못했다. 그러나 계속 오를 수밖에 없었다. 잠시 후 허벅지가 비명을 지르고, 계단에서 발을 헛디디고, 온몸이 산산조각 나는 듯한 고통에 가득 찬 것은 두 개의 소리가 연속해서 들렸을 때였다. 고즈에가 걸어 온 전화. 그리고 머리 위에서 들린 "괜찮니?" 하는 목소리.

전철이 미사토역 플랫폼에 들어선다. 그것은 바로 조금 전의 기억. 현재 이즈미의 눈앞에는 푸르스름한 빛에 휩싸인 해초가 수조 속에서 넘실거리고 있다.

오늘도 기타시로와 대화는 길게 이어지지 않았다. 다시 돌아간 학교생활이 어떤지 물어서 "괜찮아요"라고 대답하고 끝냈다. 그 뒤에는 평소처럼 이 어둑어둑한 원장실에서 둘이 함께 거품이 보글보글 올라오는 수조를 바라볼 뿐이었다.

졸음이 찾아올 때마다 탕, 하는 총성이 머릿속에 울려서 잠을 깨웠다.

오타케가 뛰어 들어간 제2 방재 센터는 교실을 두 개 합친 넓이에 책상과 컴퓨터, 사물함과 기계, 그리고 수많은 모니터가 놓여 있었다. 당시 센터 안에 있던 직원은 총 네 명. 오타케의 등장에 모두 당황스러워했다. 엉거주춤하게 서 있던 그들에게 오타케는 단 한마디 설명

도 없이 총을 갈겼다. 그들이 겁에 질린 것을 뭐라고 할
수 있는 사람은 없을 것이다. 다짜고짜 날아드는 총알
앞에서 책상 뒤에 숨는 것 외에 또 어떤 방법이 있을까.
연이어 발사된 총알 대부분은 책상과 기계에 맞아 작은
불똥을 만들었지만, 그중 한 발이 몸을 일으키려던 경비
원의 어깨를 뚫고 지나갔다. 대번에 오타케는 쓰러진 그
에게 달려갔다. 빨갛게 물든 어깨를 손으로 누르며 경비
원은 오타케를 올려다봤다. 중년 남자의 미덥지 못해 보
이는 얼굴이 일그러진다. 통증 때문일까, 아니면 공포
때문일까.

　오타케가 그에게 권총을 들이밀었을 때 비명 소리가
들렸다.

　꺄아아앗! 하는 여자의 비명.

　깜짝 놀란 오타케가 고개를 돌리자 두 손으로 입가를
가린 여자가 서둘러 도망치는 뒷모습이 비친다. 총구가
그쪽으로 향한다. 다음 순간, 총성. 동시에 카메라가 흔
들린다. 풍경이 정면에서 천장 쪽으로 빙글 돌아간다.
어깨를 총에 맞은 경비원이 빈틈을 노려 오타케를 쓰러
뜨린 것이다. 오타케가 그대로 뒤로 넘어진다. 그 즉시
당겨진 방아쇠, 또다시 총성. 그는 경비원이지만 오타케
를 제압하기보다 도망치는 것을 선택했다. 그동안 나머

지 경비원들도 방재 센터를 뛰어나갔다.

크아아아! 텅 빈 센터 안에서 오타케는 짐승처럼 울부짖었다. 총을 쏘고, 다 쏜 총을 던지고, 또 새 총을 손에 들어서 쏜다. 책상을 걷어차고 타워처럼 쌓인 기계들을 쓰러뜨리며 갖은 신경질을 부리다가 마침내 그는 방재 센터를 나갔다. 이 어린아이 같은 몇 분의 발작이 결과적으로 몇 사람의 목숨을 구했다.

그가 흑조 광장으로 돌아가 1층에서 백조 광장 쪽으로 걸어갈 무렵 이미 경비원들은 멀리 도망쳤고 그 많았던 입장객도 거의 사라지고 없었다. 혼자 남은 초조함을 오타케는 난폭한 발걸음과 권총 난사, 그리고 연신 "제기랄!" 하는 욕설로 내뱉었지만, 그것은 몹시 우스꽝스러운 저항이었다. 마네킹과 하늘에 걸린 풍선만이 희생양이 됐다.

아유카와가 입수한 영상은 청바지 가게에서 갈색 머리 소년이 기어 나오는 장면에서 끊겨 있었다. 그가 이다음 일본도에 찔려 죽었다는 것을 이즈미는 인터넷 뉴스 기사에서 읽었다.

"뭔가 희한해요."

물방울이 땅 위로 솟구치는 것처럼 극히 자연스럽게 입이 열렸다.

"알면 알수록 저 자신이 가짜인 것 같은 기분이에요. 사건을 다룬 영상과 신문 기사들은 물론 사실이고 틀리지 않았지만 그렇다고 그게 진실도 아니니까요."

기타시로는 대답하지 않았다. 맞장구도 치지 않았다.

수조를 바라보며 말을 잇는다.

"그렇다면 네 기억은 진정 옳으냐고 물으신다면, 그것도 모르겠어요. 모호하고 어렴풋하거든요. 그리고 앞으로는 아마 더 어렴풋해지겠죠."

오직 기록된 사실에만 의지하게 될 것이다.

"사건에 대해 최대한 정보를 수집해서 읽고, 듣고, 고민하고, 깨닫고, 돌아보면 그 당시에는 없었던 선택지가 마치 있었던 것처럼 느껴져요. 왜 그런 선택지를, 정답을 나는 고르지 않았을까 하는 생각이 들죠. 확고한 이유가 있을 텐데. 어쩔 줄 몰랐다거나, 깨달을 새가 없었다거나, 착각이나 잘못된 믿음 같은 다양한 원인이 있었고 그러니 정답을 고를 수가 없었던 건데. 그건 오직 그 순간의 저만이 알 수 있는 것들이라 지금은 저조차 제대로 설명할 수 없어요. 그래서 그걸 다른 사람에게 전하는 게 너무 어렵고 힘들어서 속이 타는 거예요."

왜 틀렸니? 그런 질문에 도대체 어떤 대답을 해야 하는 걸까. 나라면 틀리지 않았을 것이다. 상대가 그렇게 호언장담한다면 그저 고개를 숙일 수밖에 없지 않은가.

"〈백조의 호수〉를 아세요? 실은 그 작품은 오래전에 이야기가 바뀌었다고 해요. 차이콥스키의 오리지널 버전은 혹평이 많았고 지금은 프티파, 이바노프 버전이나 골스키 버전이 주류죠. 오리지널 버전은 심각해요. 특히 결말이 최악이죠. 왕자는 오데트에게 첫눈에 반한 주제에 오딜에게 관심을 보이고, 그러다가 다시 오데트와 관계 회복을 시도하다가 끝내 오데트와 함께 죽어 버려요. 둘이서 한탄하고 있을 때 홍수에 휩쓸려서."

프티파, 아바노프 버전에 나오는 '다음 생애에서 이어진다' 같은 최소한의 위안도 없는, 무참하기 이를 데 없는 결말.

"그래서 이야기가 바뀐 거예요. 차이콥스키 사후에 공연된 프티파 버전은 관객들에게 인기를 끌었죠. 덕분에 〈백조의 호수〉는 세계 3대 발레 중 하나로 남았어요. 지금은 심지어 클라이맥스 부분에서 왕자와 악마가 결투를 벌이는 버전도 있어요. 악마에게 승리하고 오데트와 영원한 사랑을 맹세하는."

아유카와의 말을 빌리자면 세상을 향한 신뢰를 회복하는 것이다. 터무니없이 비참한 결말과 둘 중 어느 쪽이 나은지를 묻는다면 이즈미 역시 나중에 나온 버전을 선택할 것이다. 비극을 뛰어넘는 이야기를.

"하지만 차이콥스키 버전 쪽이 더 나아 보이는 점도 있어요. 차이콥스키판에는 악마가 오데트에게 저주를 거는 이유가 부모로부터 이어진 인과로 설정돼 있으니까요. 악의에도 일리가 있는 느낌이죠. 그런데 프티파 버전에서는 그걸 소홀히 다뤄요. 왕자와 오데트를 향한 마녀의 악의에 뚜렷한 이유가 없고 그냥 원래 그런 거라고 생각될 만큼 불합리해요."

어쨌든 너희를 불행하게 만들어 주마.

입에서 말이 나갈 때마다 수조 물 속에 녹아드는 느낌이다.

"그럴 생각은 없었어요."

하늘거리는 해초를 보며 이즈미는 다시 입을 열었다.

"그 아이를 상처 입힐 생각 같은 건 티끌만큼도 없었어요. 만약 있었다면 처음부터 거절했겠죠. 스완에 가지도 않았을 거예요. 절 부른 게 화가 나서 일부러 천천히 시간을 보내며 그 아이를 기다리게 하기는 했지만, 그건 그렇게 큰일도 아니잖아요."

내가 당한 것과 비교하면 그냥 소심한 저항일 뿐이다.

"고즈에, 진짜 싫었어요."

자존심으로 똘똘 뭉쳤고 제멋대로인 데다가 잔인한

면모가 있는 겉모습만 예쁜 아이.

"줄곧 생각했어요. 걔가 사라졌으면 좋겠다고."

괴롭힘을 당할 때는 물론이고 괴롭힘이 한풀 꺾인 뒤에도. 아니, 오히려 그 이후 미움은 점점 더 커졌다.

아유카와의 말이 맞는다. 고즈에는 변했다. 꽃병 사건이 있고 나서, 아유카와에게 꾸중을 듣고 나서 곧장 괴롭힘을 멈췄다. 그리고 발레에 집중하기 시작했다. 개과천선을 한 사람처럼. 그러나 현실은 달랐다. 그것은 형태를 바꾼 괴롭힘이었다. 상대가 소중히 여기는 것을 빼앗는다는 의미에서 어쩌면 가장 잔인한 괴롭힘이었다.

예전처럼 우아하고 한가롭게 춤추면 좋을 텐데. 경쟁심을 고스란히 드러내며 땀을 뻘뻘 흘리면서 레슨에 열중하다니. 아니나 다를까 차이는 조금씩 좁혀졌다. 피맺힌 일념으로 이즈미가 열심히 쌓아 올린 것을 고즈에는 순식간에 따라잡았고, 겨울방학과 3학기 만에 여름 공연의 주인공을 두고 경쟁할 만큼 빠르게 성장했다. 봄방학에 접어들자 이제는 거의 차이가 없었다. 얼마 안 돼 따라잡힐 게 확실했다. 그렇다. 재능이 있는 쪽은 고즈에였다.

엄연한 사실.

하지만, 그러니.

왜 백조를 하지 않는다는 거야? 주인공을 네가 맡으면 되잖아. 백조를 하면 되잖아. 흑조 역할은 내게 맡겨 줘. 줄곧 동경해 왔다고. 엘레나의 흑조를, 언젠가는 반드시 그 흑조를 연기하고 싶었어. 그것만을 목표로 달려왔어. 공부와 즐길 거리, 친구도 전부 포기하고 엄마에게도 폐를 끼쳐 가면서. 그러니 부탁해. 나와 맞서 싸우겠다는 하찮은 이유로 내 흑조를 앗아 가지 말아 줘…….

그날 부른 것도 결국 괴롭힘이었다. 스완의 저수지에서 내게 비참한 패배를 안기기 위한 괴롭힘.

결말은 알고 있었다. 그래도 가야만 했다. 지금이라면 아직 승산이 있을 수도 있으니까. 좌절하지 않고 끝날지도 모르니까. 정 방법이 없다면 고개를 숙이자. 정 말이 통하지 않을 것 같다면 확 받아 버리기라도 해 보자. 그럴 가능성을 각오하고 전철에 몸을 실었다.

그리고 사건이 일어났다. 이즈미는 오타케에게서 도망치기 위해 비상계단을 뛰어 올라갔다.

"그러는 도중에 그 아이에게서 전화가 걸려 왔어요."

사건은 알지 못한 채 그저 연락도 없이 오지 않는 이즈미를 비난할 생각이었을 것이다.

"저는 달리면서 스마트폰을 꺼내서 상대를 확인하지도 않고 통화 버튼을 눌렀고……. 그러다가 순간 스마트폰을 떨어뜨리고 말았죠. 서둘러 다시 주우려고 했지만 계단에서 발을 헛디뎌서……."

넘어지면서 오는 통증을 느낄 새도 없이 거의 매달리듯 스마트폰으로 손을 뻗었을 때.

"위에서 '괜찮니?' 하는 여자 목소리가 들렸어요. 그래서 전 그 여자를 올려다보며 소리쳤어요."

살려 주세요!

아마 그 목소리는 상대의 귀에 닿았을 것이다. 바로 옆에 있던 통화 스피커 너머에도.

"살려 주세요. 살려 주세요, 살려 주세요."

위에서 내려오는 여자에게 울부짖으며 계속 외쳤다.

"그분이 스카이라운지는 안전하니 얼른 거기로 가라고 해서……. 이후 전 고즈에는 떠올리지도 못했어요."

젖 먹던 힘을 짜내 위로 올라갔다. 스마트폰을 떨어뜨린 걸 깨달은 것은 스카이라운지에 도착하고 나서였다. 고즈에가 그 뒤에도 계속 전화를 했다는 것은 사건 이후 스마트폰이 손에 다시 돌아온 뒤에야 알게 됐다.

"고즈에가 그날 부른 걸 거절해야 했을까요? 약속 시각에 늦지 않게 갔다면. 비상계단을 발견하지 못했다면.

계단에서 고즈에와 통화를 끝까지 했다면……."

비극을 막을 수 있었을까.

이런 식의 가정은 무의미하다. 생각해 봐야 소용없다. 해답은 이미 나와 있다.

"이건 일반적인 의견이지만……."

기타시로가 조용히 입을 열었다.

"네가 책임질 일은 없는 것 같구나."

이즈미와 마찬가지로 기타시로도 수조를 바라보며 말했다.

"비단 그 후루타치 고즈에 일뿐만 아니라 스카이라운지에서 발생한 모든 사망 사건도. 설령 네가 그날 피해를 본 이들을 골랐다고 해도 그건 단지 순서를 정한 것에 불과해. 어쨌든 니와는 그날 그곳에 있던 사람들을 모두 죽일 계획이었을 테니."

"하지만 그 자식은 제 등 뒤에 서 있었어요. 제 바로 옆에."

숨결이 닿을 정도의 거리에.

"방법이 있었을지도 몰라요. 제가 기회만 만들었다면, 상대는 혼자였고 저희 숫자가 더 많았으니, 제가 겁먹지만 않았다면……."

"네가 처했던 그런 상황에서 저항할 수 있는 사람은

그리 많지 않을 거야. 나 역시 아무것도 못 했겠지. 대다수가 그럴 거야."

"그럼 저는 왜 비난받는 건가요? 우리 엄마가 왜 조롱당해야 하는 건가요?"

한마디로 운이 나빴다. 그뿐인데.

"……야마지 씨에게도 비난이 쏟아졌어요. 심지어 기자 회견까지 했고."

눈부신 플래시 세례를 받으며 눈살을 찌푸리던 미덥지 못한 그 얼굴. 여윈 볼.

"도망쳤을 뿐인데. 그저 오타케로부터, 총격으로부터 도망쳤을 뿐인데."

그는 오타케를 쓰러뜨렸다. 여자에게 총을 겨눈 오타케의 다리에 달라붙어 등 뒤에서 있는 힘껏 그를 쓰러뜨렸다. 그러니 제압할 수도 있었다는 이야기가 만들어졌다.

"그분은 총에 맞았어요. 총에 맞았는데도……."

피를 흘리면서 악당에게 덤벼든 것이다. 의심할 여지 없이, 그가 총구를 겨눈 여자를 구하기 위해.

그러나 그 사실이 되레 그를 비난할 구실을 만들어 버리고 말았다.

야마지 씨. 당시 왜 오타케를 그냥 내버려 두고 도망치셨습니까? 야마지 씨, 경비원으로서 그 행동은 적절하

326

다고 생각하십니까? 야마지 씨, 한때 부하였던 오타케가 방재 센터를 덮친 건 예전 직장에 원한을 품고 있어서가 아닌가요? 당시 교육을 맡은 분으로서 책임에 대해 어떻게 생각하십니까? 야마지 씨, 오타케는 그 이후 네 사람의 생명을 더 앗아 갔습니다. 유족분들께 한 말씀 부탁드립니다.

그 질문에 대한 대답은 빈말로도 적절했다고 할 수 없었다. 시종일관 횡설수설하고 종잡을 수 없어서 함께 동석한 상사의 도움으로 아슬아슬하게 회견을 마친 수준이었다.

야마지 씨, 야마지 씨는 경찰의 사건 수습 직후 가족에게 '목숨을 건졌어'라는 메시지를 보내셨습니다. 그게 무슨 뜻인지 설명해 주십시오.

기자가 그 질문을 던졌을 때, 땀투성이였던 야마지의 얼굴에 불현듯 미소가 스쳤다. 쓴웃음 같기도, 실소 같기도, 울음이 섞인 것 같기도 한 미소였다. 그것이 누구에게 보내는 것이고 어떤 감정을 담은 미소였는지 아무도 알지 못했지만 삽시간에 '신중하지 못하다'는 평가가 떨어졌다. 비난의 불길은 초기 진압에 실패했고 오히려 더 번지자 그는 자취를 감췄다. 인터넷 게시판과 SNS 등지에는 그럴싸한 야반도주설이나 가족 해체설이 돌아다녔다.

"왜……."

공포가 되살아났다. 그 일을 나중에 알게 되고 다음은 나라는 것을 깨달았을 때의 공포. 실제로 기자에게 쫓긴 기억, 엄청나게 많은 댓글.

"왜 이렇게 악의가 만연해 있는 건가요?"

대화가 끊긴다. 진료실에 깔린 침묵은 해답 따위 없다는 것을 암시했다.

'목숨을 건졌다'가 대체 뭐가 그렇게 잘못됐어? 테러범의 습격으로 부상을 입은 남자가 사건 직후 흥분이 가시지 않은 상태에서 가족에게 보낸 메시지였잖아. 그 일로 수많은 이들이 죽은 건 맞아. 좀 더 적합한 말이 있었을지도 몰라. 하지만, 그렇다고 해서 그게 무슨 뜻인지를 설명하라고? 무슨 설명을 원하는데?

알고 있다. 그러나 통하지 않는다. 이쪽의 변명은 통하지 않는다. 그들에게 사건은 객석에서 바라보는 '이야기'고, 야마지는 '등장인물'이며, 기자회견은 '장면'이었다. 표정과 말투는 '연기'였고, 카메라 플래시는 '연출'이되었다. 그리고 '이야기'는 관객이 원하는 방향으로 '수정'된다.

병원 옥상에서 춤추는 영상이 인터넷에 퍼졌을 때 뼈

저리게 느꼈다. '사람이 죽었는데도 즐거워 보이네'라고 빈정거리는 댓글이 수도 없이 달렸다. 이 아이는 아무렇지 않다고 단정 지었다. 정상적인 사람이라면 마땅히 트라우마가 생겼을 텐데. 혹시 사이코? 아니, 쟤는 범인의 마음에 들었으니 저렇게 태연할 수 있는 거야. 그 친구라는 여자애를 싫어했던 게 아닐까? 그러니 저렇게 기쁜 듯이 춤출 수 있는 거겠지. 응, 맞아, 맞아…….

그들은 어떻게 내가 사건 따위 조금도 신경 쓰지 않고 여유롭게 춤췄다고 단정 지을 수 있을까.

TV에 나온 한 연예인 패널은 분노를 발산하며 이렇게 말했다. 아무것도 할 수 없었다, 어쩔 수 없었다. 그건 결국 나만은 죽지 않는다고 안심하는 사람이나 할 법한 말 아닌가요?

예, 라고 대답하기를 바라는 걸까. 네, 안심했어요. 그러면 만족하시나요?

그러나 그때 내가 살해되지 않는다는 보장이 과연 있었는지 난 알지 못한다.

통하지 않는다. 그들은 다르기 때문이다. 그 스카이라운지에서 바닥에 엎드려 있던 이들 앞에 서 보거나 뒤통수에 총구가 닿아 보지도 않았다. 니와 유즈키의 목소리와 숨소리, 피 냄새. 총성. 그날의 파란 하늘.

"이다음 죽을지도 모르는 상황을 정말 상상할 수 있을 까요?"

기타시로는 대답하지 않는다.

"살아남은 이후의 심정은?"

안도, 상실, 혼란, 불안, 분노, 실망…… 모든 단어가 들어맞으면서도 충분하지 않다. 나는 분명 야마지의 심정도 이해하지 못할 것이다.

"……네가 처했던 상황이라니. 그게 어떤 건지 아는 것처럼 말씀하시지 마세요."

"그래……. 네 말이 맞다. 미안하구나."

"오늘 이야기를 다른 곳에서 하시면 용서하지 않을 거예요. 엄마도, 학교에도 안 돼요."

"안다."

"……이제는 더 이야기하지 않을래요."

"그래."

심술궂게 굴고 싶지는 않았다. 불빛이 닿는 수면에는 잔물결 하나 보이지 않는다. 그것을 보며 시선과 마찬가지로 우리 두 사람의 대화도 줄곧 엇갈렸다고 이즈미는 생각했다.

6

"그건 다시 말해" 하고 도쿠시타가 검지를 세웠다.

"이즈미 님이 스카이라운지에 도착한 시점이 고즈에 님보다 먼저였다는 뜻이겠죠?"

이즈미는 힘없이 고개를 끄덕였다. 세 번째 모임이 시작됐다. 지난번에 예고한 대로 도쿠시타는 가장 먼저 이즈미에게 그날의 행동을 알려 달라고 했다. 흑조 광장에 있는 스포츠용품점에서 백야드로, 그리고 비상계단을 뛰어 올라가다가 넘어지기 전까지의 모든 상황을 솔직히 털어놓았다. 고즈에와의 관계만은 그저 친구라고 주장했다.

"즉, 고즈에 님이 스카이라운지로 향한 건 유키오와는 상관없이 이즈미 님을 걱정해서였군요."

"아마도 그랬을 거예요."

호사카는 팔짱을 끼고 있었다. 이쿠타는 볼에 손을 갖다 댄 채 이맛살을 찌푸리고 있다. 허리를 숙인 도산, 탁자에 턱을 괸 하타노. 네 사람은 각자의 자리에서 이즈미의 증언에 귀를 기울이고 있다.

"어디 부근에서 넘어지셨는지 기억하십니까?"

"아마 3층은 지났던 걸로 기억해요. 거기서부터 계단

이 나선형으로 바뀌니 그건 확실해요."

스카이라운지는 대략 5층 높이에 있다. 전력으로 뛰면 여자인 이즈미도 3분도 되지 않아 도착했을 것이다. 그러나 그때는 혼란 속에서 숨이 가빴고 균형감도 엉망이었다. 그래서 스마트폰을 떨어뜨렸고 서두르다가 계단에서 발을 헛디뎠다.

"11시 8분이에요."

스마트폰에 고즈에가 전화를 건 기록이 남아 있으니 즉답할 수 있었다. 같은 시각에 오타케는 방재 센터에서 총을 난사하고 있었다.

"그때 그 여자가 내려왔군요."

"네. 그분은 어쩔 줄 몰라 하는 저를 보며 위에 있는 스카이라운지는 안전할 거라고 하셨어요. 하지만 그 뒤로 곧장 관내 방송이 시끄럽게 울려 퍼져서 전 또다시 패닉에 빠졌고……."

그녀는 이즈미의 어깨를 감싸며 괜찮아, 괜찮을 거야, 하고 달래 주었다.

"마음이 조금 가라앉자 아래에서 무슨 일이 일어났는지를 물으셨어요."

"뭐라고 대답하셨습니까?"

"있는 그대로요. 고글을 낀 스포츠머리의 남자가 갑자

기 나타나 총을 쐈다고. 백야드까지 쫓아와 정신없이 계
단으로 도망쳤다고요."

도쿠시타가 "흠" 하고 추임새를 넣었다.

"그분은 얼른 위로 올라가라며 저를 일으켜 세우더니
정작 자신은 계단을 뛰어 내려가셨어요."

"그렇군요."

목소리에 만족감이 섞여 있다.

"그 여자분은 기쿠노 씨가 아닌……."

"젊었어요. 20대 정도였던 걸로 기억해요."

얼굴은 잘 기억나지 않지만.

"아마 스카이라운지의 직원이었을 거예요. 앞치마를
두르고 있었으니까요."

도쿠시타가 끄덕이는 것을 보면 그는 이미 모든 걸 알
고 있을 것이다. 오타케의 영상에는 방재 센터를 찾아와
비명을 지르는 여자가 찍혀 있었다. 그 사람이 바로 이
즈미와 교대하듯 비상계단을 뛰어 내려간 여자였다고
상상하는 게 자연스럽다.

"정리하자면 이즈미 님은 11시 5분이 넘어 비상계단
을 오르기 시작했고 8분에는 3층보다 위에 계셨다. 그
때 고즈에 님에게 전화가 걸려 온 동시에 스카이라운지
에서 내려온 여직원과 마주쳤다."

그 직후 관내 방송이 나왔다. 이즈미는 위로, 여직원은 아래로 두 사람은 엇갈렸다.

"그대로 곧장 스카이라운지에 가셨습니까?"

"중간에 지쳐서 주저앉기도 했지만 결국 거의 질질 기어서……."

몸의 피로보다 혼란스러운 마음 때문에 숨이 잘 쉬어지지 않았다.

"게다가 넘어졌을 때 무릎을 찧기도 했으니까요."

"스카이라운지에 도착한 시각은?"

"정확히 시간은 모르겠는데……. 확실한 건 그 안에 기쿠노 씨는 없었다는 거예요."

만약 그녀를 만났다면 이즈미도 새파란 원피스를 기억했을 것이다.

기쿠노는 11시 14분에 3층 엘리베이터에서 내렸다.

"흐음." 도쿠시타가 콧숨을 내쉬었다. "스카이라운지 내부 상황은 어땠습니까?"

"다들 혼란스러워하는 것처럼 보였어요. 소란을 부리기보다는 겁먹은 느낌이었죠."

유리 천장, 벽. 돔형 천장 위로 파란 하늘이 펼쳐졌다. 그 쾌적함과는 정반대로 얼굴을 찌푸린 채 서로 어깨를 맞대고 있는 사람들. 이즈미를 맞은 사람은 콧수염을 기른 남자 점장이었다. 그는 걱정하듯 괜찮냐고 물었고 아래 상황이 어떤지 묻기에 있는 그대로 전달했다.

점장은 이즈미가 들려준 정보를 스카이라운지에 있는 사람들에게도 전했다. 긴장한 채 굳어 있던 젊은 여자 3인조. 술배가 볼록한 초로의 남자와 비슷한 나이대로 보이는 여자가 있었지만, 서로 아는 사이는 아닌 듯했다. 그리고 양복 차림의 남자와 조금 화려한 느낌의 여자 한 쌍. 두 사람 역시 연인 사이는 아니고 일 관계로 만나지 않았을까 이즈미는 상상하고 있다. 실제 두 사람을 보고 그렇게 느꼈고, 남자가 고급 화장품 회사의 영업사원이었다는 뉴스 보도도 나왔다.

점장을 포함해 총 여덟 명. 거기에 후타미 유키오를 더한 아홉 명이 그날 스카이라운지에서 사망한 사람들이다.

도쿠시타가 사무적인 투로 물었다.

"이즈미 님은 이후 줄곧 스카이라운지에 계셨습니까?"

"네."

다시 한번 흐음, 하는 콧소리가 들린다.

"고즈에 님이 찾아온 건……."

"아마 11시 30분이 지나서였을 거예요."

정확히는 기억나지 않지만 11시 30분에 기쿠노와 고

즈에가 3층 엘리베이터 승강장에서 만났을 거라는 도쿠시타의 추측은 느낌상으로도 위화감이 없다.

"엘리베이터를 타고 올라온 건가요?"

"네."

"유키오를 데리고?"

"네."

"사전에 고즈에 님에게 연락을 받았습니까? 지금 스카이라운지에 가겠다거나, 아이를 데리고 있다거나."

"아뇨. 다른 사람들은 스마트폰으로 경찰과 가족들에게 연락했지만 전 스마트폰을 비상계단에 두고 왔으니까요."

"흠, 그렇군요."

도쿠시타의 맞장구가 왠지 의미심장하게 들렸다.

"그럼 고즈에 님이 도착한 이후 어떤 이야기를 나누었습니까?"

"……어떤, 이라고 하시면?"

"우선 아래 상황. 그리고 유키오와 어디서 만났다거나 하는 설명을 하지 않았나요?"

"그건……."

살아남은 사람은 이즈미와 고즈에뿐. 스카이라운지에는 방범 카메라도 없었다.

"······잘 기억나지 않아요. 당시에는 저도 고즈에도 정신이 없었으니까요."

"그건 이상하군요."

딱 잘라 말하는 것을 듣고 깜짝 놀라 저도 모르게 고개를 들고 말았다.

"이런, 실례했습니다. 그러나 역시 납득하기 어렵다고 할 수밖에 없습니다. 생각해 보십시오. 당시 스카이라운지에 머물러 있던 분들에게 아래층의 상황은 중대한 관심사였을 겁니다. 일단 지금 여기가 안전해 보이기는 해도 도망칠 곳이 없는 밀실이나 마찬가지니까요. 가능하면 최대한 빨리 아래로 내려가 외부로 대피하고 싶다고 생각하는 게 인지상정이겠죠. 거기에 엘리베이터 문제도 있습니다."

도쿠시타가 크게 뜬 눈으로 이즈미를 바라봤다.

"범인이 스카이라운지에 오지 못하게 하려면 엘리베이터를 위층에 세워 둘 필요가 있습니다. 그러나 엘리베이터는 일단 기쿠노 씨를 태우고 3층에 내려갔고 그리고 어째서인지 그대로 방치되고 말았죠."

위로 다시 부르지도 않고.

"그 엘리베이터를 통해 고즈에 님은 스카이라운지로 올라왔지만 이즈미 님께 그걸 알린 건 아니었습니다. 다시 말해 당시 엘리베이터는 누가 안에 타 있는지 알 수 없는 상태에서 움직였다는 말이 됩니다. 스카이라운지에 있던 분들께 이토록 무시무시한 상황은 없었겠죠."

"범인이 탔다면 끝장이니."

하타노가 끼어들자 도쿠시타가 고개를 끄덕였다.

"그렇습니다. 그러므로 엘리베이터를 다시 위로 불렀어야 합니다."

그리고 스토퍼를 사이에 끼워 두면 엘리베이터가 움직일 염려는 없다.

"그럼 구조대도 못 올라오는 것 아닌가요?"

이쿠타가 자연스럽게 묻자 하타노가 "경찰들과는 전화로 소통하면 되죠"라고 반박하고 머리를 긁적였다.

"그리고 비상계단도 있고."

"그렇습니다. 비상계단이 있습니다."

도쿠시타가 평소에는 듣기 어려운 거친 목소리로 말했다.

"대단히 흥미롭죠. 엘리베이터가 위에서 아래로 내려가는 건 괜찮다고 해도 아래에서 위로 올라오는 건 당시 스카이라운지에 있던 분들에게 상당한 스트레스였을 겁니다. 그러나 기쿠노 씨가 엘리베이터를 타고 내려간 다음 그들은 엘리베이터를 다시 위로 부르지 않았습니다."

"거참 뺑뺑 돌리는군." 호사카가 느닷없이 큰 소리로 끼어들었다. "시간 낭비야. 결론만 간략하게 설명할 수 없나?"

"죄송합니다. 제 좋지 않은 버릇입니다."

도쿠시타는 주눅 든 기색도 없이 "비상계단. 바로 그 것이 열쇠입니다" 하고 설명을 이었다.

"스카이라운지의 높이는 약 5층. 꼭 걸어서 올라가지 못할 높이는 아니죠. 실제로 그 비상계단을 통해 아래로 내려간 분이 있었습니다."

이즈미에게 말을 건, 앞치마를 두른 여자.

"당일 스카이라운지에서 근무하던 아르바이트생은 하마야 소노코라는 여성분입니다."

분위기가 긴장되는 것이 느껴졌다. 누가 긴장감을 촉발했는지 확인할 새도 없이 도쿠시타가 설명을 이어 가기 시작했다.

"11시 8분에 이즈미 님과 마주친 이상 그녀는 시간상 기쿠노 씨보다 먼저 스카이라운지를 벗어났어야 합니다. 그럼 거기서 한 가지 의문이 생기죠. 하마야 씨는 왜 아래로 내려갔는가. 상황을 확인하기 위해서였나. 아니면 단순한 대피였나. 총성이 들려 다들 패닉 상태인데도 혼자서 따로 행동한다……. 아예 불가능한 것은 아니지만 역시 이상합니다. 그리고 그럴 거라면 엘리베이터를 타고 내려가면 되니까요."

"주변 사람들이 말렸겠지."

호사카가 말했다.

"저도 그렇게 생각해요. 아마 점장님쯤 되는 분이 이럴 때는 신중하게 움직여야 한다며 제지했겠죠. 그래서 그분은 비상계단으로 뛰어 내려간 거예요."

직원이라면 당연히 비상계단의 존재도 알고 있었을 것이다.

"그렇다면 다음 의문입니다. 기쿠노 씨는 왜 3층에 내려갔는가. 그때는 이미 관내 방송이 흘러 나와서 이상 사태가 발생한 것이 확실해진 상황이었습니다. 그런데도 기쿠노 씨는 아래로 내려가기 위해 엘리베이터를 불렀습니다. 비상계단으로 가지 않은 것은 계단을 오르내릴 체력에 자신이 없어서였겠죠."

고작 5층 높이라고 해도 팔순에 가까운 나이에는 힘에 부칠 것이다.

"위에서 엘리베이터를 다시 부르지 않은 이유도 일단 이것으로 설명할 수 있습니다. 네. 그녀는 애초에 스카이라운지로 다시 돌아갈 생각이었던 겁니다."

다시 한번 엘리베이터를 타고.

"왜 그래야만 했는가. 그건 일단 나중에 생각하기로 하겠습니다. 여기서 주목해야 할 점은 하마야 씨에게는 허락되지 않은 엘리베이터가 기쿠노 씨에게는 허락됐다는 점입니다. 상황이 나아졌다는 소식도 못 들었을 텐데 점장은 기쿠노 씨를 제지하지 않았습니다."

힘으로는 확실히 열세인 나이 든 여자를.

"손님들의 요청 때문에 막지 못했다는 것도 이상합니다. 위기 관리상 말이 안 되는 이야기고, 엘리베이터를 다시 부르지 않으면 다른 손님들까지 위험에 노출되고 맙니다."

당연히 점장 자신의 목숨도 위태로워진다.

그로부터 얼마 되지 않아 비상계단으로 누군가가 올라왔다. 이즈미다.

"조금 전 이즈미 님은 이렇게 말씀하셨습니다. 스카이 라운지의 점장이 아래 상황을 물었고 있는 그대로 대답했다고요. 그 말을 듣고 점장은 금세 알아차렸을 겁니다. 범인은 흑조 광장에서 총을 쏘기 시작해 총을 계속 난사하며 백야드 쪽으로 다가왔다. 그러니 본관 제2 방재 센터도 연락이 되지 않은 것이다, 라고요."

그리고.

"이즈미 님은 오타케가 백조 광장으로 간다는 것을 몰

렸습니다."

범인은 총을 손에 들고 흑조 광장 주변을 계속 어슬렁거리고 있다. 이즈미는 진심으로 그렇게 믿었다. 그가 다른 곳으로 이동할 가능성을 떠올릴 여유가 없었던 것이다. 이즈미가 진심이었던 만큼 공포는 더욱 순식간에 스카이라운지에 있던 사람들에게 퍼졌다. 아래는 지금 위험하다는 공포가.

"실제 범인들의 움직임은 경찰도 파악하지 못했습니다. 정확한 사람 수조차 몰랐죠. 밖에 다른 동료가 있을 가능성을 의심할 정도였습니다."

상대가 테러리스트라면 아무리 조심해도 부족하지 않다. 그러나 그 신중함이 피해를 더욱 키운 셈이 되었다.

"별관 제1 방재 센터와 연락이 닿아 터무니없는 사태가 일어났다는 것을 알게 됐지만 위에서는 뭐가 어떻게 돌아가는지 알지 못하니 오죽 불안했을까요. 구체적인 지시는 단 하나, 엘리베이터를 위에 세워 두라는 것. 제가 당시 점장이었다면 틀림없이 고민했을 겁니다. 엘리베이터를 불러야 할지, 말아야 할지. 바꿔 말해 기쿠노 씨를 버려야 할지, 말아야 할지를요."

숨을 집어삼키는 소리가 들렸다.

"저는 그런 논의가 스카이라운지 안에서도 있었을 거

라고 상상합니다."

도쿠시타가 짐짓 소리 내어 바인더를 펼쳤다.

"사건 수습 이후 경찰 구조대가 비상계단을 통해 스카이라운지로 올라갔습니다만, 계단과 스카이라운지를 잇는 문이 잠겨 있는 바람에 밖에서 부수고 들어갔다고 합니다."

문을 잠그는 것은 이즈미의 이야기를 들은 점장의 제안이었다. 반대 의견은 없었다. 스카이라운지 안에 머물러 있자고 정했으니 외부 침입을 막기 위한 조치는 모든 이들에게 받아들여졌다.

"이 역시 제 상상을 뒷받침하는 사실이라고 할 수 있습니다. 허나 정작 중요한 엘리베이터를 그대로 내버려둔 것은 그야말로 앞뒤가 맞지 않죠. 오히려 가장 먼저 엘리베이터를 위로 불렀어야 마땅합니다. 그렇다면 그들은 왜 그러지 않았는가. 아니, 왜 그럴 수 없었는가."

그는 둥근 눈으로 이즈미를 슬쩍 들여다봤다.

"그곳에 있었던 이즈미 님이라면 들었을 겁니다. 누가 손을 들어 엘리베이터를 다시 부르자고 주장했고, 누가 그걸 제지했는지를요."

확실히 기억나지는 않는다. 공포를 억누르느라 바쁜 나머지 논의에 참가하는 건 무리였다. 무엇보다 두려웠다. 점장과, 그에게 달려드는 이들의 감정을 고스란히 담은 큰소리가.

"……잘 기억나지 않아요. 하지만."

이즈미는 필사적으로 떠올리는 것처럼 이마에 손을 갖다 댔다.

"기쿠노 씨를 기다리는 게 낫겠다고, 모두 그렇게 생각한 것 같았어요."

마음속 어딘가에서 툭 하고 뭔가가 떨어져 나간 느낌이 들었다.

기억이, 일그러진다.

"왜냐하면 엘리베이터를 다시 부르면……."

일그러뜨린다.

"그분이 위험에 빠질 게 분명하니까요."

그 할망구가 어떻게 되든 자업자득이지! 양복을 입은 남자의 고성.

엘리베이터를 다시 부르면 고소할 거라는 협박은 무시해도 상관없어! 조금만 생각해도 알잖아! 나이가 지긋한 남자가 점장을 몰아세웠다.

잠깐만요! 자칫 잘못하면 나중에 다른 사람을 죽게 만들었다고 우리 모두가 비난받을지도 모른다고요. 점장의 콧수염이 침에 젖어 있다.

반드시 뉴스에 나올 거고 기자들은 마음대로 써 갈길 겁니다, 분명.

나중 일을 지금 생각해서 뭐 해! 정신 나간 살인귀가 이곳에 올라오면 당신이 책임질 거야?

"모두가 기쿠노 씨의 무사 귀환을 바라는 느낌이었고…… 그래도 역시 범인이 올라오면 큰일이니 바리케이드라고 할까요, 엘리베이터 앞에 의자와 탁자를 갖다 둬서 막기로……. 그걸 방패막이 삼아 좌우에 남자들이 서서 경계하기로 했고, 여자들은 카운터 구석 쪽에 숨어서……."

"흐음."

도쿠시타가 박자를 잘게 새긴다.

"그 후 엘리베이터가 움직였군요."

긴장감이 흘렀다. 제기랄! 하고 외친 사람은 누구였을까. 말도 안 돼! 남자였던 것 같지만 이즈미와 함께 굳어 있던 여자 중 한 명이었을지도 모른다.

"그러나 정작 엘리베이터를 타고 올라온 사람은 범인이 아니었고, 하마야 씨도 기쿠노 씨도 아닌 낯선 여고생과 남자아이였다."

후루타치 고즈에와 후타미 유키오.

"구조대가 아니어서 아쉬웠겠지만 그래도 새 방문자

는 소중한 정보원이 됩니다. 묻고 싶으신 것들이 산더미처럼 많았겠지요."

아래 상황은? 하마야는? 기쿠노 씨는 어디? 범인들은?

절실한 의문이 차고 넘칠 만큼 많았다.

"자, 이로써 드디어 첫 번째 의문에 도달했습니다. 고즈에 님이 당시 무슨 말을 했는지 잘 기억나지 않는다는 이즈미 님의 주장은 이상하다는 게 제 의문입니다. 왜냐하면 당시 점장을 비롯한 사람들에게 보통 수준의 이성이 남아 있었다면 고즈에 님과 유키오에게 전해 들은 정보를 이즈미 님께도 확인했을 테니까요. 스카이라운지에 있던 사람들 중 유일하게 아래에서 올라온 이즈미 님께 말입니다."

이즈미는 이마를 손으로 감쌌다. 연기가 아니라 실제로 두통이 느껴졌다.

"이즈미 님."

조금 전부터 도쿠시타의 추궁이 지근거리에서 들렸다.

"혹시…… 혹시 정말로 이즈미 님이 그 이야기들을 자세히 듣지 않았다면…… 아니, 듣지 못했다면."

엘리베이터가 움직인다. 표시등이 그것을 가르쳐 준다. 가슴이 짓눌릴 정도의 긴장감이 가득 차 있다. 남자들은 탁자를 방패 삼아 엘리베이터 문 양옆에서 의자를 들고 있다. 그 모습을 이즈미를 비롯한 여자들이 마른 침을 삼키며 지켜보고 있다.

"여러분은……."

도착 표시등이 빛나고, 문이 쓰윽 열리고.

"범인에 대비해 어떤 준비를 하셨습니까?"

"그만해!"

생각지도 못한 곳에서 목소리가 터졌다.

"……이제는 그만해. 충분하잖아."

도산이 당장에라도 울음을 터뜨릴 것 같은 얼굴로 도쿠시타를 봤다.

"당신 정말로 너무해. 그런 걸 쟤한테 물어서 어쩌겠다고? 이제 와서 비난해서 뭘 어떡할 건데?"

"비난할 의도는 없습니다. 저는 그저 사실을."

"사실이라면 당신도 알잖아!"

침이 튄다.

"다 알잖아! 죽었어! 살해됐다고! 말도 안 되는 이유로, 말도 안 되는 방식으로. 그렇잖아. 그게 전부잖아! ……이제 그만해. 이젠……."

고개를 푹 숙인 채 듬직한 어깨가 흔들린다. 오열하는 소리가 들렸다. 그 누구도 입을 열지 않는다. 이즈미 역시 무엇이 갑작스럽게 도산의 감정을 폭발시켰는지 알지 못한 채 그저 멍하니 있었다.

"……나야."

잠시 후 그가 그렇게 중얼거리며 고개를 들었다.

"이제 다 말할게."

얼굴이 눈물과 콧물로 범벅돼 있다.

"나 때문이야. 내가 그때, 그 녀석을 비웃었어. 오타케
녀석을."

"내 진짜 이름은 오다지마야. 그곳에서 일한 경비원이
었어."

도쿠시타를 비롯한 모든 이들이 눈을 부릅떴다.

"제2 방재 센터에서. 그날도 스완에 출근했지. 다들 알
지? 마지막으로 오타케를 제압하려다가 함께 칼에 찔린
멍청이가 있다는 걸."

그의 용기 있는 행동은 TV에서도 다뤘다. 그에게 몸
을 제압당한 오타케는 자신의 복부를 일본도로 찔렀고
그때 칼날이 오다지마의 몸에도 닿았다고 했다.

"기사에는 과장스럽게 적혀 있었지만 실제로는 작은
상처 하나 입지 않았어. 일본도 칼날이 내 몸에는 닿지
않은 거야. 그런데도 영웅 대접을 받아서, 솔직히……
혼란스러웠어."

괴로운 듯이 자조하는 미소를 짓는다. TV에 나온 그의 입원 중 인터뷰는 이즈미도 봤지만 실제로는 검사를 위한 입원에 불과했다고 한다. 그 영상은 목부터 아랫부분만 찍혀서 눈앞에 있는 도산과 잘 매치되지 않았다. 입원복 너머로 보이던 근육질 체형도 온데간데없고 이제는 다른 사람처럼 두툼한 살집만 있다. 영웅의 흔적을 거의 찾아볼 수 없다.

"직접 TV에 찍힌 건 그 한 번뿐이었어. 회사에서는 야마지 선배 때문에 여론의 비난이 쏠렸으니 대신 네가 회사 이미지 제고를 위해 한몸을 바치라고 했어. 하지만 난 최대한 거절했어. 카메라에 익숙하지 않았고, 어차피…… 어차피 그 뉴스도 곧 나올 거라고 예상했으니."

"오타케의 범행 동기가 된 사건 말이군요."

그러자 오다지마가 고개를 푹 숙였다.

"작년 여름에 있었던 일이야. 당시 오타케는 스완에서 일했는데, 불량 청소년들이 말썽을 피우면서 오타케를 도발했고, 오타케는 순간적으로 이성을 잃고 그 아이들에게 손을 뻗고 말았어. 그래서 회사에서 질책을 듣게 되자 오타케는 결국 참지 못하고…… 원래부터 그런 녀석이기는 했어. 난 그 녀석을 대하기가 좀 어려웠다고 할까, 솔직히 말해서 싫었어. 그 자식은 내가 나이가 어리다는 이유로 틈만 나면 거들먹거리며 설교 같은 걸 늘어놓고는 했거든. 정체불명의 정신론이나, 생트집이나 마찬가지인 잔소리 같은 것도. 진절머리가 났어. 그래서 그 녀석이 그만둔다는 말이 나왔을 때는 내심 기뻤지……. 마지막으로 그 녀석이 자기 짐을 챙기러 왔을 때 나는 근무 시간이 겹쳐서 우연히 녀석과 마주쳤는데, 나도 모르게 충동적으로 말이 튀어나오고 말았어."

꼴좋다.

"정말로 충동적으로 나온 말이었어. 다른 의미가 있었던 것도 아니야. 그런데도 그 녀석은 그 말을 계속 마음에 담아 둔 것 같은 글을 남기고……."

또다시 오다지마가 울음을 터뜨렸다.

오타케의 범행 동기에 대해서는 다양한 분석과 억측이 나왔다. 당사자는 경비 회사에서 부당하게 해고당한 굴욕감이 결정적인 계기였다고 '엘리펀트'의 SNS와 메일에 여러 번 적었다. 일상적인 괴롭힘도 있었다고 한다. 그러나 그의 범행을 마지막으로 멈춰 세운 영웅이 실은 그 일과 관련됐다는 사실은 보도되지 않았다.

"비난은 전부 야마지 한 명에게 쏠리게 하자. 그렇게 이야기가 된 거야."

회사가 정한 방침이었다고 한다.

"최대한 악인의 숫자는 적게 해야 한다고. 회사 전체
가 그렇게 돼 버리면 곤란하다고……. 난 따를 수밖에
없었어. 정말로 두려웠거든. 그때는 매일매일 야마지
선배가 비난의 도마 위에 오르는 모습이 TV와 인터넷
에 나와서……. 그 선배는 절대 악인이 아닌데, 그런데
도 마치 악마처럼 돼 버려서 대체 이게 뭔가 싶었어. 너
무도 두려운 마음에 회사가 지시하는 대로 그냥 따르자
고……."

오다지마가 도쿠시타를 올려다봤다.

"이걸로 됐어? 내가 거짓말을 하지 않았다는 건 당신
이 가장……."

"한 가지만." 도쿠시타가 검지를 세웠다. "사건 발생 당
시 오다지마 님은 제2 방재 센터 안에 없었죠?"

"……그래, 맞아. 난 현장에 나간 상태였어. 실내 화단
부근에 뭔가 이상해 보이는, 곤란해하는 듯한 손님이 방
범 카메라에 찍혀서 야마지 선배의 지시로 방재 센터를
나갔어."

그게 10시 50분 무렵.

"정확히 무슨 일이 일어난 거였습니까?"

오다지마가 입술을 굼실거렸다.

"네? 죄송하지만 뭐라고 하셨습니까?"

"……아."

"아?"

"미아, 미아였어."

끈적한 침묵이 감돌았다. 이즈미는 등에서 땀이 흐르는 것을 느꼈다.

"아이 엄마가 쇼핑을 하고 있는데 아들이 없어졌다고……."

"그건……."

불현듯 이쿠타가 입을 열자 오다지마가 얼굴을 찌푸렸다.

"그래. 그 엄마는 미아가 된 자기 아들을 '유키오'라고 불렀지."

유키오의 엄마, 후타미 가요다.

오다지마는 이를 꽉 깨물었다.

"아이 엄마에게 자세한 이야기를 듣는 동안 그 소동이 일어난 거야. 총성은 잘 안 들렸지만 비명이 들려서 뭔가 심상치 않은 일이 일어났다고 금세 깨달았어. 하지만 센터에 연락해도 야마지 선배와는 무선이 연결되지 않아서."

오타케의 습격을 받았기 때문이다.

"상황을 파악 못 하고 있을 때 좌우로 도망치는 사람

들이 보였고……. 그러는 와중에 제1 방재 센터 쪽에서
괴한이 나타났다는 무선 연락이 들어왔어. 그쪽은 백조
광장에 있던 니와만 확인한 상태였지만, 난 흑조 광장
쪽에도 범인이 있다는 걸 알고 있었으니 그 이야기를 전
했고, 그러자 곧장 관내 방송이 나오고 제2 방재 센터가
습격당했다는 소식이 들어와서……. 입장객들의 대피를
유도해야겠다고 생각했지만, 그럴 수 없었어. 도무지 평
소에 배운 대로 움직일 수가 없었거든. 그런 사태가 벌
어지는 건 상상도 못 했고, 무슨 상황인지도 제대로 파
악 못 했고, 사람은 무진장 많았고……. 제2 방재 센터
동료들은 백야드 통로로 도망쳤으니 만날 수도 없었어.
제대로 된 지시를 내려 줄 사람이 단 한 명도 없었던 거
야. 그것도 모자라 내 옆에는 유키오의 엄마까지 있었
지. 그녀도 위험한 사태가 벌어졌다는 걸 깨닫자 주먹으
로 내 가슴을 두드리면서……."

부탁드려요. 유키오를 찾아 주세요!

오다지마의 이마에서 땀이 주르륵 흘렀다.

"그런 말을 들어도 내가 뭘 어떻게 하겠어. 하지만 그
냥 밀쳐 버릴 수도 없는 노릇이었고, 결국 뭐가 뭔지 모
르는 상태에서 그곳에서 우왕좌왕하다가."

잠시 후 총성이 점차 가까워졌다.

"그 여자⋯⋯ 가요 씨의 손을 붙잡고 뛰기 시작한 거야. 좀처럼 내 말을 들을 기색이 없으니 그냥 있는 힘을 다해 손을 잡아끌었어. 위쪽에서도 총성이 들려서 저수지 방면 출입구로 도망치려고 했지만, 가요 씨 때문에 불가능했어. 아이를 찾아 달라, 포기하지 말아 달라, 계속 그렇게 외쳐서⋯⋯. 그때는 아마 살짝 정신이 나갔던 것 같아."

분위기가 급속도로 팽팽해진다. 이즈미는 저도 모르게 숨을 집어삼켰다.

"아무튼 이래저래 하다 보니 2층 쪽에서 총성이 들렸어. 우리는 곧장 백조 광장으로 향했고."

"그게 11시 30분 무렵이었군요."

도쿠시타가 감정 없는 목소리로 확인했다.

"그래. 아마 그 무렵이었을 거야. ⋯⋯거기서부터도 일은 제대로 풀리지 않았어. 어쨌든 가요 씨가 내 생각대로 움직여 주지 않아 애가 탔지. 오타케는 점점 가까이 다가와서 이제는 정말 일촉즉발의 상황이었고⋯⋯."

혼란은 전염된다. 오다지마도 냉정을 유지할 수 없었을 것이다.

"간신히 백조 광장에 도착했는데 그곳에는 끔찍한 상황이 펼쳐져 있었어. 사람들이 죽어 있었어. 사람들이 죽어 있었다고!"

머리를 감싼다. 말투도 무너져 내린다.

"사람들이 죽어 있었어. 어떻게 이럴 수가 있지? 뭐야, 이거, 왜 이렇게 돼 버린 거야. 사람이 쓰러져서 피를 줄 줄 흘리며 신음하고 있었어. 뒤에서는 그 녀석이 쫓아 왔고. 얼른 도망쳐야 하는데 그 여자가, 가요 씨가 방해 가 된 거야. 그래서 어쩔 수 없었어. 정말로 어쩔 수 없 이……."

"가요 씨를 어떻게 하신 겁니까?"

찰나의 침묵이 깔렸다. 오다지마는 이제는 편해지고 싶을 것이다.

"뭘 어떻게 한 건 아니야……. 하지만 그 여자가 점점 이상해졌어. 자제하지 못할 정도로 날뛰기 시작해서, 그 래서 나도 모르게 밀치듯……."

그녀는 바닥에 쓰러졌다. 통증 때문인지, 아니면 마음 이 한계에 도달해서인지 그대로 몸을 움직이지 않았다. 오다지마는 그런 그녀 곁을 떠났다.

"어쩔 도리가 없었어. 나도 더는 뭘 어떻게 할 수가 없 었다고."

그리고 그녀는 오타케의 표적이 되고 말았다.

"진짜 영웅이 들으면 놀라 자빠질 이야기군."

그렇게 중얼거리는 호사카에게 오다지마는 울음 섞인 웃음으로 받아쳤다.

"그래, 맞아. 하지만 도쿠시타 씨. 당신은 변호사니 알 거 아니야. 경찰은 그날 내 행동을 방범 카메라로 확인했어. 하지만 죄를 묻지 않겠다고 했지. 그 누구에게도 그 일을 알리지 않겠다고도 했어. 그게 당연하잖아. 내가 잘못한 거야? 내가 그 여자를 어떡했어야 하는데? 같이 죽었어야 하는 거야? 아니면 그전에 손찌검을 하든가 해서 억지로 밖에 끌고 나갔어야 하는 거야? 그래, 그럼 그렇게 할 테니 그때로 날 되돌려 줘. 때리기라도 해서 말을 듣게 할 테니까!"

그렇게 소리치고 두 손으로 탁자를 친다. 여러 번, 여러 번 반복하자 녹차가 든 페트병이 쓰러졌다.

"이후 이야기도 들려주십시오."

도쿠시타의 목소리는 변함없이 냉정하다.

"……난 시신들을 보고 겁먹어서, 그래서 다리에 힘이 풀릴 것 같았어. 어떻게든 몸을 숨겨야겠다고 판단해 벤치 뒤로 기어가서."

그때 백조 광장에 오타케가 도착했다.

"그 자식이 뭔가를 하는 느낌이었어."

가요 씨가 칼에 찔리는 모습을 오다지마는 보지 못했

다고 한다. 소리가 들렸는지도 확실하지 않다. 그저 그런 느낌이 들었다.

"그리고 총성이 울렸어."

그때 총에 쏘인 사람은 분수대 물에 잠긴 채 시신으로 발견된 노인이다. 그의 이름을 이즈미는 최근에서야 알게 됐다. 다와라 마쓰타로, 76세.

"난 그런 할아버지가 있는 줄 전혀 몰랐어. 울음이나 신음 소리 같은 게 안 들렸으니까. 그래서 그 할아버지가 오타케의 손에 죽었다는 것도 몰랐어."

이후 음악이 흐른다. 〈네 마리의 백조〉다.

"분수에 달린 인형이 곧 움직일 거라는 건 알았어. 그 인형에 대해 입장객들이 자주 물어서 곡명과 작동 시간 같은 건 외우고 있거든. 그래서 벤치 뒤에 숨어서 가만히 상황을 살피니 오타케가 소녀 인형이 돌아가는 모습을 멍하니 지켜보면서 서 있더라. 순간 기회라고 생각했어. 지금이라면 발소리도 들리지 않을 것 같아서."

그리고 뒤로 다가가 그를 붙들었다.

"거의 반사적인 움직임이었어. 자포자기했다고 해야할까. 그 긴장감을 견딜 수 없어서 그랬다는 게 아마 정답일 거야."

오타케가 칼로 자신의 배를 찔렀고 그와 함께 쓰러져

의식이 몽롱해졌다. 그로부터 몇 분이 지나 구조됐는지
는 기억하지 못한다.

"회사는 피해를 입은 직원들을 위로해 줬지만, 난 오
타케의 범행 동기가 밝혀지고 야마지 선배마저 사라지
자 그 뒤 얼마 안 돼 그곳을 그만뒀어. 딱히 회사에서 나
더러 뭐라고 한 건 아닌데…… 역시 신경 쓰여서…….
그리고 사람이 무서워졌어. 조금이라도 수상해 보이는
입장객이 눈에 띄면 바로 경계하게 됐지. 나도 모르게
마음의 준비를 하게 되는 거야. 경비원이라고 해도 우리
는 서비스업이나 마찬가지라 항상 인상을 쓰고 긴장하
고 있으면 좋게 보일 리 없어. 손님들의 클레임이 늘었지
만, 고치려 해도 고칠 수 없어서…… 도저히 무리였어."

지금은 별다른 직업 없이 집에 붙어살고 있고 이 모
임에는 용돈이 필요해 참가했어. 하지만 이제는 충분
해…….

거칠게 팔을 들어 눈물 자국을 닦는다.

"미안해. 당신이 기대하는 증언을 해 주지 못해서. 방
범 카메라에 찍힌 것 외에 다른 건 없어."

"아뇨, 괜찮습니다. 상당히 흥미로운 증언이었습니다."

도쿠시타가 빙긋 미소 지었다. 그를 만나고 처음 보는
표정이다.

"그럼." 도쿠시타는 미소를 지우고 중식 테이블에 앉은 사람들을 둘러봤다. "오다지마 님의 증언에 뭔가 할 말이 있는 분 계십니까?"

"잠깐만 기다려 줄래요?"

이쿠타는 얼굴을 잔뜩 찌푸리고 말했다.

"저기요, 도쿠시타 씨. 방금 저 사람 이야기에 무슨 의미가 있어요? 기쿠노 씨가 돌아가신 일과는 전혀 관련이 없는 것 같은데요."

"직접적으로는 그럴지도 모릅니다. 그러나 사실을 수집할 때 쓸모의 여부를 따져서는 안 되죠."

"그럼 우선, 누구였죠. 그 스카이라운지의 웨이트리스, 하마야 씨? 그래요. 그 여자를 만나서 이야기를 들어 봐야 하지 않겠어요? 기쿠노 씨는 그 여자가 계단을 내려간 다음 얼마 안 돼 엘리베이터를 타고 아래로 내려갔잖아요. 뭔가 알고 있을 만한 사람은 그 여자 같아요."

"그 말씀이 맞습니다만, 대단히 아쉽게도 하마야 씨는 현재 연락이 닿지 않는 상황입니다."

"전화번호 정도는 아시지 않아요? 도쿠시타 씨는 경찰의 도움을 받고 있기도 하잖아요."

"경찰의 도움을 받는 건 아니고 오히려 직업 관계상 눈엣가시 취급을 당합니다."

"하지만 요시무라 사장 쪽은 힘이 있지 않아요?"

"그렇다고 뭐든 다 할 수 있는 건 아닙니다. 하마야 씨는 사건 이후 집을 이사했고, 핸드폰 번호도 바꾼 듯하니까요."

이즈미는 도쿠시타의 안색을 살폈다. 거짓말인지 아닌지 알 수 없다.

"그렇다고 해서 저희에게 물어봐야 결국 아무것도 밝혀지지 않을 거예요. 그런데 도쿠시타 씨는 꼭 우리를 비판하듯 캐물어 왔어요."

"그럴 의도는."

"시치미 좀 그만 떼요. 도쿠시타 씨는 계속 그래 왔어요. 확실해요. 저기 있는 가타오카 이즈미, 도산, 이 아니라 오다지마 씨? 아무튼 다들 그 사건에 휘말려서 괴로워하고 있다고요. 그 와중에 조금 옳지 못한 행동을 했을 수도 있어요. 하지만 충분히 그럴 만한 상황 아니었나요?"

이쿠타로서는 평소 듣기 어려운 강한 어조의 질문이었다. 그녀는 피곤한 것처럼 숨을 내쉬고 볼에 손을 갖다 대더니 고개를 갸웃한다.

"저기요, 도쿠시타 씨."

"네?"

"그냥 범인이 나쁘다, 로는 안 돼요?"

빈정거리는 느낌은 조금도 없었다. 그녀는 진심으로 묻는 듯했다. 범인이 나쁘다는 것만으로는 안 되냐고.

이쿠타 옆에 앉은 오다지마가 코를 훌쩍였다. 곧 다시 눈물이 터진다.

"맞잖아요. 범인이 나빴던 거잖아요. 오직 범인이. 그걸로 됐잖아요. 이제는 다 끝났잖아요. 그걸로 충분하잖아요."

오다지마 씨, 괜찮아요. 진정해요. 그녀는 덩치 큰 남자를 달래며 도쿠시타를 노려봤다.

"저도 여기까지 할래요. 이제 도쿠시타 씨에게 시달리는 것도 지긋지긋해요."

"그 말씀은 향후 나올 질문에는 대답하지 않겠다는 뜻일까요?"

"네, 맞아요. 그래요. 저도 그, 뭐였죠? 저분이 했던, 묵비? 그걸 행사하겠어요."

"흠."

도쿠시타가 한숨을 내쉬었다.

"하지만 이쿠타 님. 이제 남은 건 11시 30분부터 단 30분입니다. 간략하게라도 좋으니 모쪼록 응해 주셨으면 합니다."

"전에도 말씀드렸을 텐데요. 전 여기저기 돌아다니다가 구조됐다고요. 2층 연결 통로에서."

그러더니 이쿠타는 "저기요" 하고 또다시 도쿠시타를 불렀다.

"어차피 당신, 진짜인지 거짓인지도 다 알잖아요."

눈을 크게 뜨는 도쿠시타에게 이쿠타는 입술을 쭉 내밀며 고개를 돌렸다.

"진짜 너무하네요."

"진심으로 사죄드립니다."

도쿠시타가 가볍게 고개를 숙였다. 얄미울 만큼 아무렇지 않은 몸짓으로.

"그렇다면."

이번에는 호사카가 목소리를 높였다.

"일이 이렇게 된 이상 나도 얼른 끝내고 싶네. 저 남자랑 여자아이만큼 극적인 것도 없고."

그는 오다지마와 이즈미를 턱으로 가리키며 말했다.

"11시 30분 이후라고 했나?"

멋대로 이야기를 시작한다.

"니와를 쫓아가다가 3층 실내 화단을 지난 지점이었나. 니와는 그쯤부터 점포 안을 엿보기 시작하더군. 그래서 난 한달음에 2층으로 내려갔어. 1층에서 이동하는 오타케와는 엇갈린 다음이었던 것 같아. 내려갈 때는 에스컬레이터 ㉑를 타고 갔네. 이번에야말로 빈틈이 생기면 덮칠 요량으로."

거리를 두고 잠시 그의 뒤를 밟았다. 몇 번째로 들렀는지 모를 점포 안에서 총성이 울리자 옆에 있는 통로로 몸을 숨겼다. 니와가 나오기를 기다리다가 순간 고민에 빠졌다.

"총에 맞은 사람을 구해야 할지, 니와를 계속 쫓아야 할지 고민되더군. 니와는 에스컬레이터 사이 복도를 통해 저수지 방면과 주차장 방면을 오락가락하기 시작했거든. 빈틈이 있어 보이기는 하지만 움직임을 읽기는 더 어려워진 거야. 어쨌든 생존자를 그냥 내버려 두면 안 된다고 판단해 총성이 들린 점포 안에 들어가 봤어."

캐주얼한 옷을 파는 옷 가게였다.

"세 명이 쓰러져 있더군. 그중 둘은 이미 손쓰기에 늦은 것처럼 보였지. 나머지 한 명은 여자였는데 가쁜 숨을 내쉬고 있었어. 근처에 있는 것들로 간신히 응급 처치 흉내를 내 봤네. 그러고서 다시 니와를 쫓으러 통로로 나갔지만 녀석이 보이지 않더군. 놓치고 만 거야."

호사카가 팔짱을 끼고 고개를 살짝 숙였다.

"그걸로 끝이었어. 난 포기하고 그 가게 안에서 구조

를 기다렸어. 분하기는 했지만 내가 할 수 있는 건 했다고 생각하네."

"뭐라고?"

느닷없이 오다지마가 버럭 소리쳤다. 눈을 까뒤집고 "뭐야 그게!" 하고 침을 튀긴다.

"할 수 있는 건 했다고? 영감이 대체 뭘 했는데? 그저 니와의 꽁무니를 졸졸 쫓아다니다가 다른 사람들이 총에 맞는 걸 구경이나 했으면서 하긴 뭘 해? 내가 할 수 있는 건 했다? 고작 그 정도로 지금껏 있는 폼을 다 잡고 나랑 저 가타오카 이즈미한테 설교한 거야?"

"오다지마 님. 진정하십시오."

"그리고 놓치다니. 놓칠 리 없잖아. 그놈은 총을 빵빵 쏘고 다녔다고. 소리를 뒤쫓아 가면 되잖아. 또 그때 바닥에는 다 쓴 권총들이 떨어져 있지 않았나? 그걸 그대로 쫓아가도 되고. 한마디로 당신은 쫀 거야. 쫄아서, 죽는 게 두려워서, 그래서 가게 안에 틀어박힌 거야. 근데 뭐라고 하지는 않을게. 그게 당연한 거니까. 그냥 딱 하나만 부탁하겠는데, 자꾸 그렇게 거들먹거리지만 말아 줘. 보고 있기가 창피해서 내가 죽을 지경이니."

호사카는 부루퉁한 얼굴 그대로 아무 대답도 하지 않았다. 오다지마는 머리를 감싸고 히히힛 하고 경련하듯 웃고 있다. 울음소리도 섞였을 것이다. 이쿠타는 그런 두 사람을 보며 눈살을 찌푸리고 있다.

"이제 됐어. 오다지마. 그만해."

하타노가 성가신 듯이 머리를 긁적였다.

"비참한 건 둘 다 마찬가지 아닌가? 넌 호사카 씨를 비웃을 자격이 없고 호사카 씨도 우리에게 설교할 자격이 없단 거야. 지금 여기 있는 사람은 모두 누군가를 비난할 자격 따위 갖추지 못했어."

"뭐? 혼자 고고한 척 평가하기는! 당신이야말로 뭔데? 히죽히죽 웃기만 하는 주제에 다른 사람을 깔볼 처지야? 어차피 당신도 그날 어디선가 웅크려서 질질 짰을 게 뻔한데!"

오다지마가 몸을 벌떡 일으켰다.

"더 보고 있기도 짜증 나니 난 이제 돌아갈래. 앞으로는 두 번 다시 안 올 거고, 돈도 필요 없어."

"그래, 네 말이 맞아."

하타노의 말에 오다지마는 "응?" 하고 잠시 멈칫했다.

"그래, 네 말이 정답이야, 오다지마. 질질 짜지는 않았지만 웅크리고 있었던 건 맞아. 아니, 그보다 뭐랄까, 솔직히 말하자면 사건이 일어난 그 시간에 난 세상모르고 잠들어 있었어."

우두커니 서 있는 오다지마가 눈을 크게 떴다.

"전날 밤에 직장에서 회식이 있었거든. 새벽까지 진탕 퍼마셨지. 그랬더니 아침부터 숙취 때문에 죽을 것 같았어."

하타노는 한숨을 내쉬고 자조하는 웃음을 지어 보이며 말을 이었다.

"그래서 줄곧 잤어. 스완에 도착한 뒤로 혼자 남아서 11시 무렵에는 이미 잠들어 있었어."

"어디서 말입니까?"

도쿠시타가 묻자 하타노는 비아냥 섞인 눈빛으로 쳐다봤다.

"당신 말이지, 그거 진짜 안 좋은 버릇이니 고치는 게 나아."

"무슨 말씀인지 잘 모르겠습니다만."

"뭐 됐고. 내 차 안이야. 와이프한테는 뭣 좀 사 오겠다고 하고 차로 돌아갔어. 좌석을 뒤로 젖히고 스마트폰도 매너 모드로 했지. 평소에도 한 번 잠들면 좀처럼 깨지 않아서 경찰이 와서 깨우기 전까지 정신없이 잤어."

"어느 주차장이었습니까?"

"방범 카메라 영상으로 이미 다 파악하지 않았어?"

"부탁드립니다."

"저수지 방면에 있는 유료 야외 주차장."

도쿠시타가 입술에 손을 갖다 댔다.

"……그렇군요."

"그러니까 한마디로 나한테는 당신들을 비웃을 자격, 설교할 자격, 깔볼 자격, 거기에 뭣하면 눈물을 흘릴 자격도 없다는 말이야. 내가 모르는 사이에 사건이 일어났고, 꿈을 꾸는 도중에 끝나 버렸어. 누가 죽고 몇 명이 죽었다고 들어도 현실감이 전혀 없었지. 그런데 이해할지 모르겠지만 이것도 이것대로 괴로운 일이야. 그래서 이 모임에도 참가한 거라고. 오다지마와 가타오카 이즈미의 이야기를 듣고 조금이라도 그 틈을 채울 수 있을 것 같아서."

그는 말을 마치자마자 머리 뒤에서 손을 포갰다.

"오늘은 이 정도로 하는 게 좋지 않겠어? 뭐 내 이야기는 거의 다 했고, 이 뒤로는 기쿠노 씨가 왜 그렇게 됐는지 관심 있는 사람만 남아서 당신 이야기를 들으면……."

"잠깐만요."

말이 끝나기도 전에 이즈미가 끼어들었다.

"……전 남겠어요."

모두의 시선을 느낀다. 침을 꿀꺽 삼킨다.

"알고 싶어요. 정말 알고 싶어요."

말을 신중히 고른다.

"……불안해서 어쩔 줄을 모르겠으니까요. 스카이라운지에서 일어난 그날의 처형이 정말로 저 때문일지도 모른다고 생각하면……. 기쿠노 씨도 어쩌면 저 때문에 돌아가셨을 수 있다고 생각하면……."

"지나친 생각이야."

"하지만!"

이즈미는 옆에 있는 하타노, 그리고 다른 이들에게도 호소했다.

"사실을 이야기하고, 사실을 알지 못하면 앞으로 나아갈 수 없어요!"

유치해 보였을까. 사춘기 아이의 반항처럼 들렸을까. 그래도 상관없다. 지금 여기서 모임이 끝나지만 않는다면.

오다지마가 다시 자리에 털썩 앉았다. 호사카와 이쿠타가 체념한 듯 한숨을 내쉰다. 하타노는 입가를 올리며 미소 지었다.

"그럼 계속하겠습니다."

도쿠시타가 이즈미에게 손바닥을 펼쳐 보였다.

"이즈미 님이 말씀하던 도중이었습니다. 고즈에 님이

스카이라운지에 올라온 뒤로 어떻게 됐는가. 저는 고즈에 님이 아래층 상황과 후타미 유키오에 대해 설명했을 거라고 추측했고, 이즈미 님은 잘 기억나지 않는다고 했습니다."

"네."

"그게 사실이라면 어떤 사정이 있지는 않을까 하는 게 제 추측입니다. 그러니 다시 한번 여쭙겠습니다. 엘리베이터가 움직이고 고즈에 님과 유키오가 스카이라운지에 나타난 이후 어떤 상황이 펼쳐졌습니까?"

이즈미는 조용히 숨을 들이마셨다. 기억의 단편이 교차한다. 엘리베이터 문을 둘러싼 테이블 바리케이드. 양옆에 자리 잡은 남자들. 카운터 구석에 굳어 있는 여자들 사이에 있는 나. 팽팽한 긴장감. 뜨거운 호흡. 엘리베이터가 도착한다. 문이 열린다. 다음 순간, 의자가.

"왜 고즈에 씨에게 이야기를 듣지 않은 겁니까?"

의자가, 엄청난 기세로.

"유키오가 큰 소리로 우느라 그럴 상황이 아니었으니까요."

고즈에를 때렸다.

"처음 엘리베이터 문이 열릴 때부터 큰 소리로 울고

있었고 고즈에가 필사적으로 달랬지만 잘 통하지 않는
것 같았어요."

엘리베이터 옆에서 만약의 상황에 대비하던 남자들은
의자를 손에 들고 있었다. 올라온 사람이 범인일 경우
있는 힘껏 의자를 내려친다. 카운터에서 보면 앞쪽에 점
장과 나이 많은 남자가 서 있었고 안쪽에는 양복을 입은
젊은 남자가 저마다 의자를 들고 엘리베이터가 도착하
기만을 기다리고 있었다. 엘리베이터를 타고 올라온 사
람은 고즈에와 유키오였다. 그러나 양복을 입은 젊은 남
자는 저도 모르게 의자를 휘두르고 말았다.

"고즈에도 어쩔 줄 몰라 했어요."

또박또박하게 입에 담는다.

"스카이라운지에 있던 사람들 모두가 유키오를 달랬
죠. 특히 여자들이 많아서 번갈아 가며 아이를 달랬어
요. 하지만 유키오는 결국 울음을 멈추지 않았고 엄마,
엄마만 연신 외쳐서……."

양복을 입은 남자가 휘두른 의자가 고즈에의 가슴팍
을 때리자 고즈에는 "앗!" 하고 비명을 지르고 그 자리에
쓰러졌다. 순간 울먹거리던 유키오가 폭발하듯 울음을
터뜨렸다. 손에 든 장난감 버스가 바닥에 떨어졌다. 이
번에는 엄마라는 단어를 말할 새도 없었다.

"카페에 디저트가 있어서 그걸로 기분을 달래 보려고도 했지만."

"그동안에도 고즈에 씨에게서 이야기를 들을 수는 없었던 겁니까?"

고즈에는 호흡이 곤란한 상황이었다. 당황한 양복 남자는 여자들에게서 비난을 듣자 욕설로 답하며 화를 벌컥 냈고 점장과 나이 많은 남자 역시 얼굴이 파랗게 질렸다.

"유키오가 고즈에에게서 떨어지려고 하지 않았어요. 고즈에를 잘 따랐다고 할까, 의지하는 것처럼 보였죠. 그래서 이야기를 들을 여유가 없어서."

여자들이 유키오를 달랬고 고즈에의 상태는 이즈미가 확인했다. 블라우스 앞단추를 열고 차가운 수건으로 가슴을 꾹 누르고 있자 이즈미도 점차 혼란스러워졌다. 고즈에가 왜 이곳에? 이 남자아이는 누구? 영문을 알 수 없었다.

"그러는 동안에 엘리베이터가 다시 내려간 거예요."

그렇다. 엘리베이터가 움직였다. 스토퍼를 사이에 끼워 둘지 말지를 논의하기도 전에 먼저.

"그래서 다시 엘리베이터를 부르는 버튼을 눌렀지만, 이번에는 올라오지 않아서……."

초조감이 극에 달해 엘리베이터 문을 걸어찬 사람이 있었다. 의자를 바닥에 집어 던지는 사람도 있었다. 바닥에 쓰러진 채 거친 숨을 내쉬는 고즈에. 유키오의 울음소리는 이제는 울음소리라기보다 고막을 찌르는 비명에 가까웠다.

"결국 어쩔 수 없이 모두 함께 협력해서 어떻게든 해보자는 이야기가 나왔고."

그 꼬맹이 좀 닥치게 해!

누군가가 소리쳤다. 시끄럽다고!

"반드시 구조대가 올 테니 절대 포기하지 말고 힘내자고……."

닥치라고, 이 자식아!

가는 목을 조르는 남자의 두꺼운 손가락.

그만해! 하고 달려드는 나이 많은 여자. 멀리서 겁먹어 있던 젊은 여자 3인조와 화려한 분위기의 여자.

그만 좀 처울어! 미쳐 버릴 지경이라고!

"그제야 유키오가 울음을 멈췄고……."

수건으로 입을 틀어막았다. 말리는 사람은 없었다.

"모두 함께 서로를 격려하며……."

제기랄, 제기랄, 제기랄!

왜 이런 일이…….

"범인이 올라올 경우를 대비해 대책을 다시 한번 확인하고……."

일어나, 인마!

너랑 너도 일어나! 일어나서 벽을 만들어!

얼른 움직여! 죽여 버리기 전에!

"그러고 있을 때 갑자기 〈네 마리의 백조〉가 흘렀고……."

어느새 그는 칼을 손에 들고 있었다. 그래서 반항할 수 없었다. 이즈미는 엘리베이터 앞에 서게 됐다. 좌우에 젊은 여자가 한 명씩 서서 셋이서 벽을 만들었다.

"또다시 엘리베이터가 움직이기 시작했고……."

잘 들어. 너희가 덤벼드는 거야. 우선 너. 그래, 네가 잘못했으니까. 네가 비상계단으로 올라온 게 잘못이라고. 그래서 일이 성가셔진 거라고. 알겠어? 괜찮아. 네가 돌진하면 그 뒤에는 내가 어떻게든 처리할 테니.

"니와가 올라왔어요."

그와 눈이 마주쳤고 멍한 얼굴을 보자 무심코 머릿속이 하얘지는 동시에 다리가 풀렸다.

"니와가 총을 겨눴고……."

그리고 엘리베이터 밖으로 한 걸음 내디뎠다.

다음 순간 이즈미를 비롯한 여자들 옆에서 칼을 든 그

가 니와에게 덤벼들었고, 순식간에 그의 머리가 터져 나갔다. 탕.

"그는…… 주방 칼을 손에 들고 있던 점장님은 자기가 모두를 지켜 주겠다며 앞장서는 바람에……. 운이 나빴다고 해야 할 거예요. 총에 맞은 건 우연이었다고 생각해요. 니와도 깜짝 놀란 것 같았으니까요."

실제로 니와는 "위험했잖아" 하고 웃음을 터뜨렸다. 그러고서 머리가 터진 점장의 시신을 발로 걷어차더니 나이 많은 남자와 양복 남자에게 지시해 카운터 쪽으로 시신을 옮기게 했다. 눈앞에서 사람이 죽자 공포를 뛰어넘어 신경이 마비됐다. 여자들 중에는 소변을 지린 사람도 있었다.

"고즈에를 비롯한 사람들이 니와 앞에서 나란히 바닥에 엎드렸고……."

왜 입을 틀어막았지? 니와가 유키오를 보고 웃으며 물었다.

저기 넌 안색이 안 좋네. 유키오 옆에 있던 고즈에는 몸을 일으키기도 힘들어 보였다.

"그 뒤로는 고즈에가 고백한 그대로예요."

이즈미의 등 뒤에 니와가 있었다. 뒤통수에 총구를 갖다 붙이고 있었다.

처음으로 나이 많은 남자의 머리숱 적은 뒤통수가 터져 나갔다. 단 한 발에 그는 목숨을 잃었다.

니와가 권총을 바꿔 든다.

다음 희생자는 화려한 분위기의 여자. 역시 한 발 만에 뒤통수에 구멍이 뚫렸다.

다음 한 발. 사람이 쓰러지는 소리. 눈길을 천장으로 피하고 있던 탓에 그 순간을 보지 못했지만 소리가 들린 방향으로 추정컨대 나이 많은 여자가 당했다는 것을 알 수 있었다.

니와가 권총을 바꿔 든다.

다음 한 발. 여자 3인조 중 한 명이 죽는다. 그 직후 비명. 옆에서 엎드려 있던 친구의 비명이었을 것이다. 다음 총알이 그 비명을 영원히 잠재운다.

니와가 권총을 바꿔 든다. 한 개당 두 발밖에 못 쏜다는 것을 천장을 올려다보며 깨달았다.

다음, 탕. 3인조의 나머지 한 명.

탕. 양복 남자.

니와가 권총을 버린다. 그리고 다음으로 허리에 찬 일본도를 뽑아 이즈미의 목덜미에 갖다 댄다.

골라. 다음으로 죽일 사람을, 나쁜 사람을 네가 고르는 거야.

이즈미는 움직일 수 없었다. 아무것도 떠오르지 않았다.

다음은 저 아이를 쏠 거야.

반사적으로 시선을 떨어뜨린다.

고개를 든 고즈에와 눈이 마주쳤다.

탕.

"고즈에와 유키오가 총에 맞았고······."

눈앞에서, 명백한 죽음이.

아아, 아아, 아아.

탕.

터져 나간 머리.

것 봐!

니와의 신이 난 듯한 목소리.

역시 저 녀석은 악이었어!

역시 저 녀석은 악이었어.

그 직후.

"끝까지······."

니와의 손에서 일본도가 떨어진다.

"고즈에는 유키오를 지키려고······."

눈물이 흘러넘친다. 턱턱 막히는 호흡을 필사적으로
유지한다.

"그 뒤로 니와가 권총을 새로 꺼내 자기 머리를 쐈

고⋯⋯."

이즈미의 귓가에서 탕. 튕겨 나가는 몸이 이즈미를 덮친다. 지탱할 새도 없이 함께 바닥에 쓰러졌다. 총이 이즈미와 고즈에 사이에 떨어진다. 총알이 한 발 남은 권총이.

그 장면을 돌이키며 이즈미는 떠올렸다. 그 스카이라운지에서, 우리는 서로를 죽였다.

"제 이야기는 이걸로 끝이에요. 이제 기쿠노 씨에 대해 들려주세요."

이즈미는 눈물을 닦으며 도쿠시타를 올려다봤다.

"11시 30분에 기쿠노 씨가 3층 엘리베이터 승강장에 있었다고 하셨죠?"

"그렇습니다. 백야드에서 나와서 유키오의 손을 잡고 있던 고즈에 씨와 마주쳤습니다."

니와가 에스컬레이터 ㉗ 부근을 막 지났을 무렵이다.

"기쿠노 씨와 고즈에 씨는 엘리베이터 앞에서 몇 마디를 주고받았습니다. 무슨 이야기를 했는지는 가늠되지 않습니다만 기쿠노 씨의 몸짓만 보면 위로 올라가라고 재촉하는 것처럼 보입니다."

실제로 고즈에는 스카이라운지로 올라갔다.

"그리고 기쿠노 씨는 또다시 백야드 쪽으로 사라졌습니다."

도쿠시타의 말에 모두 의아해했다.

"이유는 모르겠습니다. 다음으로 기쿠노 씨가 카메라에 잡힌 건 11시 50분 무렵. 3층이 아닌 1층 백야드에서 엘리베이터 승강장으로 걸어가는 모습이 포착됐습니다. 이때 기쿠노 씨의 모습이 약간 이상합니다."

비틀거리는 발걸음으로 마치 도망치듯 엘리베이터 승강장으로 향했다고 한다.

"엘리베이터를 부르고 문이 열린 순간 그녀는 무너져 내리듯 쓰러지고 말았습니다."

예전에 이쿠타가 물었다. 몸에 이상이라도 생긴 게 아니냐고.

"솔직히 뭐라고 말씀드리기 어려운 것이 바로 의사의 진단입니다. 외상은 니와의 총에 맞은 것뿐이었으니 몸의 이상이라면 아마도 피로와 스트레스에 따른 어지럼증이나 현기증 종류였겠죠. 하지만 그렇다고 해도 뭔가 이유가 있었을 겁니다. 백야드에서 극도의 긴장감을 초래한 어떤 사건이 있었던 것이 분명하다. 그게 바로 히데키 씨의 추측입니다."

분명 기쿠노의 당시 움직임은 이해하기 어렵다. 그녀

는 무슨 목적으로 스카이라운지를 벗어났고 왜 고즈에와 함께 올라가지 않았을까. 왜 백야드를 오갔을까. 1층 백야드에서 다시 나타난 이유는? 그리고 대체 무엇에 겁을 먹고 지쳐 있었을까.

그때 도쿠시타가 손뼉을 짝 쳤다.

"자, 시간이 다 됐네요. 오늘은 여기까지 하겠습니다."

그는 모두를 향해서 말했다.

"오다지마 님과 이쿠타 님께는 쓸데없다는 질타를 받기는 했지만 저는 이번 논의를 통해 많은 것을 얻었습니다. 기쿠노 씨의 당일 행동을 이제는 거의 정확하게 설명할 수 있을 것 같은 느낌이 듭니다. 다음 주에 그걸 여러분께도 들려드리겠습니다."

또다시 예의 그 빙긋 웃는 미소.

"그러니 다음번에도 모쪼록 참가를 부탁드립니다."

흥이 깨질 법도 했다. 일주일이나 일찍 증언이 다 나왔고 하타노가 말한 것처럼 이제는 관심이 있느냐 없느냐로 갈릴 것이다. 오다지마는 더는 오지 않을 거라고 공언하기도 했다.

그런데도 도쿠시타는 자못 당연한 것처럼 다음 주에도 참가를 권했고 어째서인지 이 작은 공간 안에 감도는 긴장감도 불식되지 않았다.

"자, 오늘의 사례금입니다."

도쿠시타가 봉투를 나눠 줬다.

지금까지와의 차이를 눈치채고 이즈미는 손으로 배를 꾹 눌렀다.

과거 두 번의 모임 때 도쿠시타는 사례금을 나눠 주기 전에 한 차례 방을 나갔다. 매번 달라지는 보너스 금액을 조정하기 위해서였을 것이다.

그러나 오늘은 그러지 않았다. 애초에 봉투 속에 보너스 3만 엔을 넣어 두고 모두에게 전액을 줄 계획이었을까. 아니면 보너스가 0엔이라서?

모든 이들이 중대한 거짓말이라도 한 걸까?

"그럼 다음 주에 여기서 다시 뵙겠습니다."

싱긋.

하타노는 쓴웃음을 지으며 "와이프가 뭐라고 해서"라고 했다.

"2주 연속 집에 가는 시간이 늦어지니 수상할 만도 하지. 물론 가볍게 넘길 수도 있겠지만 한번 화내면 뒷일은 감당 못 해."

이즈미가 중식당을 나가자 하타노가 다가와 말을 걸며 명함을 건넸다. 위에는 '하타노 신야'라는 이름과 회사명, 시외 국번으로 시작되는 전화번호가 적혀 있고 뒤에는 직접 쓴 핸드폰 번호가 있었다.

"나중에 문자 한 통 줄래? 다음 주 모임 등과 관련해 이런저런 상의하고 싶은 게 있어."

약간 강요하는 감도 없잖아 있었지만 이즈미는 고개를 끄덕였다. 설마라고 해야 할까, 역시라고 해야 할까 봉투 속에 보너스는 들어 있지 않았다. 그에 대해 상의하고 싶은 건 오히려 이즈미 쪽이었다.

"그럼 다음에 봐."

주차장으로 달려가는 하타노의 뒷모습을 지켜보고 있을 때 중식당 안에서 호사카가 나왔다. 이즈미를 힐끗 보고 가볍게 고개를 숙인다. 이즈미도 고개를 숙여 답하자 그는 왠지 거북해하는 얼굴로 역을 향해 걷기 시작했다. 예전만큼의 적개심은 느껴지지 않는다. 이즈미는 그걸로 충분하다고 생각했다.

"어이."

갑자기 등 뒤에서 위협 섞인 목소리가 들렸다. 움찔하고 뒤돌아보자 눈앞에 오다지마가 서 있었다. 야구 점퍼 주머니에 손을 집어넣고 침착하지 못하게 주위를 두리번거리고 있다.

"적당히 하는 게 좋을 거야."

대번에 체온이 쑥 내려갔다.

"너무 오버하지 마."

"……무슨 뜻이에요?"

"시끄러워!"

그의 윽박지름은 불안과 닮아 있었다.

"설마 다음 주에 또 올 생각은 아니겠지."

이즈미는 말없이 그를 바라봤다. 오다지마가 고개를
획 돌렸다.

"어쨌든 더 이상 쓸데없는 짓 하지 마."

그는 그렇게 내뱉고 도망치듯 사라졌다. 세리나와 다
른 친구들과 한창 어울릴 무렵에는 동네 건달을 비롯해
더 무서운 사람들도 만난 적이 있다. 그에 비하면 오다
지마의 위세는 초라한 것으로 모자라 선량해 보이기까
지 했다. 그러나 우습게 볼 생각은 없다. 인간은 묘한 계
기로 백팔십도 달라질 수 있다는 것을 스카이라운지에
서 배웠다. 손에 꼭 권총이 없어도 칼 한 자루만 쥐면 인
간은 변한다.

그건 그렇고.

무슨 뜻인지 좀처럼 이해되지 않았다. 오다지마의 의
도는 뭘까.

그때 찰랑하는 금속 소리가 들렸다. 이쿠타가 역을 등

진 채 자전거 페달을 힘차게 밟고 있었다.

호사카와 거리를 두며 이즈미는 역으로 향했다. 걸어가면서 마스미에게 문자를 보낸다. 하타노처럼 의심을 살 수는 없다.

폐업한 중식당 안에는 아직 불이 켜져 있었다. 이즈미는 도쿠시타라는 남자가 조금 두려워졌다.

그리고 닷새 후, 오다지마가 행방불명됐다는 소식을 듣게 되었다.

7

역 교차로에 흰색 승용차가 세워져 있다. 그 옆에 양복을 입은 남자가 호텔 도어맨처럼 서 있었다. 햇빛 아래에서 보는 도쿠시타에게서는 어딘가 장난스러운 분위기가 느껴졌다.

"와 주셔서 감사합니다."

이즈미를 알아보고 그는 고개를 숙였다.

"타도 될까요? 다른 사람 눈에 띄고 싶지 않아서요."

"네, 물론입니다. 타시죠."

문을 열고 마치 유명 인사를 태우는 것처럼 허리를 숙인다. 이즈미는 쑥스러운 마음에 곧장 뒷좌석에 몸을 숨겼다.

"학교생활은 좀 익숙해지셨습니까?"

도쿠시타가 조심스럽게 차를 출발시키며 물었다. 시간이 4시가 조금 지났을 뿐이라 아직 하교 시간이라고 하기에는 이르다.

이즈미는 창문을 열면서 대답했다.

"집에 가겠다고 하면 말리지 않아요. 속으로는 안 와도 된다고 생각하고 있겠죠."

"그럴 리가요."

"누구든 귀찮은 걸 싫어하니까요. 지금도 기자들이 자주 찾아오는 것 같고 학부모들에게서도 이런저런 클레임이 들어온다고 해요. 그런 일을 겪었는데도 어쩜 그렇게 아무렇지 않을 수 있냐고 묻는다고 하더라고요. 고즈에보다 먼저 학교에 복귀한 게 뻔뻔하다는 이야기도."

마스미가 밤에 부엌에서 혼자 멍하니 있는 날은 대부분 학부모 모임에 참석한 날이다. 이즈미 앞에서는 말하지 않지만 무슨 이야기를 들었을지 얼추 상상은 된다.

"학부모회에서 괜찮은 학교가 있다면서 전단을 보낸 적도 있어요. 물론 그 속에 악의만 있는 건 아니겠지만."

집에 있던 이즈미가 우편물을 받았을 때 안에는 정중한 편지까지 들어 있었다. 모두를 위해 모쪼록 좋은 방향으로 검토해 달라는 내용이었다.

전학하는 것이 이즈미를 위한 선택이라고 진심으로 믿는 사람도 있을 것이다. 다만 그 편지를 쓰는 데 들이는 노력과 비용, 굴욕감이 이즈미는 상상되지 않았다.

"일부의 의견에 휘둘리시면 안 됩니다. 상식적인 사람들은 대부분 이즈미 님도 피해자라고 생각할 테니까요."

"도쿠시타 씨도?"

"물론입니다. 그런 상황에서 이즈미 님께 책임을 요구하는 게 말이 되지 않죠. 법적으로, 상식적으로도요. 가령 범인에게 직접 다른 사람을 죽이라고 위협받아서 살인을 저질렀다고 가정해 보죠. 그럴 경우에도 대부분 위법성은 인정되지 않습니다."

"죄를 묻지 않는다는 말인가요?"

"그렇습니다. 따라서 그날 그곳에서 이즈미 님이 니와의 강요로 다른 사람을 총으로 쏴서 살해했다고 해도 그건 죄가 되지 않습니다."

"……예시가 좀 끔찍하네요."

"실례했습니다. 방금 제 말은 잊어 주십시오."

차가 간선 도로를 부드럽게 달렸다.

"뭐가 재미있으십니까?"

도쿠시타의 질문에 이즈미는 자신이 미소 짓고 있었다는 것을 깨달았다.

"아....... 그냥 도쿠시타 씨가 제게 죄가 없다고 너무 쉽게 말씀하셔서요."

도쿠시타는 대답에 약간 뜸을 들였다.

"어디까지나 법률상의 이야기입니다. 일반론으로서."

"네. 알아요."

그렇게 말하고 창밖으로 눈길을 돌린다. 어느새 얼굴에 웃음기가 사라졌다.

대화가 끊기자 불안이 고개를 들었다. 목적지는 대략 전해 들었지만 구체적으로 어떤 장소인지 이즈미는 알지 못했다.

"제가 따라가도 되는 곳이에요?"

"괜찮습니다. 상대방이 원한 거라 오히려 따라가 주시지 않으면 곤란합니다."

도쿠시타에게서 어젯밤 문자가 왔다. 방과 후 두 시간 정도 시간을 내 줄 수 있는지. 날짜는 가능하면 내일이나 모레. 나를 만나고 싶어 하는 여자가 있다고 했다.

"오다지마 씨가 사라졌다는 게 사실인가요?"

"아무래도 신빙성이 높아 보입니다."

도쿠시타는 "그 여자분" 하고 말을 이었다.

"그 여자분은 자신이 오다지마 님과 함께 살고 있다고 말씀하셨습니다."

마찬가지로 어제 '그 여자'가 도쿠시타에게 전화를 걸어 왔다고 한다. 목소리와 전화번호 모두 낯설었지만 상대는 도쿠시타가 변호사로 일하는 것과 모임에 대해서도 알고 있었다. 자신은 오다지마와 함께 사는 사람이고 모임에 대해서는 당사자에게 들었다고 '그 여자'는 설명했다. 거기에 그가 현재 집에 오지 않고 핸드폰도 받지 않는다고 했다.

"소식이 끊긴 건 닷새 전, 즉 지난 모임이 있었던 날 밤부터라고 하더군요."

좋지 않은 예감이 들었다. 중식당을 나와 이즈미에게 말을 걸던 오다지마의 어딘가 침착하지 못했던 태도, 횡설수설하던 협박.

"뭔가 잘못 알고 있는 게 아닐까요?"

"글쎄요."

"혹시 사고를 당했다거나."

그래도 연락 정도는 했을 테지만.

"……싸워서 나갔다거나."

이즈미는 그렇게 말하면서도 스스로도 가능성이 없을

거라 느꼈다. 그것은 도쿠시타도 마찬가지일 것이다.

"경찰에 신고하는 것도 고려하고 있다고 합니다. 그전에 제게 혹시 뭔가 짚이는 게 있는지 물으셨습니다만 안타깝게도 없다고 대답했습니다. 그렇다면 그 모임에서 무슨 이야기가 오갔는지 알려 달라고 했고, 저희는 사전에 외부에 발설하지 않는 조건으로 만나고 있어서 말씀드리기 어렵다고 하자 여자분께서는 이즈미 님의 이름을 먼저 입에 담으셨습니다."

"……오다지마 씨에게 들은 걸까요."

"그런 것 같습니다. 직접 만나서 이야기하고 싶다고 하더군요."

왜일까. 분명 이즈미 본인의 입을 통해서 직접 전해 듣는다면 외부에 발설하지 않는다는 조건도 상관없어지기는 하지만.

"자기 이름은 그때 알려 줄 거라고 강하게 주장하셨습니다. 저를 경계하시는 건지도 모르죠."

그렇다면 왜 나일까 하는 의문이 지워지지 않는다.

"다른 멤버도 상관없지 않나요?"

도쿠시타는 대답하지 않았다. 전방을 보며 운전대를 쥔 모습이 영 모양이 나지 않았다.

"제가 어려서일까요? 그러니 어떻게든 구슬릴 수 있을

것 같아서."

그게 아니면.

"절 의심하는 걸까요?"

의심한다. 무심코 입 밖에 튀어나온 말에 가슴이 두근
거렸다. 오다지마가 사라진 것은 착각도 사고도 아니다.
이즈미는 그렇게 직감했다.

"만약을 대비해 여쭙습니다만, 이즈미 님은 혹시 짚이
는 게 있습니까?"

"오다지마 씨가 갈 만한 곳이요? 없어요, 전혀."

"최근에 그가 겪은 트러블 같은 걸 들으셨다거나."

"모임 자체가 트러블 아닌가요? 그렇게 따지면 가장
수상한 사람은 도쿠시타 씨예요."

분명 그렇군요, 하고 도쿠시타는 사무적으로 수긍했다.

상황이 명확해질 때까지는 오다지마가 지난 모임 때
나를 위협한 것은 입 다물고 있자며 마음을 다졌을 때
도쿠시타가 물었다.

"모임에 참가한 분과 사적으로 연락을 주고받으신 적
이 있습니까?"

"……꼭 대답해야 하나요?"

"아뇨, 그렇지는 않지만 저도 제 위치상 책임이 있어
서요. 특히 이즈미 님은 미성년자이니 아무래도 걱정되

기 마련입니다."

"미성년자를 차로 데려가시면서 잘도 그런 말씀을 하
시네요."

"면목 없습니다."

하타노와는 일요일에 메시지를 주고받았다. 길게 쓰
는 게 귀찮아서 '보너스 받으셨어요?' 하고 단도직입적
으로 물었다. 그러자 '제로'라는 답신이 왔다. 하타노는
전화로 이야기하자고 했는데 그건 역시 경계심이 들어
완곡하게 거절했다. 그날 이후 메시지는 오지 않았다.

"모임 참가자들 사이에 뭔가 트러블 같은 게 발생했다
면 큰일입니다. 다음 모임 연기도 고려해야 합니다."

"……그걸 떠나서 모임을 앞으로도 계속 이어 갈 의미
가 있나요? 저희 이야기는 다 들으셨잖아요."

도쿠시타는 대답하지 않았다.

"도쿠시타 씨가 그때 그렇게 말씀하셨죠? 이제 기쿠노
씨가 사망한 상황을 설명할 수 있을 것 같다고요."

"아직은 양해 부탁드립니다. 조금 더 정보를 정리해야
해서요."

"알아요. 하지만 약속은 지켜 주세요."

이번 동행에 붙인 조건.

"도쿠시타 씨는 혹시 제가 어떤 거짓말을 했다고 의심

하세요?”

꼭 확인해야 한다. 앞으로 한 발짝 나아가기 위해서는.

“의심받는 건 이미 익숙해요. 인터넷에서는 저와 니와가 관계를 맺었다는 소문이 돌 정도니까요.”

그 글을 처음 봤을 때는 역시나 웃음이 나왔고 이후 모든 것이 공허해졌다.

“하지만 역시 납득할 수는 없어요. 전 모임에서 모든 것을 솔직히 고백했으니까요. 사건 처음부터 끝까지 제 행동을 그렇게 모조리 털어놓은 건 이번이 처음이에요.”

경찰 조사를 받을 때는 니와가 스카이라운지에 올라온 이후 상황이 중심이었다. 이즈미와 고즈에, 점장까지 당시 스카이라운지에 있던 이들은 모두 피해자로 취급되었고 고즈에의 가슴에 든 멍과 유키오의 입에 물려 있던 수건도 전부 니와의 소행으로 받아들여졌다.

“돈이 필요한 건 아니에요. 그저 전 거짓말쟁이 취급을 당하는 게 싫어요.”

도쿠시타의 뒤통수를 노려본다.

“확실히 설명해 주시든가, 아니면 아니라고 말해 주세요.”

“알겠습니다.”

도쿠시타가 앞을 바라보며 대답했다.

"돌아갈 때는 반드시."

지금 여기서 고집을 부릴 시간은 없다. 도쿠시타도 곧
도착할 거라고 해서 이즈미는 창밖으로 시선을 향했다.
도심지에서 그리 멀어지지 않았는데 셔터가 내려간 점
포와 공터에 가까운 주차장이 묘하게 쓸쓸한 풍경을 자
아내고 있었다.

"······그 여자분, 괜찮은 분인가요?"

자기 이름도 밝히지 않은 사람을 이렇게 느긋이 만나
러 가도 정말 괜찮을지 새삼 불안해졌다. 도쿠시타는 성
인 남성에다 변호사라는 직함도 있지만 막상 일이 벌어
졌을 때 의지할 수 있을지는 조금 의심스럽다.

"안심하십시오. 오다지마 님의 행방 문제를 제외하더
라도 그 여자분은 괜찮을 겁니다."

의심 섞인 이즈미의 시선에 호응하듯 도쿠시타가 말
을 이었다.

"확신은 없어도 예상할 수는 있습니다. 혹시 기억하십
니까? 오다지마 님이 이즈미 님의 이야기를 중간에 자
른 것을."

그는 그만해, 하고 소리쳤다. 이제는 그만해, 충분하
잖아, 라고 했다. 고즈에가 스카이라운지에 도착한 이후
상황을 도쿠시타가 물은 타이밍이었다.

"오다지마 님은 두려웠을 겁니다. 이렇게 가다 보면 기쿠노 씨의 죽음, 스카이라운지에서 벌어진 처형의 원인도 모두 어느 한 곳에 쏠리는 게 아닐까 하고."

"어느 한 곳?"

"'그 여자분'을 만나면 알게 되겠지요. 오다지마 님이 모임에 참가한 이유와 그분이 이즈미 님과 함께 와 달라고 한 이유, 제가 지금 이렇게 그곳에 가는 이유도."

잠시 후 차는 도로 옆에 있는 패밀리 레스토랑 주차장에 들어갔다. 차를 서툴게 댔어도 도쿠시타는 신경 쓰지 않고 가게 안에 들어갔다. 자리는 그럭저럭 차 있었지만 이즈미는 금연 구역에 있는 여자가 도쿠시타가 말한 '그 여자'라는 것을 즉시 알아차릴 수 있었다. 기억 못 하는 것 같아도 사람은 역시 만나 보면 알 수 있는 건가 싶어 조금 놀랐다.

그런 이즈미를 보고 도쿠시타도 눈치챈 듯했다. 자리로 다가가 '그 여자'에게 말을 붙인다.

"하마야 소노코 씨시죠?"

새삼 마주 보니 기억이 되살아나 눈앞에 있는 하마야 소노코가 기억 속 모습과 제법 거리가 있다는 것을 깨달았다. 반년 전 비상계단에서 만났을 때 그녀는 갈색으로 물들인 올림머리에 뭔가 똑부러져 보이는 언니 같은 인상이었다. 지금도 헤어스타일은 같지만 그때보다 색이 바랬고 손질을 거의 하지 않은 것처럼 보인다. 복장과 피부를 포함해 전체적인 분위기가 가슴 아플 만큼 헝클어진 느낌이었다.

상대가 느끼는 이즈미의 인상도 마찬가지일 것이다. 도쿠시타 옆에 앉는 이즈미를 하마야는 만감이 교차하는 눈빛으로 봤다. 희미한 미소에서는 모멸보다는 안도감이 느껴졌고 약간의 동정심도 섞인 듯했다. 너도 힘들겠구나, 하는.

"먼저 확인하고 싶습니다만."

도쿠시타는 짧은 인사와 자기소개를 마치고 곧장 본론에 들어갔다.

"오다지마 님과는 사건 이전부터 교제하셨습니까?"

"네. 뭐 작년 가을쯤부터였던 것 같네요. 소개팅에서 만났는데 말이 잘 통해서 그대로."

하마야는 눈길을 피하며 체념한 어조로 대답했다. 침착하지 못한 모습이 오다지마가 사라져서인지 아니면 평소에도 그런 것인지 알 수 없지만, 이즈미는 둘 다일 거라고 느꼈다.

"남자 친구가 권해서 그곳 면접도 봤어요. 결원이 한

명 생겼다고 했거든요. 결국 면접에 붙어 해가 바뀌고부터 일하기 시작했죠. 저와 남자 친구 모두 사귀는 건 직장에 비밀로 하자고 했으니 증거 같은 건 없겠지만."

"괜찮습니다. 하마야 님이 그 사건 당시 스카이라운지에서 아래로 내려간 게 가장 큰 증거일 테니까요."

하마야는 도쿠시타를 힐끗 보고 곧 시선을 다른 곳으로 돌렸다.

"스카이라운지 아래에 있는 흑조 광장에서 총성과 비명 소리가 들려서 걱정되셨겠죠. 오다지마 님이 근무하는 제2 방재 센터는 흑조 광장 바로 옆에 있으니까요."

"……그 사람, 가끔 이상한 책임감 같은 걸 발휘할 때가 있어서."

자칫 잘못하면 연인이 괴한에게 맞설 수도 있다는 생각에 안절부절못하게 됐다.

"엘리베이터를 타고 내려가려고 하지는 않은 겁니까?"

"그러려고 했는데 점장님이 말렸어요. 그래서 어쩔 수 없이 비상계단으로 내려간 거예요."

"아래쪽 상황을 얼마나 파악하고 계셨습니까?"

"대충은 파악하고 있었어요. 흑조 광장은 유리 천장이라 위에서도 그럭저럭 보이거든요. 그래서 눈에 들어왔어요. 뭔가 위험해 보이는 남자가 권총을 쏘는 모습이."

오타케다.

"그래서 걱정된 거예요. 절대 예삿일이 아니구나, 하고."

옆에서 말리는 점장을 떨쳐 내고 비상계단을 통해 방재 센터로 향했다.

"그러다가 아래에서 올라오는 이즈미 님과 3층 부근에서 만나셨군요."

하마야가 이즈미에게 눈길을 향한다. 이즈미가 같이 쳐다보자 뭔가 거북한 듯 다시 눈을 돌렸다.

"맞아요. 아마 만났을 거예요. 단언할 수는 없는 게, 예전과 인상이 전혀 달라서."

"당시에는 포니테일이었으니까요."

"네. 그 머리는 그나마 기억에 있어요. 그리고 스마트폰을 주우려 한 것도."

도쿠시타가 고개를 끄덕였다. 하마야가 내려오는 타이밍에 고즈에게 전화가 걸려 왔다는 것은 모임에서 이미 말했다.

"어떤 대화를 주고받았는지 기억하십니까?"

"아뇨, 그건 잘……. 그때는 둘 다 혼란스러운 상태였고 저는 어쨌든 위로 올라가라고 했던 것 같아요."

이즈미를 스카이라운지로 보내고 하마야는 제2 방재 센터로 향했다.

"방재 센터 쪽이 시끄러워서 무슨 일이 일어난 것 같아 더욱 마음이 급해져서……. 안을 들여다보니 범인이 쓰러진 경비원을 향해 총을 겨누고 있었고 그걸 보고 저도 모르게 비명을 질러 버렸어요. 그러자 그 자식이 제 쪽으로 총을 겨눴고, 도망쳐야 한다고 생각해 등을 돌렸을 때……."

순간 어깨에 총을 맞고 쓰러져 있던 남자 경비원, 야마지가 오타케를 넘어뜨렸다.

"그렇게."

도쿠시타가 테이블 앞으로 몸을 뻗었다.

"하마야 님도 총에 맞았군요."

이즈미는 흠칫 놀랐다.

"넘어지기 직전에 오타케가 쏜 총알이 하마야 님의 몸에 맞았다."

하마야는 힘이 빠진 것처럼 고개를 푹 숙였다. 떨림을 간신히 억누르는 것처럼 보이기도 했다. 잠시 후 그녀는 조용히 "……등을"하고 중얼거렸다.

이해는 됐다. 사망자들과 달리 부상자에 대해서는 상세히 보도되지 않았다. 그래서 이즈미는 지금껏 하마야가 다친 것을 전혀 모르고 있었다.

"그 역시 끔찍한 재난이기는 하지만 다행히 치명상은

아니었군요."

도쿠시타가 배려하듯 말을 고르자 하마야는 여러 감정이 뒤섞인 미소를 지어 보였다.

당시 그녀에게는 간신히 도망칠 체력이 남아 있었다. 그렇게 향한 곳은 조금 전에 내려온 비상계단.

"하지만 계단을 다 올라갈 수는 없었어요. 중간에 힘을 소진해서 그대로 의식을 잃었으니까요."

"구조를 요청하려고 하지는 않으셨습니까?"

하마야가 날카롭게 쳐다보는 듯했지만 도쿠시타는 개의치 않고 덧붙였다.

"바로 조금 전에 만난 여자아이가 스마트폰을 주우려한 것도 보셨을 겁니다. 머릿속에 구조 요청이라는 단어가 떠오르는 게 자연스러울 텐데요."

"등에 총을 맞아 거의 죽어 가고 있었고 범인까지 바로 옆에 있는 상황에서 경찰을 불러 봐야 소용없잖아요."

"경찰이 아니라 직장 말입니다. 하마야 씨가 근무하던 스카이라운지. 전화번호는 핸드폰에 등록돼 있었을 테고 지금 그곳에 사람이 있다는 것도 알고 계셨습니다. 서두르면 5분도 되지 않아 누군가가 도와주러 올 수도 있다는 것도."

하마야가 입술을 깨물었다.

"하마야 님. 오다지마 님은 지금껏 그걸 줄곧 신경 쓰고 있었을 거라고 저는 추측합니다. 저희 모임에 참가하신 것도 그 이야기가 나오지 않게 감시하는 의미가 있었겠죠. 하마야 님이 스카이라운지에서 나갔다가 총에 맞은 것. 스카이라운지에 도움을 요청한 것. 그리고 그 SOS 신호에 응답한 사람이 있었다는 것."

모두의 반대를 무릅쓰고 엘리베이터를 타고 내려간 사람.

"바로 요시무라 기쿠노 씨입니다. 하마야 님께는 '일요일 할머니'라는 호칭이 더 알기 쉬울지도 모르겠네요."

그래서 기쿠노는 아래로 향한 것이다. 부상당한 하마야를 돕기 위해. 체력 문제로 계단으로 가지는 못했다. 무엇보다 다친 하마야를 데려올 생각이었으니 엘리베이터는 꼭 필요했다.

스카이라운지에서 나눈 대화가 떠올랐다. 엘리베이터를 다시 부르면 고소할 거라는 협박은 무시해도 상관없어. 그 말이 아직도 귓가에 남아 있다. 아마 기쿠노는 하마야를 데리고 돌아오기 전까지 엘리베이터를 움직이면 나중에 그 행위를 문제 삼겠다고 했을 것이다. 그녀는 거대 회사 창업자의 아내이고 전에는 회사 경영에도 관여한 베테랑이라고 기사에서 읽은 기억이 있다. 화술이 뛰어날 뿐 아니라 설득력까지 갖췄을 것이다. 그러니 점장을 비롯한 이들은 엘리베이터를 다시 부르는 것을 주저했다.

"증거는?"

하마야가 적개심을 드러내며 물었다.

"증거 있어요? 제가 도움을 요청했다는 증거가."

"인정하지 않으시는 건가요."

도쿠시타가 가볍게 한숨을 내쉬었다.

"조사하면 통화 기록이 나올 겁니다. 그게 두려워서 하마야 님은 전화번호를 바꾸셨지만요."

"그러니까 증거 있냐고요!"

시끌벅적한 패밀리 레스토랑 안에서 그녀의 외침은 지워졌지만 분노와 초조함, 두려움이 이즈미에게는 훤히 보였다.

"……통화 기록이 있다고 해도 기억나지 않아요. 전화를 걸었을 수도 있지만 무슨 이야기를 했는지 모르겠다고요. 전 계단을 조금 오르다가 그대로 의식을 잃었어요. 그 이후의 일은 하나도 기억에 없어요."

"하마야 님."

도쿠시타의 목소리는 전에 없이 자상했다.

"그리고 오다지마 님도 아마 잘못 생각하고 계시는 것

같습니다. 전 지금 범인을 찾으려는 게 아닙니다. 이제
와서 누군가에게 책임을 물을 생각도 없습니다."

"흥. 거짓말. 그렇게 달콤한 말로 꾀다가 제가 뭘 하나
라도 인정하면 바로 고소할 생각이잖아요. 우리 미래를
망칠 생각이잖아요. 그쪽들은 돈이 있으니 어떻게든 되
겠지만."

나이에 걸맞지 않게 지나치게 감정적이고 유치하게
들렸다.

"흠." 도쿠시타가 다시 사무적으로 반응했다. "알겠습
니다. 믿으실지 안 믿으실지를 떠나 저희가 앞으로 민사
소송 등의 제도를 통해 두 분께 책임을 추궁하지 않겠다
는 건 지금 이 자리에서 약속드리겠습니다. 그것을 전제
로 하마야 님께서 사건에 대해 아직 말씀해 주시지 않은
게 있다면 듣고 싶습니다."

"……제가 말했죠? 전 곧장 정신을 잃었고 그 뒤로는
거의 기억나지 않는다고요."

그러더니 하마야는 "그보다" 하고 몸을 앞으로 뻗었다.

"남자 친구가 지금 어디서 뭘 하는지 아시는 게 있다
면 알려 주세요."

오다지마가 자취를 감춘 건 지난 모임이 끝난 밤이었
다. 전화와 문자에 답신하지 않았고 다음 날부터는 전화

기가 아예 꺼져 있는 상태라고 했다.

"지인과 친구분들께는 연락해 보셨습니까?"

"네……. 하지만 남자 친구는 최근에 다른 사람들과
거리를 두고 살아서."

"따로 직장을 구하지도 않았다고 하더군요."

"어쩔 수 없죠. 전 총에 맞았고 남자 친구도 칼에 찔릴
뻔했어요. 그런 걸 다시 딛고 일어서는 게 쉬울 것 같아
요? 그리고 남자 친구는 지나칠 정도로 자책했어요. 직장
내 괴롭힘이 살인의 동기가 됐다느니 하는 소문이 도는
바람에. 그런 건 단순히 갖다 붙인 트집에 불과한데도."

진짜 바보들 같아요. 그렇게 내뱉는 하마야의 심정이
이즈미는 절실히 가슴에 와닿았다. 인터넷상에서 사람
들이 무책임하게 주고받는 의견의 대부분은 어리석고
바보 같다. 그러나 바보 같다고 그냥 흘려 넘기기에는
강한 정신력이 필요하다. 내 잘못이 아니라고 정색하고
나설 수 있는 힘이 요구된다. 그러지 않으면 미세한 독
들이 마음에 조금씩 쌓이고 쌓여 얼마 지나지 않아 내부
를 갉아먹고 만다.

하마야가 전화번호를 바꾸고 오다지마와 함께 이사한
것은 그런 제삼자들의 목소리로부터 거리를 둘 목적도
있었을 것이다.

"알 만한 사람들에게는 전부 연락해 봤어요. 그중에는 '역시나 도망쳤군' 같은 쓰레기 같은 말을 하는 자식도 있었지만……."

하마야는 그 말을 떨쳐 내듯 한숨을 내쉬었다.

"은행에 넣어 둔 돈도 고스란히 있어요. 신용카드는 갖고 있으니 그걸로 어떻게든 버티고 있을지도 모르죠. 하지만 집에 많은 것들을 그대로 두고 가기도 했고, 다짜고짜 어디론가 사라져 버린다는 건 있을 수 없어요. 경찰에도 신고할까 생각 중인데, 그전에 그쪽 이야기를 들어 두고 싶어서."

이즈미와 도쿠시타를 똑바로 쳐다보는 하마야에게서 표현하기 힘든 불안감이 비쳤다.

"부탁이에요. 아시는 게 있으면 알려 주세요."

가볍게 고개를 숙이는 몸짓에서는 성의가 느껴졌다.

"아쉽지만 전 없습니다."

도쿠시타가 나직이 대답했다.

"이미 들으셨겠지만 저희는 오로지 사건 검증에만 집중했습니다. 사적인 이야기는 거의 들은 게 없지요. 오다지마 님에 대해 제가 알고 있는 정보라고는 사건 때문에 직장을 계속 다닐 수 없게 됐다는 것 정도이고, 실종 원인이 될 만한 일은 전혀 알지 못합니다."

하마야는 "그렇군요" 하고 대답했지만 몸에서 힘이 빠져나가는 게 보였다.

도쿠시타는 다만, 하고 손가락을 세웠다.

"저희 모임이 어떤 영향을 끼쳤을 가능성을 부정할 수 없는 이상 최대한 협력해 드릴 생각입니다. 만약 경찰이 움직여 주지 않을 경우에는 제게도 꼭 알려 주십시오. 미력하나마 도움이 돼 드릴 수 있습니다."

"……그럼 그때는 부탁드릴게요."

하마야가 아직 한 모금도 마시지 않은 드링크바의 오렌지주스를 홀짝였다. 그것이 신호인 것처럼 도쿠시타가 몸을 일으키더니 영수증을 손에 들고 "그럼 밖에서 기다리겠습니다" 하고 자리를 떠났다.

이즈미는 하마야와 마주 봤다. 하마야는 이런 시간을 원했다고 도쿠시타에게 전해 들었다. 이즈미를 부른 이유. 둘이서만 이야기를 하고 싶다는 것.

"어때?"

어색한 질문이 날아왔다.

"그냥 그래요."

이즈미는 대답했다.

"그렇구나."

상대의 대답도 왠지 어색했지만 그 속에는 암묵적인

이해가 보였다. 그냥 그렇다고 대답할 수밖에 없는 상황을 아는 이들끼리의 연대감이 있었다.

패밀리 레스토랑 안은 여전히 시끄러웠다. 아이들이 떠들고 엄마들이 모여 수다를 떨고 있다. 음악 이야기로 달아오른 저 사람들은 대학생일까.

"깜짝 놀랐어. 주간지, 그거."

하마야가 말을 신중히 고르는 것처럼 입을 열었다. 고즈에의 고발 기사를 가리킨다는 것은 금세 깨달았다.

"그전부터 스카이라운지 안에서 끔찍한 일이 벌어졌다는 건 알고 있었지만…… 설마 그 정도였을 줄은."

하마야는 고개를 돌렸다. 그 모습에서는 죄책감이 느껴졌다.

"솔직히 말해서 난 행운이었다고 생각해."

이즈미는 자신을 스카이라운지로 보냈던 당사자를 바라봤다.

"예를 들어 남자 친구가 그날 휴가였다면 아마 스카이라운지 안에 계속 있었을 테고, 그럼 나 역시 죽었겠지. 아, 내가 움직이지 않았다면 엘리베이터를 그대로 세워둘 수도 있었나. 그럼 범인이 못 올라왔을 수도 있었겠네. 그런가."

엷은 미소가 순식간에 다시 굳어진다.

"저기, 넌 내가 그때 어떻게 해야 했다고 생각해? 남자 친구를 그냥 내버려 둬야 했을까? 방재 센터로 간 선택이 잘못된 거였을까? 그래. 아마 그렇겠지. 그렇겠지만, 당시 내가 그걸 알았을 리 없잖아. 총에 맞은 다음 살고 싶다고 생각하면 안 되는 거였어? 도움을 요청하지 않고 그냥 말없이 죽는 게 정답이었어?"

하마야는 필사적으로 감정을 억누르기 위해 몸에 힘을 주고 있다. 사건 이후 분명 스스로 수없이 반복해 온 질문일 것이다.

"……모르겠어. 내가 그때 뭘 어떻게 해야 했는지. 너무 어려워서 떠올릴 때마다 미쳐 버릴 것 같아. 분명한 건 딱 하나야. 난 그때 잘못된 선택을 했다는 것. 그래서 많은 사람들이 희생됐다는 것."

"하지만 그때 하마야 씨가 오지 않았다면 전 아마 죽었을 거예요."

이즈미는 최대한 또박또박하게 말을 전달하려 했다.

"하마야 씨가 오지 않았다면 전 그곳에 쓰러진 채로 그대로 있었을 테니까요. 엘리베이터가 움직이지 않았다면 니와는 비상계단을 써서 스카이라운지로 올라갔을지도 모르고, 그럼 전 분명 살해됐겠죠."

"과장이야." 하마야는 눈을 내리깔고 억지로 밝은 기

운을 쥐어짜듯 말했다. "그러지 않았을 확률이 더 높아, 분명. 그 자식이 비상계단을 눈치채지 못했을 확률이. 그리고 그걸 떠나 조금 더 옳은 선택이 있지 않았을까? 그대로 널 3층으로 대피시키는 게 나았어. 3층 주차장을 통해 밖에 나가라고 해야 했어."

결과론이다. 그것은 서로가 이미 안다. 그러나 입에 담지 않으면 독이 점점 퍼지고 만다.

"부탁이야. 솔직히 대답해 줘. 그때 내가 너한테 스카이라운지에 가라고 한 게 정말 옳은 선택이었을까?"

하마야는 두 손을 포갠 채 이마에 얹었다. 기도하는 듯한 모습이다.

순간 다양한 광경이 뇌리를 스쳤다. 스카이라운지에서 느껴진 얼어붙은 공기. 엘리베이터를 타고 올라온 고즈에와 유키오. 폭력. 비명. 말다툼. 신경을 거스르는 유키오의 울음소리. 그리고 니와 유즈키. 파란 하늘 아래에서 벌어진 처형. 탕. 총알에 맞은 유키오의 머리. 탕. 니와의 속삭임. 이 세상을 믿을 수 없으므로, 나는 상복을 입는다. 낙하하는 일본도. 자, 이즈미. 힘내. 지면 안 돼. 도망치면 안 돼. 끝까지 살아남아서 행복해지는 거야. 탕, 탕.

고즈에가 구멍 뚫린 오른쪽 눈으로 날 바라보고 있다.

"옳았는지 아닌지는 모르겠어요. 하지만 우리는 지금 이렇게 살아 있잖아요. 앞으로도 살아가야 하니 그게 옳았느냐 옳지 않았느냐는 중요하지 않아요."

하마야는 고개를 숙이고 잠시 그대로 있었다. 그러더니 허공을 향해 "그런가"라고 했다. "응, 그렇겠지" 하고 중얼거린다.

이즈미의 눈에 그녀의 표정이 조금 전보다 어리게 보였다. 마치 돌아갈 곳을 잃은 미아 같다.

"그 할머니는 평소에 날 아주 싫어했어. 나도 마찬가지로 그 할머니를 싫어했고. 제멋대로에다가 늘 잘난 척이나 한다고 남자 친구에게도 험담했을 정도야. 그런데도 날 구하러 와 주었어. 희한하지?"

하마야는 울어야 할지 웃어야 할지 모르겠다는 듯이 얼굴을 찌푸렸다.

"스카이라운지에 그대로 있었어도 그 할머니는 희생됐을지 모르고, 어떤 의미에서는 할머니가 엘리베이터를 타고 아래로 내려간 탓에 스카이라운지가 습격당했다고 할 수도 있겠지. 비상계단 문은 잠겨 있었으니까. 그럼 내 책임은 결국 몇 퍼센트인지, 그런 걸 한번 떠올리기 시작하면 한도 끝도 없었어. 다른 사람 책임으로 돌리면 편하겠지만 그게 말처럼 그렇게 쉽지만도 않고."

하마야는 "잘 모르겠지만" 하고 혼잣말처럼 말했다.

"그때그때 옳든 옳지 않든 어쨌든 결단을 내리는 것 외에는 방법이 없지 않을까?"

그렇다. 이즈미와 하마야 모두 그날, 그곳, 그 순간에 자신이 최선이라고 여긴 길을 선택한 것이다. 심사숙고 같은 단어와는 거리가 먼 반사적인 결단이기는 했어도 적어도 다른 누군가를 희생시켜야 한다는 악의는 없었다. 스카이라운지에서 벌어진 처형도 이즈미는 스스로 원해서 말리지 않은 것이 아니다. 그저 무력했을 뿐이다. 죽고 싶지 않았을 뿐이다.

그러나 하마야는 아마 알고 있다. 분명 오다지마, 그리고 야마지도.

가능했을지도 모르는 가능성. 다른 방법이 있지는 않았을까 하는 스스로에 대한 의심.

우리가 떠안은 석연치 못한 감정. 뉴스와 주간지에서는 전하지 않은, 머릿속을 뱅글뱅글 맴도는 생각들. 결국 어떤 방법으로도 사실을 있는 그대로 전할 수는 없고, 그러니 우리는 앞으로 한눈에 봐도 알기 쉬운 흑과 백으로 나뉜 세상에서 살아갈 수밖에 없는 것이다.

"나도 모르게 자꾸 떠올리게 돼. 오다지마는 모든 게 싫어지지 않았을까. 그래서 어디론가 사라져 버린 게 아

409

닐까. 나는 물론이고 자기 자신도 싫어져서."

사건에 대한 기억, 그리고 후타미 유키오의 엄마를 두고 가 버린 죄책감도.

"사랑이나 애정 같은 감정이 뭔지 잘은 모르겠지만, 그 사람이 사라져 버리는 건 내게는 힘든 일이야."

하마야는 먼 곳을 바라보고 있었다. 불안과 두려움, 죄책감. 그것들이 춤추는 곳은 분명 출구가 없는 체념이라는 이름의 무대다.

"전 오다지마 씨에게 협박받았어요."

"응?"

돌아보는 하마야를 이즈미는 지그시 바라봤다.

"더는 모임에 오지 말라고 하셨죠. 쓸데없는 이야기를 하지 말라고도. 그건 도쿠시타 씨가 말한 대로 제가 그날 하마야 씨를 만난 걸 이야기하지 말라는 뜻이었을 거예요. 오다지마 씨는 하마야 씨를 감싸려고 하셨어요."

기쿠노가 사망한 원인과 하마야의 그날 행동이 연관되는 게 두려워서, 그래서 그렇게 어울리지도 않게 이즈미에게 위협을 가한 것이다.

"앞으로 곧 세상에서 사라져 버릴 분이 그런 행동은 하지 않겠죠."

하마야는 대답하지 않았다. 그 대신 피로에 찌든 미소

를 지어 보였다.

"정말로 오다지마 씨가 갈 만한 곳을 모르세요?"

뒷자리에서 시동 소리를 들으며 이즈미는 도쿠시타에게 물었다.

"물론입니다. 전혀 모르겠습니다."

차가 천천히 움직이기 시작한다. 도쿠시타는 핸들을 몇 번 꺾어 느긋하게 주차장 출구까지 차를 움직였다. 일단 멈춰 서서 차량들이 빠른 속도로 달리는 앞길을 본다. 도쿠시타의 운전 실력으로는 안전하게 끼어들 타이밍이 날이 새도 오지 않을 것 같았다.

실제로 하늘은 노을빛에서 점점 검정으로 바뀌고 있었다.

"못 믿겠어요."

이즈미는 차가 도로에 진입하는 것을 기다리지 못하고 다시 대화를 이어 나갔다.

"도쿠시타 씨는 지난 모임에서 누구에게도 보너스를 주지 않으셨죠."

도쿠시타는 놀란 기색도 없이 앞을 지나는 차들을 가만히 바라보고 있다.

"오다지마 씨가 못 받은 건 아마 하마야 씨와의 관계

를 숨겼기 때문이겠죠? 아니, 그것 말고 다른 이유는 없어요. 그럼 한마디로 도쿠시타 씨는 그것도 알고 있었다는 말이 돼요."

"그건 오해입니다. 전 오다지마 님의 태도를 보고 그럴 거라 추측했을 뿐입니다."

"그럼 아무것도 모르고 오다지마 씨를 모임에 불렀는데 그분이 우연히 하마야 씨의 남자 친구였다는 말인가요? 헛웃음조차 안 나올 정도로 말이 안 돼요."

"웃음을 선사할 의도는 없었습니다."

그제야 앞길에 차가 끊겼다. 도쿠시타는 시동을 걸었다가 곧 다시 급브레이크를 밟았다. 2초 후 트럭이 앞을 지나갔다. 이대로라면 정말 아침이 올지도 모른다.

"오다지마 씨가 오지 않았다면 모임에는 아무 의미도 없었어요."

"그렇지는 않습니다. 이즈미 님의 증언 역시 전 대단히 흥미롭게 들었으니까요."

"스카이라운지에서 살아남았으니 제게 말을 걸었겠죠."

주간지와 TV에서 보도됐고 인터넷에서는 실명까지 공개됐다. 하마야처럼 이사한 것도 아니니 편지를 보내는 건 간단했을 것이다.

"전 그렇다고 해도 다른 분들은 대체 어떤 이유로 선

택된 거죠?"

"선택됐다는 말에는 어폐가 있습니다. 참석을 제안했지만 거절한 분도 많았으니까요."

"예를 들어 누가?"

도쿠시타가 곤란한 것처럼 숨을 내쉬었다.

"하마야 씨가 비상계단에 쓰러져 있었다는 건 알고 있었죠? 경찰 정보까지 입수하셨으니 그 정도는 충분히 알았을 거예요."

"이즈미 님. 전 피해자 유족의 대리인이라는 입장입니다만 그렇다고 모든 정보를 파악하고 있는 것은 아닙니다. 특히 프라이버시와 관련된 것들은 더욱 그렇죠. 실제로도 기쿠노 씨와 직접 관련된 것 외에는 언론과 비슷하거나 그 이하의 정보밖에 없습니다."

"방범 카메라 영상은요?"

"영상의 소유권은 경찰이 아닌 스완에 있습니다. 히데키 씨의 회사는 스완과 거래했고 그 연줄을 통해 입수했죠. 경찰이 모든 일에 협조적이었다고 할 수는 없습니다."

"그럼 결국 닥치는 대로 말을 걸었다는 뜻인가요? 그랬는데 우연히 도움 될 사람들이 와 주었다? 그건 역시 너무 억지스러워요."

도쿠시타가 한숨을 내쉬었다. 이번에는 그 안에 체념이 배어났다.

　도로가 잠시 한산해졌다. 이때라는 듯이 도쿠시타가 차를 출발시켰다.

　"확신이 있었던 건 아닙니다."

　도로에 턱이 있는 것도 아닌데 어째서인지 차체가 조금씩 흔들렸다.

　"히데키 씨의 의뢰로 정보를 정리하며 우선 무엇이 단서가 될지를 떠올렸습니다. 가장 큰 단서는 방범 카메라 영상이었죠. 기쿠노 씨는 엘리베이터를 타고 3층에 내려가 백야드로 사라졌다가 잠시 후 다시 3층 엘리베이터 승강장에 나타났습니다. 그리고 또다시 백야드로 사라졌고, 다음으로 나타난 곳은 웬일인지 1층 엘리베이터 승강장이었습니다. 초조함이 고스란히 느껴지는 걸음걸이로 엘리베이터에 다가가 엘리베이터와 바깥 구역 사이에 걸친 듯한 형태로 쓰러집니다. 그대로 일어서지 못했고, 잠시 후 다가온 니와의 총에 맞아 사망……. 여기서 주목해야 할 곳은 당연히 백야드입니다. 그 안에서 무슨 일이 일어났는가. 경비원이 모두 무사히 대피했다는 건 이미 확인됐습니다. 그렇다면 그 안에서 예상치 못한 어떤 일이 벌어졌거나, 또는 당시 그 안에 누가 있었던 게 아닌가. 그런 추측에 기반해 꼼꼼히 조사하다 보니 기묘한 사실을 눈치챘습니다. 단순합니다. 바로 스카이라운지의 피해자 중 그곳에서 일하던 직원은 단 한 명밖에 없었다는 점입니다."

남자 점장이다.

"바쁜 휴일에 식사도 파는 스카이라운지 업무를 단 한 명이 소화할 수 있을까요. 조금 더 조사해 보니 그날 여자 아르바이트생이 근무했다는 게 밝혀졌습니다. 그렇다면 그녀는 어디로 갔는가. 사망했는가, 구조됐는가. 이는 금세 확인할 수 있었습니다. 그녀는 1층 비상계단에서 구조됐으니까요."

도쿠시타의 차는 셀 수 없을 정도로 뒤차들에 연이어 추월당했다. 1차선 도로였다면 아마 경적 소리를 들을 만큼 느린 속도로 나아간다.

"그녀가 바로 오타케의 영상 속에 찍힌 여자분이라고 생각하는 것이 자연스럽습니다. 그리고 뒤이어 기쿠노 씨가 아래로 내려간 이상 그녀가 가장 중요한 관계자일 가능성이 대단히 크죠. 그러나 제가 조사를 시작할 무렵에 이미 그녀는 연락이 닿지 않는 상태였습니다."

오다지마와 하마야는 직장 동료들에게 관계를 숨기고 있었으니 접점을 찾기가 까다로웠을 것이다.

"결국 지름길을 포기하고 끊임없이, 우직하게 영상을 보고 또 봤습니다. 이야기를 들을 만한 분을 계속 확인하다가 사건 발생 직후 중앙 실내 화단에 혼자 서 있는 후타미 가요 씨와 경비원 유니폼을 입은 오다지마 님을 발견했습니다. 그는 그곳에 있던 가요 씨와 주변의 혼란스러운 상황, 비명 때문에 당황하면서도 줄곧 흑조 광장 쪽을 신경 쓰고 있었습니다. 그의 시선은 총성이 울리는 같은 1층이 아닌, 명백하게 위쪽을 향해 있었던 것입니다."

스카이라운지 쪽을.

"확신은 없다. 하지만 이야기를 들을 가치는 있다. 그러나 혼자서 찾아가 거절당하면 그걸로 끝입니다. 거짓말을 할지도 모르고요. 그래서 여러 명을 한곳에 모으는 검증회를 떠올렸습니다. 그런 형태라면 참가하는 데도 부담이 덜할 테고 주변에 있는 이들을 신경 쓰며 거짓말을 하기도 어려울 테니까요."

무엇보다 비밀을 품은 자들은 그 비밀이 자신이 없는 곳에서 밝혀지는 상황을 가장 두려워한다.

"만약 실패해도 다시 한번 개별적으로 접근하면 된다고 생각했습니다."

"오다지마 씨의 행동은 방범 카메라로 이미 확인을 마

치셨죠?"

"실은 이즈미 님과 다른 분들도 그러고 싶었습니다만, 역시 영상에 나오는 사람이 너무 많은 탓에 불가능했습니다."

그래서 첫 번째 모임에서 사건 당시 있었던 곳을 물었다. 두 번째 모임 때까지 카메라 영상을 분석하며 우리의 행동을 확인하고 추궁을 시작했다. 하타노의 그 추측이 대략 들어맞은 것이다.

"거짓말을 밝힌다는 게 거짓말이었네요."

"전략적인 엄포 정도로 받아들여 주셨으면 좋겠습니다. 분명 당초만 해도 거의 허세나 마찬가지였습니다. 그래서 보너스는 모두 일률로 0엔으로 했죠."

"……설마."

"네. 실은 그 뒤로도 계속."

벌어진 입이 다물어지지 않았다. 이만한 사기가 또 있을까.

"혹여 클레임이 나오면 그 역시 진실을 들을 계기로 삼을 수 있다. 그런 기대도 있었습니다만, 클레임을 제기하는 분은 한 분도 안 계셨습니다."

즉 모임 멤버 모두 거짓말을 한다는 자각이 있었다는 걸까.

"지난 모임 때 보너스를 넣는 시늉조차 안 하셨던 건 왜죠?"

"하나는 오다지마 님을 흔들 목적이었습니다. 하마야 님의 연락처가 궁금했거든요. 또 하나는, 네. 실제로 여러분이 진실을 감추고 있다고 판단했기 때문입니다."

"특히 제가 말인가요."

지난 모임에서 오다지마와 비슷할 만큼 이야기를 많이 한 사람은 분명 이즈미였다.

"도쿠시타 씨는 처음부터 오다지마 씨와 절 타깃으로 삼은 거네요."

"부인하지는 않겠습니다. 하지만 또 한 분이."

"네?"

"오히려 지금에 와서는 그분이 중심이라고 해도 과언이 아닐 겁니다."

세 번째 타깃? 기쿠노의 죽음에 하타노, 호사카, 이쿠타 중 누군가가 관련돼 있다?

"그 사람은 대체……."

"정확히 말씀드리자면."

도쿠시타는 짐짓 말을 끊었다.

"나머지 두 분도 그저 머릿수를 맞출 목적으로 부른 건 아닙니다. 논의를 할 필요가 있었고, 무엇보다 전 여러분을 모임에 초대할 때 이즈미 님이 의심하신 것과 다른 의미에서 확실히 선택했습니다. 기쿠노 씨의 죽음과는 관련 없이 제가 대화를 나눠 보고 싶은 분을 우선적으로."

도쿠시타는 "제가 생각해도 참 공과 사를 구분 못한 것 같습니다만" 하고 주눅 든 기색도 없이 덧붙였다.

신호가 빨간불로 바뀌자 그는 무서울 정도로 정중하게 차를 세웠다.

"이즈미 님."

도쿠시타는 세 번째 타깃의 이름은 알려 주지 않을 거라고 선언하듯 이즈미를 불렀다.

"올 때 약속했었죠. 제가 왜 이즈미 님의 보너스를 0엔으로 했는지 말씀드리겠다고."

내가 어떤 거짓말을 했다고 의심한 걸까.

"그것을 설명하려면 우선 기쿠노 씨의 당일 행동을 밝혀야 합니다. 수집한 정보를 종합해서 고려하면 해답은 자연스레 나오죠. 기쿠노 씨는 하마야 님의 SOS 요청 때문에 엘리베이터를 타고 그녀를 구조하러 갔다. 전화상으로 1층에서 범인에게 공격당했다는 이야기를 들어서 그와 마주치지 않도록 엘리베이터를 타고 3층에서 내렸다. 3층에서 신중하게 비상계단을 내려가 쓰러져 있던 하마야 씨를 발견했다. 응급 처치를 시도했지만 그녀의 부상 정도가 생각보다 심각했고 거기에 의식까지 잃은 탓에 함께 대피할 수 없는 상태였다. 그래서 기쿠노 씨는 일단 스카이라운지로 다시 돌아가기로 했다. 다른 사람을 불러오기 위해."

스카이라운지에서 도와줄 사람을 부르기 위해.

그리고 엘리베이터가 멈춰 있는 3층에 갔다가 거기서 유키오와 함께 있는 고즈에를 만났다.

"높은 확률로 기쿠노 씨는 고즈에 씨에게 이렇게 부탁했을 거라 추측합니다. '위로 올라가서 남자를 좀 불러와 주겠니?'라고."

이즈미는 저도 모르게 앗, 하고 소리칠 뻔했지만 아슬아슬하게 참았다.

"이제는 아시겠습니까? 이즈미 님의 증언에는 그 일이 통째로 빠져 있었습니다."

이즈미가 만들어 낸, 모두 함께 일치단결해 서로를 격려했다는 '이야기' 속에는.

"실제로는 당시 스카이라운지에서 두 분을 돕기 위해 아래로 내려간 사람은 없었습니다."

"……그건 도쿠시타 씨의 상상에 불과해요. 기쿠노 씨가 고즈에에게 실제로 어떤 말을 했을지 모르잖아요."

"그 말씀이 맞습니다. 어쩌면 고즈에 씨가 기쿠노 씨의 요청을 무시했을 수도 있고요."

신호가 빨간불에서 파란불로 바뀌자 부르릉 하고 시동 소리가 울린다.

"그러나 전 일단 백야드로 향했던 기쿠노 씨가 엘리베이터 승강장으로 돌아갔는데도 고즈에 씨와 유키오만 엘리베이터에 태우고 그 자신은 다시 백야드로 돌아간 행동을 합리적으로 설명할 다른 방도가 없는 것 같습니다."

그렇다. 이즈미는 어처구니가 없을 만큼 자신이 바보 같다고 느꼈다.

그래서 곧장 그의 뒤통수를 바라봤다.

"설득력은 있는 이야기에요. 하지만 적어도 전 기억나지 않아요."

"그렇군요."

운전대를 쥔 방식이 마치 '운전 정도는 식은 죽 먹기입니다'라고 말하는 듯이 보였다. 길이 직선으로 뻗어 있어서 그럴 거라며 이즈미는 속으로 독설을 내뱉었다.

"……다시 한번 물을게요. 도쿠시타 씨는 오다지마 씨가 어디 갔는지 정말 모르세요?"

앞서 오는 차량 불빛이 그의 옆얼굴에 비쳤다.

"모릅니다."

망설임 없는 대답이 묘하게 신경에 거슬렸다.

"그럼 어떻게 생각하세요? 전 오다지마 씨가 하마야 씨를 두고 사라졌다는 게 영 이상해요."

단순한 느낌에 불과하지만, 모임이 끝난 날 밤 이즈미 에게 말을 걸어 온 오다지마는 위협이 서툴렀던 만큼 그에 못지않은 이성이 있어 보였다. 그러므로 이즈미는 그가 무섭지 않았다.

도쿠시타가 고개를 갸웃했다.

"자발적인 실종이 아니라면 사고 또는 사건일 가능성이 크겠습니다."

"사건……."

"네. 누가 오다지마 씨를 납치했을 가능성도 무시할 수는 없겠죠."

실종이 이해되지 않을 뿐이다. 그러나 듣고 보니 그런 험한 상황도 충분히 가능하리라는 것을 깨달았다.

"하지만 그럼……."

모임날 밤에 우연히 강도나 납치범에게 당했다? 그건 지나친 우연이다.

이즈미는 말을 하려다가 집어삼켰다. 이렇게 생각하는 것이 자연스럽다. 오다지마는 그날 밤 그 모임이 원인이 되어 누군가에게 납치당했다. 그렇다면 그 '누군가'는 모임의 참가 멤버 또는 멤버와 가까운 사람일 것이다.

항상 빈정거리기만 하던 하타노, 늘 화만 내던 호사카, 느긋하던 이쿠타. 나이가 많은 호사카와 여자인 이쿠타가 오다지마를 힘으로 제압하기는 어려울 것이고 하타노도 체격으로 오다지마에게 밀린다. 그러나 순간적으로 기습한다면 누구든 그를 납치할 수 있었을 것이다.

도쿠시타는 태연한 얼굴로 차를 운전하고 있다.

이즈미는 두 손으로 배를 감쌌다. 도쿠시타가 관련됐다고 확신하긴 어렵다. 난폭한 짓을 저지를 사람으로도 보이지 않는다. 그러나 오직 그만이 이즈미를 비롯한 사람들의 정확한 정보를 쥐고 있다. 그리고 그날 밤 이즈미는 그에게 두려움을 느꼈다. 이치를 따지며 추궁하는 방식 때문일 거라고 생각했다. 어쩌면 본능적으로, 조금 더 정체를 알 수 없는 무언가를 감지했을 수도 있다. 아니, 그건 역시 지나친 생각일까.

그리고 결국 누가 됐든 간에 오다지마를 납치할 동기가 불분명하다.

"이즈미 님."

차창으로 비치는 풍경이 낯익은 것으로 바뀌었다. 앞으로 몇 분만 더 가면 미사토역에 도착할 것이다.

"만약을 위해 이즈미 님도 당분간은 몸조심하시기를 바랍니다."

"……제가 납치될 수도 있단 말인가요?"

"만약의 경우를 대비하는 겁니다. 정말로 만약의 경우를요."

그러나 그의 말투에 평소의 시치미를 떼는 듯한 느낌은 없었다.

"몹시 안타깝습니다만 상황이 이렇게 돼 버린 이상 금요일 모임은 취소해야겠지요. 저희와 관련이 없다고 해도 오다지마 님의 안위를 모르는 상황에서 모임을 이어 가는 것은 바람직하지 않을 겁니다. 조만간 여러분께 드리지 못한 보너스를 포함해 사례금 전액을 전달해 드릴 수 있도록 준비하겠습니다."

"히데키 씨도 그래도 된다고 하셨나요?"

"걱정하지 않으셔도 됩니다. 소기의 목적은 이미 달성했다고 전 확신합니다."

"……기쿠노 씨의 사망에 대한 진상 말이네요."

"그렇습니다."

"저도 해답을 들을 수 있을까요?"

"죄송합니다. 당사자께 의향을 확인하지 못한 이상 지금은 양해 부탁드리겠습니다. 이즈미 님께 꼭 필요한 해답도 아닐 테고요."

너무도 옳은 말이라 이즈미는 자연스럽게 코웃음이
나왔다.

"정말로."

그야말로 자포자기한 듯한 목소리로 이즈미는 입을
열었다.

"정말로 그 말씀이 맞아요. 기쿠노 씨가 돌아가신 게
저에게 절실한 문제는 아니죠. 더 솔직히 말하면 그냥
관심이 좀 가는 에피소드 정도에 불과해요. 하지만 그건
모두 마찬가지 아닌가요? 아마 이 세상 대부분의 사람
들이 스완 사건과 피해자를 그렇게 생각하겠죠."

"그렇다면 저 역시 절실하지는 않다는 말이 돼 버리는
군요."

"도쿠시타 씨께는 이번 일이 업무의 일환이니 그런 의
미의 절실함은 있을지도 모르죠. 정보를 계속 모아서 추
리해 가는 건 분명 대단한 일이고 옳은 일이라고도 생각
해요. 하지만 진실이라는 건 그렇지 않아요. 그건 흑인
지 백인지, 좌인지 우인지가 아니라……."

표현하기 어렵다. 잘 표현하려면 할수록 뒤틀리고 만
다. 요약하는 순간 잃어버리고 마는 실감. 진실을 전하
고 싶다는 마음, 그 순간 진정 느꼈던 감정을 어떤 말을

써야 정확히 표현할 수 있을까. 정확함 따위에 집착할 필요는 없을 것이다. 그러나 결국 집착하고 마는 것은 발레를 해서일지도 모른다. 올바른 움직임이야말로 아름다움이라고 배웠으니까.

"어떻게 말해도 어긋나고 말아요. 그러니 이제는 포기했어요."

"뭘 말이죠?"

"백조로 남는 거요."

차가 미사토역 교차로로 들어섰다.

"순진무구한 히로인으로 남는 거요."

차가 천천히 갓길에 멈춰 선다.

"그래도 전 춤추고 싶어요. 아무리 새카맣게 변해 버린다고 해도."

차 안에 침묵이 깔렸다. 지금 당장에라도 차에서 내리면 될 텐데 이즈미는 몸을 움직일 수 없었다. 생각과 함께 기력까지 토해 버린 느낌이었다.

주변은 이미 어두컴컴했다. 얼른 집에 돌아가야 한다.

"주제 넘는 말일 수도 있습니다만."

도쿠시타는 말을 끊었다. 어울리지도 않게 망설이는 모습을 보인다.

"……한 가지만 말씀드리겠습니다."

그는 가만히 등받이에 몸을 기댔다.

"제 동업자 이야기입니다. 그 사람과 저는 나이가 같고 얼굴이 닮은 것으로 모자라 다른 사람 못지않은 정의감을 품고 변호사가 됐다는 것도 꼭 닮았습니다. 형사 변호를 전문으로 하는 사무소에 들어가 다양한 사건을 맡았죠. 경험을 쌓으면 쌓을수록 법정 안에 있는 암묵적인 룰이나 전술 같은 것을 배우게 됩니다. 변호사라는 직업은 이념상 법정에서 정의를 수행하는 것을 옳다고 여깁니다만, 실제 하는 일은 피고인의 이익을 최대한으로 지키는 것입니다. 의뢰인이 어떤 인물이든 그 점만큼은 양보할 수 없죠. 세간에서는 흔히 '범죄자의 편'이라며 비난받을 때도 있지만, 그것은 변호사가 지녀야 할 양식대로 업무를 수행한 결과라고도 할 수 있습니다."

도쿠시타는 "그런 그가" 하고 허공을 보면서 말을 이었다.

"그런 그가 어느 살인범의 변호를 맡게 된 적이 있습니다. 여기서는 A 피고라고 부르겠습니다. A는 30대 남성. 그는 어린아이들만을 골라 성적 학대를 반복했습니다. 파악된 피해 아동만 해도 여섯 명. 그중 여섯 번째 아이가 사망하자 비로소 사건이 세상에 드러난 것입니다. A는 학대에 대해서는 인정했지만 살해가 아니라 어디까지나 사고라고 주장했습니다. 학대 도중 우연한 실수로 아이가 죽었다고 했죠. 엄연히 학대 도중에 사망했는데도 살인이 되지 않을 수 있다는 걸 이상하게 생각하실지도 모르겠습니다만, 법률이라는 건 원래 그렇습니다. 학대는 학대. 그 과정에서 피해자가 사망했을 경우에 학대와는 별도로 살의를 증명해야만 살인죄를 적용할 수 있죠. 상해치사가 되면 형량이 줄어듭니다. 아주 까다로운 일이라 할 수 있습니다."

도쿠시타는 가볍게 어깨를 움츠리고 다시 움직임을 멈췄다.

"A는 조금도 반성하는 모습을 보이지 않았습니다. 사건을 맡은 변호사인 그에게 최대한 빨리 이곳에서 자신을 꺼내 달라고 할 뿐만 아니라 이번에 잘해 주면 다음에도 당신을 고용하겠다고 했다더군요."

그는 유복한 집에서 태어나 일하지 않아도 먹고사는 데 지장이 없을 정도의 돈이 있었다고 한다.

"사망한 아이에게는 태어난 지 얼마 안 된 여동생이 있었습니다. A는 출소만 하면 이번에는 그 아이를 학대할 거고, 그럼 또다시 당신에게 신세를 지게 되겠지만 돈은 확실히 지불할 거라고 변호사인 그에게 예고한 것입니다."

교차로 안쪽을 향해 버스가 달려간다.

"살의를 증명하는 것은 대단히 어렵습니다. 그때도 죽일 의도로 때렸는지, 죽일 의도 따위 없이 그냥 때렸는지를 확증할 수 있는 증거가 거의 없었습니다. 변호사로서는 이런 논리도 펼칠 수 있겠죠. '피고인은 지금껏 외설 행위를 통해 다른 사람을 살해한 적이 없다. 따라서 이번 일 역시 살의를 지닌 행동으로 보기 어렵다'."

고가 위에 전철이 다가와 굉음을 울리며 사라진다.

"검찰은 살인죄로 그를 기소했습니다. 여론은 그를 변태 아동 성애자라고 비난했죠. 그리고 변호사였던 그는 지금껏 쌓은 다양한 법정 전술을 구사하지 않았습니다."

도쿠시타는 고개를 살짝 돌려 이즈미를 바라봤다.

"일부러 서투르게 일 처리를 한 것입니다. 그 결과 A는 살인죄로 실형을 받게 됩니다. 물론 녀석은 다른 변호사를 고용해 즉시 항소했습니다만."

미소 띤 얼굴로 앞을 바라본다.

"그야말로 언어도단, 변호사로서는 있어서는 안 될 일이었죠. 아슬아슬하게 들통나지 않는 범위에서 일을 처리할 생각이었지만 결국 사무소 소장에게 전부 들켜 엄청난 질타를 받았습니다. 그리고 지금도 여전히 근신 처분이 풀리지 않은 상태입니다."

"······그래서 이런 이상한 일을 맡게 되신 건가요?"

도쿠시타의 얼굴에 미소가 퍼졌다.

"제 이야기는 아닙니다."

깊이 파고들지는 않았다. 어차피 의미도 없을 테니.

"제도라는 것은 어떤 의미에서 포기하기 위해 존재하는 것입니다."

그는 독백 같은 목소리로 말을 잇는다.

"만약 A가 20년 형을 받거나 사형에 처해진다고 해도 그것으로 피해를 당한 유족들의 부조리한 비극이 해결되지는 않습니다. 어떤 방법을 써도 그것은 회복 불가능한 것이겠죠. 그러므로 조금이라도 가까운 길을 찾아야 하는 겁니다. 자신들에게 아주 약간이라도 좋은 길을요. 그중 하나가 바로 법률입니다. 규칙에 기반한 의식을 통해 확실히 매듭짓는다. 그로 인해 결정된 것이니 어쩔 수 없다며 무리하게라도 스스로를 납득시킨다. 그렇게라도 하지 않으면 너무 비참해지니까요."

또다시 버스가 지나쳐 간다. 사람들이 걷고 있다. 그런데도 어째서인지 고요했다.

"재미도 없는 이야기를 들려드렸군요. 잊어 주십시오. 애초에 이즈미 님이 처한 상황과 이 이야기 속 상황은 사뭇 다르니까요. ······다만 전 찾고 있습니다. 비극을 마주할 방법, 뛰어넘기 위한 절차를요. 간단하지 않다는 건 압니다. 법률로는 판가름하지 못할 죄, 그러므로 고통도 치유할 수 없는 죄라는 것이 이 세상에는 엄연히 존재하니까요."

도쿠시타는 잠시 뜸을 들였다.

"죄를 떠안고 살아가는 고통은 벌을 받는 것보다 몇 배는 더 괴롭겠죠. 그래서 전 말씀드리고 싶습니다. 이즈미 님께 협력하겠다고요."

생각지도 못한 기습이었다. 위장이 꾸욱 하고 비명을 지른다.

"무슨 말인지 모르겠어요."

거슬리는 목소리가 나왔다. 강한 척도 아닌 우는 소리다.

"방해는 하지 않겠다는 뜻입니다."

"그러니까 무슨 말인지 모르겠다고요!"

도쿠시타는 이즈미의 흥분을 나직한 한숨으로 되받았다.

"이즈미 님과 고즈에 님의 증언에는 모순이 있습니다."

"그 아이가 틀렸어요."

토하듯 말한다. 입을 꾹 다문 도쿠시타에게서 약간의 망설임이 읽혔다.

"이건 알려지지 않았습니다만……."

어쩔 수 없다는 듯 차 측면 유리를 통해 밖을 본다.

"니와는 당시 소지하고 있던 모조 권총을 완전히 다 소비했습니다. 총알까지 모두."

"……네?"

순간 무슨 말인지 이해할 수 없었다.

"그런 뉴스는……."

"네, 없었습니다. 경찰도 발표하지 않았죠. 하지만 알 수는 있습니다. 이즈미 님과 고즈에 님의 증언으로."

숨이 턱 막힌다.

"여기서부터는 보도된 내용입니다. 그날 스카이라운 지에서 벌어진 처형에서 이즈미 님을 제외한 다른 사람 들은 니와 앞에서 나란히 바닥에 엎드린 채 벗어나지 못 할 표적이 돼 버렸습니다. 따라서 거의 대부분이 단 한 발에 목숨을 잃었습니다. 니와 자신을 포함해."

니와는 바닥에 엎드린 사람들의 훤히 드러난 뒤통수 숨골을 정확히 조준해서 쐈다.

"그중 예외가 두 사람. 첫 번째는 바로 고즈에 씨입니 다. 그녀는 살아남았습니다. 다른 사람들과 달리 뒤통수 가 아닌 정면에서 오른쪽 눈을 총에 맞았습니다. 바로 그 점이 죽음을 피한 요인이 되었겠지요."

그리고 또 한 사람.

"후타미 유키오. 오직 그 아이만이 총알을 두 발 맞았습니다. 뒤통수, 그리고 정면을."

이즈미는 차에서 뛰어내렸다.

8

내리쬐는 4월의 햇빛, 스완 본관 백조 광장, 오전 11시 정각. 벤치에 앉은 청년이 스마트폰을 손에 들고 있다. 가메나시 요스케. 고개를 이쪽으로 돌리고 놀란 표정을 짓는다. 그러더니 곧장 스마트폰을 본다. 여자 친구에게서 도착한 메시지. 그의 입가가 부드럽게 풀어진다. 탕.

니와 유즈키의 오른손이 카메라에 비친다. 모조 권총을 쥐고 있다. 가메나시는 벤치 위에서 몸을 꿈틀거리고 있다. 뒤로 젖힌 머리를 앞으로 확 잡아당긴다. 다시 한 발. 니와는 그의 머리에 총을 쏜다. 탕.

같은 구역에 있는 사람들의 놀람, 곤혹, 엉거주춤한 자세. 한 박자 늦게 울려 퍼지는 비명. 거기에 섞여 툭, 하는 소리. 니와가 집어던진 첫 번째 권총이 타일 바닥에 떨어지는 소리.

사냥 개시. 탕, 탕, 툭. 탕, 탕, 툭. 망연자실한 얼굴의 아저씨, 다리가 풀린 아주머니. 탕, 탕, 툭. 그제야 사람들이 도망치기 시작한다. 뿔뿔이 흩어진다. 탕, 탕, 툭. 고등학생으로 보이는 여자아이 두 명. 탕, 탕, 툭. 탕, 탕, 툭. 다섯 번째, 여섯 번째 모조 권총이 바닥에 떨어진다. 백조 광장에서 나오는 총 열여섯 발, 여덟 정의 모조 권총을 소비했다.

고글 카메라가 담은 그의 호흡 소리는 경쾌하다. 콧노래가 들릴 때도 있다. 에스컬레이터를 타고 올라가 2층을 뛰는 남녀 커플을 저격. 남자가 쓰러지고 여자가 날카롭게 비명을 지른다. 낮은 웃음소리. 권총이 툭 하고 아래층으로 떨어진다. 아홉 정째.

카메라가 내려다보는 백조 광장의 풍경. 흰색 타일 바닥 위에 쓰러진 피해자들, 핏자국, 빈 권총. 시야가 빙글 돌아간다. 2층을 달려가는 사람들, 유리 천장, 파란 하늘. 자동 음성인 관내 방송이 귀에 거슬린다.

2층에 도착하자 눈앞에 단발머리 여자가 서 있다. 핸드폰 가게 직원으로 보인다. 카메라를 향해 입을 뻐끔거리는 그녀에게 "화재라고 하던데요, 아가씨" 하고 말을 건다. 탕. 총알은 그녀의 목덜미를 스쳤다. 철컥. 탄 걸림. 열 번째 권총을 버리고 열한 번째를. 탕. 이번에는 이마가 터져 나간다. 마지막 숨통을 끊는 탕. 휙 집어 던지자 툭.

니와는 느긋하게 걸었다. 서두르지 않는다. 가끔 미처 도망치지 못한 입장객을 맞닥뜨린다. 탕, 탕, 꺄악! 도망쳐도 끝까지 따라가지 않고 앞으로 나아간다. 1층 안쪽에서 총성이 들리자 갑자기 멈춰 선다. 흑조의 샘에서 사냥을 시작한 오타케의 총소리. 1층에서 도망쳐 오는 입장객들. 니와가 2층에서 그들을 조준해서 쏜다. 탕. 탕. 맞지 않는다. 입장객들은 맹렬한 기세로 백조 광장 쪽으로 달려간다. 열세 정째.

다시 걷는다. 이미 실내 화단을 지났다. 잠시 후 1층에서 체구 좋은 스포츠머리 남자가 걸어온다. 오타케다. 사납게 걷고 있다. 쇼윈도에 총을 쏴서 유리를 깨뜨리고 마네킹을 부수며 나아간다. 니와가 손에 든 권총으로 오타케를 겨눈다. 그러나 곧 다시 아래로 내리고 오타케가 온 방향으로 2층을 걷는다. 복도를 지나 주차장 방면과 저수지 방면을 왔다 갔다 한다. 자신감 넘치는 발걸음. 통로 옆 점포 안을 엿보며 미처 도망치지 못한 사람이 있으면 가까이 다가가서 "괜찮습니다" 하고 말을 건다. 그리고 총알을 날린다. 탕, 꺄악! 탕. 탕, 꺄악! 탕. 열넷, 열다섯 정째.

콧노래 소리가 확연히 들린다. 빠른 템포의 곡조도 있

고 서스펜스 느낌의 곡도 흥얼거린다. 탕, 꺄악! 탕, 툭. 열여섯 정째.

젊은이들을 대상으로 한 캐주얼한 옷 가게. 괜찮습니다, 탕, 꺄악! 탕. 괜찮습니다, 탕, 탕, 안 돼, 그만해, 잘못했어요! 탕, 탕, 탕, 철컥. 열일곱, 열여덟, 열아홉……. 스무 번째 권총이 툭 하고 바닥에 떨어진다.

맞은편 통로에서 달려오는 커플. 니와의 다리가 멈춘다. 탕, 탕, 툭. 스물한 정째.

음악 소리가 들리기 시작한다, 오르골 음색의 경쾌한 멜로디. 차이콥스키의 〈네 마리의 백조〉가 바로 앞 흑조 광장에서 들려온다. 그것을 신호로 니와가 고글을 벗는다. 통로에 집어 던진다.

그러나 영상은 끊기지 않는다. 니와가 알았는지 몰랐는지는 밝혀지지 않았지만 녹화 종료 시각은 정오가 아닌 〈네 마리의 백조〉에 맞춰 움직이는 장치 인형들의 춤이 끝나는 시각으로 설정돼 있었다. 앞으로 3분 조금 넘는 시간.

탕, 하고 총성이 울린다. 변덕처럼 또 한 발. 탕. 스물두 정째. 탕, 탕. 스물세 정째. 카메라는 줄곧 백조 광장을 향한 채 2층 통로를 비추고 있다.

잠시 후 멀리서 탕, 하는 소리가 들린다. 뒤이어 탕. 시간으로 추정컨대 흑조 광장에서 기쿠노를 쏜 소리일 것이다. 스물네 정째.

음악 소리가 멎는다. 영상이 끊긴다.

이즈미는 DVD 플레이어의 검은 화면을 바라보며 이마 앞에서 두 손을 포갰다. 열어 놓은 창문에서 햇빛이 들어온다. 금요일 3교시. 상담실 안에는 지금 이즈미뿐이다.

양손에 이마를 갖다 붙인 채 기억을 더듬는다. 뉴스 보도에 따르면 범인이 준비한 모조 권총은 전부 합쳐 60정. 범행 개시 당시 니와가 30정, 오타케가 29정을 소지했다고 한다. 나머지 하나는 나카이 준을 죽일 때 썼다.

기쿠노를 살해한 니와는 스카이라운지로 향했다. 남은 모조 권총은 여섯 정.

그는 우선 남자 점장을 쐈다. 다음으로 머리숱이 얼마 없는 나이 많은 남자가 총에 맞았다. 나머지 다섯 정.

화려한 느낌의 여자와 나이 많은 여자. 나머지 네 정.

여자 3인조 중 한 명, 그리고 또 한 명. 나머지 세 정.

여자 3인조 중 마지막 한 명. 그리고 양복을 입은 남자. 나머지 두 정.

다음은 저 아이를 쏠 거야.

고즈에와 눈이 마주친다.

탕.

탕.

터져 나가는 머리.

이즈미의 귓가에서 탕.

이걸로 마지막 한 발.

통.

화들짝 놀라 고개를 들었다. 문 쪽에서 노란 테니스공
이 튀고 있다.

그때 또 하나의 같은 색 공이 눈앞을 쓱 지나갔다. 통
하고 문에 맞아 바닥에 떨어진다. 창밖에서 꺄하하 하는
새된 웃음소리가 들리더니 종소리가 울렸다. 체육 시간
일 것이다. 몇 학년인지는 알지 못한다.

"무슨 일이지?"

목소리가 들린 쪽을 돌아보자 아유카와가 서 있었다.
문을 닫고 테니스공을 줍는다.

"수업과 관련 없는 물건을 갖고 오면 안 돼."

"제 거 아니에요."

"이걸 말하는 게 아니야. 그거."

아유카와의 시선은 DVD 플레이어로 향해 있었다.

어제 고전 문학 시간에 아유카와는 니와가 찍은 영상

의 완전판을 입수했다고 했다. 오늘 아침 받은 DVD를 선생님이 오지 않는 3교시에 봤다. 방과 후까지 기다리지 못한 것은 물론 도쿠시타 때문이다. 그의 암시 때문에 이즈미의 가슴은 내내 술렁거렸다. 그리고 바로 조금 전 술렁임은 정점에 달했다.

도쿠시타의 말대로 니와는 마지막 권총으로 자기 자신을 쐈다. 이즈미는 그것을 몰랐고, 알 수도 없었다. 그러니 남은 총알 수도 알아차리지 못했다.

"일요일에……."

아유카와의 목소리를 듣고 퍼뜩 정신을 차렸다. 가운을 입은 교사는 창문을 보며 손에 든 테니스공을 만지작거렸다.

"고즈에가 있는 병원에 다녀왔어. 실은 사건 이후 지금껏 만나지 못했거든. 고즈에의 어머니는 괜찮다고 해도 고즈에가 거절했다고 해. 다른 사람에게 보여 주고 싶지 않다면서. 오른쪽 눈을 잃은 자기 얼굴을."

아유카와가 이즈미의 뒤쪽으로 걸어온다. 피로에 찌든 듯한 숨을 가늘고 길게 내뱉으며.

"난 그런 건 신경 쓰지 않아. 아주 어렸을 때부터 알고 지냈으니까. 이미 질릴 정도로 오래 봐 온 얼굴이야. 이제 와서 뭐 달라질 것도 없지. 외모보다 마음이 소중하다는 입발림과도 좀 달라. 내게 고즈에는 공기, 물, 혹은 쌀 같은 존재니까. 옆에 있는 게 그야말로 자연스럽고, 없으면 불안한 그런 존재. 상황이 다소 변하기는 했어도 공기나 물, 쌀이 필요 없어질 수는 없잖아."

그때 등 뒤에서 쿵 하는 소리가 들렸다.

"마음은 이해해. 아직 열일곱 살 여자아이니까. 그야 신경 쓰이겠지."

쿵. 이즈미는 어깨에 힘이 들어갔다.

"최근 반년간 계속 기다렸어. 매주 병원에 갔지만 번번이 거절당했지. 대신 편지를 썼어. 악필이라 문자나 메일이 편하지만 이런 건 역시 직접 써서 전하는 게 나을 것 같아서. 고즈에의 어머니도 그쪽이 더 좋겠다고 했고."

쿵 하는 소리가 들린다. 캐비닛을 치고 있는 것이다. 그의 주먹이.

"지지난 주부터는 너에 대한 이야기를 쓰기로 했어. 네가 학교에 돌아왔다는 것, 상담실에서 가끔 만난다는 것. 주변 아이들에게 소외당하고 있다는 것도 적었어. 기분 나쁘게 생각하지는 말아 줘. 고즈에에게, 그저 모두가 널 걱정하고 있다고 알려 주고 싶었을 뿐이니까."

쿵, 쿵.

"답장은 없었어. 그래도 고즈에의 어머니는 딸이 지금
껏 받은 편지 중에 가장 관심을 보였다더군. 그래서 일
요일에 너와 나눈 대화를 들려줄 테니 만나자고 어머니
를 통해 전했어. 네가 사건을 조사 중인 것도 만나서 전
부 알려 주겠다고 하고."

아유카와가 말을 중간에 끊었다. 종소리가 들린다. 4교
시에도 선생님이 찾아올 예정은 없다.

"……그래서 마침내 병실에 초대받았어. 반년 만에 개
를 만난 거야."

쿵.

"붕대를 감고 있었어. 두 볼이 야위었더군. 팔도 마른
나뭇가지 같았고."

쿵.

"표정은 없었어. 속내도 보이지 않았고. 이 아이는 누
구지? 순간 난 그렇게 생각하고 말았어. 아니, 그렇게 말
하면 거짓말이겠지. 난 그 아이의 모습을 보고 오싹해지
고 만 거야."

쿠웅. 캐비닛이 흔들리는 것이 등 뒤에서 전해진다.

"떠올리고 말았어. 난 앞으로 이 아이와 함께 살아갈 수
있을까? 언젠가 이 아이와 한집에서 살며 쇼핑을 가거나
영화를 보고 유원지에 놀러 가기도 하겠지. 한 이불을

덮을 날도 올 테고. 그때도 난 진심으로 이 아이와 함께
하고 싶을까. 이 아이의 잃어버린 오른쪽 눈을 보고도."

쿵, 쿵.

쿵, 쿵.

"너무한 건 고즈에일까? 나일까?"

쿠웅. 이즈미는 줄곧 허리를 숙인 채로 상담실 안에서
울리는 소리를 들었다.

"……너였다면 차라리 나았을 거야. 고즈에를 그렇게
만든 사람이 너였다면. 그럼 아무 문제도 없었어. 지금
이 자리에서 목 졸라 죽이면 끝날 일이니. 안 그래?"

심장이 뛰는 소리가 약간 요란하게 들린다.

"선생님……."

이즈미는 등을 돌린 채로 입을 열었다.

"그보다 고즈에에 대해 들려주세요."

테니스공이 정면에 있는 캐비닛에 맞았다. 튕겨 나가
천장에 닿는다. 그리고 다시 바닥에 떨어진다.

"까불지 마!"

뒤에서 목덜미를 붙들었다. 온몸에 소름이 쭉 돋는다.
힘은 실려 있지 않다. 오히려 그래서 더 압박감이 느껴
졌다.

"……이 옆에는 교무실이 있어요."

"그래서?"

손에 힘이 조금 들어간다.

"잘릴 수도 있다고? 마음대로 하라 그래."

"스카이라운지."

순간 압력이 쓱 줄어들었다.

"스카이라운지에서 일어난 일을 제가 어떻게 이야기했는지 고즈에는 신경 쓰고 있을 거예요."

대답이 없다. 목에 갖다 댄 손바닥에서 망설이는 기운이 전해진다.

"제 입으로 직접 개한테······."

"무리야. 고즈에는."

찰나의 망설임도 없었다.

"······개는 널 두려워하고 있어."

왜? 하고 입에 담을 새도 없이.

"만나고 나서 바로 깨달았어. 네 이름이 나올 때마다, 그리고 네 이야기를 하는 동안 개는······."

또다시 목에 압력이 강해졌다.

"그냥 겁먹은 게 아니야. 사건에 대한 기억이 개를 그렇게 만든 것 같지도 않았어. 개는 범인보다도 너를 더 두려워하고 있어."

희미한 숨소리.

"병실을 나가기 직전 혹시라도 네게 전할 말이 있는지 물으니 걔는 이렇게 답했어. '가장 멋진 오데트야'라고."

무심코 숨을 집어삼킨다. 가장 멋진, 오데트.

"설명하지 않아도 무슨 뜻인지 알 수 있었어. 피해자인 척하는 너에게 보내는 최대한의 비아냥이었겠지."

아니다. 그건 아니라고 직감했다. 그 '가장 멋진'의 의미는…….

"무슨 짓을 했지?"

순간 경동맥이 꾹 조여들었다.

"그 아이에게 무슨 짓을 한 거야?"

통증 때문에 얼굴이 일그러지기 직전.

"도대체 무슨 짓을!"

"고즈에는."

목소리를 쥐어짜 낸다.

"제 이야기를 듣고 싶어 해요."

입을 다물고 탁자 위로 눈길을 떨어뜨린다. 휴대용 DVD 플레이어의 검정 화면에서 제조사 로고가 공허하게 움직이고 있다.

목의 압력이 약해진다. 거친 숨소리가 귓가에 들렸다.

"……그건 무리야. 고즈에의 어머니가 발작이라도 일으키면."

"그럼 선생님이 대신 전해 주세요."

순간적으로 허를 찔린 듯했다.

"메시지요. 고즈에에게 전하는 제 메시지."

배에 힘을 집어넣는다.

"다른 사람에게는 들려주고 싶지 않아요. 선생님도, 고즈에의 어머니께도."

"네 멋대로……."

"그러지 않으면 우리는 뛰어넘을 수 없어요."

뛰어넘을 수 없어요. 이즈미는 그렇게 반복했다.

아유카와가 어이없다는 듯이 숨을 내쉬었다.

"뛰어넘는다고?"

분노가 배어난다.

"네 메시지 따위로? 그럴 수 있다는 거야?"

"힘들어도 그래야 해요. 그러지 않으면 비극이 승리할 테니까요. 선생님도 말씀하셨잖아요."

압력이 거세진다. 난폭할 정도다. 이즈미는 이를 꽉 깨물었다. 소리쳐서는 안 된다. 지금은 아유카와가 필요하다.

"전 지고 싶지 않아요. 이 세상을 포기하고 싶지 않아요."

아유카와는 말없이 이즈미의 목을 붙잡고 있다. 바람 없는 날이다. 사방이 쥐 죽은 듯이 고요하다.

바닥에 있는 테니스공이 눈에 들어왔다. 산뜻한 노란색 공이 마치 작은 보름달 같다.

아유카와의 한숨 소리가 들렸다. 영원히 이어질 것 같은 한숨이다. 그러나 이즈미는 깨달았다. 그가 지금 괴로운 것은 포기하지 않기 때문이다. 그러니 이 한숨은 이제 곧 멎는다. 또다시 숨을 들이마시기 위해.

"······괜찮겠지."

목에서 손이 떨어졌다.

"다음 주 이 시간에 다시 오마."

"네."

아유카와가 상담실을 나갔다. 이즈미는 잠시 두근거림이 잦아들기를 기다렸다. 가슴에 손을 얹고 심호흡을 한 번. 아주 살짝 고개를 든, 고즈에에 대한 질투를 떨쳐내고 떠올린다. 드디어 때가 왔다고.

총알 수의 문제는 해결되지 않았다. 경찰이 추궁하지 않은 건 이즈미의 기억이 잘못됐다고 봐서일까, 애초에 큰 문제는 아니라고 대수롭지 않게 봐서일까. 아마 반반일 것이다. 만약 이상하다고 느꼈어도 문제를 키울 마음은 없을 것이다. 어차피 죄를 물을 수도 없다. 그리고 진실이 무엇이든 죽은 자가 살아 돌아올 일은 없다.

그러나 도쿠시타의 진의는 역시 알 수 없었다.

허리를 일으켰다. 이즈미는 거의 충동적으로 탁자 위에 올라가 섰다. 창문을 마주 본다. 커튼이 하늘거리고 있다. 다리가 움직인다. 물 흐르는 듯한 스텝으로 탁자 위를 뛰어 창가를 박차고 나간다. 창문을 지난 몸이 허공을 가른다. 활짝 편 날개를 상상하며 두 팔을 펼치고 다리를 앞뒤로 쭉 뻗어 몸을 하나의 심지로 만들어서 착지하는 잔디의 무대. 올려다보는 하늘. 눈부신 햇살.

리허설은 끝났다.

자, 이제 공연 시작의 종소리를 울리자.

4교시가 지나 학교를 나갔을 때 생각지도 못한 전화가 걸려 왔다.

—지금 만날 수 있어?

하타노의 목소리는 절박했다.

—오다지마와 도쿠시타 씨에 대해 할 얘기가 있어.

9

"오다지마가 사라졌다는 건 들었나?"

차를 출발시키자마자 하타노가 말문을 열었다.

"지난주 모임 이후로 집에 돌아오지 않았다던데."

"……하타노 씨는 그 이야기를 어디서?"

도쿠시타가 이즈미에게 소식을 전한 건 하마야가 이즈미를 만나고 싶어 했기 때문이다. 도쿠시타는 원래 다른 사람의 정보를 당사자가 없는 곳에서 가르쳐 주지 않는다. 오늘 밤에 진행할 예정이었던 마지막 모임을 취소한다고 전하는 메일에서도 '참석자분의 사정 때문에'라고만 적었다.

"믿지 못할 수도 있겠지만……" 하타노는 속을 떠보듯 말했다. "본인에게 직접 들었어."

"네?"

"오다지마 본인 말이야. 너와 그랬던 것처럼 난 오다지마와도 연락하고 있었거든."

하타노는 모임을 마치고 돌아가는 길에 이즈미를 바래다준 것처럼 모임에 오기 전 오다지마를 만나 함께 중식당에 온 적이 있다고 했다.

"오다지마의 집 근처로 데리러 갔었지."

하타노가 입에 담은 주소는 하마야와 만난 패밀리 레스토랑 부근이었다.

"왜 오다지마 씨랑?"

"특별한 이유가 있었던 건 아니야. 두 번째 모임 전에 우연히 둘만 남았을 때가 있었거든. 나이도 비슷하고 해서 속을 터놓았지."

하타노가 운전하는 차가 곡선 도로를 지난다. 도쿠시타와는 안정감 면에서 차원이 다르다. 그는 별다른 목적지 없이 계속 운전하면서 대화하겠다고 했다.

"그렇다고 오다지마가 내게 뭘 말해 준 건 없어. 지난번 모임 때 언쟁이 벌어졌지? 그것도 오다지마가 중요한 건 아무것도 말해 주지 않아서 그렇게 된 거야."

"하마야 씨에 대해서도?"

그러자 하타노가 몸을 움찔하며 반응했다.

"오다지마 씨와 사귀는 사이였다고 해요."

"아아…… 그렇군."

하타노가 거칠게 차선을 변경했다. 고가로 올라갈 듯하다.

"창문 좀 닫아 줄래?"

"그건 좀……."

"아, 그런가. 미안. 천천히 생각해 보고 싶어서 그래. 신호를 신경 쓰지 않고."

이즈미는 완전히 닫히지 않을 정도로만 창문을 올렸다. 생각했던 것보다 신경 쓰이지 않았다. 이 연청색 패밀리 왜건에 익숙해져서일 것이다. 아마 하타노에게도.

"그래서, 오다지마 씨는 지금 어디에?"

"기다려 봐. 우선 네 이야기를 먼저 듣고 싶어. 넌 그 하마야라는 사람을 어떻게 알게 됐지?"

이야기해도 괜찮을까. 숨길 필요는 없다고 보지만.

"도쿠시타 씨지?"

하타노가 선수를 쳤다.

"오다지마가 사라진 이후에 도쿠시타 씨한테 들었다. 아니야?"

"……그렇기는 한데."

"역시. 널 노리고 있군."

이즈미는 순간 말문이 막혔다. 생각지 못한 말이었고 무슨 뜻인지 이해할 수 없었다.

"오다지마가 사라진 것도 다 도쿠시타 씨 때문이야."

"잠깐만요. 뭐가 뭔지……."

"그때 모임을 왜 열었는지를 추측했던 것 기억해? 우리가 왜 모이게 됐는지를."

"오다지마 씨는 하마야 씨의 남자 친구였기 때문이에요. 도쿠시타 씨는 실은 하마야 씨를 만나려고……."

"그래. 그리고 스카이라운지에서 살아남은 너까지. 처음부터 너희가 목적이었던 거야."

"목적이라니……."

"복수."

순간 머릿속이 새하얘졌다. 질 나쁜 농담이다. 그러나 하타노의 목소리는 확신에 가득 차 있었다.

"기쿠노 씨의 복수요? 하지만 그건."

"네게는 아무 책임이 없나?"

그건 알지 못한다. 단언 같은 건 그 누구도 할 수 없다.

"오다지마 씨도 직접적으로는 관련이 없어요."

"과연 그럴까. 그 하마야라는 여자의 대역일 수도 있지."

분명 도쿠시타는 하마야를 찾고 있기는 했다.

"꼭 기쿠노 씨가 동기였다고 할 수도 없어. 조금 더 막연한, 추상적인 이유로 움직였을지도 모르지. 이를테면……."

차의 속도가 빨라진다.

"정의."

가슴이 짓눌리는 느낌.

"그게 무슨 뜻이죠?"

"말 그대로 정의를 수행하려는 거야. 그럴 가능성도 충분하지. 오다지마는 경비원이었는데 입장객들의 대피를 유도하지 않고 유키오의 엄마마저 버리고 떠났어. 법으로 벌할 수는 없어도 그건 죄야."

엉망진창이다. 엉망진창이지만.

"넌 스카이라운지에 남은 이들이 죽어 가는 걸 보고만 있었어. 어쩌면 구조될 수도 있었던 사람들을 희생해 혼자서만 살아남았지."

"당시에는 제 머리에도 총구가 닿아 있었어요."

"그래……. 그야 그렇지. 하지만 그 말이 과연 도쿠시타에게도 통할지는."

해가 뉘엿뉘엿 지기 시작한다.

"……도쿠시타 씨가 정의를 위해서 절 노리다니, 말도 안 돼요."

"그래. 근데 넌 그 녀석이 왜 이 모임의 진행을 맡았는지, 그 이유를 확실히 알고 있어?"

직무 태만이 들켜서 근신 중이었으니.

"그보다." 하타노가 빠르게 덧붙였다. "그 녀석이 정말 도쿠시타 소헤이가 맞는지 확인했어?"

현기증이 일었다. 순식간에 서늘한 한기가 온몸을 덮쳤다.

"요시무라 사장이 정말로 기쿠노 씨의 죽음의 진상을 알고 싶어 한다고 본인에게 확인했어?"

했을 리 없다. 연락처도 모른다.

"우리가 어리석었어. 나도 안 했으니까. 명함 한 장에 속아 넘어간 거야. 우리에게 닉네임을 허락하는 여유로운 모습을 보면서도 도쿠시타 역시 가명일 가능성을 간과하고 말았어."

"그 명함에 적힌 전화번호로 전화를 걸어 보면."

"받는다고 해도 증명은 할 수 없지. 도쿠시타 소헤이라는 변호사가 있다고 해도 그게 그 도쿠시타 소헤이인지 확인할 수는 없으니까. 사진을 보여 달라고 떼라도 쓰지 않는 이상."

사무소에 모임에 대해서는 알리지 않았다, 그러니 모든 문의는 저 개인에게. 그는 처음부터 그렇게 양해를 구했다.

"뭐 아무튼 해답은 나왔어. 오다지마가 그렇게 말했으니까."

"도쿠시타 씨에게 당했다고요?"

"당할 뻔했나 봐. 저녁에 막 연락이 온 참이라 아직 자세히는 못 들었어. 겁을 잔뜩 먹었더군. 경찰에 신고할 생각도 있는 듯하고. 네 이야기를 들어 보니 그 하마야라는 여자에게도 손길을 뻗칠까 봐 걱정하는 것 같네."

도쿠시타는 이미 하마야의 연락처를 입수했다.

"오다지마 씨는 지금 어디에?"

"우리 집. 너와 함께 오면 전부 털어놓겠다더군."

차가 내리막길로 들어섰다.

가로로도 세로로도 긴 그 아파트는 그야말로 가족 단위 거주민을 위한 건물이었다.

　"이쪽으로."

　하타노가 자동식 자물쇠에 명함 케이스를 갖다 대자 문이 조용히 양옆으로 열렸다. 환한 입구를 지나 엘리베이터에 올라탄다. 그는 7층 버튼을 눌렀다.

　"호사카 씨와 이쿠타 씨에게는."

　"말하지 않았어. 그 두 사람은 연락처도 모르고."

　"……도쿠시타 씨는 세 번째 모임 때 우리 모두가 숨기는 게 있다고 의심했어요."

　"너도 숨기는 게 있었어?"

　"……네."

　"흐음."

　하타노가 허공을 봤다.

　"……이쿠타 씨는 대충 뭔지 알 것 같네."

　엘리베이터 버튼 불빛이 2층에서 3층으로 이동한다.

　"아마도 이름."

　이즈미는 의문 섞인 눈빛으로 하타노를 봤다. 이쿠타는 완벽한 가명이지만 그것은 페널티에 포함되지 않는다고 도쿠시타는 말했다.

　"이름 그 자체라기보다는 죄의 은폐라고 해야 하나."

"죄요?"

"그래. 이름을 밝히지 않는 것이 죄를 숨기기 위한 거짓말이니 페널티로 삼았겠지."

"이쿠타 씨가 대체 뭘?"

하타노가 입술을 일그러뜨렸다.

"이쿠타 씨가 왜 자신의 그날 행동을 모호하게 감추려고 하는가. 그리고 그녀는 어떻게 그 남자아이의 엄마가 백조 광장에서 살해됐다는 걸 알고 있는가. 상상력이 있으면 의외로 간단히 해답이 나올지도 모르지."

5층으로.

이즈미도 분명 의문스러운 것들이었다. 그러나 간단하다고 해도 해답이 보이지 않았다.

하타노는 "즉" 하고 말을 이었다.

"다시 말해 그 모임은 역시 법으로는 처벌받지 않은 죄를 폭로하기 위해 만든 걸 거야."

처벌받지 않은 죄. 비극의 총정리. 이는 도쿠시타가 쓴 표현이다.

"호사카 씨에 대해서도 아시겠어요?"

"대략은."

6층으로.

"위에서 오다지마까지 있을 때 천천히 설명할게. 아마

도 내 설명이 맞을 거야."

"그럼 하타노 씨도 거짓말을?"

"그래. 거짓말이라고 해야 할지 모르겠지만."

그는 힘없이 미소 지었다.

"그날 주차장에서 잠들었다는 건 사실이야. 사건이 끝날 때까지 진짜 세상모르고 잠들어 있었어."

"그럼……."

"뭐라고 해야 할지 모르겠지만……. 그래도 도쿠시타에게는 내가 가장 덜 중요한 참가자였다는 건 확실해."

엘리베이터가 7층에 도착한다.

하타노가 굳은 얼굴로 주변을 둘러봤다. 이즈미도 덩달아 도쿠시타가 있는지를 찾았다.

"가자."

세 개 동이 마주 보며 삼각형을 이루고 있다. 각각의 건물이 연결 통로로 이어져 회랑 같은 구조다. 위에도 집이 쭉 늘어서 있다. 엘리베이터에는 버튼이 15층 이상 있었다. 삼각형으로 잘린 하늘이 검게 칠해져 있다.

사람은 보이지 않지만 왠지 단란한 분위기가 느껴졌다. 어디선가 아이 울음소리가 들린다.

"시끄럽지? 안은 방음이 잘 돼서 쾌적해."

705호실 앞에 서서 하타노가 문을 열었다. 안에는 불이 켜져 있었다.

"다녀왔어."

하타노는 그렇게 안을 향해 외치고 이즈미에게 길을
터 줬다.

신발을 두는 곳에 구두가 한 켤레, 낡은 운동화가 두
켤레 있었다. 셋 다 비슷한 사이즈지만 하나는 오다지마
의 신발일 것이다. 이즈미가 마룻바닥 위에 섰을 때 뒤
에서 하타노가 문을 닫았다. 그는 "먼저 들어가서 기다
려 줘"라고 했다.

불이 켜진 모퉁이 쪽 방으로 걸어가자 의외로 산뜻한
느낌의 부엌과 거실이 있었다. 카운터 달린 부엌 앞에
식탁이 있지만 그 위에는 있는 게 거의 없다. 부엌 근처
에도 식기류는 보이지 않았다. 거실로 시선을 향하자 수
수한 소파와 TV. 누군가가 몸을 숨길 만한 곳은 아니다.

"의외로 성격이 깔끔하신가 봐요."

하타노가 다가오길래 이즈미는 돌아보며 무심코 물
었다.

"아내분과 아이는?"

하타노가 싱긋 웃었다.

"죽었어."

순간 시야가 부웅 흔들렸다.

조명등이 켜져 있다. 바로 머리 위에서 비치고 있다. 빛의 윤곽이 부옇게 보인다. 부자연스러운 머릿속과 몸. 통증. 감각이 조금씩 되살아난다.

드르르, 하는 소리가 난다. 플라스틱 바퀴가 거실 바닥을 구르는 소리. 드르르 하고 다가온다. 시야 끝에 비치는 장난감 버스. 흐응, 흐으응 하는 콧노래 소리가 들린다.

몸을 움직일 수 없다는 것을 깨달았다. 밧줄이 손목과 발목을 파고들었고 그 위에 박스 테이프가 둘둘 감겨 있다. 머리에서는 무거운 통증. 왼쪽 눈에서 뭔지 모를 액체가 흐르고 있다.

통증의 근원에서 붉은 액체가.

흥, 흐응. 드르르.

호흡을 가다듬고.

"안녕."

와이셔츠를 입은 남자가 전등 바로 아래에서 얼굴을 내민다. 역광 때문에 그늘져서 표정은 보이지 않는다. 아마도 미소 짓고 있을 것이다.

"눈을 뜨지 않으면 어떡해야 할지 고민 중이었어. 간신히 이렇게 상을 다 차려 놨는데 뒤엎으면 곤란하잖아."

"……우리 엄마." 목소리를 쥐어짜 낸다. "평소에도 격정이 많아서 연락하지 않으면 금방 경찰을 부를 거예요."

"괜찮아. 신경 쓰지 않아. 오래전부터 모든 게 다 괜찮아졌어."

자상한 말투다. 거짓말이 하나도 섞여 있지 않은 것처럼 들렸다.

드르르. 장난감 버스가 멀어져 간다.

"내가 어떤 거짓말을 했는지 알아챘어?"

이즈미는 침을 꿀꺽 삼키고 그를 바라봤다.

"······이름."

"그래." 허리를 숙인 채 이즈미의 얼굴을 들여다보며 그늘진 얼굴로 싱긋 웃는다. "하타노 신야는 우리 와이프 첫사랑의 이름이야. 자주 자랑하고는 했지. 엄청 멋진 사람이었다고."

자랑해 봐야 소용도 없는데. 그는 우습다는 듯이 말했다.

"일부러 명함까지 만들었어. 그런데 거기 적혀 있던 직장명은 진짜고 만약 연락이 오면 대충 얼버무려 달라고 사무를 보는 아이에게 미리 부탁해 뒀어."

"어째서."

그렇게까지.

"네가 믿어 줬으면 했거든."

어째서? 이번에는 눈빛으로 묻는다.

"당연히 이런 상황을 만들기 위해서지."

후훗, 하는 웃음소리가 들린다.

"혹시……." 이즈미는 자신을 하타노라고 소개한 그 남자에게 물었다. "……후타미 씨?"

"하하. 이제야 날 제대로 불러 주는군."

그는 이즈미를 내려다보며 와이셔츠 소매를 걷는다.

"너희가 나눈 대화에서는 화제에 오르지도 않았지. 피해자 유족 따위 이미 다 까맣게 잊어버렸지?"

뭐 상관없기는 하지만. 후타미가 부엌 탁자에서 위스키 잔을 들어 한 모금 마신다.

"오다지마 씨는?"

"옆방에 있어. 아직은 숨이 붙어 있지 않을까? 추측이지만."

잔에 든 얼음이 경쾌한 소리를 낸다.

"비명이라도 지르게? 한번 해 봐. 그 작은 턱을 산산조각 내 줄 테니."

후타미의 손에 골프채가 들려 있다. 은색 헤드에는 피가 흠뻑 묻었다. 내 피일까, 오다지마의 피일까. 아마 둘다 섞였을 것이다.

머리에서 느껴지는 통증에 휘둘릴 여유는 없었다. 밧

줄에 묶인 손목과 발목에 힘을 집어넣어 보지만 꿈쩍도 하지 않는다. 심호흡을 반복한다. 방심하면 정신이 공포에 잠식돼 버릴 것 같았다.

"오다지마 씨와 연락을 주고받았다는 건?"

"아, 그것도 거짓말이었지. 이곳에 납치한 뒤에야 그 녀석 주소를 알게 됐으니."

"그럼 어떻게."

"납치했냐고? 그야 간단하지. 아주 간단해. 그날 밤 너 대신 그 녀석을 바래다줬을 뿐이니까. 언쟁을 벌인 것을 사과하니 별 의심도 하지 않고 차에 올라타더군. 그 뒤로는 정해진 코스였어. 적당히 동정하는 척하고 지금 마침 와이프가 집에 없으니 같이 한잔하자며 이곳에 데려온 거야. 그러다가 빈틈을 노려 잔에 수면제를 섞었지. 내가 평소에 먹는 수면제."

그리고 움직이지 못하도록 온몸을 밧줄로 묶었다.

"나중에 보여 줄게. 다 큰 성인을 감금하는 게 얼마나 힘든지 알아? 날뛰거나 비명을 지르지 못하게 온몸을 꽁꽁 묶어야 하는 데다가 화장실 뒤처리까지 해야 한다고."

위장이 찌릿했다. 무시무시한 상상이 이성을 조금씩 녹여 간다.

"안심해. 변태 같은 짓은 안 할 테니."

후타미는 빈 잔을 탁자에 내려놓고 다시 이즈미의 머리 위에 와서 이즈미를 내려다봤다. 골프채를 눈앞에 올리더니 메트로놈의 추처럼 좌우로 흔든다.

"처음에는 오다지마 같은 놈한테 전혀 관심이 없었어. 가요가 왜 백조 광장에서 죽었는가. 유키오는 왜 그날 스카이라운지에 있었는가. 아무리 생각해도 이해되지 않았지만 그렇다고 오다지마에게 도달하는 건 무리였지. 어떻게 조사해야 할지 몰랐고, 힘도 없었어. 그 사건 이후 내 머릿속에는 오로지 죽음이라는 단어만 있었으니까."

부웅, 부웅. 피 묻은 골프채가 좌우로 흔들리고 있다.

"경찰은 가요에 대해 어정쩡한 정보들만 흘려주더군. 실내 화단에서 백조 광장에 갔다가 피해를 당했다는 것 정도. 이해 못 하는 건 아니야. 녀석들 입장에서는 모두 똑같이 불쌍한 피해자로 보일 테니까. 피해자끼리 서로를 탓할 만한 정보는 최대한 숨기고 싶은 게 인지상정이겠지. 딱히 누구의 잘못을 따지고 싶은 건 아니야. 나도 그 정도 분별력은 있고. 그냥 계속 실내 화단에 있었다고 하니 속을 떠봤고, 그러다가 결국 내 추측이 들어맞기는 했지만 그렇다고 해서 오다지마가 가요를 죽일 생각으로 밀쳤다고도 보지 않아. 녀석의 고백을 들을 때도 난 줄곧 이성적이었어. 어쩔 수 없었구나. 이 녀석도 어쩔 수 없었구나, 싶었지."

부웅, 부웅.

"하지만 그래도 너무하지 않아? 가요는 말이지. 단지 아들을 걱정했을 뿐이라고. 느닷없이 벌어진 그런 사태 속에서 엄마를 잃어버린 유키오가 걱정되고 또 걱정됐던 거야. 그러니 경비원에게도 부탁했겠지? 당연하잖아. 당연히 당황할 만도 하잖아. 조금은 혼란스러워하는 게 당연하잖아. 그런데 그 돼지 새끼는 가요를 정신이 이상해 보였다는 식으로 말했어. 그렇게 말했다고. 너도 들었지? 그래, 너도."

추가 점점 속도를 더한다.

"그럼 안 되잖아."

골프채가 움직임을 멈춘다. 획. 왼쪽 귀 옆에 떨어진다. 입에서 앗 하는 소리가 터져 나왔다.

"용서할 수 없지. 남편으로서."

부웅 하고 이즈미의 코끝을 지나친다.

"녀석을 먼저 덮친 탓에 모임이 취소돼서 널 붙잡기 위해 조금 궁리를 해야 했지만."

정체를 아는 도쿠시타에게 의심을 살 수도 있다. 그러니 서둘러 네게 접근했다고 후타미는 말했다.

"애당초 난 가요와 유키오의 마지막 순간을 조금은 알 수 있을 것 같아서 모임에 참가했어. 대단한 걸 기대했던 건 아니야. 기쿠노 같은 할망구가 어떻게 됐든 나와는 상관도 없으니까. 어떤 의미에서 참 부담 없었지. 재활 훈련 정도의 느낌이었다고 할까. 그래서 더 놀랐어. 모임에 네가 올 줄은 몰랐으니."

부웅.

"널 만날 수 있게 돼서 기뻤어. 물론 만나기 전까지 딱히 별생각이 있었던 건 아니야. 그저 너도 불쌍한 피해자 중 한 명이라고 생각했지. 그런데 참 희한하더라고. 만나고 보니 의외로 네가 되게 괜찮아 보이는 것 아니겠어? 비위 상하게."

밝은 목소리가 오히려 소름을 돋게 한다.

"이래 봬도 꽤 오랫동안 참았어. 네가 뭘 털어놓을지, 유키오에 대해서는 어떻게 생각하는지, 전부 듣기 전까지는 참으려고 했어."

그래서 자상하게 대해 준 걸까. 호사카의 공격으로부터 지켜 준 걸까. 모든 것은 이즈미의 고백이 멈추지 않게 하기 위해.

"매번 이성이 아슬아슬하게 무너지려는 걸 필사적으로 견뎠지. 오다지마의 이야기를 다 듣고 이 새끼는 처리해야겠다고 결심했어. 네 이야기는 나중에 불러서 천천히 들으려고 했고. 그런데 제 입으로 아주 술술술술 지껄여 대니 얼마나 빡이 치던지 원."

그때 분명 후타미는 모임을 빨리 끝내자고 재촉했다.

"너도 힘들겠지. 그래, 그건 나도 알아. 하지만 그걸론 부족해. 응, 부족하기 짝이 없어."

부웅.

"죽여야 해. 유키오를 위해서, 죽여야 해."

"난……."

"알아. 너한테는 책임이 없다는 거. 그때는 너도 어쩔수 없었다는 거. 널 원망하는 건 번지수를 잘못 짚은 거겠지. 하지만 니와는 죽어 버렸어. 오타케도. 그럼 어쩔수 없이 누군가는 죄를 짊어져야 해. 그러지 않으면 영원히 정리되지 않아."

부웅, 부웅.

"저기, 이즈미."

쿵.

"솔직히 대답해 줘."

자상한 미소 속에 냉정한 눈동자가 들러붙어 있다.

"유키오는 왜 총을 두 발이나 맞아야 했지?"

저도 모르게 호흡이 거칠어진다. 가슴이 터질 것처럼

쿵쾅거린다.

후타미가 변치 않은 자상한 투로 말했다.

"그 고즈에라는 여자애. 유키오를 스카이라운지에 데려갔다는 여자애. 걔의 고발 기사를 실은 주간지는 이미 줄줄 외울 정도로 봤어. 걔는 이렇게 증언했더군. '……깜짝 놀라서 고개를 드니 I와 눈이 마주쳤어요. 그러자 곧장 아이가 총에 맞았고……. 그 아이를 부둥켜안고 비명을 질렀지만 I는 전혀 반응하지 않았죠. 그러다가 감정이 복받쳐 올라 범인을 노려봤고, 그 순간 저 역시 총에 맞고 말았어요'."

그 기사는 이즈미도 페이지에 구멍이 뚫릴 만큼 읽었다. 후타미의 암기는 정확했다.

"그럼 문제는 네 증언이야. 바로 얼마 전 모임에서 넌 이렇게 말했지."

─고즈에와 유키오가 총에 맞았고…….

─끝까지 고즈에는 유키오를 지키려고…….

─그 뒤로 니와가 권총을 새로 꺼내 자기 머리를 쐈고…….

"이것부터 대답해. 고즈에와 유키오. 둘 중 누가 먼저 총에 맞았지?"

"고즈에예요. 그다음 바로 유키오가."

"2연발이었나?"

간신히 고개를 끄덕인다.

"기사가 거짓말이라는 거군."

"……고즈에가 착각했을 거예요."

"흐음."

"두 번 다시 없을 충격적인 경험이었어요. 심지어 총까지 맞은 마당이니 기억이 불확실해졌을 수 있어요."

"좋아. 알겠어. 그럼 다음 질문."

쿵. 이번에는 골프채 헤드가 오른쪽 옆에 있는 바닥을 때린다.

"유키오는 뒤통수와 정면 중 어디를 먼저 맞았지?"

이제야 깨닫는다. 아들을 잃은 후타미가 스카이라운지에서 일어난 처형을 나와 비슷할 정도로 진지하게 검토했다는 것을. 어쩌면 피해자들에게 내내 조심스러웠던 경찰보다 더.

"왜 그런 걸……."

"묻냐고? 당연히 모르니까 그러지. 그때 유키오는 고작 다섯 살이었어. 어른들은 다 한 발을 맞고 죽었는데 왜 그 아이만 두 발을 맞아야 했을까? 그것도 뒤통수와 정면에서."

"경찰이 설명하지 않았나요?"

"그것도 결국 네 증언이잖아. '잘 기억나지 않는다'. 나랑 장난해?"

부웅. 바람을 가르는 소리가 옆을 스쳐 간다.

"저기, 이즈미. 내게 진실을 들려줘. 이제는 기억나잖아. 모임 때도 자신 있는 것 같던데."

골프채가 바닥을 거세게 친다.

"유키오는 어떻게 죽었지?"

터져 나간 머리. 아아, 아아, 아아.

"……고즈에가 총에 맞았고, 쓰러졌어요. 유키오는 고즈에 옆에 달려가…… 고즈에와 마찬가지로 고개를 들어 니와를 노려봤어요."

이즈미는 표정 없이 자신을 내려다보는 후타미를 봤다.

"그때 정면에서 총을 맞았어요. 그리고 앞으로 고꾸라졌을 때, 또 한 발……."

"왜지?"

"전 몰라요! 니와는, 그 자식은 저를 겁주며 즐거워했어요. 제게 죄의식을 심으려고 했어요. 그러니……."

"말도 안 되는 소리 하지 마."

부웅 하고 골프채가 코끝을 스치는 순간 쩽그랑하고 유리가 깨지는 소리가 들렸다. 골프채 헤드를 눈앞에 들이민다.

"그건 대답이 되지 않아. 고즈에가 살아 있는데 왜 유키오만 두 발을 쐈다는 거야?"

"몰라요! 제가 알 리 없잖아요!"

순간 시야가 거세게 흔들린다. 한 박자 늦게 통증이 찾아왔다. 머리를 걷어차인 것이다.

"어쨌든 넌 날 납득시켜야 해. 그게 그곳에서 살아남은 자의 숙명이야."

또다시 걷어차인다. 힘 조절은 하는 것 같다. 그러지 않으면 처음 걷어차였을 때 이미 의식을 잃었을 것이다.

"이래 봐야 무의미해요!"

통증과 공포 때문에 눈물이 터질 뻔했지만 필사적으로 참았다. 한 번 꺾여 버리면 마음도 무너지고 만다. 되돌아올 수 없을 것 같다는 예감이 들었다.

"제가 아는 건 전부 말했어요. 더 이상은 없다고요. 저도 납득 같은 건 안 돼요. 말도 안 된다고 생각하고 있어요. 하지만…… 정말로 더 이상 전할 게 없어요."

아마 무슨 말을 해도 진실이 전해지지는 않을 테니까.

그 순간 내린 행동과 결단은 그곳의 분위기, 감정 흐름, 밝기, 흐느낌이나 숨소리, 온도 같은 모든 조건에 의해 만들어지니까.

"설명하면 할수록 엇나가고 말아요."

그 누구에게도 전해지지 않는다. 경찰, 의사, 간호사, 상담 치료사. 그들은 알기 쉽게 분류한 카테고리 속에 이즈미의 이야기를 집어넣을 뿐이다. 이해하는 몸짓만 보일 뿐이다. 마스미조차 딸의 체험을 진정 이해하지는 못하고, 이즈미가 떠안고 있는 응어리는 틀림없이 마스미의 상상과는 전혀 다른 형태를 하고 있다.

아마 고즈에와도.

같은 곳, 같은 시간을 공유했더라도. 사실을 공유했더라도.

"그러니…… 일어난 일들만 입에 담을 수밖에 없어요. 그러니까 그걸 받아들일 수밖에."

"아무것도 일어나지 않은 사람은 어떡해야 할까?"

후타미가 불쑥 물었다.

"세상모르고 잠들어 있던 사람은 무슨 말을 해야 하지? 그래, 네 말이 맞아. 다양하고 수많은 요인이 겹쳤지. 그래서 난 그날 가요와 유키오와 함께 있기가 힘들어서 주차장에 세워 둔 차로 도망쳐 스마트폰을 매너 모드로 하고 잠들었어. 하하. 최고였지. 아주 최고의 낮잠이었어. 어째선지 그것만은 기억해."

후타미가 탁자 쪽으로 걸어갔다. 골프채를 손에 들고 의자에 앉는다.

"그러니 난 그 내용 없는 이야기조차 갖지 못했어. 아내와 아이가 전부 살해되는 동안 푹 잠들어 있었지. 단지 그뿐이야."

그의 시선이 마루의 한곳을 향하고 있다. 장난감 버스가 있었다.

"뭐 무의미하기는 하지. 오다지마를 처리한다고 해도 기분이 나아질 리 없을 테고."

그는 "하지만" 하고 이즈미를 봤다.

"이대로 끝내서는 안 돼."

"……왜죠?"

"아까도 말했잖아. 정리해야 한다고. 그러지 않으면……."

말이 끊겼지만 그의 심정은 가슴 아플 정도로 이해됐다. 정리해야 한다. 그러나 마음은 정반대일 것이다. 이제 와서 정리 따위 할 수 있을 리 없다는 체념.

"이즈미. 널 살려 줄게. 대신 내게 오다지마를 죽이라고 명령해 줘."

이즈미는 침을 꿀꺽 삼켰다.

"그럼 난 오다지마를 때려죽이고 경찰을 부를 거야. 네게는 손대지 않고. 그걸로 끝."

"잠깐만요."

"넌 너무 어중간해. 그러니 화가 나. 죄를 확실히 짊어지라는 말이야. 확실히 악이 되라는 말이야."

후타미는 피로에 찌든 미소를 지어 보였다. 억지로 만든 듯한 미소다. 그것이 더욱 흔들리지 않는 강한 의지를 느끼게 했다.

"간단하잖아? 스카이라운지에서도 넌 그랬어. 한마디로 '내가 살고 싶으니 유키오를 죽여라'라고 니와에게 명령했지. 안 그래?"

아니다. 아니지만, 맞을 수도 있다. 그리고 아니든 맞든 후타미에게는 상관없을 것이다.

"이해해. 극한의 상황이었으니. 인간은 원래 그렇잖아. 약하고 겁 많은 데다가 제멋대로지. 자신과 타인 중한 명만을 구할 수 있다면 당연히 나 자신을 구할 거야. 내 가족과 지인이라면 당연히 가족을 구할 테고. 지인과이름도 모를 누군가라면 지인을 택하겠지. 당연한 거야. 넌 그 당연한 선택을 했을 뿐이야. 그러니 이번에도 당연한 선택을 하면 돼. 오다지마가 어떻게 되든 상관없잖아. 너 자신의 목숨과 맞바꿀 수는 없잖아. 만약 이번에는 다르다면 넌 유키오보다 오다지마를 더 소중히 여긴다는 뜻이 돼. 그럼 곤란하지."

마치 주문처럼 중얼거린다.

"오다지마를 죽여라. 간단한 명령이야. 게다가 네가 죽이는 게 아니야. 죽이는 사람은 나. 그리고 난 경찰에 네게 그렇게 시켰다고 솔직히 털어놓을 거야. 넌 나 때문에 그런 선택을 했을 뿐이야. 아무도 네게 뭐라고 못해."

"싫어요!"

이즈미의 외침을 듣고 후타미가 눈을 부릅떴다.

"……싫어요."

"싫다고? 왜?"

다시 골프채를 쥐며 그가 물었다.

"싫다니. 왜? 뭐가 싫다는 거야? 유키오는 죽게 내버려 둔 주제에."

"아니에요. 아니라고요!"

"그러니까 뭐가 아니냐고."

"전부 아니에요! 그때는 아무것도 할 수 없었어요. 니와가 시키는 대로 할 수밖에 없었어요. 꼼짝할 수 없었고, 두려웠고, 머릿속이 새하앴어요. 하지만…… 지금은 아니에요. 그때와 달라요. 여긴 스카이라운지가 아니고 지금은 4월도 아니에요. 파란 하늘도 없어요."

"무슨 소리를 하는 거야?"

"또다시! 또다시 그때와 같은 상황이 벌어져도 역시 아무것도 못 할 거예요. 모두가 죽어 가는 걸 말없이 지켜볼 수밖에 없을 거예요. 하지만 그렇다고 해서 언제까지나 그럴 거라고 할 수는 없어요!"

"도통 무슨 말인지 모르겠군. 소리치지 말고 제대로 좀 설명해 봐."

"제대로 설명할 수가 없어요. 저도 모르겠다고요. 그냥, 싫어요. 당신이 하라는 대로 안 할 거예요."

"죽어도?"

"······죽고 싶지 않아요."

"그럼 지시에 따를 수밖에 없겠지. 어느 쪽이든 택할 수밖에 없다는 거야. 네 목숨이냐, 오다지마의 목숨이냐."

이즈미는 입술을 앙다물었다. 이를 꽉 깨문다. 그러지 않으면 울음이 터져 나올 것 같았다.

"끝까지 혼자 착한 척은 다 하는군."

후타미가 몸을 일으켰다.

"내가 못 죽일 것 같아? 그때와 다르지 않은 상황이라는 걸 못 느끼는 건가?"

골프채로 된 추가 부웅 흔들린다.

"발레를 한다고 했지? 앞으로 3초 안에 무릎을 부숴 주지."

심장이 콱 조여드는 느낌이었다. 구역질이 일었다.

"두 번 다시 걷지 못하게 해 줄게. 그럼 너도 말할 수밖에 없을 거야. 미안하다고, 얼른 오다지마를 죽여 달라고."

눈을 감는다. 인내의 한계를 넘자 눈물이 흘렀다.

그러고 나서 이즈미는 고개를 끄덕였다.

"핫!" 후타미의 어이없어하는 웃음소리가 들렸다. "뭐야, 그게. 진짜 애매하게 구네. 입으로 확실히 말하라고."

"……말할 거예요."

"뭐?"

"무릎이 부서지면 아마도 말하겠죠. 당신이 시킨 대로."

미안해, 얼른 오다지마를 죽여 줘.

"그러니…… 무릎이 부서지기 전까지는 말할 수 없어요."

허리를 숙여 몸을 웅크린다. 가슴속에서 공포가 발버둥 쳤다. 1초 후, 혹은 2초 후 극심한 통증에 나는 미래를 빼앗길 것이다. 살아남아도 앞으로 영영 후회할 것이다.

"너 바보냐?"

머리에 통증이 스쳤다. 걷어차였다. 그리고 어깨에도 충격이 있었다. 골프채 헤드가 어깨를 파고든다.

"적당히 해라. 참는 데도 한계가 있어. 이 새끼야."

후타미가 이동했다. 이즈미의 하복부 쪽으로. 스커트

475

밖에 드러난 다리 쪽으로.

어깨 통증 때문에 몸을 뒤틀 수도 없다.

"한 번 더 기회를 주지. 말해. 오다지마를 죽이라고."

스스로도 그냥 고집을 부린다고 생각했다. 정말 융통성이라고는 없는 성격이다.

"……나중에 말할게요."

숨을 멈추고 눈을 감고 온몸에 힘을 집어넣었다. 후회하리라는 것은 안다. 후회하지 않는 방법은 모른다. 그때도 그랬다. 우리는 몇 가지 선택지 중에서 하나를 택했다. 계속 택했다. 그 결단의 이유는 설명할 수 있을 것 같으면서도, 할 수 없다.

"이 년이."

쿵.

바닥이 흔들린다. 골프채가 바닥을 때렸다.

"이 년이!"

또다시 분노하는 소리가 들리더니 쿵 소리가 울렸다.

후타미가 바닥에 무릎을 꿇고 있다. 그 옆에는 골프채가 떨어져 있었다.

순식간에 방 안이 정적에 휩싸였다. 수수한 전등 빛에 비친 연갈색 머리가 아래로 향한 채 장식물처럼 멈춰 있다.

"……인생이 엉망진창이야. 되돌릴 기력도 잃었어."

깊은 한숨 소리가 들렸다. 영원히 이어지는 길고 긴 한숨. 서서히 나락으로 떨어지는 듯한 그 한숨은 아유카와의 한숨 소리와 달랐고, 다시 숨을 들이마시는 행위에서도 아무런 희망이 느껴지지 않는다.

"그 사건 이후 두려워서 잠을 이룰 수가 없어. 매일 아침 눈을 뜰 때마다 뭔가를 잃어버리고 있다는 느낌 때문에 미칠 것 같아."

그는 서서히 이즈미 쪽을 바라봤다.

"나한테 죽으라고 명령해 줄래?"

자상한 목소리였다.

"그럼 베란다에서 뛰어내릴게. 물론 너희를 위해서 경찰을 부른 다음에."

빈정거리는 미소가 퍼진다. 그러면서도 진지한, 지금 당장에라도 울음을 터뜨릴 듯한 미소다.

"그 정도는 할 수 있잖아. 이제 날 위해 그 정도는."

"싫어요."

이즈미는 그의 눈을 보며 말했다.

"싫다고요. 후타미 씨가 죽기를 바라지 않아요. 이유는 잘 모르겠지만요."

후타미는 코웃음을 쳤다. 빈정거리는 웃음은 아니다.

엎드리듯 눈을 감더니 잠시 후 주머니에서 스마트폰을
꺼내고 숨을 들이마신다. 베란다 창문은 그대로 닫혀 있
었다.

10

"고생했어."

문을 여는 소리가 들려서 이즈미는 현관으로 향했다.
일을 마치고 돌아온 마스미가 신발을 벗고 있다. 코트에
머플러를 두른 모습으로 집에 들어와 "아, 추워" 하고 손
을 몸에 문질렀다.

"남극 같아. 자전거가 완전 냉장고라니까."

무슨 뜻인지도 모를 말을 하며 마스미는 이즈미를 지
나쳐 부엌으로 향했다. 엄마의 뒷모습을 향해 말을 건다.

"잠깐 밖에 나갔다가 와도 돼?"

"나갔다 온다니."

돌아본 마스미가 눈을 휘둥그레 떴다. 손목시계를 가
리킨다.

"이런 시간에?"

"응."

"어디?"

"잠깐 볼일이 있어서."

"누구랑?"

"세리나. 같이 머리 좀 식히러 가재."

마스미가 이맛살을 찌푸렸다. 세리나를 싫어하지는
않을 것이다. 모범생과 거리가 먼 아이인데도 친하게 지
내지 말라는 말을 들은 적이 없다.

"술 같은 건 안 마실게. 아침까지 돌아올 거고."

"아침까지라니……."

망설임이 읽혔다. 밤늦게 노는 것을 당연히 걱정하는
심정과, 최근 또다시 방 안에 틀어박힌 딸을 밖에 보내
고 싶다는 심정.

"저기, 엄마."

먼저 필요한 말을 전한다.

"실은…… 앞으로 조금 시끄러워질지도 몰라. 언론 같
은 곳에서."

순식간에 마스미의 표정이 어두워졌다.

"스완 사건 때문에?"

"응."

"응이라니…… 누가 또."

"아니야. 나야. 내가 직접."

"네가 직접?"

"그래."

"뭘."

"음, 그건 나중에 설명할게."

이즈미는 바닥에 시선을 떨궜다.

"또 그런다."

마스미가 시치미를 떼며 미소 지었다.

"그러지 말랬지. 얼마 전에도 고생했으면서. 엄마한테 비밀로 하고 돌아다니다가 위험한 일에……"

"그러니까 이번에는 제대로 설명할게."

마스미는 어이가 없다는 듯 고개를 좌우로 흔들었다. 이마를 손가락으로 꾹 누른다. 이즈미는 속으로 '흰머리가 더 늘었네' 하고 생각했다.

"힘들어도 해야만 해. 그러지 않으면 앞으로 나아갈 수 없어."

"엄마가 있잖니. 늘 네 편인 엄마가."

"알아."

"그걸로 충분하지 않아? 응, 천천히 해도 된다는 말이야. 시간이 지나면 분명……"

"없던 일이 돼?"

마스미는 입을 다물었다. 말 대신 지친 한숨을 내쉰다.

내가 너무 심했나 싶어 무심코 고개를 숙이자 양말을 신은 발끝이 보였다. 발레 연습은 계속 쉬고 있지만 발끝을 바깥쪽으로 향하는 버릇은 그대로다.

"엄마. 날 발레 교실에 보낸 이유를 기억해?"

"……뭐야, 갑자기."

"엄마가 예전에 발레를 해서라고 했잖아."

학창 시절에. 사회인이 돼서도 아빠가 죽기 전까지는 수업을 계속 들었다고 했다.

"그만두고 이미 시간이 오래 흘렀지만 그래도 언젠가 같이 무대에 서면 좋겠다고 했잖아. 예순이 돼서도, 일흔이 돼서도 반드시 복귀하겠다고도."

그리운 기억. 나이와 계절은 잊어버렸지만 엄마의 온화한 목소리와 표정이 아직도 머릿속 한구석에 남아 있다.

"난 지금도 그 약속을 기억해."

만약 저 머리카락이 전부 하얘지고 피부에 주름이 잡혀서 레오타드가 어울리지 않아도 부끄럽지 않을 것이다. 볼썽사납다고 생각하지 않을 것이다.

"그러니 괜찮아."

이즈미는 또박또박하게 말했다.

"엄마와 약속했으니 내가 잘못될 일은 없어."

마스미가 천장을 올려다봤다. 이런 설명으로 납득할

리 없다. 그러나 마스미만큼 딸의 고집을 잘 아는 사람
도 없다. 그래서 이즈미는 "다녀올게"라고 했고, 마스미
는 "마음대로 해"라고 대답했다. 어이가 없는 것처럼, 미
소 지으며.

집을 나가 약국 주차장으로 향하자 차가 세워져 있었
다. 차가운 하늘 아래, 도쿠시타는 밖에서 이즈미를 기
다리고 있었다.

"감기 걸리겠어요."

"여름에만 걸리는 체질입니다."

그런 체질은 들어 보지도 못했지만 시시한 잡담을 나
눌 여유도 없을 만큼 오늘 밤은 각별히 추웠다. 그야말
로 정중한 손짓에 따라 뒷좌석에 올라타며 이즈미는 마
스미에게 거짓말을 한 것이 갑자기 미안해졌다. 조만간
세리나가 일하는 곳에 꼭 놀러 가서 오늘 일을 만회해
야지.

"뭐가 재미있으십니까?"

시동을 걸며 도쿠시타가 물었다.

"제가 생각해도 참 제멋대로인 것 같아서요."

"그렇군요."

차가 움직이기 시작한다. 뭐가 '그렇군요'일까. 아니,

'그렇군요'가 맞을까. 다 큰 성인을 이런 시간에 불러서 운전을 시키고 있으니.

"다친 곳은……." 도쿠시타가 백미러를 보며 물었다. "좀 괜찮아지셨습니까?"

"보다시피 덕분에."

"다행입니다. 조금은 마음이 놓이는군요."

"앞을 봐 주세요. 도쿠시타 씨의 운전이 더 걱정이에요."

"그렇군요."

도쿠시타는 고개를 끄덕이고 교통량이 적은 도로로 차를 신중히 진입했다.

후타미와 그런 일이 있은 지 2주 남짓이 흘렀다. 경찰 수사에 언론의 공세까지 더해져 학교에 가지 못하고 있다. 그러나 이제 와서 초조하거나 하지는 않았다. 어차피 유급을 각오하고 있고 중퇴라는 선택지도 조금씩 현실감을 띠고 있다. 일단 또 하나의 산부터 넘고 마스미와 천천히 상의할 생각이다.

"방심했습니다. 오다지마 님이 자취를 감춘 걸 알게 된 시점에 그날 모임에서 밝혀진 그와 가요 씨의 일을 고려하면 누가 무슨 짓을 저지를지 예상할 수도 있었을 테니까요. 그가 야외 주차장에 잠들어 있었다고 인정하면서 하타노라는 가명을 끝까지 밀고 간 이유를 제대로

짚기만 했다면."

"저도 후타미 씨와 연락처를 교환한 걸 도쿠시타 씨에게 숨겼죠."

"그걸 전할 의무는 없었습니다. 어쨌든 만약 이즈미님의 얼굴에 흉터라도 생겼다면 저는 아마 할복해서라도 책임을 져야 했을 겁니다."

"말도 안 돼요. 그런다고 제게 이득도 없어요."

"조만간 히데키 씨에게서 위로금 제안이 갈 겁니다."

"네. 그건 꼭 받을게요."

도쿠시타가 "다행입니다" 하고 말했다.

이즈미가 습격당한 원인을 모임에서 찾는 건 자연스럽다. 자발적인 참가이기는 했어도 이즈미는 미성년자이고 진행을 맡은 도쿠시타가 끝까지 보호자에게 연락을 태만히 한 것은 분명 문제라 할 수 있다. 책임을 떠넘기는 것 같아 마음이 좋지는 않지만 고용주인 히데키가 대신 책임지고 싶다고 하는 이상 이즈미가 거절할 이유는 없다. 돈은 소중하다. 타산적이기는 해도 사실이니어쩔 수 없다.

차는 미사토역을 지나 에도강에 걸린 다리와 반대 방향으로 나아갔다.

"오다지마 씨의 상태는요?"

"곧 퇴원할 수 있다고 합니다."

"그런가요. 하마야 씨도 안심하겠네요."

"몸 쪽은 그렇겠지요."

후타미의 아파트에서 구조됐을 때 오다지마는 위험천만한 상태였다고 한다. 그런 상태에서 운인지 타고난 생명력인지 의학의 발전 덕분인지 이렇다 할 후유증도 없이 회복했다. 그러나 도쿠시타가 말한 대로 이것으로 모든 게 끝난 것은 아니다. 마음의 상처가 언제 아물지는 그 누구도 알 수 없을 것이다.

하마야가 간병 중이라는 것도 도쿠시타에게 들었다. 이즈미는 그녀와 연락을 주고받지 않았다. 언젠가 이야기할 기회가 올 것이다. 그전까지 멀리서 응원 정도만 할 생각이었다.

자수한 후타미는 죄를 전면 인정했다고 한다. 연초에는 재판이 시작된다. 그에 대한 감정을 입에 담으려면 아직 조금 더 시간이 필요할 것이다.

어쨌든 예정에 없던 사건이었다. 이제는 내 계획을 어느 타이밍에 실현하는 게 가장 좋을지를 고민해야 한다.

하지만 그전에.

"제 부탁을 들어준다고 약속하셨죠?"

"네. 거절할 처지도 아니지요."

그야말로 진지하게 대답한다. 정말로 능청스러운 남자다.

　"진상을 알려 주세요. 기쿠노 씨의 죽음, 그리고 호사카 씨와 이쿠타 씨를 모임에 초대한 이유도요. 도쿠시타 씨가 아는 것과 생각하는 것을 모두 들려주세요."

　한밤의 도로는 한산했다. 아무리 서툴게 운전해도 사고가 나기 어려울 정도로.

　"그날 기쿠노 씨의 행동을 기억하십니까?"

　도쿠시타의 질문에 이즈미는 고개를 끄덕였다. 사건 당시 요시무라 기쿠노는 스카이라운지에 있었다. 남자친구의 안위를 확인하려고 방재 센터로 향한 하마야 소노코에게서 도움을 청하는 전화가 걸려 와 기쿠노는 엘리베이터를 타고 3층에 내려갔다.

　"기쿠노 씨는 오타케가 쏜 총에 등을 맞은 하마야 씨를 구하려고 했어요."

　"네. 그랬겠지요. 하마야 님은 통화 이후 정신을 잃어서 실제로는 무슨 일이 일어났는지 모르겠다고 하십니다만."

　하마야는 백야드에 있는 비상계단의 1층과 2층 사이에 쓰러져 있었다고 한다.

　이후 기쿠노는 일단 3층 엘리베이터 승강장으로 가서

그곳에서 유키오와 함께 있는 고즈에와 마주쳤다. 그리고 고즈에와 유키오만 엘리베이터에 태워 위로 올려 보내고 다시 백야드로 돌아갔다.

"혼자 힘으로는 하마야 씨를 구하지 못한다는 것을 깨달은 기쿠노 씨가 '위로 올라가서 남자를 좀 불러와 주렴' 하고 고즈에에게 부탁하지 않았을까, 라는 게 도쿠시타 씨의 상상이었죠."

다음으로 기쿠노는 1층에 모습을 드러냈다. 황급한 걸음걸이로 흑조 광장의 엘리베이터 승강장으로. 그리고 엘리베이터 버튼을 누르고 그 자리에 쓰러지고 만다. 체력적인 요인, 정신적인 요인이 둘 다 영향을 끼쳤을 것이다. 고령인 기쿠노가 오랜 시간 극도의 긴장 상태에 있었다고 추측하면 그럴 수 있다.

"그때 기쿠노 씨의 모습이 확실히 이상했다고 도쿠시타 씨는 말씀하셨어요."

"1층에 나타난 시점에 이미 그분은 당황하고 있었습니다. 그 원인이 몸의 이상 때문이었다면 애초에 엘리베이터로 향하지도 않았겠죠."

"백야드에서 기쿠노 씨를 혼란에 빠트린 뭔가 결정적인 사건 같은 게 있었다고 보시는 거죠?"

기쿠노의 당시 상황을 상상한다. 눈앞에는 등에 총을

맞고 정신을 잃은 하마야. 고령인 자신의 힘으로는 그녀를 옮길 수 없다. 고즈에에게 구조의 메신저를 부탁했지만 전혀 소식이 없다. 오죽 답답했을까. 스카이라운지에 있는 사람들은 대체 뭘 하고 있나. 하마야는 괜찮을까. 범인은 어디 있을까.

"가장 먼저 떠오르는 가능성은 하마야 씨의 상태에 급격한 변화가 생겼다, 같은 게 있겠네요."

"네. 아마도 비슷한 일이 있었을 겁니다."

피를 토하기라도 한 걸까. 하지만 하마야는 살아남았다. 구조되기 몇십 분 전에 이미 그런 상태였다면 목숨을 잃지 않았을까.

도쿠시타는 입을 다문 이즈미를 힐끗 봤다.

"핵심은 기쿠노 씨가 1층에 나타났다는 점입니다."

그렇게 들어도 무슨 말인지 감이 잡히지 않았다. 기쿠노는 분명 엘리베이터를 타고 3층에 내려갔고 다음으로 고즈에와 만났을 때도 3층에서 엘리베이터를 타려고 했다지만.

"3층을 이용한 건 범인이 광장에 숨어 있을지도 모른다고 생각해서겠죠?"

오타케가 백조 광장 쪽으로 움직였다는 것을 스카이라운지에 있던 사람들은 몰랐다. 범인이 근처에 있을지도 모른다며 겁먹는 것은 당연한 심리다.

"도쿠시타 씨. 저는 시험을 아주 싫어해요."

"실례했습니다."

차가 부드럽게 나아간다. 신기할 정도로 신호에 걸리지 않았다.

"자, 무슨 일이 있었을지 제 추측을 말씀드리지요. 당시 빈사 상태였던 하마야 씨를 어떻게든 구하려고 한 기쿠노 씨 앞에 또 다른 인물이 나타났을 겁니다."

"또 다른 인물?"

"네. 오타케가 백조 광장 쪽으로 향한 것과 니와가 2층에서 흑조 광장 쪽으로 걷고 있다는 것을 알았던 인물입니다. 응급 처치에 일가견이 있고 손에는 지혈용 천을 들고 있었던 사람."

도쿠시타가 박자를 맞추는 것처럼 말을 끊었다.

"만약 기쿠노 씨가 그 인물에게 이런 말을 들었다면 어떨까요. '이봐! 당신 거기서 뭐 하는 거야! 응급 처치가 하나도 안 돼 있잖아! 이 여자를 죽일 작정이야?'."

심장이 조여들었어도 이상하지 않다. 좋은 의도로 한 자신의 행동을 깡그리 부정당한 셈이니 충격받지 않았을 리 없다. 사람 목숨이 걸린 일이라면 더욱 그렇다.

"그때 다가온 그 사람은 과연 누구였을까요. 경찰과

구조대가 들어온 건 조금 더 이후의 일입니다. 입장객들의 대피도 거의 끝난 상태였죠. 방범 카메라에 해당 인물로 보이는 사람이 찍히지는 않았습니다. 그렇다면 가능성은 하나입니다. 그 누군가는 제2 방재 센터 경비원들이 도망친 것과 반대로 백야드를 통해 비상계단 쪽으로 가지 않았을까요."

방범 카메라가 없는 경로로.

"그리고 그 인물은 중상자를 앞에 두고 어쩔 줄 몰라 하는 기쿠노 씨를 보며 엉겁결에 화를 내고 말았습니다. 기쿠노 씨는 구조 전문가도 아니죠. 그는 기쿠노 씨에게 이렇게 지시합니다. '여긴 내가 맡고 있을 테니 얼른 가서 다른 사람을 불러와!'."

1층 범인은 백조 광장 쪽으로 갔다. 하지만 또 한 명이 2층에서 다가오고 있으니 조심하라고도 했다.

"아마 그 인물은 외부에 도움을 요청하라는 뜻에서 한 지시였을 겁니다. 그러나 기쿠노 씨에게 가장 가까운 곳에 있는 '다른 사람'은 바로 스카이라운지에 있던 분들이었습니다."

밖에 나가는 지름길인 입체 주차장 쪽에서는 입장객들끼리 사고가 빈발했고 여기저기 방치된 차에서 방범 벨이 요란하게 울리는 상황이었다.

그래서 기쿠노는 흑조 광장으로 달려갔다. 1층에서, 엘리베이터를 목표로 필사적으로. 자신의 부족함을 만회하기 위해. 하마야의 목숨을 구하기 위해. 초조했을 것이다. 패닉 상태였을 것이다. 그녀의 마음을 상상하자 이즈미는 가슴이 메었다.

도쿠시타는 담담히 이야기를 이어 나갔다.

"그 긴급 사태 속에서 흑조 광장의 백야드에 나타날 수 있었던 사람은 누굴까요. 이를테면 범인을 뒤쫓아 점포에 들어갔던 인물이라면. 쓰러져 있는 피해자에게 매장 안에 있는 셔츠나 스웨터로 응급 처치를 하고, 그 가게에서 백야드를 발견해 이곳으로 가면 범인의 선수를 쳐서 그를 붙잡을 수도 있지 않을까 하는 의무감에 사로잡혀 있었던 인물이라면."

"……호사카 씨."

퉁명스러워 보이는 백발의 남자가 머릿속에 떠오른다. 고압적인 목소리가 귓가에 되살아난다.

"덧붙이자면 '모르겐'이라는 아웃도어용품점의 직원은 관내 방송이 나왔을 때 백야드로 대피했다고 합니다. 그때 그는 그곳에 있는 노인에게 함께 도망치자고 했다더군요."

호사카는 대피가 아닌 사태 확인을 선택했지만 백야

491

드의 존재는 머릿속에 새겨졌다.

"그래서 그분을 모임에 초대하셨나요?"

"처음부터 알고 있었던 건 아닙니다. 우선 기쿠노 씨가 사망한 흑조 광장 부근에서 구조된 이들을 찾아 연락해 보자고 생각했을 뿐이지요. 이즈미 님, 하마야 님, 호사카 님, 그리고 고즈에 님. 하마야 님과는 연락이 되지 않았고 고즈에 님에게서는 답신이 없었습니다."

마지막 모임에서 호사카는 2층에 있는 옷 가게에서 구조됐다고 주장했다. 그러나 실제로는 그곳에서 백야드로 들어간 것이다. 이게 바로 그가 한 거짓말이다.

"본인은 인정했나요?"

"어제 만나 대부분 맞는다고 인정하셨습니다. 등산이 취미라 응급 처치도 어느 정도 배웠다고 하시더군요. 사실 그의 응급 처치 덕에 옷 가게 안에 있던 여자분과 하마야 님이 목숨을 건졌을 가능성이 큽니다."

호사카는 총성을 두려워하면서도 앞으로 나아갔다. 백야드를 뛰어가 니와보다 먼저 흑조 광장에 도착해 비상계단에 쓰러져 있던 하마야와 기쿠노를 발견했다.

그리고 저도 모르게 그녀에게 화를 내고 말았다.

"그는 줄곧 기쿠노 씨에게 면목이 없다며 연신 고개를 숙였습니다."

상상 속에 있던 호사카의 모습이 흔들린다. 고집스럽고 자기중심적인 그의 모습이 희미해지더니 잠시 후 남은 것은 용감하지만 겁도 많고 실수도 저지르는 극히 평범한 노인이었다.

"히데키 씨는 호사카 님께 책임을 물을 의사는 없다고 하셨습니다. 애초에 모임 목적도 범인을 찾는 것이 아니었죠. 물론 그냥 넘어가지 못할 만큼 악랄한 행위가 있었다면 이야기가 달라지겠지만, 애당초 목적은 거기에 있지 않았습니다. 히데키 씨는 그저 의혹을 없애고 싶었을 뿐입니다. 당시 기쿠노 씨가 제멋대로 도망친 탓에 스카이라운지에 있던 사람들이 처형되지 않았을까 하는 의혹을."

오직 그것을 위한 모임이었다. 누군가를 단죄하거나 규탄하는 것이 아닌, 세상을 뜬 어머니의 명예 회복.

"이쿠타 씨는요? 그분을 모임에 부른 이유는 뭐죠?"

"……그와 같은 이유입니다."

'그'가 후타미를 가리킨다는 것은 금세 깨달았다.

"두 분 다 백조 광장에서 가족을 잃었으니까요."

"……네?"

후타미의 사정은 알고 있다. 하지만, 이쿠타도?

"이건 그저 제 혼잣말로 들어 주십시오."

도쿠시타는 그렇게 선을 긋고 이야기를 시작했다.

"백조 광장에서 마지막으로 사망한 노인을 기억하십니까? 바로 다와라 마쓰타로 씨라는 분입니다. 그는 당시 치매를 앓고 있었는데, 그날 며느리가 옆에 있었다고 하더군요. 사건이 일어날 당시 두 사람은 2층 에스컬레이터 ㉕ 주변에 있었습니다. 오타케에게서 도망쳐야 하니 그녀는 백조 광장 쪽으로 시아버지를 모시고 갔습니다. 그러다가 중간에 니와가 2층에 올라오는 바람에 이번에는 그를 피하기 위해 1층으로 내려갔죠. 이후 백조 광장에 도착했지만 그곳에서 시아버지가 더는 가지 않겠다고 선언합니다. 분수대 가장자리에 버티고 앉아 꼼짝하지 않게 된 것입니다. 말이 통하지 않았을 겁니다. 상황을 이해했을 리도 없고요. 그러는 동안 흑조 광장 쪽에서 누군가가 다가옵니다. 그들은 아마도 오다지마 님과 가요 씨였을 텐데, 총성을 들은 상황에서 그녀는 범인이 다가온다고 생각할 수밖에 없었을 겁니다. 마침내 견디지 못하게 된 그녀는 결국 시아버지를 홀로 남겨두고 2층으로 대피했습니다."

도쿠시타가 숨을 내쉬었다.

"사망한 마쓰타로 씨는 그날 노안경을 새로 맞추려고 스완을 방문했다고 합니다."

—그냥 범인이 나쁘다, 로는 안 돼요?

이쿠타를 자처했던 그녀의 물음이 떠올랐다.

피해자 유족이 된 그녀는 경찰이 당시 상황을 설명할 때 백조 광장에서 시아버지와 함께 사망한 가요 씨의 이름을 접할 기회가 있었다. 후타미도 그것을 통해 이쿠타의 정체를 짐작했을 것이다.

"기쿠노 씨가 사망한 흑조 광장. 그리고 오다지마 님이 도착했던 백조 광장. 두 개의 광장과 관련된 분들을 선정해 모임에 초대했습니다. 전⋯⋯."

도쿠시타의 목소리가 무게감을 띄었다.

"그분들의 이야기를 듣고 싶었습니다. 아니, 조금 더 거창하게 말하자면 그분들을 구하고 싶다고 생각하기도 했습니다. 가슴에 남은 응어리를 털어놓거나 다른 사람의 이야기를 듣는 것이 이 부조리한 비극을 매듭짓는 데 도움 되지 않을까 생각했죠. 여러분이 이 말도 안 되는 비극을 뛰어넘는 데 도움을 드리고 싶었습니다."

일단 말을 끊고 숨을 고른다.

"⋯⋯오직 당사자들만이 안다. 외부인은 이해하지 못한다. 이제 와서는 뭘 어떻게 해도 되돌릴 수 없다. 그 말이 맞을지도 모릅니다. 체념을 집어삼키는 것 외에는 다른 방법이 없을지도 모릅니다. 그러나 전 아쉬웠습니다. 비극의 이런 법칙에, 아주 조금이라도 저항하고 싶었습니다."

"그건 역시." 이즈미는 떠오른 생각을 그대로 입에 담았다. "되게 거창하게 들리네요."

한숨과도 같은 쓴웃음 소리가 들렸다.

"반박할 수 없군요. 전 결국 여러분께 도움을 드리기는커녕 새로운 비극의 계기를 만들어 버렸으니까요."

"하지만 기회는 주셨죠."

그러자 도쿠시타는 뜻밖이라는 듯이 눈을 크게 뜨고 백미러를 봤다. 이즈미는 괜스레 쑥스러워서 창밖으로 시선을 돌렸다.

이쿠타와 호사카는 모임에 계속 참가했다. 그럴 의무가 없는데도. 자신들의 그날 행적이 폭로될지 모르는데도. 그래도 참가했다. 돈을 위해서는 아니다. 겁먹어서도 아니다. 정리되지 않는다. 그렇게 한탄한 사람은 후타미였다. 비극에는 반드시 뒷수습이 필요하다고 중얼거린 사람은 아유카와였다.

그리고 이즈미 역시 지금 이 비극을 매듭짓는 길을 걷고 있다.

"마지막으로 들려주세요. 도쿠시타 씨가 상상한 그날 스카이라운지에서 실제로 벌어진 일을요."

"그런 건 없습니다."

도쿠시타는 딱 잘라 말했다.

"아무것도 없습니다. 이즈미 님과 고즈에 님이 증언하신 그대로입니다."

이즈미는 말없이 그 말을 받아들였다. 빽빽이 들어선 비슷한 모양의 집들이 창밖을 스쳐 간다.

"곧 도착합니다."

"알아요."

길 저편으로 어둠 속에 잠긴 고나가와 시티가든 스완이 보였다.

도쿠시타를 통해서 전한 무모한 바람을 히데키는 들어주었다.

이미 영업이 끝났고 관내 청소도 마친 시각. 어두컴컴한 본관 백조 광장에 이즈미와 도쿠시타가 서 있다. 약 반년 전 스무 명이 넘는 사망자를 낸 장소는 이미 영업을 재개했고 작은 위령탑 하나만이 그날을 추모하고 있다. 이렇게 사건은 조금씩 과거가 되어 간다. 그것은 좋다고도 나쁘다고도 할 수 없는 현실 그 자체라고 이즈미는 생각했다.

"만약." 도쿠시타가 입을 열었다. "상의할 게 있으면 또 연락해 주십시오. 이야기를 들어드리는 수준에 그치겠지만 곧장 달려가겠습니다."

"아뇨, 괜찮아요." 이즈미가 대답했다. "제 이야기를 들어주시는 상담 치료 선생님이 있으니까요."

수조와 침묵. 어째서인지 마음이 편안해지는 그 공간. 난폭한 속내를 내뱉어도 수조와 침묵은 변함없이 그곳에 있어 준다. 기타시로 선생님은 그곳에 있어 준다.

유리 천장을 올려다본다. 밤은 하늘을 향해 끝없이 뻗어 있다. 마치 어두운 호수의 밑바닥처럼.

"오데트는."

이즈미는 홀로 남은 기분을 느끼며 입을 열었다.

"오데트는 오직 달빛 아래에서만 실제 모습으로 돌아갈 수 있었어요. 백조에서 아름답고 가련한 아가씨로. 그럼 오딜은 어떨까요. 달빛 아래에서는 흑조도 실제 모습으로 변할까요?"

그렇다면 그건 어떤 모습일까.

도쿠시타는 대답하지 않았다. 이즈미도 바라지 않았다. 애당초 흑조는 그런 설정이 아니니 이것은 변덕스러운 망상이다.

"아 참." 도쿠시타가 검지를 세웠다. "깜빡할 뻔했군요. 부탁하신 조사 건. 야마지 씨 일가는 지금 친척이 거주하는 곳에서 잘 지내고 계신다고 합니다."

그런가. 다행이다. 만난 적도 없는 타인. 그런 그의 행복을 빌어 주는 자신이 조금은 자랑스러웠다.

벗어 든 코트를 도쿠시타에게 건넨다. 가져온 토슈즈를 신는다. 발목에 리본을 단다.

도쿠시타가 손목시계를 보며 시치미 떼는 목소리로 말했다.

"30분 안으로 부탁드리겠습니다."

"네. 고마워요, 도쿠시타 씨."

도쿠시타가 둥근 눈을 크게 떴다. 단순한 감사 인사에 그렇게 놀라지 않아도 될 텐데. 묘하게 우스꽝스러웠다.

스트레칭을 한다. 온몸의 관절을 풀어 준다. 찬바람 때문에 싸늘히 식은 근육이 조금씩 열기를 머금는다.

백조의 샘, 오데트의 샘을 등지고 선다. 오른쪽 다리에 체중을 싣고 왼쪽 다리를 뻗는다. 오른손을 비스듬하게 위로 들어 올리고, 왼손은 반대로 비스듬하게 아래로. 아주 짧은 순간 모든 것이 움직임을 잃는다. 정적이 찾아온다.

숨을 들이마신다. 머릿속에서 음악을 재생한다. 차이콥스키의 〈흑조의 파 드 되〉.

스텝을 내딛는다. 우아하게. 팔, 다리, 등, 목, 표정. 모든 것이 하나로 합쳐져 형태를 만들고, 완성된 형태는 부드럽게 흘러 다음 형태로.

이즈미는 도쿠시타를 남겨 두고 걸어갔다. 두 팔로 날갯짓을 하며 스텝을 밟는다. 타일이 깔린 구역이 일직선으로 끝없이, 곧게 안을 향해 뻗어 있다. 있을 수 없는 무대가 지금 이곳에 있다. 앞으로 나아가기 위해서만 존재하는 무대다.

서서히 속도를 높인다. 전진하는 보폭이 커진다. 그럴 생각이 없었고 그런 안무가 아닌데도 멈추지 못한다. 역시 나는 흑조 오딜에는 어울리지 않는 성격이다.

그 아이라면 흑조의 요염함과 에로스를 표현할 수 있겠지.

어쨌든 지금이라면. 오른쪽 눈을 잃은 소녀의 흑조 오딜을, 그래도 될지는 몰라도 진심으로 보고 싶었다. 분하기는 하지만 정말 멋질 거라고, 그렇게 생각했다.

어둠이 깔린 푸드 코트를 곁눈질하며 점프한다. 주테. 안무가 이제는 원형을 벗어난다. 머릿속에 흐르는 곡에 맞추고 있지만 완전한 창작이다. 몸을 멈출 수 없었다. 앞으로 앞으로 끊임없이 나아가고 싶었다. 올바름을 중시하는 클래식 발레의 정신 따위, 엿이나 먹으라지!

파 드 부레*, 파 드 부레.

이렇게 빠른 속도로? 조잡함에 웃음이 절로 나온다.

피루에트**.

기세를 실어서 회전한다. 회전한다, 회전한다.
앞으로 난 흑을 백으로 바꿀 것이다. 그리고 다시 쓸 것이다.
그전에 마지막으로 다시 한번만 그날의 기억을 되짚자. 비극의 상복을 입기 위해.

애티튜드 턴***을 더블로.

다음은 저 아이를 쏠 거야. 등 뒤에서 들리는 니와의 목소리. 반사적으로 시선을 떨군다. 그 끝에서 날 올려다보는 고즈에의 얼굴.

---

*　　pas de bourée, 발끝으로 서서 조금씩 옆으로 걸음을 옮기거나 달리는 동작.

**　pirouette, 한쪽 발로 서서 빠르게 도는 동작.

*** attitude turn, 상체를 펼치고 앞이나 뒤로 들어 올린 다리를 구부려 균형을 잡으며 도는 동작.

탕.

숨을 쉴 수 없었다. 말문이 막혔다. 두 손과 두 무릎을 바닥에 대고 있던 유키오의 뒤통수가 터져 나갔다.

아, 아, 아…… 하고 고즈에가 숨을 허덕였다. 허덕이며 엎드린 채로 쓰러진 유키오의 두 어깨 위에 손을 얹는다. 유키오는 반응하지 않았다. 고즈에가 공포와 분노가 뒤섞인 눈동자로 니와를 올려다봤다.

총구가 고즈에에게 향한다. 탕, 소리가 났다. 머리가 뒤로 젖혀졌다. 고즈에가 어깨를 감싸고 있던 유키오의 눈썹과 눈썹 사이에 구멍이 뚫렸다.

것 봐! 니와가 신난 듯이 외친다. 역시 저 녀석은 악이었어! 고즈에를 가리키며.

고즈에는 눈앞에서 벌어진 일을, 자신의 행동을 믿지 못하겠다는 표정이었다. 총구가 자신을 향한 순간, 유키오의 몸을 들어 올려 방패 삼아 버린 고즈에는, 유키오의 시신을 망연자실하게 내려다봤다. 부릅뜬 눈을 단 한 번도 깜빡이지 않고.

아라베스크 플리에.*

---

*   arabesque plié, 무릎을 굽힌 채 두 다리를 최대한 멀리해 한쪽 다리로 균형을 잡는 동작.

니와가 소리쳤다. 실망이야. 정말 실망했다고! 넌 다를 줄 알았는데!

넌, 하고 그는 고즈에를 비웃었다.

그런데 너도 마찬가지였어! 살기 위해 남을 방패막이 삼는 녀석이었어! 내가 즐기려고 사람들을 죽인 것과 하나도 다르지 않아. 하지만, 그래. 꼭 너만 그런 건 아니야. 모두 자신만 생각하며 기회와 능력, 필요만 있으면 남을 죽이지. 타인 따위 벌레처럼 짓밟지. 그래. 그게 바로 이 세상의 진정한 모습이야. 부끄러워할 필요 없어. 네가 옳아. 1밀리미터도 의심할 것 없이 옳아.

샤세.*

하하핫!

정말 즐거웠어. 만족스러워. 그리고 고마워. 진실을 보여 줘서 고마워. 자, 이로써 내 이야기는 끝이야.

귓가에서 속삭임이 들린다. 이 세상을 믿을 수 없으므로, 나는 상복을 입는다.

그의 손에서 일본도가 떨어졌다. 새 권총을 꺼낸다.

* chassé, 한 발을 다른 발 자리로 미끄러지듯 옮기며 추는 동작.

저기, 이즈미. 그가 나를 불렀다.

힘내. 지면 안 돼. 도망치면 안 돼. 끝까지 살아남아서 행복해지는 거야.

탕.

니와가 쓰러지자 뒤이어 내 무릎도 꺾였다. 권총이 바닥에 떨어져 있다. 나와 고즈에 사이에 총알이 한 발 남은 권총이.

피케 앙 드당.*

그것을 고즈에가 집어 든다. 고즈에는 나를 봤다. 나도 고즈에를 봤다. 고즈에의 무릎 위에서 유키오는 숨이 끊어져 있다.

집어 든 권총을, 고즈에는 자신의 미간에 갖다 댔다. 유키오의 이마에 뚫린 구멍과 정확히 같은 곳에.

다음 순간, 나는 고즈에의 손을 뿌리쳤다. 탕, 하는 총성과 함께 고즈에의 오른쪽 눈이 날아갔다. 총알은 관자놀이를 비스듬하게 관통했다.

구해야겠다고 생각했을 거라는 자신은 없다. 기억 자

---

*   piqué en dedans, 한쪽 다리를 지면에 찌르듯 꽂아 돌면서 이동하는 동작.

체가 공포다. 이대로 혼자 남지 않게 해 달라는 공포. 이런 상황을 오로지 나만 짊어지게 하지 말아 줘. 허락하지 않아. 죽음 따위 허락하지 않아.

이기적인 간청. 그것은 서로가 서로를 죽이는 일이었다. 적어도 난 살기 위해 고즈에를 지옥에 떨어뜨리려고 했다.

셰네.*

니와는 고즈에를 악이라고 불렀다. 정말 그럴까? 자기 자신을 지키기 위해 어린아이를 방패막이 삼는 것은 분명 악마 같은 짓일지도 모른다. 거만하고 질투심 많고 가끔 잔인해지기도 하는 고집불통인 아이. 그건 나도 안다.

그렇지만, 아니다. 그날의 일은 그렇게 단순하지 않다.

아마도 그 모든 일은 순식간에, 거의 충동적으로, 사고처럼 일어났다. 호사카가 니와를 뒤쫓은 것처럼. 기쿠노에게 화를 내며 소리쳤던 것처럼. 기쿠노가 평소에는 눈엣가시처럼 본 하마야를 구하기 위해 위험을 무릅쓰

* chaînés, 직선 또는 원을 그리면서 연속적으로 빠른 템포로 회전하는 동작.

고 아래로 향한 것처럼. 고즈에는 도와 달라는 내 외침을 듣고 혼란의 소용돌이였던 스완에 발을 들였다. 혼자 남은 유키오를 발견하고 가만두지 못하고 그의 손을 붙들었다. 그런 고즈에가 고작 시신을 써서 자신을 지키려 한 행위를 누가 악이라고 단정 지을 수 있을까.

푸에테*. 땀과 날개를, 흩날려라.

우리는 그날 스완에서 그 한 시간 동안의 순간순간을 결단과 행동을 거듭하며 보냈다. 시종일관이라는 단어와는 거리가 먼, 선과 악이 뒤범벅된 혼돈 속에서 어떨 때는 다른 사람을 구하려 했고, 다음 순간에는 자기 자신을 지키는 데 바빴으며, 실수를 저지르기도 했다.

우리는 백조이자 흑조였다. 그 그러데이션 속에서 어떤 색이 선택될지는 우리 자신도 알지 못했다.

왈츠 스텝**. 가볍게, 평온하게.

설명할 수 없는 감정의 흐름, 망설임 속의 결단, 무의

---

* fouetté, 한쪽 다리로 다른 다리를 차는 느낌이 들게 빠르게 도는 동작.
** waltz step, 3박자의 왈츠 리듬으로 움직이는 우아한 스텝.

식적인 행동. 그러나 외부에 있는 이들이 바라는 해답은 흑 또는 백이었다. 한마디로 어느 쪽이야? 비극의 백조? 악의의 흑조? 당신은 어느 쪽이야?

그러니 나는 백조가 될 것이다. 진실을 전하는 것은 너무나도 어려우니까. 비난받는 것도 싫고, 엄마가 비웃음을 당하는 것도 싫으니까. 발레조차 허락되지 않을 정도니까.

그래서 내 날개를 통째로 흰색으로 물들일 것이다. 어차피 진실이 다른 누군가를 즐겁게 하는 이야기에 불과하다면 적어도 우리는 우리 자신을 위해 연기하는 것이 허용된다. 이 세상을 향한 신뢰를 계속 붙잡아 두기 위해.

카브리올*. 온 힘을 실어, 높이. 더 높이.

메시지는 이미 받았다. 5월의 고발 기사에 담긴 고즈에의 생각. 자신의 죄가 밝혀지는 상황에 대한 두려움. 밝혀지지 않은 상태로 있는 것에 대한 두려움. 그리고 자기 자신을 향한 질문. 어떡할 생각이야? 스카이라운지

---

* cabriole, 공중으로 뛰어오르면서 무릎 아랫부분을 부딪치는 호방한 스텝.

에서의 진실을, 넌 어떻게 할 생각이야?

톰베 파 드 브레 글리사드*. 물 흐르듯, 연이어.

체력이 거의 소진됐다. 이제는 안무도 무엇도 아닌, 그
저 스텝 섞인 발걸음으로 달리고 있을 뿐이다. 비명을
지르는 근육을 모른 척하고 외양 따위 개의치 않고 도약
한다.

그랑 주테. 영원히, 저 먼 곳으로.

도착한 흑조 광장. 오딜의 샘 앞에서 쓰러질 뻔한 것
을 필사적으로 버틴다. 흔들리는 시야로 탐닉하듯 하늘
을 우러러본다.

유리 천장 너머에 새카만 하늘이 펼쳐져 있다. 그 캔
버스 속에서 커다랗고 둥근 달을 찾는다.

주머니 속에 넣어 둔 휴대용 녹음기. 그것을 꺼내 숨
을 가다듬고 입가에 갖다 댄다.

"니와는 너 다음으로 유키오에게 두 발을 쏘고 마지막

---

* tombé pas de bourrée glissade, 두 다리를 미끄러지듯 움직이며 앞으로 나아가
는 동작.

총알을 써서 자살했어."

　녹음을 멈추고, 심호흡을 한 번 한다. 이 정정의 의미를, 그 아이라면 분명 이해할 것이다. 넌 유키오를 방패막으로 삼지 않았어.

　고즈에. 내 대답은 여기에 있어. 모임에서 녹음한 음성을 아유카와를 통해 네게 전달할게. 모두 진지하게 의견을 주고받았으니, 호사카의 질책과 오다지마의 동요, 이쿠타의 천연덕스러운 시치미와 도쿠시타의 추궁이 있으니 비로소 네게도 확실히 가닿을 거야. 이게 내 진심을 담은 '시나리오'라는 것이.

　난 네 죄를 다시 쓸 거야. 그곳에서 일어난 사건, 볼썽사나웠던 다툼. 방관자로서 살아남은 나 자신에 대한 죄책감, 널 구해 버린 내 이기적인 행동까지 전부 깨끗하게 다시 쓸 거야.

　주인공들이 부조리한 비극을 뛰어넘는 내용의, 그야말로 알기 쉬운 '이야기'로.

　세상의 관심이 쏠려 있는 동안 막을 올리자. 고즈에를 취재한 주간지 기자에게 말을 걸어 보든지, 도쿠시타에게 부탁해 언론을 수소문해도 될 것이다. 잡지보다는 TV 인터뷰가 낫다. 더 바라자면 기자 회견을 열고 싶기도 하다. 그건 너무 호들갑스러운 느낌도 있지만, 후타미에게 납치된 사건의 잔열이 남은 지금이라면 기회는 있어 보인다. 지금껏 침묵으로 일관한 의혹의 피해자가 마침내 진실을 털어놓기 시작한다는 '장면', 카메라 플래시라는 '연출'. 나를 바라보는 '관객'. 세상이 납득하기 쉬운 이야기, 그 안의 등장인물이 되는 것으로 우리는 뛰어넘을 수 있다. 두 사람이 함께 춤추면 분명 그럴 수 있다.

물론 알고 있다. 속임수라는 것을. 뛰어넘을 리 없다는 것을. 구역질 나는 폭력, 수많은 죽음. 잊어버릴 수 있는 마법이 있다면 진정 알고 싶다. 내가 그날 할 수 있었을 행동, 해서는 안 됐을 행동. 구할 수도 있었을 생명, 구할 도리가 없었다는 실감. 넌 잘못 없어. 그런 위로의 말조차 저주하고 싶어지는 충동을 길들일 수는 없다. 어째서 내가? 그렇게 소리치며 화를 내고 한탄해 봐야 해답은 돌아오지 않는다. 반성은 무의미하고, 후회는 오만하다. 세상은 변덕스러운 악의로 가득 차 있다. 끊임없이 허리를 숙이고 방 안에 틀어박히는 쪽이 훨씬 안전할 것은 분명하다.

안색을 살피며 부들부들 떨면서? 참 무서운 일을 겪었구나, 운이 나빴네, 유감입니다, 네, 그걸로 끝, 같은 느낌으로? 핫! 웃기지 마.

뛰어넘을 수 있을 거라고 생각하지 않는다. 이제는 돌이킬 수 없고, 떠안고 갈 수밖에 없을 것이다. 하지만 말도 안 된다. 포기 따위 말도 안 된다. 고작 이 정도의 비극. 이런 저열한 이유로 춤추지 못하게 되는 건 전적으로 사양이다.

너도 마찬가지 아니야? 지기 싫어하는 고집쟁이. 나와 똑같은 부류의 인간. 겨우 20센티미터 높아진 세상 풍경에 호들갑스럽게 기뻐하는 아이.

잊지 않을 거야. 네게 괴롭힘을 당했다는 걸. 이기적인 경쟁의식, 제멋대로 스완에 날 부른 것. 스카이라운지까지 날 구하러 와 준 것. 그 짧은 순간. 나와 네가 서로 마주 봤던 단 한 순간에 네 오른쪽 눈에 마지막으로 비친 내 모습. 저수지 갑판 위에서 춤췄을 네 오딜을 언젠가는 꼭 보고 싶어서 난 병원 옥상에서 널 떠올리며 춤췄어. 흑조와 반대편에 선 백조를. 네가 가장 멋지다고 외쳐 준, 그 오데트를.

눈을 감고 하얀 날개를 지닌 미래를 떠올린다. 난 '관객' 앞에서 더듬거리지만 또렷한 목소리로 입을 연다. 최근 한 달간 머릿속에 집어넣은 죽은 이들의 이름. 그들이 피해를 당한 장소를 외치며 한 사람 한 사람을 순서대로, 남김없이 애도할 것이다. 그리고 그때 난 울음을 터뜨릴 것이다. 절반은 '연기'일지도 모른다. 그리고 나머지 절반의 감정은 분명 영원히, 그 누구도 설명하지 못할 종류의 것이다. 예컨대 난 기자 회견에서 결단코 내 입으로는 사죄하지 않을 것이다. 그 말만은 입에 담지 않으리라고 다짐하고 있다. 제아무리 요구해도, 편해질 수 있다고 해도, 결단코.

할 수 없고, 하고 싶지도 않다. 해서는 안 된다. 그러나 그 이유를 정확히 설명할 말을 난 아직 찾지 못했다.

그러니 우리의 죄와 함께 이 기분이 사라져 버리지 않도록, 오늘 밤 마음의 호수 속에 가만히 묻어 두려 한다.

녹음기의 녹음 버튼을 누른다. 저 먼 밤하늘을 바라보며 입을 연다. 밉고 또 미웠던 너에게 전하는 결말의 메시지. 둘만의 커튼콜.

"춤추자, 고즈에. 언젠가 함께 〈백조의 호수〉를."

그곳이 스완이어도 좋을 것이다. 저수지 옆에 무대를 꾸밀 수도 있을 것이다. 그야말로 멋진 '이야기'. 힘을 합쳐 비극을 거꾸러뜨린 히로인들의 스토리.

남은 문제는 둘 중 누가 오딜을 춤추는지다.

희미한 미소가 곧장 사라지고 모든 것이 고요해진다. 눈을 감자 어디선가 수면을 박차고 오르는 날갯짓 소리

가 들린다. 그 울림은 힘차고, 청명하고, 아주 약간의 두
려움을 머금고 있다.

드러난 사실과 감춰진 진실,
그 사이에서 고뇌하는 사람들

4월의 따사로운 햇볕이 내리쬐는 어느 일요일 낮. 차이콥스키의 발레극 〈백조의 호수〉를 모티브로 만든 대형 쇼핑몰 '고나가와 시티가든 스완'에서 충격적인 총기 난사 사건이 일어납니다. 사람이 가장 붐빌 시간대에 입장객들에게 무차별적으로 총격을 가한 이들은 '엘리펀트'라는 이름의 3인조 범죄 집단. 엄청난 숫자의 사망자와 부상자를 기록한 끔찍한 그 사건 속에서 살아남은 다섯 명의 사람이 있습니다. 그리고 그들은 사건이 일어난 지 반년이 지나 누군가의 초대를 받아 한자리에 모이게 됩니다. 모임의 목적은 그날 그곳에서 벌어진 어느 노파의 의문스러운 사망에 대한 진실을 밝히는 것. 다섯 명은 저마다 사연과 비밀을 가슴에 품은 채 조금씩 그날의 기억을 꺼내 들기 시작합니다. 끝없이 펼쳐진 파란 하늘 아래에서 벌어진 끔찍한 핏빛 살육. 그날 '스완'에서는 도대체 무슨 일이 있었던 걸까요.

《스완》은 재일교포 3세 작가 오승호(고 가쓰히로)작가의 최신작입니다. 한때 영화감독을 꿈꾸던 청년이었던 그는 소설가로 진로를 바꿔 집필을 시작했고 여러 신인상 등용문에 도전하다가 2015년《도덕의 시간》으로 일본 미스터리계의 가장 권위 있는 상 중 하나인 에도가와 란포상을 재일교포 최초로 수상하며 화려하게 데뷔했습니다. 에도가와 란포상 역사상 가장 치열한 토론을 거쳐 선정됐다는 이 작품은, 사회에서 통용되는 도덕관념에 의문을 제기하는 철학적 메시지와 책장을 덮을 때까지 시종일관 무슨 일이 일어났는지 궁금하게 하는 미스터리 소설의 재미를 잘 살렸다는 평가를 받으며 출간 첫해부터 뜨거운 관심을 불러 모았고 국내에도 출간되었습니다. 이후 작가는 그야말로 물 만난 물고기처럼 매해 새로운 작품을 내놓았고 81년생 젊은 작가로서는 매우 이례적이게도 그 모든 작품이 평단과 여론의 관심의 도마 위에 오릅니다. 2020년 여름 현재까지 작가가 발표한 총 아홉 작품 중 무려 일곱 작품이 일본의 각종 주요 문학상을 수상했고 후보에 선정됐습니다. 2017년 '범죄자와의 공생은 가능한가'라는 무거운 주제를 다룬 《하얀 충동》으로 오야부 하루히코상을 수상했고, 2018년 경찰 미스터리 《라이언 블루》로 야마모토 주고로상 후보, 2019년 《히나구치 요리코의 최악의 낙하와 자포자기 캐논볼》로 일본 추리작가 협회상 후보에 오르더니 2019년 10월에 발표한 최신작 《스완》은 출간 직후부터 입소문을 타면서 국내에서도 유명한 나오키상 후보에 올랐고 2020년 제41회 요시카와 에이지상과 제73회 일본 추리작가 협회상을 동시 수상하는 기염을 토했습니다. 오승호 작가는 그야말로 현재 일본 미스터리계에서 '가장 주목받는 젊은 작가'라는 수식어가 가장 잘 들어맞는 작가라 할 수 있습니다.

우리는 어떤 비일상적인 사건을 접할 때 흔히 겉에 드러난 외피만을 보고 사안을 재단할 때가 있습니다. 수없이 촘촘한 다층적 구조로 이뤄진 '진실'을 누구나 알기 쉬운 '이야기'로 만들어 소비하는 우를 범하곤 합니다. 흑과 백, 선과 악. 언론과 입소문을 통해 공개된 사실, 그러나 당사자들이 아니면 결코 알 수 없는 감춰진 진실. 《스완》은 그 사이에서 고통받고, 고뇌하는 사람들을 그립니다. 그 순간 나는 이런 선택을 내릴 수 있지 않았나. 그리고 그 선택을 했다면 더 좋은 결과를 불러올 수도 있지 않았나를 끝없이 자책하고 의심하지만, 조금만 생각해 봐도 그럴싸하게 만들어진 이야기가 아닌 일분일초를 다투는 현실 속에서 평범한 이들에게 그것은 불가능하다는 것을 알 수 있습니다. 가해자다운 가해자, 피해자다운 피해자, 제삼자다운 제삼자를 구분 짓고 오로지 그 안에서만 존재하기를 강요당하며 가능했을지도 모르는 가능성에 끝없이 매달리는 것은 상상만 해도 잔인한 일입니다. 현실은 그렇게 단순하지 않고 모든 것은 결과론적이며 우리는 그 순간 그 순간 내린 선택과 결단의 이유를 시간이 지나면 잊어버릴 때도 많습니다. 그들, 아니 우리 모두에게 필요한 것은 자로 잰 듯한 진영 나누기가 아닌 포용, 선택에 대한 비판이 아닌 위로, 무분별하고 근거 없는 깎아내리기가 아닌 응원이 아닐까요.

《스완》의 주인공 가타오카 이즈미는 말합니다. 앞으로 나아가고 싶다고, 뛰어넘고 싶다고, 이 세상을 향한 신뢰를 포기하고 싶지 않다고 말합니다. 그리고 나는 결국

이 빌어먹을 비극과 맞서 싸워 이겨내고야 말겠다고 당당히 외칩니다. 험난하고 지난하기 짝이 없는 그 길을, 이즈미는 멋지게 나아갑니다. 진심이 끝내 전해지지 않는다면 내 앞을 가로막는 것들을 굽히고 비틀어서라도 승리하겠다는 자세에서는 강한 의지가 느껴집니다. 데뷔작 《도덕의 시간》을 비롯하여 오승호 작가는 작품 속에서 가장 평범한 이들에게 들이닥치는 끔찍한 사건, 그리고 그 사건을 분연히 딛고 일어나 끝내 성장하고 마는 인물들의 이야기를 흥미로운 미스터리와 탁월한 심리 묘사를 통해 그려내는 재주가 있습니다. 책을 읽다 보면 어느새 그들과 함께 숨 쉬고, 가슴 아파하고, 그들의 도약을 진심으로 응원하며 책장을 넘기는 자기 자신을 발견하게 됩니다. 잔인한 현실이 그대로 눈앞에 존재하더라도 개인의 작은 행복을 거머쥐기 위해 끊임없이 노력하는 이들의 모습에서 우리는 위안과 용기를 선사받습니다.

시의적절할 때 참으로 멋진 작품을 만났습니다. 《스완》을 번역하면서 때로는 웃고 때로는 눈물지으며 가장 뜨거운 여름을 보냈습니다. 훌륭한 작품을 써 준 작가와 늘 좋은 작품을 선보이기 위해 불철주야 노력하는 블루홀식스 출판사 관계자분들, 그리고 미스터리를 사랑해 주시는 독자 여러분께 지면을 빌려 다시 한번 감사의 말씀을 드립니다. 오승호 작가는 《스완》으로 일본 추리 작가 협회상을 수상하고 가진 인터뷰에서 "앞으로도 인간과 사회를 그리는 '나만의 추리 소설'을 계속 써 나가겠다"라고 밝혔습니다. 현재까지 그 최정점에 있는 작품 《스완》이 여러모로 잔인한 이 2020년, 독자 여러분께도 모쪼록 멋진 작품으로 기억되기를 바랍니다. 마지막으로 가타오카 이즈미를 비롯한 작품 속 모든 등장인물, 그리고 전 지구적 비극과 맞서 싸우는 우리 모두에게 따스한 4월의 햇살 같은 성장과 구원이 찾아들기를 기원합니다.

2020년 가을
이연승

스완

초판 1쇄 발행 2020년 10월 28일 | **초판 2쇄 발행** 2020년 11월 25일

지은이 오승호(고 가쓰히로) | **옮긴이** 이연승

책임편집 민현주 | **디자인** 박진범 | **제작** 송승욱 | **발행인** 송호준

발행처 블루홀식스 | **출판등록** 2016년 4월 5일 제2016-000100호

주소 경기도 파주시 회동길 483-1

전화 (031)955-9777 | **팩스** (031)955-9779

이메일 blueholesix@naver.com

ISBN 979-11-89571-35-1 (03830)

정가 18,000원